GREENWOOD
翠林島

麥可・克里斯蒂 ———著
楊沐希 ———譯
MICHAEL CHRISTIE

作者中文版序

歡迎來到《翠林島》的世界。

《翠林島》乍看是一本講述樹木、森林、人類與它們之間特殊連結的小說。不過，這也是一則家族故事，講述其中的失能及複雜，還有人與人之間關係的連結與斷裂，在光陰與世代間輾轉糾結。故事大部分發生在加拿大的樹林之中，加拿大以豐富的自然寶庫而聞名世界，跟隨翠林家族四代人的故事，每一代人都與樹、樹林發展出不同的關係。從木材巨擘到生態激進份子，從木匠到首席樹木科學家，每一代人都展演出人類看待自然的獨特觀點，而整部小說貫穿且比較這些觀點。

本書的結構有如樹的年輪，第一部分是外層，也就是最新的年輪，越往中央，歷史就越久遠。《翠林島》的獨特敘事結構是我砍樹時的啟發，那時我在卑詩省小小外島上的自家砍樹。兩個年幼的兒子陪著我，看著我用鏈鋸切割進這棵大樹的樹幹對他們當時來說是件大事。他們待在安全的地方，我鋸完後，樹幹折斷，開始朝地面倒去，發出巨大聲響。樹終於落地，我跟兒子就過來看砍完的樹樁，同時感謝這棵樹獻出了它的生命，讓我們可以鋪車道，還有柴火可以燒。我們一同細數起年輪，驚覺這棵樹的年紀超越兩個小的，也超越我，如果我的爺爺還在人世，這棵樹甚至比他還要老。我默默發現年輪看起來有如書頁，這時我才想到可以把我當時在寫的小說寫成樹木年輪的結構。因此，這則故事就此誕生。我希望閱讀本書會讓讀者感覺回到過去，然後又返回未來，經過這次體驗，能夠更加同理且體諒我們的先人。

撰寫本書的過程中，我驚喜察覺到人與自然世界複雜又不可或缺的關係，特別是人與樹木的關係。我發現我們賦予樹木許多人類的特質（好比說用「肢體」（limbs）這個詞來說「樹枝」、用象徵頭部的皇冠來形容「樹冠」，還有「心材」）是因為我們覺得自己與樹木有所連結。近期令人難以置信的樹木研究證實了這點，樹木的確會與森林裡的其他樹木溝通，就算不同種類也不成問題。科學家發現，當樹木遇到威脅時，它們會共享資源，互傳訊號。另外的研究指出，人在有樹木的大自然環境中久待，能對身心有益。這一切都讓我了解，我們人類不只要與其他人連結，更要與自然世界連結。而這部小說就是以不同的形式稱頌這種連結。

因此來到了最後的重點，本書也關乎氣候危機，以及我們對這顆行星既成的生態浩劫。曾幾何時，地球上有六兆棵樹，現在只剩三兆。在故事的最外層，我想像出了因為大凋落而樹木近乎死絕的世界，所謂的大凋落是一種因為氣候變遷而引發的真菌、野火、病害現象，全球僅剩幾處零星林地，只有富豪能夠進入。這樣蒼涼的未來設定在二〇三八年，近得令人不安。過去在訪談中，曾有人問過這部分的設定是否屬於科幻範疇，我的回答則是否定的。因為大氣暖化的持續乾旱壓力，我撰寫此書時居住的小島，許多宏偉的美西側柏正在死去。我只能遺憾地說，大凋落的現象已經開始了，書寫這種場景無需多少想像。話雖如此，這也是一則希望的故事。不是期待空泛的環保口號或大企業的假環保行為，而是希望能在社群與親密關係中找到恢復的韌性，就存在於人際與自然的關懷之中。我期望讀者闔上本書時，對樹木及自然世界能有新的見解，並且重拾信心，相信我們有能力一起面對巨大的環境挑戰。

謝謝你選擇閱讀這本書。我希望這則故事能夠挑戰你的思維，讓你覺得驚喜且愉快，同時觸動你的內心。我也期待本書能夠帶領你走進樹林，無論是真實的樹林，或是你想像中的樹林都好。

麥可・克里斯蒂　在加拿大卑詩省維多利亞

推薦序

原木時代：關於Michael Christie的《翠林島》（*Greenwood*）

吳明益（作家、國立東華大學華文系教授）

就算一棵樹在其最活躍的時刻，約莫也只有百分之十，也就是最外層年輪的邊材稱得上是「活著」。心木裡的年輪基本上都死了，只是一年一年強化木質素累積起來的纖維素罷了，期間的乾旱、風暴、疾病、壓力，樹木所活著撐過的一切，統統保留在它的軀體上。每棵樹都背負著它的歷史，以及先祖的遺骸。（Michael Christie，《翠林島》）

關於樹總讓我想起一段往事。當兵退伍的時候，我並沒有進入廣告公司工作，而是想給自己幾年的時間試試寫作，最好的方法就是逃避進入研究所（我當時就是去「偷」時間，偷生命裡的時間、偷一段能摸索創作的時間）。當時我以非中文系的身分考了幾間研究所，第一階段都順利錄取了。當我去第二家大家口試的時候，最早考試的中央大學已經放榜，口試老師問了我，如果他們也錄取我的話，我會選擇哪一家報到？我回答說中央大學。口試老師問了原因，我說：因為那個學校好像樹比較多……。

當時口試老師一定對這個出格的回應很意外吧？上了研究所一年後，我在對文學的熱情裡找到生態的方向，在閱讀大量科普作品時，一本名為《植物的秘密生命》（*The Secret Life of Plants*）的書引發了我對植物的好奇，這本由兩位非植物專業作者合作的書雖然吸引我，但後來我發現內容被認為有諸多無法證實的部分：比方說缺乏科學證據，對部分研究則是誇大或者曲解，還有最糟糕的是「過度擬人化」。這使得我往後在讀到文學作品涉及植物時腦中警報都會如此響起：這會又是一本一廂情願的文學「借用」樹來抒情的作品，還是像鮑爾斯（Richard Powers）的《樹冠上》（*The Overstory*）那樣結合有機結合了文學與科學的小說？

《翠林島》一開始從2038年這個近未來開始，世界上的森林因真菌感染而進入了「大凋落」，人們會前往不列顛哥倫比亞省附近的一個島嶼朝聖原始森林，靈性之旅成為人們的救贖券。主角之一的潔辛妲．翠林（Jake Greenwood）在此登場，她是一個十二歲時就能「用耳朵分辨樹木」的植物專家，對這些富有的「朝聖者」感到不耐，對整個以金錢來衡量你能涉入自然程度的時代感到不耐。

書卷的插圖明示了克里斯蒂的敘事手法（明示到我覺得可能並不必要）——他運用樹的年輪的意象，從樹的年輪最外層的環（2038年）開始，然後帶領讀者從「樹還活著的部位」，進入2008、1974、1934和 1908幾個「已經死去卻還保留存在」的年代。然後漸漸地從樹心的另一側出來，重新前往2038。

雖然這部小說以紙本書已經成為追憶往事、氣候難民遍布的年代，甚至以「環境至上主義」的角色潔作為起始，但讀下去就會漸漸發現，這不是一本「環保小說」（conservation fiction），而是關於一些獨特又熟悉、悲劇卻平凡的人物，或許可以視為更廣義的環境小說（environmental fiction），人性被放在時代變遷與環境變遷裡顯影。其中真正的核心人物當屬艾弗烈，一個參與過一次大戰，並有著戰爭創傷的流浪者。他的成長正當加拿大經濟走向資本狂飆的年代，因此做為採集楓糖漿，有著自然主義精神的流浪者艾弗烈就是一個和時代相悖而行的人物。他和哥哥哈利斯同時從養母那裡繼承了一塊林地，兩人選擇卻大不相同，哈利斯決定賣掉地上的樹，再用獲得的資金投入林業。艾弗烈就此和哥哥分道揚鑣，而某個夜晚他在一棵楓樹的釘子上發現了一個棄嬰，從此以後，他的命運發生了改變……。

乍看之下，《翠林島》確實很像《樹冠上》（國外評論與讀者也時有提及），但我認為，這是兩本在精神、敘事模式、作者著力之處並不相同的作品。這本小說讓我更多想起朗恩・瑞許（Ron Rash）《惡女心計》（*Serena*），因為作者採取了更多通俗小說的元素，沒有《樹冠上》大量的科學知識置入，唯一相似的是把人性放進自然與人為環境的衝突間探索。

讀到中段的時候，我也想起約翰・史坦貝克（John Ernst Steinbeck）的《伊甸園之東》（*East of Eden*）。（這個聯想不是文學評價式的聯想，而是主旋律的聯想）《伊甸園之東》以加州薩利納斯為背景，講述了兩個家族的故事，涉及人性的複雜、家庭的秘密和命運的掙扎，探討了道德、自由意志和人性。更重要的是，《伊甸園之東》還強調了家庭和血脈關係對個人命運的影響。這和《翠林島》裡的「繼承」（血緣的和非血緣的）所帶來的隱喻有一種相似的氣息。

當小說的人物一一登場後，我們開始知道「翠林」家族的複雜背景，它不是什麼有淵源的姓氏，純粹是為了讓兩個孤兒能上學的權宜作法時。血緣的繼承概念受到挑戰。生物的傳承靠的是基因關係，人類還靠一些外在的線索，既可能是照顧者的背景、人的教養，甚或可能是從書本裡獲得的信念。這也是艾弗烈照顧棄嬰甚至可以放棄自己人生的可能隱喻。

作者把單一的生命，放進時間的推移裡，和家庭、社區、或更大的環境連結（比方說森林），人可能始終沒有釐清自己生命的最終意義，但當我們不斷嘗試、不斷在彼此和自然之間建立聯繫和關係的過程裡，產生了與其他靈魂的差異之處。在這個過程裡，人文教養和自然環境各自產生了不同的影響。

這或許是小說中克里斯蒂把翠林島上最巨大的一棵樹和莎士比亞的《哈姆雷特》相比，而艾弗烈嗜讀《奧德賽》，看起來唯利是圖的哈利斯也會被朗讀丁尼生的聲音吸引的緣故。

此外，我想提醒讀者的是，因為歷史背景的差異，本地讀者可能無法完全理解或共感作者選擇的「年輪」。比方說1934、1974和2008很可能都是針對經濟災難伴隨著各自的生態災難（沙塵暴、酸雨、氣候變遷的早期認知），並不是作者隨手選擇的年份。而在許多地方，克里斯蒂也編織進了「大不列顛的種子碾壓榨油史」、「美利堅的伐木史」，以及加拿大息息相關的報業與林業史。

當整本小說讀完，我在克里斯蒂列上的參考書單是彼得・渥雷本（Peter Wohlleben）的《樹的祕密生命》（*The Hidden Life of Trees*）和大衛・鈴木（David Suzuki）、偉恩・葛拉帝（Wayne Grady）的《樹，擁抱了全世界》（*Tree: A Life Story*）……。這意味著克里斯蒂對小說裡的虛構世界，保持著對科學研究的尊重。因此我原本擔心的「過度擬人」，只有出現在詮釋樹木怎麼變成書的那一段出現：「感覺到一百年前，她的筆在紙張上留下的印痕，彷彿凸起方向相反的點字書。翻頁（leafing），為什麼會用這種跟樹葉有關的字眼？柯努寫道：我們用我們的動詞讓它們變成人。」在讀到這段時我心有所感，畢竟，我們（或者我自己）都是「原木時代」成長、受惠於樹變成書的人，因為讀了書，才變成「這樣的人」或者「堪稱為人」，不是嗎？

最後我想說的是，《翠林島》透過角色，讓複雜的、立體的、不同人的生命思考呈現，部分可能與讀者的生命觀相左。我一直認為小說這麼寫不是說教或挑戰讀者，而是本來不同人物就應該有不同的生命觀。比方說讓人比較容易產生負面觀感的林業鉅子哈利斯，他本身也是一個同性戀者，在那個年代他必須隱藏這一點，因此他認為：「如果生命教育過他什麼，那就是，你必須比旁邊那個人更守口如瓶、更小心謹慎、更冷血無情。不然，你的身分、你的建設、你的所愛，都可能在下一秒遭到踐踏蹂躪。」又比如說連恩・翠林，他喜愛的是「販賣的是有形的實質商品」，而不是像母親一樣販賣「打造環保意識」。他拒絕成為自己母親「一直希望他能成為藝術家，寫大自然的詩人，或跟她搞上的那些水汪汪大眼睛男人一樣，成為信奉神祕主義的嬉皮」，或是「走上滿腔熱血的學術道路，成為馬克思主義的社會學教授，或蓄鬍的樹木生物學家。」他只希望靠自己的體力工作，也許當一個伐木工人，訴說著一個前衛思考的人，也可能是思想的獨裁者或宰制者。

在一本可能被識讀為「環保小說」的作品裡，不帶負面筆觸去寫這些可能和讀者期待牴觸的人物，我認為是克里斯蒂忠於他小說觀的信念之處。畢竟，我們一生裡都會遇上說教的人、和自己觀點有差異的人，怎麼能期待小說裡的一切都和我們的生命觀一致呢？保留人物批判「翠林木業在北美原始林造成的破壞有如『風、啄木鳥與上帝三者的結合』」，和討厭「販賣環保意識」的衝突，保留是「經營」林木還是「尊重」野性的爭執，不就是小說把選擇權讓給讀者的「非宰制精神」？

就像小說裡寫到的：「話不能這麼說。我相信她有她的理由。你永遠不能確定一個人怎麼做出某些行為。」我漸漸相信，小說的其中一個精神，就是袒露人的行為背後的理由，願意去理解這些，是人性裡本來欠缺的一件事，也是小說在人類文明史上的精神貢獻。

古羅馬詩人奧維德在《變形記》（*Metamorphoseon libri*）中將人類世紀劃分為四個時代，分別是定義公正與和平的黃金時代，學習農業和建築的白銀時代，陷入戰爭的青銅時代，失去信仰，變得貪婪，失去真理、謙遜和忠誠的黑鐵時代。在閱讀《翠林島》的過程裡，我在想，未來人類倘若能從中幸運地救贖，那或許可稱為原木時代。如同《翠林島》裡，真正把森林視為宗教般聖堂的精神文明，能靠教養而不是生育在人類文化中傳承下去。

獻給我的家人

樹木扭曲時間，或該作，樹木創造出多樣的時間，稠密且驟然，寧靜且流轉。

——英國作家約翰．符傲思（John Fowles）《樹》

劈開原木充滿戲劇張力——揭開樹幹內埋藏長達幾世紀的祕密，等待得到二次新生。

——日裔美籍工匠大師中島喬治（George Nakashima）《樹之魂》

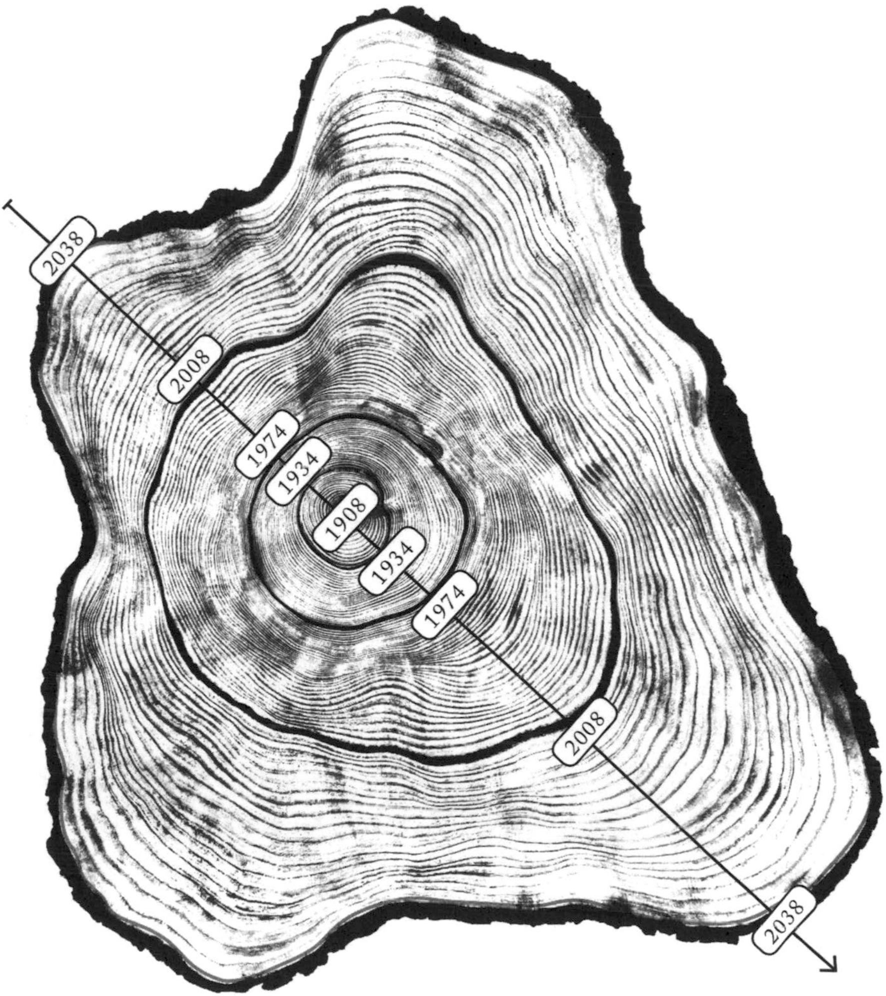

2038
2008
1974
1934
1908
1934
1974
2008
2038

2038

翠林樹木大教堂

他們為了樹木而來。

為了嗅吸它們的針葉，撫摸它們的樹皮。為了在它們令人覺得渺小的樹影下重獲新生，為了靜立在它們樹葉的聖堂之下，向它們存在千年的靈魂盼禱。

他們來自飛沙走塵的各地城市，挺進卑詩省環太平洋地區鬱鬱蔥蔥外島上這獨立遺世的森林度假村，進而轉化，進而再生，進而重啟連結。進而憶起地球曾經勃勃跳動的綠色心臟尚未停息，萬物生靈尚未化為齏粉，尚有時間，並未喪失一切。他們來到翠林樹木大教堂攝取這荒誕的謊言，而小潔・翠林的工作就是用謊言一匙一匙餵食他們。

上帝中指

隨著第一縷陽光穿入枝葉，小潔招呼起小徑入口處這群晨間朝聖者。今天，她會帶領他們參觀直衝天際的道格拉斯杉與美西側柏，就在露出地表的華麗花崗岩與令人振奮的綠色苔蘚之間，進入原始樹林，蘊藏天啟之地。氣象預報說今天會下雨，這十二名朝聖者都穿上附贈的「綠葉肌膚」，這種新材質用來取代Gore-Tex，泛著光澤，還能透氣，其中的奈米工藝模仿了樹葉結水珠且防水的功能。雖然大教堂也發了「綠葉肌膚」外套給小潔，但她擔心會損害公司財產，因此很少穿，她已經債臺高築，不願擔心穿壞還得花大錢買新衣。然而剛從小徑出發就遇上毛毛細雨，小潔此刻只希望今天她有破例穿上。

雖然一早就喝了一公升有如墨色的黑咖啡，她宿醉的大腦還是軟黏稠爛，且隨著她的步伐隱隱作痛。她還沒準備好要公開演說，但抵達第一處原始林空地時，她依舊開始了平常的開場白。

「歡迎光臨翠林樹木大教堂跳動的心臟地帶。」她用宏亮誇張的聲音說。「各位此刻站在地球僅剩不多的原始林地上，此處面積五十七平方公里。」朝聖者立刻拿起手機，瘋狂滑弄螢幕。小潔總是搞不清楚他們是在一一核對她的說詞、張貼充滿讚嘆的發文，還是從事與參觀行程完全無關的行為。

「這些樹木具有大型空氣濾網的功能。」她繼續。「針葉吸入飛塵、碳氫化合物與其他有毒分子，釋放出充滿芬多精的純氧。研究指出，芬多精這種化學物質能夠降血壓、放緩心跳速度。一棵成熟的冷杉可以製造出四名成人一整天所需要的氧氣。」朝聖者彷彿聽到命令，開始拍攝自己用鼻腔深呼吸的影片。

小潔大可含糊提及在地球橫行的沙塵暴，但大教堂的政策是永遠不能明說背後的原因——大凋落，這是十年前席捲全球森林的真菌病害與昆蟲肆虐，使得樹林一公頃一公頃遭到滅絕。朝聖者此行前來目的是放鬆、忘卻大凋落存在，而她的工作就是確保能夠達成這個目的（她也很清楚，目前工作機會相當難求）。

她一邊介紹，一邊帶著朝聖者往西步行幾公里，進入一片有如巨人般的原始森林之中，樹幹粗大，比中型轎車還寬。樹木參天壯麗，彷彿電影道具或紀念碑，相當不真實。朝聖者駐足巨人之間，說起話來輕聲細語，畢恭畢敬。霍氏企業的官方政策稱呼森林為「大教堂」，其訪客為「朝聖者」。柯努是翠林島最資深的森林嚮導，同時也是小潔最好的朋友，他認為這是因為森林的確為人類最早（如今看來大概也是最後）的教堂。昔日航空旅行還花不上一整年的薪水時，小潔曾以交換學生身分造訪過羅馬，她在立柱與廊柱上只見到扭曲的樹枝與健壯的樹幹。清真寺的綠葉穹頂，修道院的上抽幼葉，以及大教堂有如稜紋葉脈的肋架拱頂，這些神聖結構何嘗不是以樹木作為靈感設計而來的？

此刻多位朝聖者擁抱起樹皮，久久不肯放手，情緒不帶嘲諷與尷尬。朝聖者的導覽手冊明文規定不能近距離接觸樹木，因為樹幹周遭土壤遭到踩踏擠壓會造成樹根吸收水分的障礙。不過小潔沒有開口，她看著朝聖者以充滿敬意的態度交談、拍照、深呼吸，也許一部分是裝腔作勢，一部分是打從心底的讚賞，但她實在無法判斷兩者實際的比例。沒過多久，他們就用各種無解的膚淺疑問轟炸她。「這種玩意兒多重啊？」操著美國中西部口音的矮小男子問。五十好幾的投資銀行家愛撫著長滿青苔的雪松，說：「讓我回想起自己的少女時代。」

雖然多數朝聖者都看似融入了這綠色的莊嚴氣氛之中，有幾個人卻似乎迷失了，無動於衷。小潔看著矮個中西部男人將手掌壓在道格拉斯杉的樹皮上，抬頭望進林冠，想要感覺到一絲敬畏。然而她察覺得到他的失望，沒多久他與其他人就會退回手機的世界之中，尋求分散注意力的慰藉。可以理解。雖然他們花了大錢進入大教堂，還得忍受後凋落時期侮辱般的旅途，總是有些人無法逃脫他們此時「應該」如何放鬆的重擔，以及這種心態如何造就他們的挫敗。

要奚落朝聖者很容易，但小潔也很同情他們。她不也是因為同樣的原因留在翠林島上嗎？點點滴滴吸取島上樹木罕見也提供養分的特質，攝取清新的空氣，且在樹林之間感覺沒有那麼絕望？在本島大陸上，朝聖者一一住在調節室內微型氣候的富麗堂皇高塔之中，不受肋嘔症的影響（這是在全球飛塵滾滾貧民區肆虐的新型結核傳染病，病名來自能夠如同折斷柴火般，引發肋骨斷裂的劇烈咳嗽，對孩童影響最甚），但他們還是來到大教堂尋求生活中欠缺的無以名狀之物。他們都讀過那篇闡述森林浴益處的文章。他們聽過那個podcast，解釋在樹林中待上幾個小時，就能讓創造力翻上三倍。於是不論過程多麼短暫，他們還是前來療癒，如果小潔沒有深陷在植物學這毫無市場學科的可悲就學貸款之中，她也會樂意成為他們的一分子。

當小潔注意到一群遊騎兵巡邏隊鬼鬼祟祟穿過遠方的幾棵雪松時，她謹慎帶著朝聖者前往野餐區享用預先準備好的午餐，度假村的米其林星級主廚戲稱這種餐點為「高檔伐木營」菜色。今天吃手工熱狗佐雞油菌番茄醬與有機棉花糖巧克力夾心餅乾。小潔看著他們拍攝食物，她的目光卻不斷望向遠離其他人的那位朝聖者，他戴著大大的墨鏡，過時的鴨舌帽壓得很低。有錢人，顯然是霍氏企業的高階主管或演員吧？但小潔不會知道，因為她負擔不起員工小屋裡的任何螢幕裝置，她的學生貸款利息連網路費都榨得一乾二淨，她通常都認不出造訪度假村的知名人士。不過，真正的名流還是看得出來的，他們會散發出星光熠熠的氣質，與世界鑄造的連結也遠比她這種普通人還要深厚。

午餐過後，小潔伴隨朝聖者前往本次行程的盛大尾聲，也就是翠林島上最大的看點，她會背誦起她幾年前寫的詩意文字，增加衝擊力。「大教堂裡的許多樹木年齡超過一千兩百年，比我們的家人古老，比我們多數人的姓氏古老，比我們目前的政府體制古老，甚至比某些神話或意識形態還要古老。」

「好比說這棵樹。」她拍了拍道格拉斯杉好幾公分厚的樹皮，這是島上最高的樹，她與柯努私下稱呼這棵令人讚嘆的樹為「上帝中指」。「莎士比亞坐定位，沾溼鵝毛筆，開始動筆寫《哈姆雷特》時，這位此時七十五公尺的巨人已經有四十五公尺高了。」她停頓，看著群眾陷入收斂的肅穆氣氛之中。她是有點誇大其詞，但宿醉退了，她終於能夠一展她修辭文采的律動感。她繼續，她要的只有朝聖者對於世間萬物的驚奇與讚嘆。「這棵樹存活的每一年間都會擴長其樹皮，打造出一圈新的形成層，圍繞住先前的組織。這是一千兩百層的心材，足以讓這棵樹的針葉樹冠直衝雲霄。」

在她結尾時，訪客裡有一隻手也直衝雲霄，手腕上還掛著厚重的勞力士。小潔說：「請問有任何問題嗎？」

「妳覺得這東西一棵值多少錢？」那位名人用食指與拇指捏揉下巴。「就一棵，大概多少錢。」

她通常會迴避這種充滿資本主義粗魯愚蠢氣息的問題，但提問的是那張臉，從那張牙齒整齊，有如珍珠的嘴裡問出來，感覺彷彿充滿智慧。

「噢，先生，我實在說不準。」她用嚴肅的語氣回答。「霍氏企業以最高規格保護這些樹木——」

「扔個數字出來就好。」他堅持。

小潔身為樹林嚮導，公司經常建議他們不要與朝聖者四目相望太久，避免打擾他們得到「天啟」的時刻，但她現在卻明目張膽直視男人綠色昂貴太陽眼鏡的深處，說：「要看情況而定。」

「哪種情況？」

「看是誰要買。還有別的問題嗎？」

「妳要合照嗎？」啟程回去前，那位名人又問。他的語氣彷彿是在提供價值連城的物品。她點點頭，他與她並肩站在上帝中指前方，他彎著手腕，用手機瞄準，還扭著脖子進入畫面之中。他不曉得合照與自拍是森林嚮導合約裡明文標示他們必須承受的侮辱，顯然也是小潔最不喜歡這份工作的地方。想到她在這裡工作九年間如鬼魅般拍下的照片，臉上還掛著莊重的微笑，這些照片會短暫出現在其他人環球遊覽的美好生活之中。

「怎麼稱呼？」拍好照片後，名人先生操作著螢幕。「我來標記。」

因為他要求，所以她告訴他。

他的眉毛從太陽眼鏡的上緣揚了起來。「有血緣關係喔？」他還用手指劃了一圈，意思是在說「跟這一切有關係？」

小潔搖搖頭，說：「我的家人都不在了，就算他們還在，他們也不會是擁有小島的那種人。」

「抱歉。」他面露難色。

「沒事。」她硬擠出笑容。「但我們該回去了。」

就在大夥兒回到小徑時，小潔注意到原始林東面那側高處的針葉變成咖啡色。怪了，特別是目前這個時節。她提早讓大家喝水休息，她則沿著光滑的白珠樹下層灌木叢，回去檢視樹冠。朝聖者在小徑等著，綠葉肌膚登山靴在泥地上不耐點著，迫不期待想回到豪華的太陽能供電別墅之中，外人不知道的是別墅其實偷偷接了電網，因為陽光必須從原始林冠間照進來，而這點陽光只能提供吐司機烤兩片吐司，或手機充電而已，不能兩者兼顧。

小潔近距離觀察，發現在上帝中指附近的兩棵冷杉針葉都成了患病的肉桂般鏽蝕色調。她也在接近土壤之處注意到它們本該厚實、帶有水泥般灰白色調的樹皮變得溼軟。樹皮的功能有如人類皮膚，可以抵擋入侵，保留養分，因此樹皮的任何脆弱情況都不利於樹木長期的存活發展。小潔的心臟在肋骨下方怦怦狂跳，她以旁觀路邊車禍的目光觀察溼軟的組織，她好奇也驚恐，同情卻也充滿反感，樹皮本身似乎尚為完好，沒有見到有害的昆蟲或真菌侵入。她算是滿意，多看了一眼，連忙回去找已顯不耐的朝聖者。

前往別墅路上，她需要一些時間思考，便省略了她往常的演講，講的是濱岸地區對於森林的水合作用有多重要。她安慰自己，只有兩棵，沒有蟲子，沒有真菌，周遭的土壤看起來溼潤也通風，所以也許這兩棵樹只是異數。若它們染病，那她在島上也從未見過同樣狀況。

小潔身為樹木學家，非常清楚許多種類的樹木早在大凋落侵襲之前就大規模消失，好比說一九〇〇年左右的美洲栗，一九六〇年代的榆樹，以及二〇〇〇年間的歐洲梣樹。昆蟲、真菌、潰瘍病、銹葉病，樹木的敵人百百種，其中還包括梣樹綠吉丁蟲、光肩星天牛、名為膜盤菌的可怕真菌這些超級反派。不過沒有一種單一有機體必須為大凋落負上全責，多數科學家（包括小潔）認為主要的原因是氣候帶的變遷速度遠超過樹木能夠適應的速度，因此削弱了它們抵禦入侵的能力。雖然世界各地的研究肯定依舊進行，但科學家已經無法自由發表研究成果，因為環境國族主義崛起，而免費網路不復存在。小潔個人的假設是翠林島當地的微氣候不知怎麼著能夠自我調節，對樹木保持友善態度。

不過，長久以來一直保護大教堂的條件現在終於改變，進而讓樹木在病原體與干擾之間變得脆弱嗎？不過，為什麼過了這麼久，大凋落才出擊？小潔告訴自己，肯定只是非生物、也不會傳染的問題而已。氮不夠，缺乏日曬，或是老套的水分不足造成的衰弱，說不定，那兩棵冷杉只是老了而已，畢竟已經攜手活過了一千年，以菌絲網路彼此互通有無，透過氣味化合物溝通，它們的計畫是一起走向盡頭，宛如結褵五十年的老夫老妻間隔幾天相繼辭世一樣。

小潔結束這天最後的行程，走進工作人員用餐的圓頂帳篷時，她驚覺她需要來一杯。不過，酒精可能會害她不小心跟柯努分享她的發現。柯努的植物知識非常廣博，但她不確定他是否會協助她診斷那兩棵生病的樹（需要記錄降雨量，蒐集土壤與組織樣本，供顯微鏡觀察），或是，他會不會做出什麼偏激的行為來。雖然柯努很聰明，但他的心智狀態不太穩定，這是綠色浪漫主義帶來的副作用，小潔擔心真實世界一連串的失望說不定會壓垮他。

加上如果現在遊騎兵巡邏隊已經大咧咧出現在朝聖者眼前的原始林間，那代表管理高層已經如坐針氈。若他們發現枯黃的樹木，也許會採取愚蠢的行為，好比說用未經檢測的殺菌劑全面噴灑整座島嶼，或是為了減少損失，將度假村遷移到僅剩的另一片古老森林之中，這種森林大多位在加拿大，俄國、巴西、塔斯馬尼亞等零星幾處，主要都在小島上。

小潔決定，此刻兩棵生病的冷杉還是屬於她的祕密。遊騎兵巡邏隊是私人軍隊，沒有科學專業，他們不會注意到咖啡色的針葉。加上其他的樹林嚮導有指定的路線，僅有小潔會繞到上帝中指的東側，因此他們也不太可能會發現。小潔知道柯努經常在閒暇時間偷溜進原始林，他也許會注意到，但他的目光會到處望，不太可能看見高處得病的針葉。再說，要是不仔細看，根本也看不到溼軟的樹皮。

所以她還有時間，她只希望一切都還來得及。

柯努

「將自然美景濃縮成專屬於有錢人的療癒場景實在是令人作嘔的事情，小潔，妳說是不是？」柯努正在替他的豪語引擎暖身，每次新召募的森林嚮導抵達時，他都會發作。他會在晚餐時的圓頂帳篷裡展開非正式的始業典禮發言，並把腳擱在微波晚餐旁邊的大餐桌上。

「柯努，至少我們不會繼續砍光樹木了。」小潔機械性地說。雖然在柯努平常的新生訓練裡，她都樂意扮演他們喜劇戲碼裡的另一個成員，但她今天實在很想換個話題。通常遊騎兵巡邏隊只會聚焦在小島的海岸線附近，他們會驅逐來自本土大陸的賤民團體，這些窮人偶爾會過來洗劫大教堂儲存食物的地方。不過，最近小潔注意到巡邏隊經常出現在度假村之中，他們以往都沒有這麼嚴密監控大教堂的工作人員。如果他們接近圓頂帳篷，他們很有可能聽到柯努這番失敬的言論。他先前就因為批評過大教堂而遭到警告，要是他們發現他再犯，這次就不會遲疑，會直接將他驅離小島，任他跟其他窮人一起呼吸充滿有毒粉塵粒子的空氣。

「你怎麼不告訴他們，約翰．繆爾是如何單槍匹馬說服美國政府打造出國家公園體系的？」小潔試圖轉移到他最喜歡的話題上。

不過，柯努繼續他的高談闊論，她則前往冷凍庫，挑選是要吃蕪菁炒馬鈴薯還是馬鈴薯濃湯（奶製品會讓她的肚子變成放屁坐墊），然後扯開塑膠包裝，將食物扔進微波爐裡。等待晚餐加熱的同時，她從圓頂帳篷薄薄的塑膠窗口看出去，沒有看到巡邏隊的身影。她將注意力轉移到新來的八名森林嚮導身上。他們二十五、六歲，都有家裡花大錢支持的常春藤名校植物或環境研究所碩士學位，這輩子大概沒有吸過多少充滿粉塵的空氣。他們大多只會在大教堂工作幾年「獲取經驗」，然後前往別處展開更成功的工作生涯。他們的有錢父母會不情不願地花大錢來度假村，只為了看一眼穿著森林嚮導制服的兒子女兒有多精神抖擻，還會在行程間鼓掌叫好。這些人是了不起的超人後裔，他們願意為了比小潔存活所需還要低的薪水來這裡工作，而只有默默無名學校文憑（「烏特勒支大學？這麼繞舌，妳要喉糖潤潤喉嗎？」他們問。）的她怎麼能跟這些人一起工作？她還是不懂。

柯努繼續：「各位知道其中的諷刺多難以言喻嗎？這些高階主管與名流前來此處獲得心靈上的滋養，然後他們才可以回去過著他們直接或間接摧殘我們地球的生活，進而繼續摧毀這些自然美景，譬如他們口口聲聲說敬畏的神聖樹木？」

晚餐是冒泡的滾熱池塘，在小潔身後的微波爐裡緩緩轉圈，她看著年輕森林嚮導注視著柯努的神情，有點像帶著戒心與著迷的心態看著搗蛋的新聞主播。柯努年近六十，嘴上有花白的鬍子，爬滿皺紋的皮膚還是呈現古銅色，但他已經好幾年沒有走出大教堂的林冠了。他是大教堂裡至今知識最淵博、評價也最高的森林嚮導，因此他們的老闆大衛朵夫不願意資遣他。雖然柯努不願順從，但他的網路好感評價卻是傳奇般的數字，總是在滿分五分的四點九分附近徘徊。不過小潔見識過許多森林嚮導，因為只是抱怨微波員工餐或甚至在介紹時提到大凋落這些不痛不癢的違規行為，就慘遭大教堂逐出。

「但還沒有實際實驗支持大凋落跟碳排放造成的氣候變遷之間有所關聯。」新來的嚮導說，她有一頭烏黑的秀髮。小潔心想：*棒極了，現在他讓他們聊起了大凋落。晚餐還沒結束，我們就得搭物資平底船回本土大陸了。*

「多數真菌在溫暖環境裡發展得最好，是不是？」柯努詢問這位新進人員，女孩的年紀足以當他的孫女。

她不安地點點頭，輕聲地說：「多數真菌是這樣沒錯。」彷彿擔心自己會被耍一樣。

「昆蟲也是，對不對？」

女孩繼續點頭。

柯努誇張地鞠躬，說：「想想這就算證實吧？」

「我們這些謙卑的科學家怎麼能理解宇宙的奧祕呢？」小潔咕噥起這充滿宿命論的想法，同時將跟火山一樣滾燙但毫無滋味的晚餐端上桌。「現在我們可以閉嘴好好吃飯嗎？」

柯努再次無視小潔，將目光轉向另一位嚮導，名牌寫著「托利」，這位年輕人有一頭誇張的金色鬈髮。「我是說，告訴我，當你被迫看著人家花過分高價購買神聖物品，難道這樣不會貶低靈性之物的價值嗎？」

托利聳聳肩，露出不安的微笑，尋求其他人的反應。

「英文裡有個字叫做『買賣聖職』（Simony）。」柯努很滿意自己的表現。「而我的朋友，我們就是停留在此的褻瀆者。要是約翰．繆爾還活著，他會親自把我們從這座聖堂中趕出去。」

早先柯努跟新來的嚮導提過他出生在德國的佛茨海姆，這個城市位在黑森林邊緣，他的祖先幫忙砍光附近的樹，讓木材順著萊茵河流往荷蘭，製作大船的桅杆，但他們後來重新種植了許多樹木，成為歐洲第一批自然保育人士。他閒暇時會讀瑞典文的林奈著作，他對約翰．繆爾抱持宗教般的敬意，約翰．繆爾也是第一個描述起海岸道格拉斯杉的歐洲人。柯努告訴他們：「我跟你們不一樣，我在大凋落之前就來到加拿大。記好這點。」

「至少我們是在做自己喜歡的事情。」托利毫不掩飾他的真誠。

「是啊，我的朋友。」柯努友好的大手蓋在托利肩上。「翠林樹木大教堂就是正直善良、喜愛森林的生態鬥士從事自己畢生摯愛，且死得其所的地方。」他比出十字架，終於閉嘴，大啖起預先包裝好的蛋糕。

接下來的晚餐，眾人不發一語，遊騎兵巡邏隊也沒有來，真是謝天謝地。今天輪到小潔整理員工冰箱，所以餐後，其他人陸續離開，只有她留下。

沒多久，她身後傳來一個低沉模糊的聲音。「今天樹林裡都沒狀況吧？」小潔從冰箱探頭出來，看到大衛朵夫站在門口，毛毛的雙手環抱胸膛。有些嚮導說，在大凋落之前，大衛朵夫曾是俄國特種部隊的成員，但他又矮又肥，死魚眼睛跟骯髒的鎳幣一樣，小潔實在很難想像他擁有其他人描述的那種威懾能力。

「長官，我的朝聖者今天反應都很正面。」她說。「問了很多好問題，還得到一些良好的啟發。」

「新的巡邏隊沒擋你們的路吧？」他得意地喘起大氣。「我花了點錢升級安全保障，因為現在洗劫事件越來越頻繁了。我們很擔心本土大陸的人會想辦法闖進度假村。」

「我的朝聖者根本沒注意到他們，知道他們在附近，我覺得更安全了呢。」小潔露出緊繃的微笑。「但我稍早注意到些許不太正常的現象。」她想假裝出只是隨口提提的樣子。「在靠近員工小屋的地方，有一棵不起眼的冷杉針葉轉褐了。顯然沒什麼好擔心的，但還是該檢查一下。如果長官允許，我想申請顯微鏡、雨量計，跟一份土壤採集裝備，只是要確定一下而已。」

「妳不會亂搞我們的原始林吧？」他狐疑地問。「要是遊騎兵巡邏隊發現有人在大教堂裡拿著顯微鏡，在我聽說前，他們就會把人攆出去。」

「不，當然不是。」謊言讓她的五臟六腑都糾結在一起。「根本不是原始林，只是我小屋外面的一些樹而已，只是要滿足我的好奇心啦。」

「翠林，我很感激妳對我們神聖森林的興趣。」大衛朵夫的笑容沒有延伸到雙眼。「妳可以去維修棚申請妳要的所有裝備，但我要妳今晚好好休息。明天一大早妳有私人導覽行程。」

「我？」小潔說。從來沒有人預訂她的私人導覽，主因是她比其他嚮導大上十歲，而會約這種行程的大多是男性朝聖者。她想起今天隊伍裡的那位名人先生柯賓．格朗，她在晚餐時聽到幾個新來的嚮導喘著大氣提到他的名字。「誰訂的？」

「不太確定。」他說。「但公司高層特別指定要妳。所以我要妳明天拿出翠林島一貫的迷人風采。」

小潔急忙前往維修棚，免得那邊晚上關閉，她回想起聽說過的私人嚮導行程，某位不具名的森林嚮導在快快逛過樹林後，替沙烏地的太陽能面板小開安排了價值五千元的雪松香油「按摩」。想到持續利滾利，明年此時學生貸款光是利息就會吞光她兩週的薪水，她實在不願坦承，但如果是她，她大概也會安排個「按摩」行程。如果她能跟托利或其他森林嚮導一樣，家財萬貫該有多好啊？生活會多麼不同？因為想要理解正直這種奢侈品是什麼，貧窮就是最好的老師。

大凋落

潔辛妲．翠林的母親明娜．巴塔查里亞是洛杉磯交響樂團的首席中提琴家，在小潔八歲時，她的母親剛結束在華盛頓特區舉行的獨奏音樂會，返回紐約市途中，她所搭乘的通勤列車出軌，整輛列車以拋物線墜落到十二公尺下繁忙的州際道路上。最先抵達的人員在分隔北上與南下路段的稀疏綠化帶樹木間發現她的屍體，她頭骨碎裂，但閱讀的眼鏡還擱在原位。小潔年紀輕輕就從母親的死明白，人體非常脆弱，我們相信的生命可以隨時終止，彷彿跟微風吹起，帶上房門一樣難以預料。

母親死後，小潔的世界彷彿失去色彩。她幾乎不吃東西，講話也只是喃喃自語。她前往德里與外公外婆一起住，他們是住在城市南端郊區的中產階級公務員。小潔立刻想念起美國。人行道的幾何規劃整整齊齊，吃薯條可以沾一大坨番茄醬，每一則回憶都有如她拔不出的肉中刺。最糟的是她想念母親在隔壁演奏中提琴的聲音，流轉優美，實在分不出是母親的人聲，還是提琴的樂聲。

在小潔抵達印度的隔週，她在床上看到一個紙箱，側邊有她媽寫的「連恩．翠林」。明娜只提過小潔她爸在她三歲時去世，那時他是木匠，在美國非法工作。也許是因為她從來沒有見過父親的臉，連照片也沒有，她總是想像他是保羅．班揚那種神話中的巨人樵夫，跟樹木一樣高大，臉上還掛著燦爛的微笑，有一雙結實健壯的手，穿著格紋襯衫，頭髮上滿是木屑。

小潔看著箱子上的名字，想起她跟媽媽有次在紐約搭地鐵的情景，那天媽媽巨大笨重的中提琴琴盒塞在她們之間，彷彿是保鏢一樣。「妳父親是有問題的人。」她同樣充滿善意的語氣彷彿可以擴展到全紐約最悲慘的靈魂上一樣，其中幾個還跟她們一起搭地鐵。「但他是好人，到頭來，他還想扭轉一切。他留了一些東西給妳，等妳大一點就會給妳，還有一些讓妳上學的錢，以及加拿大薩斯喀徹溫省一處我還沒來得及賣掉的老農舍。」

所以小潔面前的這個箱子是有待開發的真相，也是從無法觸及的遙遠過往寄來的時間膠囊。她望著父親的名字，想像這個箱子能夠保存哪些驚喜，而這些驚喜也能驅逐自從母親死後，一直盤旋在她腹內的黑暗生物。不過，當她終於鼓足勇氣打開時，箱子裡沒有父親的照片，沒有一疊疊的信件或日記，解釋他為什麼從來不來看她，或說明她媽所謂的「扭轉一切」是什麼意思。裡頭只有一紙泛黃的不值錢農地契約，幾件老舊的木工工具，十二張沒有標示的黑膠唱片，以及一副看起來沒有用過的工作手套。她哀號起來，將箱子踢進衣櫥深處。外公外婆家沒有唱機可以播放父親的唱片，幾個月後，她跑去朋友家聽，結果一切只是另一次的侮辱，因為她發現那些唱片並不是她所期待的母親演奏中提琴，或父親讀的床邊故事，那些唱片來自同一個愛現到令人討厭的男聲無趣地唸誦著詩句。

明娜是獨生女，小潔的外公外婆已經親手送了一名完美的女孩走進世界，結果卻莫名其妙失去她，所以他們對小潔的態度有所保留，只要她想找人玩，他們就會叫她去偌大的後院自己玩。她在後院發現環繞屋子的一整片榕樹居然是同一棵活生生的樹，總共有三十八根樹幹。一開始，她有點怕這帶著鱷魚綠色的奇異迷宮，彷彿那是會蠱惑她、吞噬她的怪物。不過，因為這棵大榕樹是她最接近朋友的東西，沒多久，她就對它的輪廓瞭若指掌，甚至比她的房間還熟。放學後，一般的功課、讀書結束後，她會拿著植物圖畫書與茶水杯盤躲進樹裡，躺上個把小時，跟樹聊天，想像它的根系彷彿是長長的爪子，一路向下延伸，能夠抓住地球上的每一個靈魂。六個月後，她不只對這棵榕樹有感覺，她覺得她與所有的樹木都有親屬關係，其他女孩都迷皮膚白皙的性感偶像或聲音充滿磁性的寶萊塢明星，她卻將這種狂熱投射在樹木上。

所幸父親留給她的教育基金足夠讓她念國際學校，她在學校選修了植物學的專門課程。十歲時，她已經可以背誦樹木百科的內容。十一歲時，她可以看著圖片分辨香脂樹與鐵杉，橡樹與山茱萸。十二歲時，她可以用耳朵分辨樹木，就是打開Youtube的影片，光聽風吹過樹葉的聲音，她就能分辨。

十四歲生日當天，她說服外公外婆讓她北上前往位於德拉敦的知名森林研究所，這一趟要搭九個小時的巴士，車上擠得水泄不通，一點空隙也沒有。這個範圍不規則蔓延出去的樹木研究機構由英國人建立，位在喜馬拉雅山山腳，是世上其中一座古老的林業實踐科學研究機構。因為舟車勞頓，小潔穿著一身皺皺的衣服與機構的主任畢斯瓦思博士見面，她是研究菩提樹的專家，據傳釋迦牟尼就是在菩提伽耶的菩提樹下開悟成道。小潔多次寫信給博士，請教各種問題，博士對她流暢的文字印象深刻，提供她一週時間在機構隨意參訪，她前往實驗室、標本館、植物園等處，親眼見到她先前只有讀過的各種品種。接下來每年小潔過生日的時候總會回到德拉敦，待上一個禮拜，她高中畢業時，畢斯瓦思博士推薦她去加拿大溫哥華的卑詩大學植物系，明娜說過，她的父親曾經住在這個城市。

小潔在加拿大除了跟一位生物系的同學有過短暫的訂婚外，她的全部心力都投注在年輪與直根、多倍體與三倍體、花粉散布、配子、胚珠與種子遺傳學上頭。她每天腦袋都會跟上最新的研究發現。她逐漸相信唯有真正徹底理解樹木的祕密運作系統，方得以提供她智識的萬能鑰匙，解答她所有的疑問。只要透過這燦爛複雜有機體染綠的鏡片觀看，就連時間、家族、死亡這種無解神祕大哉問都能迎刃而解。

她在烏特勒支大學攻讀博士時（這張文憑是以學生貸款、獎學金、信用卡的魔法支撐搭建出來的，至今還是催收公司的業務），她才在樹木學相關期刊及學術報告中首度察覺到組成大凋落的各種跡象。隨著全球越來越多原始森林屈服、滅絕，沒有樹蔭的保護，炙陽直曬，土壤乾燥，產生殺手級別的塵雲，顆粒之細，猶如用中筋麵粉窒息了大地，跟黑色風暴事件（Dust Bowl）一模一樣，但規模更大，埋葬了幾處最大的工業型農地，徹底絞殺了好幾座城市。

小潔回到北美，她在科羅拉多州的波德發表研究成果，主題是海岸道格拉斯杉如何以訊息素合作溝通，此時，全世界最大的樹，也就是北加州一棵名為「薛曼將軍」的巨杉，它在不大不小的風裡縱向裂開，樹幹重重砸落在林地之上，而碎裂的樹幹裡滿滿都是真菌。用生態學的語言來說，這並不是多大的損失，畢竟周遭還有許多巨大的紅杉，但這事件的象徵意涵讓經濟陷入混亂，受到大凋落所影響的經濟產業從這天起一蹶不振。農場倒閉，股票市場癱瘓，工作機會銳減，不受控的野火與因食物產生的暴動成了家常便飯，徹底絕望成了唯一理性的反應。

小潔的提款卡派不上用場，她只能從波德一路搭便車、乞食北上，還得將溼的T恤綁在臉上，防止飛塵累積在她的肺裡。她在排水涵管與州際休息站過夜，終於抵達加拿大邊境時，她已經餓到渾身發抖。所幸這時大凋落才剛開始，美加之間還是有無人看守的長長國界，這意味著小潔這位早期的氣候難民在毫無阻礙的狀況下就進入另一個國家。她在薩斯喀徹溫一處名為艾斯特凡的城市外圍找到了父親留給她的農場。雖然房舍建築遭到洗劫，木板都被拆光，田地間積了大腿那麼高的沙塵，但老柳樹旁邊的井還汲得出淨水，且農舍用來抵擋風暴的地下室也保存得相當完好。小潔在地下室躲了一個月，吃過期的罐頭食物，養精蓄銳。有天夜裡，她聽到有人在上方廢墟搜索的聲音，對方甚至企圖打開地下室的門，但小潔用鋼筋閂上門，最後對方悻然離去。

隔天一早，她步行走在艾斯特凡附近的火車鐵軌上，她爬上一輛載運許多新車的巨大貨車，這些新車還蓋著白色塑膠布。十二輛嶄新的賓士，大家餓肚子，臉色泛紫缺氧倒在路邊，這種車居然還有市場。她找到一輛車門沒鎖的車，坐進灰色的真皮座椅上，新車的氣味太強烈，她立刻犯頭痛。電動鑰匙就放在副駕駛座前面的置物箱裡，於是接下來的西行之旅，她得以播放收音機、斜躺在座椅上、吹暖氣，而風沙太大的時候，還能開雨刷清理視線。

她花了兩天抵達溫哥華，卻發現她先前的大學已經關閉，校園遭到洗劫。她拿起她放在學校的幾件物品，包括她爸的箱子，她還去銀行將能提的積蓄統統提出來。她在銀行才得知，她原本計畫用教授薪資償還的學生貸款竟然在大凋落裡存活了下來。她入住水邊的一間老舊廉價旅館，但食物價格漫天高漲，如果不能快點開始償還貸款，她就會面臨破產。在絕望之下她申請了一份敘述相當模糊的工作，工作地點是溫哥華西北方的一處外島。雖然以她的資歷，來翠林樹木大教堂擔任森林嚮導完全是大材小用，她卻一直認為霍氏企業從幾千份履歷表裡注意到她，因此拯救她免於肋嘔症與飛沙走塵造成的貧窮之苦（以及最可怕的莫過於少了小島樹木持續的陪伴），這一切背後的原因都跟她的姓氏沒有關係，一切只是一個沒有意義的巧合而已。

雪松香燻鮭魚

小潔趕在維修棚關閉前過去，她申請了一臺顯微鏡、三支雨量計，還有一份土壤採集裝備。她不可能在行程裡評估生病樹木的狀況，所以只能在下班後偷偷溜進原始林。這是在冒險，特別是現在巡邏隊加派了人手。不過，她明天一早還有私人導覽，只好心不甘、情不願地擱置一晚，她選擇去海邊快快散個步，讓思緒冷靜一下，然後早早回去休息。

微風輕徐，星斗掛滿天，她沿著小徑前往碼頭，物資船停靠在旁邊。經過一群印尼女傭時，她捕捉到了她們用來噴灑貴客別墅的有機雪松油香氣，但她們之前會先用醺眼刺鼻的化學物質洗刷客房。到了水邊，小潔站在一棵裝飾用的櫻花樹下，看著四名薩爾瓦多管理員靜靜清理一片能夠俯瞰海灣的按摩浴缸。雖然其他同事總會對她友善地點頭打招呼，但她聽說她們對她總是充滿好奇。她的膚色跟這些人一樣深，姓氏卻跟大教堂、小島一模一樣，但她領的也是跟其他人一樣微薄的薪資。對他們來說，這是無法估測的家道中落。

小潔看著管理員用網子在按摩浴缸冒著熱氣的水面上撈出一隻樹蛙。雖然有段距離，但她還是看得出來曾經是翠綠色的樹蛙被氯泡成了淺綠色，如此場景令她作嘔。她正要回去時，一群身穿黑衣的遊騎兵巡邏隊湧入，包圍住一位抽著捲菸的管理員，抽菸違反了大教堂嚴禁煙火的規定。一眾管理員低頭、放下先前的工具，遊騎兵巡邏隊用短槍口的手槍指著他們，還搜身尋找違禁品。小潔擔心她借用的科學儀器會遭到質疑，於是悄悄沿著小徑溜走，同一時間，遊騎兵巡邏隊粗暴地拖著剛剛抽菸的人，將他送上下一班即將回到本土大陸的接駁船上。

她回到小屋時，天色已黑，她看到柯賓·格朗在她門口徘徊，他下巴壓在胸膛，仔細盯著有如護身符的手機螢幕。他沒有刮鬍子，綠葉肌膚外套已經離身，換成昂貴卻有點皺皺的斜紋編織丹寧襯衫。少了墨鏡跟帽子，他的五官實在令人很難不好好欣賞。

「先生，你迷路了嗎？」小潔走近時問。

他從手機上抬頭，雙眼聚焦時露出小朋友般的瞬間。「這不是樹林小姐本人嗎？」他講話的語氣彷彿他們是交情很好的老朋友一樣。「我有幾個重要的問題，希望妳能回答。」

「我不該在下班後與朝聖者見面。」她回頭朝巡邏隊的方向望了一眼。「明天同一時間在小徑開始的地方如何？我們可以聊聊我會用多誇張的天價將原始林老木材賣給你。」

「事實上，我本來以為我們可以在妳住的地方喝點小酒再聊，但我猜裡面容不下我們兩個人。」他看著一整排小小的員工木屋。這種建築頂多只能說是了不起的工具棚而已，其簡陋程度假村選擇不讓朝聖者看見，將它們藏在島上比較不壯麗的區域，相較之下，這裡的樹年輕又纖弱。「但我會說，相較於妳稍早介紹的那些樹，這邊的樹比較適合我的口袋。」

「以下內容導覽手冊上沒有。」小潔壓低聲音說。「但翠林島的這一邊在一九三四年遭到燒毀。大火沿著附近燒了一圈，因此，我很遺憾向你報告，大教堂只有一半是真正的原始森林。」

在經過一整天照本宣科後，冒險透露一點真相算是讓人稍微鬆了口氣。

「我不會說出去的。」他用手掌壓在心臟的位置。「那去我的別墅怎麼樣？」

小潔覺得背脊僵硬。森林嚮導禁止進入別墅區，特別是下班之後。不過柯賓也許就是大衛朵夫先前跟她提過預定私人行程的客人。就算他不是，如果有人發現，小潔還能裝傻逃過懲罰。不過下班後穿著森林嚮導的制服接近別墅區根本是求著遊騎兵巡邏隊來抓她。

「等我一下。」她脫口而出，然後跑進小屋換下制服（童子軍加健身教練機能服裝的結合體），套上她在失物招領處找到的綠色Prada洋裝，她一直找不到機會穿。她穿上大教堂發的綠葉肌膚外套，徹底完成朝聖者的偽裝。她回到柯賓身邊，深呼吸，在小徑上尋找遊騎兵巡邏隊的身影，然後才前往他那一區。

十二號別墅有精細的木頭邊框結構與毫無遮擋的大海視野，是島上最豪華、最令人夢寐以求的住所，要提前一年預約才訂得到。去年，世人眼裡最強大的加拿大女總理才跟家人一起住過這間別墅。

「我最近考慮再搬一次家就定下來了。」柯賓一邊說，一邊用手機感應打開複雜的木造大門，然後推開。「所以我想說先來加拿大試試環境。」

小潔跟著他進屋，回想起柯努是怎麼說的，多少美國精英吵著要移民來加拿大，特別是在他們討厭的候選人當上總統之後。不過，大凋落之後，美國曾經豐富的蓄水層也跟兄弟會的酒桶一樣枯竭，許多人終於行動了，留下走不了的窮人在風沙飛塵之中打滾乾嘔。俄羅斯有極權問題，紐西蘭近期政變，水資源與樹木豐富的加拿大成了全球權貴階級的避難室。現在穆斯喬、弗農、威廉堡、希庫提米、達特茅斯這種過往乏人問津之地，街上全是電影明星、科技巨擘與投行老闆。「而這就是美國客氣又平凡的手足。」柯努說。「大家原本只當加拿大是一個國家規模的自然資源倉庫，只是一個塞在美國閣樓裡，取之不盡、用之不竭的儲物箱，現在卻成了地球上最熱門的地點。」

柯賓提供了簡短的環境介紹，小潔努力掩飾住讚嘆的神情。她目光所及都是丹麥柚木製作的上好家具，柴爐裡真的有燃燒的柴薪，北邊的牆上有一座巨大的書櫃，裡頭大概放了一千本貨真價實的紙本書籍，房屋主幹則是精美複雜的原始林梁柱，肯定價值不菲。別墅裡的奢華似乎沒有盡頭，但讓她印象最深的卻是那些紙本書籍。這些書大多是大凋落之前的產物，內容涵蓋任何你想像得到的主題。世界上大多數的書籍都拿去還原成木漿纖維，製作防塵面罩、空氣濾網及貨幣這些必需品，剩下的書籍價格就一飛沖天。小潔五年前過生日的時候，她差點衝動用一半的積蓄買下一本插畫精美的植物學紙本書籍，但考慮到最後一刻還是作罷。今天，那本書的價格是當年的三倍。

「這裡感覺很復古，對不對？」柯賓在中島上倒了兩杯波本威士忌，不摻水，如果她有錢，她也會買這個巴素．海頓的酒。在大凋落早期，世界各地悲慘樹木資料消息慢慢滲入她筆電的時候，她會成天只喝古典雞尾酒，一集一集看盜版的英國廣播公司《地球脈動》（Planet Earth）生態紀錄片。縮時畫面是從太空拍攝的，曾經翠綠茂密的森林由綠轉成金紅，進而轉褐，最後又恢復成綠色，這種畫面讓她啜泣、渾身顫抖不已，直到她終於暈了過去，究竟是缺水、喝醉還是因為絕望？她實在說不準。

柯賓加了幾根冷杉柴薪到火爐之中，他們坐在羊毛沙發上乾杯，小腿烤得暖暖的。火爐的火跟她習慣的電子暖氣不一樣，感覺更全面，暖意更深入。

「噢，我得請妳把手機關機。」他說。

她拍拍洋裝上不存在的口袋。「沒有手機。」她說，差點補上一句「根據我的信用評級，他們連折疊式手機都不會賣給我。」

這話讓他臉上浮現誇張的神情，很像狗血電影結束前最後一個畫面上會出現的表情。「這也太迷人了。」他說，彷彿她是個早熟的孩子，不小心說了什麼睿智的話語一樣。然後他比了比書櫃。「妳大概也只讀紙本書吧？」

「被你發現了。」她說。

柯賓湊了上來，長篇大論講了一堆科技帶來的危險，然後用手機在度假村的小館子點菜訂餐。他們的主菜雪松木香燻鮭魚抵達時，小潔躲進鋪了豪華磁磚的浴室，而名為雷蒙的服務生將晚餐推進飯廳，她認識這位服務生。

小潔回來時，柯賓用細長的水晶杯倒了兩杯葡萄酒，他們坐在高腳椅上用餐。她先品嚐沙拉，紫色的原種番茄加上軟嫩得跟絲綢一樣的綠色葉菜。她已經好幾年沒有吃過或見過鮭魚了，自從大凋落後，產卵的河溪涸竭，這種充滿雄心壯志的魚只能在海洋裡凋零。魚排上塗抹了大蒜、巴薩米可醋及楓糖漿（另一種古怪的美味）。她發覺鮭魚紅潤的脂肪層看起來非常驚人，實在很像木頭的紋理，特別是道格拉斯杉。她內心的生物學家喜歡這種平行的對比。有機體一年一年增加一層又一層的組織，多麼頑強啊。

用完餐，柯賓看著勞力士蹙眉，然後帶她回沙發，他們貼著接吻起來。「抱歉提這件事。」沒多久，他打斷動作，他充滿葡萄酒酸味的氣息湊在她耳邊。「我只是希望我們之間能夠有話直說。」

「當然。」她不太篤定地說。

「我必須坦承一件事，但很尷尬。」他深呼吸。「但我對乳膠嚴重過敏，在醫生的建議下，我不能用保險套。相信我，妳不會想看到我過敏的樣子。所以我就問一句，妳乾淨嗎？」

她差點就脫口而出：「我基本上就是一塊各種疾病遊走的培養皿，因為雖然霍氏企業提供女性員工免費的子宮內避孕器，但公司根本沒有健康保險，所以我自從研究所之後就沒有看過正常的醫生，因此，誰知道呢？」但她今晚過得很愉快，她實在不想回到那狹小陰鬱的小屋裡。於是，她笑著說：「當然啊，你呢？」

他大笑起來，這個笑是代表「我當然乾淨」，還是「我當然不乾淨，但妳還是會配合」？實在不確定。不過，排除任何主要的尷尬後，她也許還是會選擇繼續。為什麼不呢？負債無底洞跟生態環境不斷攪動的絕望讓毫無意義的性行為彷彿心靈慰藉。她當然想要長久的關係，而不是與柯賓一夜情，但在這個殘缺破敗的世界裡，還有什麼能長久？這個世界每天晚上都有幾萬名孩童咳嗽咳到死，而就連最雄偉的大樹都很可能撐不下去。

事後，他們躺在沙發那柔軟到不行的喀什米爾毯子上時，柯賓說：「生為女性一定很困難，學歷這麼高，對單一領域這麼專精，結果卻得帶著我這種白痴來逛這些美麗的樹林。」他笑了笑，顯然是認為這點小聰明讓他聽起來沒有那麼白癡。

小潔深呼吸。她跟柯努不一樣，特別是面對朝聖者的時候，她會謹慎挑選出口的話語。她說：「我可以住在這裡，從事令人滿意的工作，還不用咳嗽咳到入睡。所以，整體來說，我很感恩。」

「但妳某種程度一定覺得困擾吧？」

「我跟我認識的人已經想像不出更好的生活方式了。」她說。「我猜除了你之外。」

他緩緩露出微笑，彷彿是緩緩照進大教堂林冠之間的曙光。「妳知道嗎？我羨慕妳。」他講這話時很沒說服力，彷彿只是在說什麼愉快也荒謬的蠢話。

她心想，**那就給我十五萬啊。你可以用你度假一次的費用修復好我此時此刻的人生。**只不過，她說：「噢，不，不要講這種話。」

「不，我是認真的！住在這裡？在這座島上，在這座森林裡，從事妳喜愛的工作，讀本真正的紙本書，還沒有手機！妳過的是美好也簡單的生活。」

簡單的生活？小潔差點挖苦起來。在大學時，她面對過論文口試委員，這些委員大多都是穿著粗呢外套、自以為是的男人，她發現自己很討厭別人以居高臨下的姿態對待她。「加上簡單的頭腦就完美了，你是這個意思嗎？」話一出口，她就後悔了。

柯賓的表情扭曲成非常痛苦的樣子，彷彿是電影裡得知妻子死訊的男人。「我冒犯妳了，真的很抱歉。」

這種事沒什麼好吵的，所以她接受他的道歉，然後讓他將話題轉移去他感興趣的地方，環境創新的璀璨前途啦，社交媒體危險又難以抗拒的誘惑啦，人類巧思的拙劣韌性啦。天底下彷彿就沒有他不感興趣的話題，他能以同樣稚氣的熱情堆疊一切。

一個小時過去，他們再次發生關係後，她問起：「所以你明天還要私人導覽嗎？」此時的她開始計畫從樹林偷偷回到小屋的路線。

「什麼意思？」他望向手錶。「我明天一早要飛去努納武特，在極光下參加因紐特長老主持的療癒儀式，肯定會帶來扭轉人生的改變。」

有故事要說

隔天一早七點，小潔出門，前往預先安排好的私人導覽行程，發現她的前未婚夫站在小徑的入口。

「妳也覺得很怪嗎？」塞拉斯伸出手。

自從小潔訂好從溫哥華前往荷蘭的機票後，已經過了十三年，當然她上機前還不忘把訂婚戒指寄回去，但沒有字條，連一個字都沒有解釋。她期待再也不會見到他，這麼多年以來，她一直認為大凋落將他們重逢的機率降到零了。

「真是意外。」小潔握住他柔軟、保溼做得很好的手，他們因此展開一個倉促、不帶感情的擁抱。

小潔在大凋落之前生活裡的人從來沒有造訪過小島，塞拉斯的出現感覺很不真實，他彷彿只是走進她的夢裡一樣。不過伴隨瀑布般在她耳邊轟鳴的內疚感，同時出現的還有些許羞愧感，因為她曾經仰慕的人居然看到她這麼不堪的模樣，彷彿她是穿著荒謬的制服，參加了這場化妝舞會，躲在世界邊緣的愚蠢主題公園裡一樣。

他們擁抱過後，尷尬地、站在原地，兩人都思索著接下來該說什麼。

「聽著，塞拉斯。」他正要開口，但她打斷了他。「如果你寧可換個森林嚮導來導覽，我完全理解。」

「開什麼玩笑？」塞拉斯不經意地揮揮手，臉上泛起大大的微笑。「有誰比妳更適合帶領我走入這片大家讚不絕口的樹林呢？」

「好喔……」小潔遲疑地說，努力保持專業的假象。雖然她完全不想與他共度接下來的幾個小時，但他還是朝聖者，而她的工作仰賴他對行程的滿意度。「那我們開始吧。」

小潔展開第一段的「罐頭演講」後，她就讓塞拉斯先走在窄窄的小徑上，他們蜿蜒繞過一棵棵巨大樹幹編織出來的迷宮。他穿著俐落的黑色「綠葉肌膚」服裝，身材看起來就會上健身房，皮膚照顧得很好，看起很有光澤，也就是說大凋落對塞拉斯還不差。他現在也許成了霍氏企業呼風喚雨的科學家，來公司的度假村忙裡偷閒。不過，小潔赫然發現見到她，他一點也不意外。他是故意選小潔的嗎？只是為了證明她犯下天大的錯誤，想要在幾個小時的時間裡，覺得自己很了不起？

他們是小潔在卑詩大學大一的地球科學課堂上認識的。塞拉斯是狂熱的環保人士，拖著她參加一場又一場募資活動、紀錄片放映，對於自己讓她逃離獨自一人待在宿舍裡的命運毫不知情，翻著植物文獻，欣賞枝幹的結構，彷彿那是什麼時尚衣著一樣。他很聰明，風趣但不挖苦人，他們才認識幾個月，就發展出親密的連結，彷彿他們是共生的有機體，少了誰都活不下去。沒多久，小潔就開始出席塞拉斯有錢大家族的生日派對與週年派對，這些活動似乎永遠沒有盡頭。她彷彿是不小心闖進滑雪木屋與湖邊度假小屋的流浪漢，她看著他的父母與他五個兄弟姊妹忙著準備精心的餐點，然後在華麗又巨大的餐桌上享用，還不忘佐上歡快的對話。小潔自小就形單影隻，塞拉斯家族的熱鬧豐富迷惑了她，就是這種魅力讓她無法從他身上將情感抽離開來。所幸塞拉斯敏感到知道不該問起她的過往。他們的對話主題圍繞著碳排放額度、生態浩劫，以及石油巨頭公司步步擴散的遊說行為，此時正值大凋落之前的詭異時刻，大家都還相信良善意圖的慎重手段足以扭轉劇變。畢業在即，塞拉斯對眼前的分離相當焦慮，他求了婚，要求小潔發誓，他們會選擇附近的研究所。她同意了，她一度還很滿意自己的決定。不過，當烏特勒支大學一位聲明卓越的研究教授願意收她時，塞拉斯已經錄取加利福尼亞大學爾灣分校，她必須做出決定，在塞拉斯與樹之間選擇。她驚慌失措的反應是封鎖他的來電、訊息與電郵，然後在只有機場陌生人的注視下前往荷蘭。

簡言之，小潔選擇了樹木。

「老天，我真想念這些。」塞拉斯說，此時小徑比較寬廣，他們能夠並肩而行。「陽光、空氣、土壤、水……生命的原料。」

「塞拉斯。」她低聲地說。「我知道我離開的方式很不對——」

「小潔，請不要道歉。」塞拉斯搖搖頭。「那是很久以前的事了。妳做的是妳該做的事。我只是很高興看到妳將妳的天賦發揮得淋漓盡致。」

她謝過他，用心靈顯微鏡檢視他的話語，尋找任何挖苦或自以為是的元素，但她沒找到。

「說真的。」他繼續說。「我有點期待妳今早看到我的時候會尖叫跑走。」小潔立刻明白：**所以他的確知道嚮導是我**。「我很高興妳沒跑，知道妳在這美麗又安全的地方落腳，實在讓我鬆了口氣。」

「那你又落腳何處？」

「舊金山，或該說，僅剩的舊金山。其實是阿拉米達的封閉社區，但我正考慮要搬來加拿大，沙塵暴日益嚴重，每天都有百萬人走進貧窮，那些氣候難民穿過邊界——」

「牛仔，冷靜點。」小潔謹慎操上輕鬆的口氣。「我也是移民，記得嗎？」

「噢，但那些人不像妳啊，小潔，他們沒有努力工作，尋求機會。他們肯定也曾是好人，但在風沙裡待上幾年，他們絕望到會屠殺你的家人，搶奪你的財產，連事先開口請你施捨都不會。」

這段話有很多爭議，但小潔沒有追究，因為她不能冒險惹他不快。「小孩？」她問，打算改變話題，隨即卻責備起自己，真是太蹩腳、太不成熟了。

他搖搖頭，然後揚起眉毛用同樣的問題問她。

小潔搖搖頭。「大教堂無法安置員工的孩子，他們甚至提供了免費的避孕用品，只是要確保萬無一失。」小潔沒說出口的是，她早就將成為人母這個選項束之高閣，同時拋下的還有其他大凋落出現後，對她這種人來說，各種再也不可能的事物，好比說，擁有自己的房子、穩定的關係、研究實驗室，以及終身的教職。而就算她有錢，怎麼會有人願意將孩子帶來這殞落、悲涼的世界呢？孩童需要希望與繁榮，就跟樹木需要陽光與水源一樣，而小潔．翠林兩者皆無。

小潔因此陷入思緒的泥沼之中，等她回神過來，發現他們已經抵達「上帝中指」。她一邊提出平常的大道理，一邊抬頭望向那兩棵生病的冷杉，注意到它們轉褐的針葉跟昨天一模一樣。塞拉斯問了幾個必問的問題，雖然他努力扮演好自己朝聖者的角色，但他總帶有不屬於這裡的錯位感，每次開口也顯露不耐。

「你剛剛提到，你今早就知道要見我了。」小潔帶他前往野餐區，喝水休息。「這次見面不是巧合，對不對？」

塞拉斯露出不好意思的微笑。「小潔，妳要知道，在我研究所畢業後，我放棄生物學，轉去念法律。」

小潔心想：*難怪他這麼不計前嫌，原來是因為他有所求*。她想了想，他可能是來這裡炒她魷魚的，但霍氏企業為什麼不派遊騎兵巡邏隊來就好？「而你現在是霍氏企業的律師？」

「我替一間獨立的法律事務所工作，我們的確有時會接霍氏企業的案子，但我也替妳服務。」他說，他的目光變得溫柔也開闊，散發出類似受傷的感覺。「或至少說，我願意替妳服務。」

「你要怎麼替我服務？」小潔狐疑地問。

塞拉斯緊張地大笑起來。「這一切進展得有點太快，我本來是打算晚餐時再跟妳說。」

「私人嚮導行程不包括晚餐。」她莽撞地說。「而你的行程已經要結束了。」

「好啦，好。」他舉起雙手，以示投降。「我之所以來，是因為妳可能是這座島的主人，我是說，合法的主人。我是來協助這件事成真。不過，為了建立這種可能，我要妳先回答幾個妳家人的問題，特別是關於妳的父親連恩・翠林。」

小潔心想：所以他是禿鷲。自從大凋落開始後，她就看過相關的報導，這種新型態的律師會尋找可以啄食的法律屍體，什麼未果的遺囑啦，操作不當的遺產啦，各種能夠奪取土地或鬧上法庭的漏洞。不過，小潔以為塞拉斯會更聰明一點。如果他的目標是用她的姓氏這個站不住腳的巧合來爭取無價的森林，那外頭狀況真的很糟。

「霍氏企業把度假村取名為『翠林樹木大教堂』只是因為好聽而已，塞拉斯。」小潔說。「只是品牌策略，跟我一點關係也沒有。我的父親是一名木匠，他在康乃狄克州進行工程翻修時身亡，我連他哪天死的都不知道。他聽起來像是島主嗎？」多年來，這是她首度提到父親，此話一出，她忽然覺得喉頭的肌肉緊繃起來，彷彿是上緊的吉他弦。

「我知道很難接受。」塞拉斯同情地低下頭。「但可以請妳聽我說，這次不要跑掉嗎？難道妳不欠我這個嗎？」

罪惡感在小潔五臟六腑裡打成一個結。她就算爬進石頭底下，感覺都不會比現在更不堪。

「好。」她把持住情緒。「在我們回去前，你有五分鐘。」

塞拉斯從口袋裡掏出一張厚厚的索引卡片。「哈利斯・翠林，西岸木材霸主。」他讀了起來。「一九三四年在經濟大蕭條時期從小約翰・戴維森・洛克斐勒本人手裡買下這座島，洛克斐勒是從英國人那裡取得，英國人則是跟西班牙人搶來的，西班牙人則是在歐洲展開接觸後，從海達族與佩內拉庫人手中偷來的。哈利斯・翠林用自己的姓氏替小島命名，之後將島留給他那激進環保主義的嬉皮女兒柳兒・翠林。柳兒感謝父親的方式就是將小島與翠林家族的所有財產統統捐給一個非營利的環保組織，因此害得她的兒子連恩・翠林過上藍領階級的辛苦生活，且與他疏遠的女兒潔辛妲・翠林因為學生貸款債臺高築，還在樹木度假村慘遭奴役。不過呢，隨著時間推移，非營利組織轉型成為一間綠色能源公司，卻在二〇〇八年金融大海嘯時走下坡，被迫將小島低價賤賣給霍氏企業，以求稍微止損。霍氏企業持有這座島，直到大凋落爆發，企業看出小島獲利的靈性需求，於是，看吧，咱們就在這了。」他稍微鞠躬，然後將索引卡片交給小潔。「以上內容由我最精明的兩位研究員準備，每一字都有公開紀錄可以佐證。這張給妳，是一份禮物。」

小潔站在巨大杉樹幾十公尺高的碧綠林冠之下，一句話也說不出口。她緩緩伸手接下卡片。紙張感覺很真實，光滑乾淨，摸起來非常厚實，相當奢侈。她掃視上頭用小圓點標註的文字。柳兒·翠林，她實在不記得明娜提過連恩的母親，且在那盒無用物品之中，也完全沒有她存在過的痕跡。不過，這不代表她不存在。小潔覺得頭暈腦脹，卻異常興奮。經過幾乎對家族毫無認識的一輩子，這些忽然冒出來的人名與過往，彷彿重擊，讓她靈魂出竅。不過，當然啦，在她之前肯定還有層層疊疊的生命存在，就跟樹木過往自我組成的同心圓紋路一樣，一年又一年，累積起一圈又一圈的年輪。她怎麼會從來沒有問起過往先人的故事？她驚覺，答案就是她從來沒有人可以問啊。

「就算這座島是以我曾祖父的姓氏命名的。」小潔抗拒著回到現實。「但現在的所有人是霍氏企業啊。如果你覺得我們能從他們手裡搶下這座島，那風沙肯定吹壞你的腦子了。塞拉斯，謝謝你提供的資訊，但我今天還有五場導覽，因此我們該繼續前進了。」

「但，要是我告訴妳，哈利斯·翠林不是妳的血親呢？」他講話時露出狡詐又自滿的神情，她很討厭這種表情。「假設我們可以證明妳的確擁有翠林島，包括這些我知道妳非常喜愛的罕見、瀕臨絕種的樹木，不是因為妳是翠林家族的人，而是因為妳是霍氏企業創始人R·J·霍特的後代。」

小潔考慮這麼說：*那我就告訴你，如果你不讓我研究樹木生病的原因，到了明年這個時候，翠林島也不過只是一塊荒蕪的岩石，屆時主人是誰都沒差了。*結果她看著他打開登山揹包，從其中拿出一本薄薄的硬皮紙本書。

「這屬於妳的祖母。」塞拉斯用指尖小心翼翼地拿著。「我們考慮過寄給妳，但我跟同事說，妳生性多疑，於是自願跑這一趟。不只是因為我很高興見到妳，真的，真的很高興，而且，我也希望妳還能相信我。」

小潔用雙手接下紙本書，帶著泡泡般嘶嘶作響的陶醉感在她胸口蔓延開來。她翻開硬皮封面，野性的味道撲鼻而來，紙頁偶爾破損，還有紫色暈開的痕跡。她翻著燻黑的頁面，些許的乾草與細碎的粉塵粒子掉落，浮現的是一排排整齊草寫字，這肯定是沒有標明日期的日記。紙張本身是烘烤過的杏仁色，但摸起來很結實，曾幾何時樹木是取之不盡、用之不竭的資源，數量無法計算，這本書就是那個年代的產物。那個年代，液體灑在地上，會用一整卷衛生紙去擦，那個年代，她會用厚厚一疊雪白的散裝紙單面列印整本論文。

「我今晚就走。」塞拉斯說。「但在我回來之前，我把這東西託付給妳。這樣妳就不用現在決定要不要繼續聲討妳的權利，事實上，我希望妳不要倉促決定，我要你慢慢讀，好好想一想，習慣有故事的感覺。只要答應我，妳會好好照顧它。這是一份價值連城的文物，對妳來說尤為寶貴。」

「我床邊桌上已經有很多這種書了。」小潔開起玩笑，想要掩飾她想要讀這本書的飢渴慾望，她把書本跟索引卡片緊緊抱在腹部。「但我會抽空看看。」

塞拉斯搖搖頭，露出微笑。「我們目前正在協商取得另一件整個謎團的重要拼圖，那個東西會增加妳的機會。等到東西到手，我再過來。」他湊上來，拉住她的手肘。「小潔，我查過妳的債務狀況，我知道事情很糟，但這足以修復一切。我指的不只是錢，妳一直以來都沒有故事可以說，無論妳是否承認，但我始終覺得妳有所缺憾。現在一切都有了轉機。」

那天晚上，小潔回到員工小屋，倒了一大杯波本威士忌，然後蜷進雙人沙發，那本書擺在她大腿上。帶了另外五組朝聖者逛大教堂後，她雙眼模糊，還沒準備好要剖析令人費解的草書（她已經多年沒有看到這種文字，她在德里念小學時也沒學過這種寫字技巧）。只讀兩頁，她的下巴就開始往下點，她才解開幾束敘事的纖維，正要將它們編織在一起呢。

她告訴自己，提高期待是很愚蠢的事，於是她起身將紙本書放進爸爸的老箱子裡，裡頭還有其他幾件沒有意義的「傳家寶」。雖然她明白這本日記理當能夠對她的生命產生巨大衝擊，不幸的是，就塞拉斯與他的計謀而言，小潔總是不太相信「尋找一個人的根源」這種說法。就他們的解釋，一個人的根源彷彿能夠挖出來釐清。任何一位樹木學家都會告訴你，一片成熟的道格拉斯杉樹林，其根系可以蔓延好幾公里。這些樹根暗不見光、彼此交織、扭曲糾結，根本無法探測定位。樹根之間經常融合在一起，甚至相互溝通，暗地裡分享營養與化學武器。事實就是根本沒有辦法將一棵棵樹木明確分開，而它們的根源根本無法釐清。

小潔仰頭喝完杯中物，從箱子裡把紙本書又拿出來，翻開封面，她在第一頁上看到歪歪扭扭的鉛筆字，彷彿孩童大大醜醜的字跡：

柳兒、羽羽林的才產

雖然她對塞拉斯真正的動機有所保留，她對書中謎樣般的文字不解也迷惑，但當她看到祖母的名字出現時，心臟還是稍微加速了一下，雖然「翠」少了下面的「卒」，「財」產也寫錯。雖然今晚她願意喝得大醉，不問世事，但她好奇起柳兒·翠林是什麼樣的人，怎麼會把財產統統捐光？她好奇起自己的父親，他會不會也酗酒？而他是不是因為這樣才「有問題」？如果是，那小潔已經原諒他了。也許她的酗酒問題來自他的基因，或者，也許是出自他的缺席，說不定，可能是因為他的基因造就了他的缺席，因此讓她酗酒。還有，難保不是因為他跟此刻的她一樣，都覺得世界不歡迎自己，而酒精成了唯一的慰藉。或許，她的根源太錯綜複雜，根本沒有一則單一的故事能夠說明一切。

夜深了，她蓋起大教堂發的被毯，準備睡下時，她再次拿起那本書，翻起骯髒、手寫的頁面。她心想：書本、樹木、年輪之間的關係多麼深厚吶，層層疊疊的時間保留下來，任人觀看。

2008

八公尺又二十四點五四七五公分

大白天的，透過薄薄樹葉照進來的光線投在拱牆上。

*我怎麼白天就睡著了？還沒有蓋被子？*他思索著，同時周遭的一切模模糊糊，有如漣漪擴散出去。不過，他不是在睡覺，他不舒服，他是暈倒了。暈了多久？他不知道。而且他的雙腿詭異麻木，彷彿跟沙袋一樣沉重。基本的事實好像都在他的掌握之外，就連他自己的名字也是指尖掃過，卻搆不著。

他仰躺在地，將頭轉去一邊，感覺到冰涼的地板。混凝土地板，用看起來溼溼的亮光漆打過蠟。他旁邊是三層高高架起的鷹架，他心想：*原來我是從那摔下來啊*。雖然他不記得自己失足，高度卻記得很清楚。拱頂天花板的高度是他親自量的，而他從來不會忘記各種測量的尺寸：八公尺又二十四點五四七五公分。

他抬起嗡嗡作響的腦袋，彷彿那是一顆保齡球，然後努力用手肘撐起身子，左右張望。整個空間很大、很現代，這是一座客廳。到處都是有稜有角的壓克力家具，有一座粗石壁爐，雪白得跟北極一樣的牆壁，古色古香的鑄鐵扣件固定住冷杉的陳年木材橫梁。客製化的整面落地窗勾勒出懸崖側壁的海景，水如同生硬的丹寧布料，平靜得有如岩板。

他心想：*這裡不是我家*，這是有錢人的家，過週末的家，通常一年只會來待上幾個禮拜，主要是夏天才來。而既然他很清楚到天花板的高度，腰上也繫著工具包，他猜他應該是木匠，來這裡翻新。雖然腦袋深處不可或缺的部分命令他別再打混，快回去工作，他還是覺得頭很暈，雙腿也重到無法動彈。他需要檢查一下，才能繼續工作。

他掃視客廳的邊桌，想找電話叫救護車，卻沒看到。他發現工具腰帶上有一支鼓鼓的手機，他伸手去拿，卻發現玻璃爬滿蜘蛛網裂痕，底下的螢幕跟瞳孔一樣黑。他按了幾個鍵，手機沒反應，他氣餒地將這個鋁製的殘骸扔出去。這個劇烈的動作讓他的髖部深處扭了一下，忽然間，好像有人拿乙炔焰炬噴他的尾骨一樣。他聽到自己尖叫。

各種細節跟著痛楚一起湧入，有如回到他大腦棲巢的鳥兒一樣。他叫連恩，他是加拿大人，但在美國工作，這點他從空氣就能判斷——溫暖，帶有些許有毒物質，很像許久以前才燒過垃圾一樣。現在是十一月，他在康乃狄克州的達連進行房舍翻修。他三十四歲，雖然他的母親非常努力，但他還是翠林家族的人。

補給品清單

四點五公斤的有機糙米一包
四點五公斤的有機鷹嘴豆一包
四點五公斤的有機大豆一包
咖啡色噴漆五罐
九十公分的大鐵剪一把
十一公斤裝的白糖四包
薄荷涼菸兩條

萬聖節的樹

連恩回到十歲，蜷在媽媽天藍色露營車的副駕駛座上。柳兒從溫哥華沿著太平洋海岸線南下，即興談起伐林、酸雨、寂靜的春天、造成胎兒畸形的藥物沙利竇邁、即將到來的環境末日，同時，她用空出來的手抽薄荷涼菸，靠骨頭突出的膝蓋控制方向盤。連恩沒有上學（他在尤克盧利特上了幾個星期，他們在那邊住了半年，因為他媽想要封鎖那邊的伐木產業，而他討厭死那個地方了），所以她在慈善二手商店買了一些老舊的四年級練習本給他在車上寫。不過閱讀讓他疲憊，於是他聽著廂型車的柴油引擎聲，將樹枝削成致命的尖頭，偶爾從一旁的後照鏡看看有沒有警車追上來。

今天是禮拜天，伐木工唯一的假日，這代表這天也是柳兒採取「直接行動」的日子。一早，連恩就從車上看著母親拿出大鐵剪，剪斷禁止外人擅闖的柵門大鎖，後面是一大片原始森林。連恩的五臟六腑都焦慮得糾結在一起，老媽則將車開進樹林裡，停在伐木歸堆機旁，這種巨大的機具總會讓他想到黃色的恐龍。接著柳兒拿出兩袋十一公斤的白糖，她先前把糖藏在廂型車的坐墊底下，現在她用漏斗把白糖倒進機器的油槽裡。之後，連恩祈禱媽媽快點上車，免得加拿大皇家騎警或伐木工出現，她卻花了一個小時在附近的樹林裡，小心翼翼地用噴漆噴掉工人對高價樹木做的記號，這是他們打算鋸掉的樹木。連恩經常做噩夢，主角都是伐木歸堆機，這種機器不知怎麼著，擁有能夠吞噬整座森林的能力。他媽真是瘋了，居然攻擊它們，這種行為彷彿異端邪說，最終會讓他們母子倆惹上大麻煩。

不過，那一切都拋在腦後了，加拿大皇家騎警沒有出現。明天是連恩的十歲生日，柳兒應他要求開車去奧勒岡州的海灘，他想嘗試衝浪。他比較想去加州，但柳兒三天後要去溫哥華參加抗議活動。「所以我們頂多只能去這裡。」她一邊說，一邊揉亂他的頭髮。

連恩這個男孩體弱多病，戰戰兢兢，只要陌生人出現，他總會緊拉著老媽的蠟染印花裙。一開始，她替他登記的名字是「連恩．新曙光」，但他十八歲時就將名字改回連恩．翠林，他媽合法的姓氏。

連恩送出所有文件，也告訴老媽後，她是這樣回應的：「我是想給你一個嶄新的開始。你為什麼要用那種姓氏貶低自己？」

柳兒到了四十歲才生他，年紀很大了（他常無意間聽到她說「意外」這種字眼），而且她也沒有全然接受成為人母的事實。她腋下各有一片令人（令他）尷尬的叢林，還有焦躁不安、說走就開著露營車啟程的狂熱，她這個母親彷彿是羅夏克墨漬測驗，是在他年少時期飄在地平線上一片會改變形體的雲霧。她改變心意的速度之快、口氣之篤定，他會嚇到。值得信賴的品牌因為犯下某些生態罪行，她就發誓永遠不用該品牌的產品。某位情人在軍工複合體的複雜問題上跟她爭執，這對母子的露營車就永遠不會在這個男人的城市加油了。連恩有印象以來，他便曉得他的存活維繫在不要讓媽媽對他產生同樣的反感之上，於是他卯起來取悅她，重複她的用字，穿她在二手商店幫他買的破衣服，讚嘆每一次相同的日出與每一片相同的樹林。

不過，柳兒最常幻化的形象是流浪的僧侶，靠大麻、鷹嘴豆，以及自己打的豆漿為燃料。她的宗教是大自然，特別是樹。她對於綠色生物的信仰純潔也狂熱，如同自焚的佛教徒。所以連恩最怕她的環保心態，他曉得這種心態有一天會徹底從他身邊偷走他的母親。

開車開了好幾個小時，他們停在華盛頓州中央地帶靠近河流的森林路邊停車場露營過夜。柳兒在車上的丙烷爐慢煮糙米，同時大聲讀起《燕子號與亞馬遜號》（Swallows and Amazons）的內容，雖然這本書「最後很中產階級」，但她小時候還是很喜歡這本書。之後，連恩躺在露營車車頂可以拉起來的帳篷裡，焦急擔心州警會過來，用金屬手電筒敲髒到看不清楚的車窗。柳兒的煩惱範圍則更大一點。她在手電筒的光線下寫筆記，上頭列了各種新手法，目的是阻止太平洋西北地區古老樹林持續的砍伐行為，同時，她還喝著她的高級茶。

就外表看來，連恩他媽篤信生態這個宗教，但兒子很清楚她的祕密。大咧咧擺出來的是她的大麻跟蘑菇，但露營車上到處都是她藏的奢侈品。發霉坐墊的縫隙中有一瓶香奈兒五號香水，副駕駛座儲物箱裡有好幾包上好的英國茶，她的其他生態戰士朋友都不曉得她出身豪門，坐擁大筆房產、有住在家裡的園丁、上馬術課、唸的是要穿格子制服的私立學校……一切都有人打點。她的父親哈利斯．翠林在一九一九年建立的翠林木材公司，以那種年代能在加拿大掙錢的方法掙錢，也就是咀嚼自然世界，然後販售戰利品獲利。雖然哈利斯死時連恩只是個奶娃，但連恩從小就暗地欽佩這位外公。至少他販賣的是有形的實質商品，而不是像柳兒「打造環保意識」，連恩一直不懂這六個字的含義。

雖然父女關係緊繃，但哈利斯死時還是將所有財產留給柳兒，一山的現金、位於溫哥華肖內西高級地段的一棟豪宅，以及一座私人小島，這些財產柳兒統統收下，然後反手就捐給一個致力於全球森林保護的環境組織。她經常會在露營車上，一邊吃著金屬大碗裡的鷹嘴豆（只有用海鹽稍微調味），一邊對著兒子重述起她無私的行為，「翠林小姐……」大口嚥氣。「……就這樣嗎？」她會模仿起接收匯票的震驚銀行經理。她會接著回答：「對，就這樣。」她還會露出淺淺的微笑，接著就是忍俊不住的瘋狂大笑。

連恩隔天醒來時，他在車子中央的桌上看到一份由報紙包裹的生日禮物。他一度假裝那是他父親送的，他的父親來自加州的歐申賽德，用「智者」（Sage）這種名字自居，在奧瑞岡海邊以衝浪詩人的身分，引導柳兒這種女人加入他一邊聽沙灘男孩的《寵物之聲》專輯，一邊創立的宗教。不過，早在連恩出生前，她就將智者拋在露營車車尾的風沙之中，而連恩從來沒有見過他。

連恩用雙手拿起禮物。因為口袋一直很緊，他曉得不該抱有太高期待。為了支持他們拮据的生活方式，他們每年會去採收野生雞油菌。夏天的時候，他們步行去柳兒最喜歡的祕密地點，她的「妖精農場」，隱藏在原始林深處。每次只要看到一整片雞油菌，長在樹木根部的小小黃色喇叭，連恩都會非常驚嘆。柳兒不用地圖，也不用指南針，每年都能準確找到這個地方，這點令他不解。母子倆各採五籃，然後用釣魚線綁著雞油菌，任其掛在車上風乾。之後，她會用奶油炒一些新鮮的菌菇，鋪在厚厚的糙米上，但連恩總會把自己飯上的雞油菌挑掉。雞油菌嚐起來太像森林了，也太像他母親的氣味：淡淡的桃子、堅果與泥土味。風乾完成後，柳兒會開車去西雅圖、溫哥華跟舊金山的高檔餐廳，用低價一大袋一大袋賣給興奮的主廚，他們通常會趁廚師出來抽菸時，約在暗巷裡交易。不過，買了食物跟柳兒搞破壞的補給品後，通常口袋裡都不剩幾個蹦子。

連恩扯開包裝紙，出現的是一個捕夢網，跟他去年收到的一模一樣，都是柳兒用彩色的線在薄薄的松柏樹枝上交叉編織而成。柳兒注意到兒子提不起勁，她又開始長篇大論，批評現代的玩具與漫畫書「都是媒體公司跟假到爆的商人搞出來的點子」。連恩咕噥著道謝，收拾整理準備上車。他們出發前，他說需要上個廁所，於是偷溜到樹後面，他在苔蘚林地上重重地將捕夢網踐踏成碎片。

這是他第一次背叛母親，他的首度叛變，老媽甚至沒有注意到。雖然她經常談到連恩的大好前程，也會擔心他長大之後，這個世界還有沒有自然的樹林供他欣賞，但連恩清點起媽媽綠色的雙眼上次望著他，或聽他說話的時刻，已經是好幾個禮拜前的事了。因為這個原因，每年萬聖節（難得她會奉行傳統節日，每年都拖著兒子去名為「地球，現在！」的溫哥華集體住所），連恩會打扮成一棵樹，就是他媽最喜歡的道格拉斯杉，用灰色的紙箱樹皮與樹枝把自己包裹起來，用她的葡萄酒瓶軟木塞刻出松果來裝飾，還煞費苦心用彩色紙剪出針葉的形狀。他這樣打扮，就是希望母親最終會看他一眼。沒有一次成功。

於是，今年連恩決定要開始打扮成伐木工人。

活得真切

所幸一陣聲響讓他從流沙般的回憶中回過神來，那是他的空氣壓縮機，擺在右邊三公尺高的鷹架上，隆隆響起，要填充艙內的壓力。從機器獨特的青銅凹陷與磨損看來，這是他的東西沒錯。他心想：*不過，機器為什麼會出現在這裡？是我帶來的嗎？*對。他跟他的幫手阿瓦雷茲今天早上從車上搬過來的，那阿瓦雷茲在哪？他們不是一起立鷹架嗎？還用橡膠隔離套套在鷹架的腳柱上，免得刮壞地板的亮光蠟嗎？

空壓機停下時，連恩的目光沿著鷹架往上望，看到幾片上方露出來的隔熱材料。他跟阿瓦雷茲原本在拆柚木榫槽（tongue-and-groove）天花板（想想木匠會開什麼跟舌頭與快活有關的玩笑），然後換成連恩招牌的回收木。雖然柚木沒壞，只有十年的歷史，但屋主還是要換。每年春天，連恩都會在《紐約客》上刊登一則小小的廣告，在頁面下方一則設計簡陋的古怪廣告：

翠林外包工程：
回收木，客製化。
活得真切。

三句毫無意義的話語，足以讓他的手機震動得跟理髮師的推髮器一樣。鬼才曉得那些金字塔頂端的人為何會如此迫切追求「真切」這種概念，他們的房子外頭看起來跟太空船似的，裡面卻是大蕭條年代的工廠。不管他們的理由為何，連恩都樂於滿足，而回收木就成了他的謀生之道。連續四百〇六個日子，他都繫著他的工具腰帶，沒有一天休假，就睡在工程廂型車裡的薄薄泡棉床墊上（房市崩潰，他失去布魯克林格林堡的房子後就住在車上），車子通常停在他的工作地點附近。也許是因為從小在柳兒的露營車上居無定所，連恩很滿意這種流動的狀態，算是搶先他過往一步的生活方式。而木工（永無止盡的測量、敲擊、裁切、打磨、前往下一份工作）則讓他的回憶沒有機會冷不防冒上來，他就喜歡這樣。

堆在附近牆邊的回收木板被陽光曬得銀白斑駁，還有歲月的痕跡，從叔祖母恬璞老穀倉拆木板的印象還歷歷在目，這座穀倉位於薩斯喀徹溫省艾斯特凡郊外。恬璞與伴侶沒有子嗣，所以他們死後，連恩繼承了那片不值錢的土地。因為賣不掉，他也不是會種田的人，他就年復一年，一片一片拆除農地上的結構、房舍，還有好幾公里長的圍欄，全部都是一九三五年黑色風暴氣旋肆虐，將該處夷為平地後重建的。用這麼上好的材料，連恩會跟屋主請款兩萬美金，但那傢伙（洛克菲勒家族的遠房後代）連眼皮也不會眨一下。

只不過，如果連恩不能把身體弄好、完成工作，那他便無法向任何人請款。所幸他尾骨的灼熱感消失了，腦袋霧茫茫的感覺也清晰了點，但他的雙腿還是沒有反應。不過他認為刺刺麻麻的大腿後肌顯示傷害應該不是永久的。也許尾骨骨折，或是，更糟的骨盆裂了，還穿刺到神經，他見過其他木工受過這種職業傷害。

他躺著休息一會兒，想要整理出計畫來。暖氣通常能夠溫暖混凝土地板，卻因為沒人而調到最小。這間房子座落於五十公頃的海濱岬角，盤踞在距離大馬路約五公里遠的峭壁上，信件應該是投進某處獨立的信箱裡。這意味著近期內都不會有人來救他，大概要到春天才會有人來。連恩抬頭檢視四周，他的德偉斜鋸機旁邊有好幾塊裁切過的木板，他因此想起阿瓦雷茲今天看起來不太對勁，眼睛布滿血絲，所切的木板都少了〇點三一七五公分，甚至差更多。他這是在浪費上好的木頭（連恩從遠得要死的薩斯喀徹溫載過來的木頭），所以連恩請阿瓦雷茲今天去車上休息。

每當連恩需要木匠幫手時，他就會在免費的週報上刊登廣告，他只會聯絡電郵寫得最糟的人。他雇用過酒鬼、當過騙子的人、癮君子、瘋子，多數人都只撐了幾個禮拜，拿到錢就閃人。這種慈善雇人法多少遺傳到柳兒為善的嬉皮性格，或是來自恬璞，她曾在農場外面搞過救濟貧民的流動廚房。有時他會想這是不是他彌補過往荒廢歲月的方法。他是在幫這些不幸的人，還是在給他們錢繼續摧毀自己？連恩其實不太確定。不過他喜歡身邊有這些生活不順遂之人的陪伴，他們講的話有趣多了，也鮮少對他自找的、焦土般的生活指指點點。

阿瓦雷茲跟了他半年，工作表現也不錯。不過他會賭博。他在手機上賭，這樣比去賭場還糟，因為賭場就在你身邊，隨時隨地在口袋裡呼喚著你。阿瓦雷茲會在發薪日當天就在車裡輸光這個禮拜的薪水，連恩甚至還沒送他回他媽在皇后區的房子呢。這代表他現在就在廂型車裡，等著連恩完成工作，送他回家。連恩要做的就是爬出房子，沿著車道去車上。連恩在副駕駛座的置物箱裡還有另一部手機，那是他去加拿大時用的預付電話。就這麼決定了。雖然他擔心爬行可能會讓灼燒感再次出現，也曉得移動會讓他傷勢加劇，但他實在別無選擇。

連恩深吸一口不太順暢的氣，然後翻過身來，腹部朝下，用手肘開始移動，鈦鎚（這是跟明娜交往早期，她送他的禮物）的彎勾在混凝土地板上發出擦刮聲，他金屬鞋尖的靴子跟綁在腳上的槓鈴一樣。他已經呼吸困難，只能卸下工具腰帶減輕負擔，幾排無角釘灑落在地上。他發誓等到他腿好了，他就會回來撿。因為無論他的生活有多混亂，他的工作場所總是乾淨整潔。

因為房子是嵌在俯瞰大西洋的低矮峭壁上，客廳其實是凹陷的，他必須爬上兩段短短的混凝土階梯，總共是十二階。經過一整天朝著天花板釘回收木板，他的手臂已經沒力，因此他只爬了六階就汗流浹背，渴到不行。水管肯定沒水，如果他冒險下去地下室打開總開關，他肯定爬不回來。連恩車上當然有好幾箱紅牛能量飲料，他一天要喝上九到十罐，因為他討厭黑咖啡，腸胃也無法消化乳糖。柳兒也有同樣毛病，所以她才會自製豆奶，羽衣甘藍沙拉上加的是羊奶起司塊。連恩逃過了五年荒唐嗑藥的歲月，結果卻對這些高咖啡因的糖類炸彈產生無法壓抑的渴望，說起來算是祝福，也是詛咒，端看那天是什麼樣的日子。他昔日的匿名戒毒會裡充斥著各種間接癮頭，他們大多一天要抽一包菸，也有人喝咖啡的程度不亞於航空交通管制員。這是他們之間的默許，這些比較沒那麼嚴重的癮頭沒必要戒除，因為他們這種人只要存在，就一定會有需求。

連恩用手肘爬上最後六階樓梯，經過這番努力後，他癱倒在屋子前面的平臺上。他高舉一隻手，弓著背，伸長身子，握著把手，然後才拖開厚重的玻璃門。晚秋的空氣寒酷，甚至有點黏膩，天色比他想像得還要晚，太陽已經沉在修剪整齊的罕見榆樹與玉蘭樹之下，高價的樹藝師在房子周圍種了這些高價的樹木。

他拖著身子沿著鋪磚小徑出去，裸露的手肘挖進冰冷的走道上。他抵達車道專屬的鏽褐色八角形鋪面時，他看到他的白色工程廂型車就停在約莫一百公尺外，靠近維修棚的地方。連恩喊起阿瓦雷茲，但車子沒有開門。他也許睡著了，比較可能是他戴著耳機，正在手機上賭博。

看到他還得用手臂爬行那麼遠，他忽然絕望地將臉貼在在冰冷的地面上。他瘦痛的肩膀，隱隱作痛的脊椎，這麼多年來的長途跋涉、勞力工作、辛苦的生活終於在他身上沉積了下來，他這輩子沒有覺得這麼疲憊過。他休息的時候，發覺到褲子上有一塊詭異的溼潤感，滴滴答答的。他轉頭往後看，顫抖的手往工作服褲襠後方伸去，手指溼溼滑滑，還有一股尿味。自從一口氣吞十二顆疼始康定這種止痛藥配八罐幸運拉格啤酒後，他就不曾尿溼褲子過。

他必須繼續前進，不然他又會開始回憶，於是他轉回來，痛苦地以匍匐姿態穿過有點結霜的落葉覆蓋層。他一直將自己的過往視為一輛他拖在身後的拖車，如果他膽敢停下，這輛拖車就會輾過他。不過，就算他已經盡快往前爬了，他還是感覺得到自己的頭腦開始停頓，放慢速度，他馬上就別無選擇，只能等著遭到碾壓。

到處打零工

連恩十六歲的時候，柳兒帶他去真正的餐廳請他吃晚餐，這是很罕見的情況。「對於你的生涯規劃，我們該認真一點了。」她說，他則用懷疑的目光越過牛排看著她，這份牛排是故意點來讓她覺得噁心用的。「你不希望我永遠帶著你到處跑，對吧？」

他媽一直希望他能成為藝術家，寫大自然的詩人，或跟她搞上的那些水汪汪大眼睛男人一樣，成為信奉神祕主義的嬉皮。或是，更厲害的選擇，走上滿腔熱血的學術道路，成為馬克思主義的社會學教授，或蓄鬍的樹木生物學家。最棒的莫過於成為瘋狗般的環境生態律師，無償獻身，只為了對抗伐木的集團企業與石油巨頭。不過，連恩從沒關心過政治，或藝術，或無形的思想。他從小時候就很欣賞做工的人，特別是跟他外公哈利斯及叔祖母恬璞一樣，靠自己勞力過活的人。連恩考慮要當伐木工人，只是為了激怒柳兒，但他曉得現在伐木歸堆機能夠搞定所有的工作，而在雙手不碰觸到任何一片樹皮的狀況下，整片森林就會夷為平地。於是連恩把自己的盤算告訴她，他打算跟一位到處包工程的木匠學習，然後去附近的社區大學上幾門課，作為入行的門檻。聽到這裡，柳兒臉垮了，要求結帳。

兩個月後，母子在露營車上躺好準備就寢時，連恩用手電筒研讀起地方建築法規，他媽提起：「我只是不懂你為什麼要承擔這種工人階級的身分。」

「柳兒，我需要『做事』。」他疲憊地說。「這跟承擔身分有什麼關係？」

「你知道，要做事有很多事可以做。」她說。「我做的就是重要的事，也許是全天下最重要的。」

「如果妳認為摧毀別人的生計算是『要事』的話啦。」他關掉手電筒。「那妳當然做了不少。」

十八歲的時候，連恩有了入行的門檻，租了一輛半噸的卡車，展開他的天窗安裝工程，生意隨即蓬勃起來。一年內，他安裝的天窗遍布整個卑詩省。他拓展事業，雇用年紀是他兩倍的人，買了好幾臺卡車，每輛車都配置了可以上鎖的箱子，裡頭是德國製的高級鑽孔工具。二十二歲時，他在溫哥華郊區名為蘭里的地方買了一棟有五間臥室的房子，他在屋頂上裝了一堆天窗，還在後院搞了一個烤肉架，尺寸跟成人的棺材一樣大。

連恩運氣很好，沒有幾個承包商願意做天窗，因為保險理賠很可怕。事實是，所有的天窗到頭來都會漏水。連恩在兩年內趕工完成了五百座天窗，在整個卑詩省留下一道滴滴答答的漏水痕跡（或馬上就會開始漏）。不過，如果柳兒曾經教過他什麼，那就是不要讓自己陷入困境之中，以及如何駕車逃逸，再也不回頭。連恩旋轉肌腱拉傷時，他不休息，傷勢無法好轉，他手下一位經常受傷的老傢伙建議他吃疼始康定持續藥效錠。

也許柳兒又遺傳了另一個黑暗的特質給他，他的神經受體總是貪婪尖叫，渴望化學物質帶來的狂喜，更可怕的是，一而再、再而三的渴望。一開始是他媽不准他喝的大企業甜膩汽水，他們有次去加油時，他在販賣部偷的，她開車時，他就偷偷喝，然後是她的大麻，在他來到十三歲這個成熟的年紀時，他媽還大方提供。然後，一度短暫出現的是香菸跟酒精，他媽雖然公開指責這些東西，自己卻頻繁使用。不過，沒有任何物質比得上在他胃裡溶解的疼始康定，藥物逐漸溫暖了他的身軀，讓他體驗到前所未有的撫慰、原諒與安全感。就像墜入愛河，或是大家口耳相傳的愛，但從來沒有實際傳達出來的愛。連恩馬上就天天嗑藥，一個禮拜可以工作八十個小時，完全沒有不適。

不過，當保險精算師終於追上他，收回他的房子、戰艦般的卡車、每一件高級工具時，連恩陷入一場沒有界線的癮頭漩渦，這股癮頭跟野火一樣燒光他剩餘的積蓄。他因為非法侵佔坐牢一小段時間，隨之而來的是戒斷藥物的反應與破產，他只能搬回露營車上。此時的柳兒已年過六十，正採取較為和平的抗議手段，去影印店印小手冊，主辦電子郵件寫作比賽。她開車載連恩去她的某座「妖精農場」，在他戒毒的首週，他羞愧到完全說不出話來。所幸，她也沒提先前的警告，什麼自由市場資本主義的危險啦，以及他不怎麼明智的職業選擇。

為了讓他的思緒有點事做，她播放起她的老唱片，裡頭是一個男人在讀詩。「這是你外公的。」她莊嚴地說，很不像她。「東西在我這很久了，但你小時候我從來不放，因為我以為你不喜歡。」雖然他不太理解朗讀的內容，但男人起伏頓挫的聲音撫慰了他破碎的神經，他撐過一分鐘是一分鐘的存在似乎變得比較可以接受了。一個月過去，每天都是柳兒的蕁麻茶、她的鷹嘴豆、她的豆奶、她的檀香薰香、她單調的嬉皮智慧、她的詩歌唱片，最具有療效的卻是在樹林裡度過的每一個夜晚，至此，連恩覺得自己恢復了。等到他夠強壯，他們就去採雞油菌，賺到的錢得以讓他買一雙耐用的工作靴與可靠的捲尺，他加入了溫哥華的公寓營造團隊，打下地基。這是木匠工作圈裡最低賤的工作，也很不值得，在泥漿裡一週打滾五天，一錘一錘敲打出木模，但混凝土上漿後，木模就會拆掉，他的手指跟腳趾永遠皺巴巴的，好像從來不出浴缸的小孩。一切都是為了立起一棟又一棟的玻璃大樓，一千個設計師精心打造出來的「櫥櫃」，而連恩一個也買不起。

不過，他媽鬼鬼祟祟的奢華品味還是留下了長遠的影響。連恩每天會花十加幣，去城裡的時髦館子買布瑞起司長棍麵包三明治，他的工人同事會因此譏笑他。小館子老闆喜歡連恩，請他製作回收木的吧檯，之後，就沒有人笑他了。連恩下班後連忙跑去公立圖書館，他在每一本書裡大量吸收上好木頭工藝知識。寫得最好的書出自中島喬治之手，這位木藝大師從小在華盛頓州的斯波坎樹林長大，連恩也在該處度過部分的童年。連恩決定拆解中島的設計，沉浸在工作之中，開著柳兒的露營車，從史丹利公園非法載運一塊被風吹落的冷杉樹幹。他在中島的書裡學會了「書頁配對」（book match）的概念，也就是將同一塊原木裁切成兩塊連續的木板，將這兩塊紋路相仿的木板拼在一起，形成鏡像，就能打造出有如攤開書本般的神奇效果。

他在不平整的原木邊緣加上蝴蝶榫，增加強度，抹上大量桐油，以及兩層聚氨酯木頭漆，木頭獨特的輪廓、樹瘤、帶有蜂蜜光澤的紋理便栩栩如生，彷彿是幾百年間，有座太陽系凍結在木頭之中，此刻終於揭開面紗。這是一件精美也堅固的作品，小館子的老闆聲稱這個吧檯讓他生意翻倍。有影響力的設計師在電腦上研究他的作品，一個月後，他就得以買下自己的公寓，離開工地的地基工作，全職製作上好木藝品。他翻修過餐廳、精釀啤酒廠、咖啡廳，用回收的木材裝飾這些場所：先前遭人遺忘、等著憔悴腐爛的老木頭。他把賺到的錢統統存在帳戶裡，這個戶頭需要他母親的共同簽名才能提領，他還用連續的勞力活壓過復發的癮頭。

沒多久，一群投資人請他飛來紐約，重新裝潢位在公園坡的知名咖啡店。他工作時，無意間聽到咖啡廳的年輕常客抱怨起他們的學生貸款、挫敗的獨立樂團、念出來也沒有用的博士學位，以及不支薪的實習工作，二十八歲的連恩忽然覺得自己好老，彷彿是加拿大樹林裡的傳說生物誤闖大都會一樣。咖啡廳的員工個個穿著老派的帆布圍裙、亞麻工作襯衫、老舊的靴子，鬍子上還抹了有機的芳香劑，他們看起來彷彿是從史坦貝克小說裡走出來的人物。不過，連恩不會批判他們，時局艱困，沒有一九三〇年代那麼艱難，那時他叔祖母恬璞在自家農莊搞流動廚房招待窮人，是不一樣的艱苦，而且就算是紐約市這麼富裕的地方也面臨同樣的問題。時局艱困，人就會渴望用另一個艱困的時局來安慰自己，無論是過往或是想像中崩壞的未來，這樣才能撫慰他們受困於此時此刻的痛苦。他不是專家，但他認為這些年輕人是在撿柳兒那一輩人的殘羹剩飯，要是連恩沒有一技之長，也不是翠林家族的人，血液裡沒有樹汁的流動，他也會跟他們一樣迷茫。

咖啡廳完工後，他又承包了好幾張製作書頁紋理配對會議桌的工作，向他下單的企業都是曼哈頓的大公司，包括霍氏、殼牌、惠好（Weyerhaeuser），都是柳兒一輩子對抗的企業。他在紐約又住了兩年，他用昂貴的原始林陳年紅木替布魯克林區另一間精釀啤酒廠翻新時，他才邂逅明娜・巴塔查里亞，她幫啤酒廠老闆出裝潢的主意，她跟老闆是老朋友了。雖然他們打過照面，但連恩見到明娜時總會埋首於工作之中，明娜可愛怡人，他完全沒有接觸過這樣的女孩。

一天，他俯案操作桌鋸，準備進行精細的切割時，她問：「你不用戴手套嗎？要是你的手接觸到鋸刃怎麼辦？沒有手指頭，就做不出漂亮的東西來了。」

「這玩意兒早餐就吃手套。」連恩指著鋸子的尖刃。「手套會讓人粗心，所以還是不要戴比較好。再說，我喜歡親近木頭。」

隔天，她要他下班後去咖啡店見面，他們一起擠在繁忙的咖啡廳吧檯上，這座吧檯也是連恩打造的，但他不好意思提。這是這幾個月來，他除了拉屎、開車、坐飛機之外，首度好好坐下來。「很高興看到你十指健在。」她說，他因此望向她的手，同樣也長繭、肌腱明顯。他這才知道她是洛杉磯交響樂團的首席中提琴手，她來林肯中心進行六個月的常駐表演。她慧黠、風趣也坦率，雖然她的政治觀點看似非常合理，但其實沒有什麼根據。她是德里郊區一對野心勃勃夫妻的獨生女。「我選了電吉他，我父母選了大提琴。」她不帶感情地說。「我媽說中提琴算是折中的選擇。」

接下來的週末，連恩帶明娜去自然歷史博物館看一棵巨杉的巨大橫切面，這棵樹是從他跟柳兒經常露營的森林裡砍下來的。地鐵上，他首度跟明娜談起自己的母親，將她的激進行為描述得充滿理想，而不是狂熱，將她疏離的教養方式形容得古怪，而不是充滿傷害。不過，到了博物館，他很失望發現巨杉已經上過漆，所以他們沒辦法嗅聞他口中紅木天然抗腐壞的豐富單寧氣味。明娜還是非常欽佩，之後，首度邀請他去她的住所。

接下來幾個月的週末裡，連恩跟明娜會開車北上，為他的案子物色回收木。他們向農夫購買飽受風吹雨打的木板或梁柱，扛上車。農夫看他們的神情，彷彿他們是剛從精神病院跑出來的病患。一開始，她會興致勃勃，拿起拔釘鉗，幫忙拆開老舊圍籬跟馬廄，但當她在拇指上搞出傷口，需要打破傷風，還差點必須取消一場表演後，她就會心滿意足趴在圍籬邊上看他作業。

「我不喜歡『回收木』這種字眼。」他們回紐約時，明娜如是說。

「又來了。」連恩伸手過去捏捏她的膝蓋，讓她知道他只是在開玩笑。

「這三個字會引發這個問題，從哪裡回收的？或，精確點，跟誰回收的？答案是那些不會用這些木頭的人，窮人，沒有品味的人，不配這些好木頭的人。」

連恩心想：跟我一樣的人。不過他沒有說出口。

「為什麼有錢人總想買回他們允許讓窮人擁有的寥寥幾件物品？只是為了要提醒窮人，他們什麼也不可能擁有？不能真正擁有？」

雖然明娜非常固執，但她跟柳兒天差地遠，她很有紀律，固定特質很強，速度緩慢，深思熟慮，對於化學藥品的態度相當保守，喝一杯白酒就是她最大膽放肆的時刻。連恩則喜歡她一坐上他的廂型車，就會用手機連接他的車內音響，讓音樂流洩進他耳中。雖然她受的是古典音樂的訓練，她私底下卻完全無法忍受管弦樂。她熱愛的是一九六〇年代的靈魂樂，她會在他身旁的座位上擺動身軀，放聲高歌，《成為我的寶貝》（Be My Baby）、《寶貝的愛》（Baby Love）、《寶貝，我需要你的愛》（Baby I Need Your Loving）。連恩打趣地想：就一個口頭上說要等事業穩定才要生小孩的人來說，這些歌裡的「寶貝」也太多了，真是令人不安。

就是在這種車程途中，他首度萌發想要打造自己工作室的念頭，在某個遠離市區的鄉下地方，他能打造自己設計的訂製家具，就跟中島喬治在賓州新希望鎮的時候一樣。

他跟明娜分享這個想法後，她用手撫摸他的後頸，說：「連恩，你的檯子跟桌子都非常精美。不過，我很難想像你在自己體面的店面打造奇蹟時，不會有什麼討厭的企業設計師跑來偷看。」

明娜對他木藝的興趣並不會自以為是，他很欣賞這點，彷彿他們的職業帶來同樣的文化價值。他訝異發現，她認為她的音樂修養也算是一種勞力活，逼得她必須排除萬難，嚴格練習，而跟他在一起的時光也是可以犧牲的。結果就是連恩已經準備好，沒有工作的每一分、每一秒都要伴她左右。

六個月後，明娜的紐約駐演結束，她準備要退租公寓，回到洛杉磯。因為連恩此時還住在布魯克林皇冠高地修車廠樓上的小雅房裡，他實在沒有辦法在明娜進城時提供她落腳之處，於是他積攢全數積蓄，買下格林堡外圍「前景看好」的半獨立式別墅。所幸這大膽之舉獲得明娜賞識，她答應半數時間會待在洛杉磯，剩下的時間則留在紐約。

不過，她的工作讓她沒辦法按照原定計畫這麼常過來，半數時間很快就剩下四分之一的時間。連恩曉得他大概只是缺乏安全感，但他越來越相信，她是習慣住高級酒店、在豪華表演廳演奏的人，看不上他的房子。於是他趁工作之餘，將牆壁拆到只剩間柱，開始全面翻新，只用細緻華美的原始陳年道格拉斯杉與紅杉。光是木材本身就差點讓他債務翻倍，而且雖然明娜表面上讚嘆起他的工藝，但她還是沒有如他所願的經常造訪。當她預定要去布拉格進行兩個月的表演時，連恩摔進一個沒有空氣的黑暗洞窟之中，這麼多年來，他第一次夢想著疼始康定。

問題

「妳是不是愛樹林，遠超過愛我？」

草坪椅是從露營車上搬下來的，放在海邊，他媽在椅子上調整坐姿，用手梳起因為鹹鹹海風而糾結的頭髮。為了慶祝他的十歲生日，他們終於抵達奧瑞岡州的海邊，只不過這裡的海水又黑又冰，海浪很低，根本沒辦法衝浪。連恩整個下午都悶悶不樂，用兩塊石頭不斷敲打他在海灘上找的紫殼菜蛤的殼。冰冷的水並沒有阻止柳兒裸泳了整個早上，上來時帶了一大堆叢梗藻。他希望她檢點一點，穿上他在連鎖百貨公司用自己的錢替她買的泳衣，但泳衣連標籤都還沒拆。

他的問題無人應答，飄蕩在空氣中，她則緩緩用露營刀將柳橙切成四瓣，咬進其中一塊。他之前就問過這個問題，曉得老媽會覺得很煩，但他還是再次提起。他無比需要聽到答案，也許因為今天是他的生日，這次他的確聽到了回答。

「連恩，你是好人，最棒的人，但你充其量也只是一個人而已。」她用力吸著果肉，然後吐到沙灘上。「大自然比全部人類加起來還偉大得多。」

中提琴

明娜在布拉格的兩個月裡，連恩擊退自己對疼始康定渴望的方式，就是接下一堆複雜的案子，都是些規模龐大的室內翻新工程，而他不肯雇用幫手。等到明娜終於回來後，剛開始的日子過得還不錯，一切就在她首次帶回史特拉迪瓦里提琴後開始走下坡。

那晚，明娜一邊吃從韓式餐廳外帶的晚餐料理，一邊興奮地告訴他：「正式來說，這把琴又稱為俄國中提琴，因為它曾經是蘇聯的財產。不過，開放之後，這把琴流落到一位名為譚雅・佩特羅夫的女人手裡，她是逃離聖彼得堡的石油寡頭，她現在自詡為藝術的贊助人。她聽說我在布拉格演奏，她來紐約的時候，就借我這把琴。」

「哇，真是太棒了。」連恩的語氣拖得長長的，裝出很感興趣的樣子。事實上，他不喜歡聊起歐洲，以及富有的贊助人借明娜這些獨一無二的樂器，這種人情她會欠人家一輩子。

晚餐過後，明娜將中提琴從軍事規格的克維拉纖維盒裡取出，演奏起來，連恩則在他用木頭打造的廚房裡洗碗，這裡聞起來還有淡淡的亮光漆味道。樂器豐富卻精準的聲音讓他雙眼泛淚，但她演奏結束後，他卻說他喜歡她平常那把琴強烈的共鳴。

那天晚上，明娜去沖澡時，連恩卻用粗糙、滿是傷痕的手拿起史特拉迪瓦里琴。雖然他的第一個本能是想加以批評，但他卻忍不住欣賞起其精湛的工藝手法。上方是某種品種的雲杉，內部的角木塊跟襯條看起來像柳木，背板、琴框與琴頸則是堅實的陳年老楓樹木板。每一處的紋理、木工與拋光都無懈可擊。他偷偷用手機拍下幾張參考的照片，同時沉迷於這把琴的每一絲質地與細膩之中。明娜擦乾頭髮走出來時，他表示，這種無價之寶擺在他們家，他覺得不太放心，他說：「我們這輩子都不可能擁有這麼昂貴的東西。」

「噢，它有保險。」她雲淡風輕地表示。

不過他還是夜不成眠，特別是因為那些會來「巡視」「前景看好」街區的悲慘靈魂，他在加拿大很少見過深陷如此絕望與貧窮的人。所幸明娜週一飛回洛杉磯表演前就把琴還了回去，他真是鬆了口氣。不過，下週末，她還是拖著那個琴盒出現了，這次借用的時間長得多。如同連恩所擔心的一樣，明娜現在跟俄國提琴的魔力沾上了邊，各種新的表演邀約不斷出現，包括個人演奏會，以及跟海外知名四重奏一起客座表演的場次，報酬非常豐厚。當譚雅．佩特羅夫邀請明娜去華爾道夫酒店她主辦的派對上表演時，連恩說他沒有西裝，那晚便獨自在家，用刨木機削直橡木櫃子的面板。

感覺明娜在家待不到幾個禮拜，她又再度啟程去歐洲進行一個月的演出。為了不要去跟附近的藥頭買疼始康定，連恩研究起中提琴的結構。他一頭熱，自從讀書取得木匠入行門檻後，他就沒有讀過這麼多文字了，他也挖掘起晦澀的理論，想搞清楚安東尼奧．史特拉迪瓦里究竟是如何發出他招牌共鳴的。有人相信他一開始用鈉、矽酸鉀、硼砂礦物溶液浸泡木頭，接著，他用成分為蛋白、蜂蜜、阿拉伯膠的「白漆」（vernice bianca）塗抹上去。只要連恩遇上無法解答的問題，他就致電相關的專家，維也納或佛羅倫斯大學裡古板的教授，他們會對他複雜的手法嘆息，但還是會一一答覆。連恩得知，有人堅信史特拉迪瓦里只用舊時大教堂的殘料回收木，也許還拆十字架來用，年輪卻證實這種理論不可靠。「所以你的意思是這種琴可能是用近代的木頭做的？」連恩問，教授只說：「噢，對啊，當然。」

連恩在網路上訂了他需要的高級木板，在地下室打造出蒸汽設施。他跟史特拉迪瓦里一樣，從內部開始打造這把琴，而不是跟維堯姆（Vuillaume）一樣，用外部結構做出差不多的形狀。就連明娜回來後，連恩還是忙著進行這項工程，不准她去地下室，他會將音樂放得很大聲，掩蓋住帶鋸機切割出琴身曲線的聲音。為了加上精細的裝飾，他拿出手工的工具，雕刻刀啦、小刀、銼刀啦，還有叔祖父留給他的指刨——老人晚年想自己做西洋棋的棋子。連恩曉得中提琴只要偏差十分之一公釐，聲音就會跑掉，而明娜也許嘴上會說喜歡，但她也會暗地裡注意到這樣的不完美，這種結果實在太可怕，他想都不敢想。

在連恩製作木藝的歲月裡，他從來沒有打造出如此鮮活的物品，外型像人，音色也有如人聲。他磨砂所有的連接點，用貂毛刷塗上最後一層精確調製的亮光漆後，他這才驚覺也許他媽說得對，也許樹木真的有靈魂，而木材就是血肉之軀。也許吉他和弦的殘響、大鼓敲動的心跳節奏、小提琴悲痛的哀鳴，這些木頭結構的樂器聲音之所以如此悅耳，討人喜愛，正是因為它們聽起來有如人發出來的聲音。

經過將近三個月的苦工與挫折，中提琴終於準備好了。明娜在三十二歲的週末抵達紐約，並一同在連恩翻新裝潢過的紅鉤區高級餐廳共度晚餐。之後他們返家，發生最後一次性行為，接著，他去地下室，拿著中提琴回到臥房。

「這是什麼？」她將葡萄酒放在床邊小桌上。

他得意地將樂器擺在她手邊，說：「一份禮物。」

「太精美了。」她說。她坐直身子，猶豫地讚賞起這把琴，觸摸其光滑的琴頸，用厚厚的指腹測試琴弦的弦距。「你在哪裡找到這把琴的？」

「我做的。」他努力想嚥下莫名爬上嘴邊的酸楚噁心感覺，卻失敗了。「做給妳的。」

她忽然將琴放在被毯上，這把琴彷彿發燙，無法繼續握著一樣。「噢，連恩。」她一手摀著嘴，失焦的目光投向臥房各處，然後她起身，站在床邊，搖著頭說：「我不能收，太貴重了。」

「妳得先彈奏看看。」他感覺到一絲冰冷的絕望，這是自從在柳兒的露營車上戒毒後，他就再也沒有體驗過的感覺。「我花了個把小時研究，這把琴就是史特拉迪瓦里的完美複製品。」

明娜沒有多說什麼，逕自跑進房裡的浴室，還在身後扣上了滑動拉門的門鎖。他走過去，額頭靠在拉門上，聽著她靜靜啜泣的聲音。

「我不明白。」他強顏歡笑。「妳只需要彈奏一下，音色就跟真琴一樣好，我發誓。甚至更美，我試過了。」

「連恩，我相信音色非常美。」她對著門說，他再度回想起安裝門的情形，進行了許多精細的調節，確保這扇門滑動時不會刮擦門框，這也意味著，如果有必要，他能在短時間內將門拆掉。

「我只是不能相信，這段時間裡，你都在忙這個。」明娜繼續說。「我以為你終於打造出你想要的工作室，就跟中島喬治一樣，而你是在製作家具。連恩，我以為你做出了你在乎的東西，為了你而製作的東西，而不是為了其他人。」

「我為什麼會想替我自己製作？」他的橫隔膜彷彿打了一個平結，非常緊繃。「我要的，我都有了。」

「連恩，我很遺憾。」她發出哀傷的嘆息。「我很遺憾你不懂我的意思。」

「但我的確是為了自己打造出這把中提琴。」他雙眼炙熱，充滿淚水，就他自己聽來，他的語氣幼稚到令人尷尬。「我做這把琴，這樣妳就不用看譚雅·佩特羅夫的臉色做事。妳也不用一直到處飛來飛去。妳可以在紐約表演，經常過來。」

「我旅行，我表演，是因為我想這麼做。」聽得出來她很疲憊。「不是因為誰叫我這麼做。而我也不是因為想要逃離你。」

「好啊，但感覺根本不是他媽的這麼回事。」他咆哮著說，捶打起單薄的門，伴隨著最後一個字出現的最後一拳在木板上留下三個指節的凹痕。

回想起來，明娜對於中提琴的反應符合他內心深處，或該說，至少存在已久的期待，在其後的歲月裡，她對這把琴的拒絕會幻化成他無法捉摸的各種謎團，以及他無望滿足她的各種期許。

既然打造這把琴是他做過最滿意的作品，他也因此明白明娜絕對不會放下一切跟他在一起。她就跟柳兒一樣，為了更心愛的事業，早就準備好要拋下他。

連恩從門口退開，抓起中提琴就往屋外走去。他在車道上用橘色的延長線綁在完美的楓木琴頸上，一頭繫著廂型車的拖車扣環，電線鬆鬆的，讓琴身拖在地上。接著他發動汽車，在布魯克林開了整夜，搖下車窗，直到他再也聽不到身後拖行木頭的聲響為止。

隔天一早，明娜早早起床，收拾她放在他家的幾件物品，叫了計程車前往機場。這天，連恩連續工作了十四個小時。隔天也是，再隔天也是，三個月後，他的房子在地產危機中價值縮水了一半，而他違約沒有繼續償還貸款。在法拍之後，他徹底住進他的工程廂型車裡，停在蒙托克的州立露營區，靠著車子薄薄的鋼鐵外殼抵擋冬日肆虐的寒風。

所幸，銀行讓他留下工具與車子，於是他沒有嗑藥，他反而在《紐約客》上刊登第一篇廣告啟事，將能夠塞進日程的木工案子接得滿滿的。之後，他跟類似阿瓦雷茲的人，一週七天、一年五十二週替人重新裝潢度假小屋。

宣稱憤怒沒有生產力的人需要仔細想想連恩．翠林在他三十四年歲月裡打造出的各種神奇物品，相反的觀點也能成立——說不定憤怒才是最有產值的燃料。

空白

他不記得自己是怎麼前往車邊的。不過天色黑了，入夜就會自行啟動的車道燈亮了起來。他看到自己的身軀在結霜的腐爛落葉覆蓋層上留下一道蛇行的痕跡，一路從屋子過來，現在房子看起來只是遠處的幾個玻璃方塊，在遠方散發出昂貴的光輝。

他用力敲打厢型車的車身鋼板，希望阿瓦雷茲注意到他，卻毫無反應。連恩一咬牙，顫抖著肩膀，差點昏厥。他撐起身子爬進駕駛座上，用手將兩條腿拉上車，擺到方向盤下。雖然寒意逐漸上爬，但能坐直身子、後頭有東西靠，感覺真是太好了。

「阿瓦雷茲，你在嗎？」連恩將後視鏡轉了一圈，掃視車子擺放物品的地方。「阿瓦雷茲？」沒有回應。

連恩休息了一下，看著自己吐出的白色氣團飄出去，凝結在擋風玻璃上。等到他的手有知覺時，他翻起副駕駛座前面的置物櫃，卻找不到另一支手機。阿瓦雷茲肯定很氣連恩從施工現場趕他出去，於是聯絡表哥接他離開，還把那支手機當成油錢送給對方。連恩並沒有覺得生氣，反而同情起阿瓦雷茲。他是好員工，連恩希望也許他能在網路賭場遊戲，或全世界殘敗潦倒的人之間得到平靜。

連恩的臼齒打起冷顫，他從工作服口袋中挖出鑰匙，發動車子。汽油超過半滿，於是他讓車子運轉，暖氣隨即吹出熱風。沒多久，爬行時褲子上原本結霜僵硬的尿液就融化，滲進坐墊之中。看來他得自己開車去醫院了。等到他準備好，他會用棒球球棒壓油門，這根球棒是他睡覺時防止盜賊過來偷工具用的。如果這樣太吃力，他就讓車子沿著主要道路緩緩前進，也許會花點時間，但慢慢來總比什麼都不做好。

他暗自思忖：你在廂型車裡長大，你這輩子都開著廂型車去工作，現在你也要死在這種車上了。他隨即放聲大笑，直到他咳嗽不止。這一咳，忽然引發他下背部的錐刺痛楚，讓他差點暈過去。疼痛減退後，他想起柳兒已經不在了。就算她已經離開好幾年，但他還是覺得此時此刻她會開著她的露營車，停在旁邊，而他毫不質疑她會出現。

肺癌帶走了她，大麻、薄荷涼菸、有機園藝，這就是柳兒。她發病時，連恩有去看過她嗎？有啊，他去溫哥華，照顧她，替她舒緩不適。至少這他還辦得到。

說到底，連恩避開了生命裡的幾個過錯，做過寥寥幾個他不後悔的決定。因此，他允許自己去想的空白就是這麼多，這麼多事物他統統拋在自己內心的後視鏡之中，柳兒就是這樣教他的。

他該開車，但他還沒有準備好。他用手掌揉捏大腿，卻一點感覺也沒有。他的身體忠實地服務他，直到今日，他的身體扭傷、撕裂、重建，他的身體舉過重物，又推又拉。他的身體敲打過一百萬根釘子，扭進一百萬顆螺絲。他的身體承受過一千磅的毒物，將一百萬片木頭切割成剛好的長度。這具身體讓他在一千個黑暗的早晨中醒來，為了生存，忍受巨大的不適，全都是為了在此時此刻辜負他。

他坐著取暖，養精蓄銳。少了令人分心的麻痺工作，他好久沒有這樣無所事事地坐著了，而他坐著的時間越長，他就越沒有辦法不去想在他的故事裡留下的那些空白。經過的每一分鐘都微微推動他接近他一直逃避的裂溝，也就是他再三警惕自己避開的回憶，就在他即將從邊緣摔下，讓這位他素未蒙面的女兒進入自己的思緒時，他握緊拳頭，用力砸向廂型車的後照鏡，將鏡子打破，只在擋風玻璃上留下一塊環形的膠條。動作的猛力讓他下背有如被老虎鉗咬住一樣，隨著他越來越短淺的呼吸，越夾越緊。他感覺得到自己眨起眼睛。

所有的空白即將開始填補起來。

1974

柳兒．翠林

她把駕照拿出來，在愛民頓矯正機構的出獄櫃檯簽名，進行訪客登記時，她覺得「翠林」這兩個字讓她最為困擾。

光是看到這兩個字就足以讓她羞愧到抬不起頭。如此代表大自然的兩個字（還有什麼比這兩個字更愉快的字眼？）居然成了貪婪慾望、陰險背叛、連續侵害地球的代名詞。而這種殖民的污點，這種僅僅象徵了人類掠奪、寄生、短視的兩個字，怎麼會與她緊密相連？

簽名放行之後，獄警陪著柳兒前往等候區，美耐板茶几上鋪著一堆過期雜誌，飲水機有如巨大的藍色胃袋，在旁邊發出咕嚕聲。監獄外頭陽光下的山楊葉隨風飄動，熊果在灌木上彷彿甜美跳動，但在這沒有窗戶的地窖裡沒有植物也沒有自然的光線。她得出結論，監獄跟森林是天差地遠的所在。監獄是設計用來打壓精神、扼殺感官的，為了斬斷人與生命中其他重要元素的連結。要她想一個比坐牢還慘的命運？她想不出來。

她坐下來，薄荷涼菸一根接著一根抽，在冷氣裡打顫，她的洋裝跟保鮮膜一樣黏在她身上，一路曬太陽過來的旅程讓她鎖骨凹陷之處都積滿了汗水。加上她在加油站絕望購買的馬芬蛋糕裡應該有乳製品，她的胃翻攪起來。

她獨自一人從溫哥華開露營車過來，開了十四個小時，翻過好幾座大山，她父親如今已經解體的公司在幾十年前將這些山地砍伐殆盡，這就是他累積荒誕財富的方式。經過艾伯塔省起伏的草原時，她遇到有如不治之症的石油井架，以及綿延整個地平線的貨物列車，拖著迅速起飛資本主義所留下的戰利品——木材、原油、工業化種植的穀物，以及煤炭。她聽說翠林木業在北美原始林造成的破壞有如「風、啄木鳥與上帝三者的結合」，叼著雪茄的企業大老闆以及假裝悲痛的國會議員，去她父親位於肖內西的別墅時，都會再三提起這個笑話。

柳兒很清楚急忙經過等待區的警察只是獄警，不是查案的警察，但她還是謹慎避開了目光的接觸。兩個禮拜前，在卑詩省內陸的樹林裡，她將十公斤的白糖倒進麥克米倫．布洛德爾林業公司的三臺伐木歸堆機油槽裡，價值百萬的機器就這麼永遠毀了，原生道格拉斯杉樹林靜靜存在了一千年，就是這些機器以幾萬公頃的巨大規模在屠殺它們。這是她第一次採取直接行動，第一次試圖對這些木材聯合大企業發出明確的訊息，且減慢無可取代的生命遭到褻瀆的速度，如此行為彷彿是來了一劑精純的腎上腺素。不過事後她逃離伐木區時，她在集材道路上與一輛伐木工人的卡車會車。她進樹林前已經拆了車牌，但這條路很窄，兩車貼得很近，工人得以仔細看好她的長相，還朝她的方向意味不明地做了幾個手勢。一回到溫哥華，她隨即將黃色的露營車塗成藍色，且買了一頂金色假髮跟超大墨鏡。不過，這幾天她跟平常一樣採買補給時，確信有輛黑色轎車在跟蹤她。也許是「智者」吧？她幾個月前拋下的情人，因為他變得索求無度。更像是騎警，等著她返回基斯蘭奴「地球，現在！」的集體住所，她在那裡住了五年。加入這個群體後，柳兒會寫些宣言、參加靜坐示威、組織抗議、架設路障，這些當然都是值得執行的抗議形式，但當她建議要採取更直接的行動時，其他人遲疑了。有時，她覺得「地球，現在！」的成員寧可在新聞上喊些聽起來響亮的口號，也不願真正解救一棵活生生的樹。不過，如果她現在回家，她就是再次在警方監控下冒險，而大家都知道，條子會收大企業的錢，樂意摧毀為了理念湊在一起的集合體，因此她之後就住在露營車上了。再說，因為其他人的喋喋不休、放大自我及可悲戲碼，她在團體裡總是得不到任何平靜。況且，她深信最了不起的犧牲是獨自完成，而不是在鏡頭前作秀。

保全最嚴密的聯邦監獄是她此刻最不想來的地方，但她與父親擬定的協議卻好到她難以拒絕。他們一年沒有聯絡，她卻在她租的溫哥華郵政信箱裡收到老爸這條神祕訊息。他們約好在史丹利公園的偏僻角落見面，柳兒決定要在這裡躲到風頭過去。但當老爸的黑色賓士停在她的露營車旁邊時，她還是確定騎警追蹤到了她的行蹤。

哈利斯說：「妳真的很難找。」此時，司機攙扶他下車，她曾親眼見過他因為這個把他當小朋友的動作當場炒人魷魚。

「我就喜歡讓人難找。」柳兒看著哈利斯循著她的聲音過來。她的父親出生於世紀之初，但他聲稱不曉得自己確切的生日（她一直認為這是他逃避派對的方式），而且雖然全盲，身體還是很硬朗，因為他總堅持要親自替房子劈柴。在他們大豪宅護牆板加裝電暖器，且壁爐都封起來之後，他還是繼續劈柴。不過他的平衡感有點問題。他曾經沙黃色的頭髮現在成了黯淡的雪白。翠林木業公司解體之後幾年，哈利斯每天就忙著在他的居家辦公室裡追蹤他的土地所有權跟投資。三年前，他正式退休，半數時間他會待在舊金山，每天早上跟嚮導搭計程車去紅杉樹林裡聽鳥叫，他還會記錄進他的小本子裡。不過，從他加劇惡化的身體狀況看來，她的父親的確不能閒下來。

他接近時，他做出了令柳兒難以想像的事，他居然伸手擁抱她。放開她時，他說：「妳聞起來像伐木營的工人宿舍。」

「而你聞起來像養老院。」柳兒說，老爸剛剛的舉動還是讓她非常不解。「哈利斯，我怎麼會有這份殊榮能夠與你見上一面？」她小時候，他不准她稱呼自己為「父親」或「老爸」，但青少女時期的她總會故意說：「你說了算，『爹地』！」不過，他似乎努力維持客套的樣子，於是她決定不要酸他。

「妳叔叔過兩天要出來了。」他顯露出長期以來不喜歡閒聊的態度。「因為你們之間獨特的關係，我想妳也許會想去接他。」她幾乎聽得到哈利斯語氣裡的羨妒，但一開始促成這「獨特關係」的也是哈利斯，是他花的錢。

柳兒六歲時，哈利斯承諾只要寫一封信給她的叔叔艾弗烈·翠林，就給她二十五分錢，還在她書桌抽屜裡擺了一堆貼好郵票的信封。她跟其他就讀私立學校的女孩一樣，都想擁有一匹善於跳躍障礙的阿拉伯馬，於是她開始一天一封，有時一天寫好幾封。這十年來，他們從各自的囚籠裡寫信，艾弗烈在他保全最嚴密的牢房寫，柳兒則在父親的豪宅寫。一開始，他的信寫得像小孩子，充滿連她都看得出來的文法錯誤跟錯字。不過，歲月嬗遞，她看著他寫得越來越好，有點像幻燈片投影機逐漸聚焦，可以說他們在識字寫作上是一起成長的。

柳兒從小就知道，就算某種奇蹟治癒了父親的雙眼，他還是看不見她，無法以一個女兒需要父親的眼光看她。說來也怪，她是透過與叔叔的通信得到了她渴望的認可，同時攢上足夠的錢，購買她的第一匹純種阿拉伯馬。艾弗烈的信通常寫在單倍行距的三十行紙張上，一大片文字全困在方格之中，但他的信很少深究監獄的生活。他反而聊起各種精采的話題，好比說，如何妥善汲取楓糖漿，或談起他看過的那些老電影，或他讀的荷馬、艾蜜莉・狄金生、亨利・大衛・梭羅、馬可・奧理略，或是監獄圖書館裡的那些廉價小說，他在這些書籍之中一點一滴理解各種意義。柳兒把叔叔當成通訊日記，而不是活生生的筆友。她談起惋惜自己沒有母親能夠替她綁頭髮（她媽是哈利斯伐木營裡的洗衣婦，分娩柳兒時過世），還會鉅細靡遺聊起她與父親少數幾次去翠林島的情景，也傾訴過她多想要一匹馬。最後在柳兒十六歲時，她的生活中充滿朋友、馬術課跟男生，她就不再寫信了。艾弗烈又寄了三封沒人回的信後，也停筆了。

她一直到後來才覺得這件事很怪，花錢請一個六歲小孩寫信給監獄裡的叔叔，這個叔叔因為某些不能說的罪行，而須坐牢三十八年。她只要問起艾弗烈的罪行，換來的永遠都是餐桌另一端碉堡般的無言以對，或是哈利斯跑進書房，在身後鎖上橡木大門的門閂，將自己鎖在點字版本書籍與朗讀詩文的黑膠唱片之中。柳兒二十幾歲時，請念法律的朋友幫忙查艾弗烈，卻發現叔叔的罪名資訊遭到政府封鎖，她的朋友說，這暗示了犯罪行為牽涉到一名或多名孩童，之後柳兒就沒有繼續跟進這件事了。她一直想像翠林家族就像一座由祕密打造出來的屋子，一層一層蓋上去，祕密包裹著更多祕密，她一直懷疑若仔細檢視這些祕密，是不是會拆垮整棟房子。

她最後的結論是哈利斯沒心沒肺，所以不肯親自跟艾弗烈聯絡，才將這份工作外包給她，老爸就是這樣，最會付錢給人，替他幹骯髒活。

「你自己去接，他是你弟。」柳兒說。

她的父親稍微闔上那雙看不見的眼睛，緩緩吐了口氣，彷彿是暈船的人想要壓抑重新湧上的噁心感覺一樣。「我覺得他比較喜歡妳的陪伴。」他用輕柔的聲音說。

「接下來的夏天我都囤好糧了，你看不出來我忙著擁抱這些樹木嗎？」

「啊，對，妳跟妳的樹。」哈利斯轉動脖子，彷彿他真的能夠看見他們身邊這些聳立交織也錯綜複雜的針葉雪松與杉樹。「妳遠比我更親近這些樹，為什麼要過這種匱乏的生活？妳要做的就是把書念完，進入政府工作，柳兒，『制定政策』，我知道這四個字對妳來說跟髒話沒兩樣，但妳必須能夠實際搆到權力的槓桿，才能做出真正的改變。」

柳兒心想，在這種時代，怎麼還會有人相信老派的政治變革？這個時代，美國總統是個騙人的食屍鬼，酸雨能夠融化你的皮膚，食物充滿毒素，戰爭永不停歇，而世界上最古老的生物遭到砍伐，製作成冰棒的木棍。「哈利斯，這整個病態的系統都在垂死掙扎，就我看來，那些握著權力槓桿的人是第一批該跟體制一起死掉的人。」

「噢，一九三〇年代人家就這麼說了。」哈利斯不以為然揮揮手。「同樣的話語只會繼續訴說四十年，記好我的話了。時間就是循環，最終一切都會回到原點。妳到我這年紀就會明白了。」

他的不以為然讓柳兒的聲音嚴肅了起來。「爹地，你摧毀的一切再也回不來了。」

如此刺耳的侮辱通常會點燃他的怒火，讓他們的關係墜入繼續冷戰多年的寒冰水下。不過，他反而抿著嘴，臉頰泛紅，如果站在她面前的不是哈利斯．翠林，柳兒也許會覺得他看起來很受傷。他沒說話，別過頭去，她看著他急忙朝車子走去。令人意外的克制脾氣與老態的步伐讓她忽然同情起他來。

「哈利斯，你要拿什麼來換？」她大喊。

她的父親停下腳步，轉過身來，窄窄的眼睛對著她，還露出愛笑不笑的邪惡神情。「報出妳的開價。」討價還價是他的母語，真正能夠打動他的語言。

「翠林島的地契。」柳兒說。

哈利斯發出無聲的大笑，之後，當他知道她不是在開玩笑後，他皺起了灰白的眉頭。柳兒還是小女孩的時候，只有在經過焦土政策的頑強遊說後，哈利斯有時會同意帶她去她私人小島的遙遠小木屋進行兩週的隱居，理想是這樣，沒有助理也沒有員工，他們每天沿著原始樹林散步，柳兒會讚嘆仰頭，哈利斯則仔細聽著鳥叫。夜裡，他們會聊起樹木、書籍與歐洲的戰爭，然後上床前聽他的誦詩唱片。離開辦公室的哈利斯彷彿換了一個人，他不會責備她咀嚼太大聲，也不會講起工業化的重要，甚至偶爾還會開點玩笑。這種旅行對她而言就是一切，只有這樣，她才能逃離他們緩緩令人窒息的陰鬱大宅，也只有這種時刻，她會看到父親稍微滿意一點。

緊接而來的就是調查。她當時十一歲，但她至今還記得一堆油頭律師總是出現在家裡，而她父親閉著眼睛對電話大吼大叫。最終特別委員會認定他勾結外敵，在二戰爆發前夕將大批木材販賣給日本人。他的大量資產遭到扣押，對他恨得牙牙癢的競爭對手也瓜分了不少，而他最大的挫敗莫過於完全沒有辦法接觸到戰後歐洲重建的龐大利益。這時他才真正消失，彷彿是為了配合他失去的視力一樣，他也失去了讓世人看見的能力，無法在世界上佔有一席之地。他成了在家裡飄盪的幽魂，父女倆再也沒有一起踏上翠林島。要不是有她的馬，以及叔叔寫來的信，柳兒可能會寂寞到死掉。

「柳兒，這麼大膽，令人欽佩，但我必須坦承，我對那座島還是有些感情。」哈利斯說。

「那些可悲的懦夫只准我擁有這麼一丁點土地，妳知道，一開始買來我也下了不少功夫。我得跟小約翰．戴維森．洛克斐勒比腕力才買得到這座島！」她沒聽說過這個故事，她不確定他是在開玩笑，還是他的腦袋已經跟身體一樣迅速退化了。

「所以，我不能把島送給妳。」哈利斯繼續說。「但讓妳上去愛待多久，就待多久，如何？」

想要跟哈利斯．翠林就土地問題討價還價根本是在作夢，特別是原始樹林的林地。而且因為她是一個徹頭徹尾不配合也不尊重老爸的女兒，只會帶來源源不斷的挫折感與失望，他多年前就通知她，她的名字完全沒有出現在他的遺囑上。這稍微的讓步好過一切，再說，小島是她躲警察的絕佳地點。

「行。」柳兒走上去，握了握父親的手。

一直到幾個小時後，柳兒在露營車的丙烷爐上準備她簡單的晚餐時，她才驚覺她目睹了稱得上是奇蹟的場面——她跟她爸居然有接受彼此意見的一天。

很高興見到妳

一直以來，她想像中的叔叔是個乾枯憔悴的老人，步履蹣跚，鬍子長到腳踝。能夠活著從三十八年刑期裡出獄的只有《李伯大夢》裡的李伯了吧？然而兩個小時之後，從由鉚釘連結、開門時還發出「嗡」一聲的薄荷綠牢房裡走出來的人卻是個驚喜。雖然艾弗烈左側身軀似乎有點不太協調，但他跟她父親一樣又高又結實。他穿著廉價的鬆緊褲、監獄發的魔鬼氈便鞋，還有一件純白無瑕的T恤，包裝的摺痕清晰可見。如果這麼說不會奇怪的話，他有稜有角的臉頰其實挺帥的，他的頭髮有黑有白，彷彿鐵礦，脖子附近的頭髮剃得短短的，現在只有警察跟古板老頭才會把頭髮搞成這樣。

「柳兒，很高興見到妳。」他的目光持續望向地板。

柳兒曉得因為他們通信了那麼多年，她應該要抱抱他，雖然她父親上次忽然情感爆發，但翠林家族的人不喜歡擁抱，於是她敷衍地向他握手，彷彿是剛賣了二手車給他一樣。「咱們快離開這鬼地方。」

負責出獄手續的行政人員解釋起假釋的規定，之後他們拿起他的行李，步入陽光之中。解放的柳兒欣喜若狂，她實在難以想像叔叔此刻的心情。不過呢，他們前往停車場時，他的目光還是只擱在雙腳前面幾步的位置。

他們抵達柳兒的露營車時，艾弗烈檢視起車頂內嵌的帳篷。「這輛車不錯耶。這個可以搭帳篷嗎？」

柳兒驕傲地點點頭。「這是我肇事逃逸的專車，讓我接近大自然。」

「我年輕的時候用得上這種車。」他惆悵地說。

「哎呦，它會漏廢氣，所以開車時必須搖下車窗，不然會頭暈，但對我來說夠好了。」他們上了車，她說起買車的錢來自她種樹的錢，把她爸在二〇年代砍的樹統統種回去，她也聊到自從她輟學後，她就別想染指老爸從大自然榨取的財產。她描繪起每年夏天她會進行的獨自露營之旅，長達一個月，從國家公園跑到祕密景點，在洞窟裡游泳，泡無人知曉的溫泉。「就是我，幾袋米、黃豆、鷹嘴豆、睡袋，還有偉大的北美森林，這就是我的私人娛樂場所。」

「聽起來真不錯。」叔叔單調的語氣暗示了他不太喜歡戶外。

車子終於噗噗噗發動後，柳兒問起：「所以咱們去哪？」她這才想到她跟哈利斯根本沒討論到這點。

他在珠珠椅套上調整坐姿。「我要去薩斯喀徹溫辦點事。」他講話的口氣有點羞怯。「我希望能夠坐飛機過去。」

柳兒搖搖頭。「薩斯喀徹溫很近，你可以從這裡搭火車往東邊走。」

說到這裡，她發誓叔叔打起冷顫。「我這輩子搭過太多火車了。」他露出難以捉摸的神情。她想起父親有年聖誕節清酒喝多了，不小心透露艾弗烈在大蕭條時期曾是遊民，搭著火車流浪，在那之前，他是一戰的退伍老兵，這種細節似乎是史前時代的事了。艾弗烈繼續說：「再說，我去別的地方前，我得先去溫哥華找我的假釋官報到。」

「先警告你一聲，現在搭飛機很貴喔，因為中東在搞石油危機。」

「沒事的。」他說。「我在裡面的時候做了一些木工，我大概做了一萬個鳥巢，還替監獄圖書館搭書架，所以我存了點錢。」

「那就往溫哥華邁進囉。」她大聲宣布，但心底還是很擔心回到大城市，再次暴露在執法人員的監視之下。她點起一根薄荷涼菸，將露營車從監獄停車場開出去，一路尾隨的不祥黑色轎車也從她心靈的暗巷裡跟著移動。

通常，柳兒內心的環保主義者打從心底憎恨開車這種行為，這種喜悅建築在將廢氣排進生物圈上。不過呢，今天感覺開車特別費勁。她不習慣有人坐在副駕駛座上，更別說艾弗烈坐牢的歲月似乎消滅了他在信紙上展現出來的健談。他太僵硬、太激動了，不願意望上她的雙眼。見面之後，她這位神祕的非法之徒叔叔似乎跟她老爸一樣「有趣」，所以經過靜悄悄的幾個小時之後（艾弗烈讚嘆看著不斷前進的景色，彷彿初嗑迷幻藥），柳兒的眼皮變得沉重。她此時才想起副駕駛座置物櫃裡的「白色十字架」，這是她跟智者度過頹廢最後一週時剩餘的藥丸。為了提起精神（順便彌補一下艾弗烈的沉默寡言），她低調地吞了兩顆。

「謝謝妳做這一切。」他終於開口了，此時他們已經「欣賞」高速公路的弧型線、時走時停一個小時了，柳兒的薄荷涼菸一根接著一根，菸氣燻著的雙眼每隔幾秒就會望向後照鏡，尋找黑色轎車的身影。「我不會開車。」

「這是我的榮幸。」柳兒盡量不咬牙切齒講話。

「所以老哈利斯怎麼樣？」

「我跟他沒有保持所謂的經常聯絡。」她說，她忽然一度被迫回想起他們最近一次互動時出人意表的豐富情感。「但他很好，我猜啦。他現在退休了，所以放慢速度了。至少他不會繼續全職謀殺樹林了。他現在會聽鳥叫。」

「那他那個朋友呢？叫什麼名字去了？菲尼？」

這個問題似乎充滿她無法理解的重擔，但她沒聽說過這個名字。「肯定是我出生前的事。」她說。「哈利斯沒有多少朋友，他更喜歡助理，這樣才可以輕鬆使喚他們。」

但她的回應卻讓叔叔難過了起來，他一臉愁雲慘霧，又靜默了好一會兒，最後他說：「至少他有妳。」

她挖苦地大笑起來。「我覺得我對他來說就是一場頭痛，特別是我從他的母校輟學之後。」她的舌頭加快速度，解釋起她先前在耶魯大學待過的短暫時光（為了獲得哈利斯認同的最後嘗試，但要得到他認同根本不可能），她一開始的確很喜歡去紐約州北部以及緬因州森林的校外教學，以及「森林管理」課程，但她之後發現這些課程只是委婉地討論該摧毀哪些樹而已。一直要到大一下學期快結束的時候，她在校園教堂外頭的一棵巨大栗樹下，讀起《遭到掠奪的地球》（Our Plundered Planet）一書時，她的整個世界坍塌了。開發、廢棄物、摧毀土地與原住民，統統都是赤裸裸的行為，更糟的是犯下這些罪行的人都是跟她一樣的人。「我那個禮拜就輟學，開始種樹。」她說。「我沒讓你覺得無聊吧？」

「完全沒有。」他說。「我可以聽妳說上一整天。」

他們拋下大草原，爬上滿是扭葉松的樹林山谷，柳兒在後視鏡裡又看到了黑色的轎車。**它在那多久了？**她驚慌地想，然後說：「我要尿尿。」說著就開進一條昔日的集材道路，看著黑色汽車繼續沿著公路前進，她這才鬆了口氣。她把車子停在鈷藍山澗附近的一處卵石地上，然後走進樹林之中。回來時，她看到叔叔拖著腳步走向一棵沿著溪岸獨生的柏樹，他靠在樹幹上，扯下低矮樹枝上新長出來的針葉。他用雙手揉碎針葉，然後將手掩在臉上，深深吸氣，這個動作蘊含奇異的親密感，柳兒光是在一旁觀看就覺得充滿罪惡感。每個文化都有與樹木有關的神話，好比說無所不在的生命之樹，能夠支撐起天空，還有會吃小孩、喝人血的可怕樹木，以及會惡作劇、療癒病患、記住故事、詛咒敵人的樹。而看著她叔叔，彷彿從不同年代穿越時空來到這裡，她也想起樹木有能力復活重生。

他回到露營車上時，他用溪水將頭髮往後梳，而柳兒聞到了柏樹的柑橘氣味。「謝了，我需要喘口氣。」他用非常活潑的語調講話，也是第一次對上她的雙眼。柳兒想起監獄沉重的鋼筋水泥，以及那個地方的設計特別避開了木頭材質，這樣才會讓人覺得有懲罰的意味。

「坐牢一陣子之後，他們會開始把你調來調去。」他說，此時她正小心翼翼開回高速公路上，但她還記得在來回方向上尋找黑色的汽車。「我一開始待在石頭山，然後是金士頓監獄，一連好幾年，我的牢房窗外完全看不到任何綠意，有些時候，只是運動場外的黑楓小灌木，一度有棵朝南生長的樺樹，我可以看著樹皮跟羊皮紙一樣褪去。這是最棒的五年。」

「你知道，你的信在我的成長過程裡非常重要。」她說。「抱歉我後來不寫了，也沒有真正謝過你。」

「我一直明白有天我們就會停止通信了。我才該謝謝妳，要不是可以期待妳的來信，我都不曉得是怎麼撐過起初那幾年的。」

「那是什麼樣的感覺？」她立刻後悔問出這個問題，小孩子才會問這種問題。

「噢。」他說，「感覺好像坐上了一輛沒有要去任何地方的列車，車上有最可怕的人，也有最棒的人。這一上車就是好幾十年。」

「他們因為擅闖林區而拘留過我最長就一晚，對我來說那已經夠了。」她說，心底暗自盤算起，要是她這次被抓，摧毀三臺價值單價百萬的伐木機器會被關多久。

艾弗烈臉上閃過微笑，他的第一個微笑。「妳會習慣的，妳會想辦法消磨時間。我在他們所謂的經濟大蕭條時期入獄，就算我學會識字後，我還是只讀小說，不看新聞。我那時就猜我出獄時，一切都會不一樣了。我有錯過什麼重要的事情嗎？」

「股票市場又崩盤了，價格掉了一半。」柳兒說。「我猜是沒有你那時候糟啦。然後就是我剛講的，石油短缺，因為油價飆升，他們在奧勒岡州還得搞限速來節約燃料。」她點起另一根薄荷涼菸，滔滔不絕談論起化膿爛瘡般的人性貪婪與消費主義，逼得大自然不得不以酸雨、資源匱乏、沙漠化回擊，要人類學會教訓，只能靠全球的環境浩劫了。她聽著自己的話語，思索起對一個經過多年才重獲自由的人講這些世界就要毀滅的言論會不會太殘忍了。

她終於詞窮後，艾弗烈問：「但除了二次世界大戰以外？這邊也有些不錯的日子吧？」

「當然，二戰之後日子相對舒適不少。」

他點點頭。「抱歉錯過了，我不是指戰爭，而是之間的那些歲月。」

我不會再提

黃昏時，他們在另一條集材道路上停車吃晚餐。柳兒為了安撫她持續躁動的胃，用丙烷爐煮了蕁麻茶。艾弗烈接過他的陶杯，緊緊握著，彷彿裡頭滿溢的是液態的黃金一樣。蕁麻是她在她的祕密地點戴著牛皮手套摘的，這茶富含單寧與葉綠素，有濃郁的質地。

稍晚，她將芝麻醬拌進煮好的鷹嘴豆，準備加在糙米上時，她說：「我喜歡簡單的粗食。希望你不介意。」

「我想像不出更美味的一餐了。」他一邊說，一邊接下他的碗。

「當我們減少對工業生產食品的依賴，住在靜僻之處。」她引用起她在《全球概覽》（Whole Earth Catalog）雜誌上讀到的內容，她的嘴巴還因為藥物而連珠炮齊發，停不下來。「我們的身體會更有力量。我們能夠與地球脈動同步，探索生命的平靜。我們就不會彼此壓迫。」

「合理。」他將叉子放進口中。她還是不確定叔叔會不會挖苦人。

她提供的甜點是她自製的豆奶，加熱，還摻了蜂蜜。艾弗烈讚許地小啜起來，她則鉅細靡遺解釋起製作步驟：把豆子煮熟、打爛，然後用棉布袋過濾。

他又滿意地喝了一口，說：「妳小時候就沒辦法喝牛奶。」他的聲音忽然彷彿回到從前。「只要找得到，我就會讓妳喝羊奶，但豆奶是很好的選擇。」

「怪了，哈利斯沒提過你參與過我的童年。那是什麼時候的事？」

「噢。」艾弗烈遲疑地望進自己的杯子裡。「我搞錯了，抱歉，妳爸是對的，我沒有參與過。什麼羊奶的，都是哈利斯跟我說的。」不過，就算這是他掰的，他的回憶還是觸動了柳兒。哈利斯從來不會深情回憶過去，特別是她的童年。

用完餐後，艾弗烈堅持要在露營車的小水槽洗碗，此時太陽鮭魚般的橘色光芒已經落到山下。

「這個，妳為什麼選擇這種生活？」艾弗烈一邊洗刷一邊問。「我想像，如果妳要，妳可以過上不一樣的生活。」

「我不是一直住在車上。」她說。「冬天的時候我都會去溫哥華的一處集體住宿據點，只不過我現在得思考一些問題。不過，在樹林之間，我會一直想到我並沒有比其他有機體更重要，而大自然就是最強大的力量。」

艾弗烈點頭，表示贊同。「我年輕的時候也沒有住在固定的地方，身邊也沒有固定的人。」

「你知道這顆星球上曾經有六兆棵樹嗎？」她說。「現在只剩三兆。你覺得按照這個速度，這些樹能撐多久？所以我猜我最好在它們絕跡前，跟它們在一起。過程中也許順便救下幾棵。」

洗完碗時，天都黑了。不過柳兒還是很亢奮，無法入睡，於是她說他們最好繼續啟程。她急著想快點前往翠林島，那裡沒有黑色轎車，包括剛剛在高速公路上短暫尾隨他們的那一輛。她明白路上可能會有很多黑色轎車，因為他們的監控可能是一場全方位的合作調查。她爬進駕駛座，雖然引擎能夠發動，但當她開頭燈時，卻沒有光亮。因為她都日出而作，日落而息，她已經很久沒有在晚上開車了。暗夜無月，加上沒有車燈，開在蜿蜒的山路上根本是自殺行為。

她解釋起目前狀況後，說：「我們會稍微晚點抵達你的目的地了。」

「不打緊，我跟時間已經達成共識了。」艾弗烈的目光放在逐漸變黑的樹林之間。「這裡是不錯的露營地點。」

柳兒伸手架開車頂帳篷時，乳頭不小心摩擦到她聚酯纖維的上衣，感覺很像是磨到砂紙。之後她在樹林中換睡衣時，她用手電筒照內褲，發現有點點滴滴的出血。她的月經可能來晚了，但她不用日誌記錄，那樣也太不自然了，日誌是鐵路調度員跟會計師之類的傢伙設計出來的東西。

她也不用日誌告訴她，她腹部有了另一個小生命，又一次迎向未來的振顫。在柳兒三十九年的生命裡，八次這種振顫都跟子宮裡的月蝕一樣，最終剝落。不過，每次都很快結束，通常都是頭三個月的事。她心想：所以我也不會對你抱太大期望。

她回到車邊，看到艾弗烈在昏暗的車內燈下讀書。

「你在看啥？」她放下床鋪時問。

他拿起《奧德賽》（Odyssey）的封面。「監獄圖書館因為我借了很多次，他們就把書給我了。我喜歡主角去不同地方的故事，特別是回家的故事。我猜這是獄友都會有的心情。」

此時，她剛放下簾子，一陣鷹嘴豆膽汁湧上她的食道，她連忙探頭出車子的拉門，朝卵石嘔吐。艾弗烈連忙跑來，她則一邊咳嗽，一邊說：「別擔心，不是食物中毒。」

她刷牙，然後在露營車的折疊桌上捲起小小的印度大麻捲菸。她希望菸能舒緩她的噁心，出於習慣，她將抽過的菸屁股交給艾弗烈，她意外看見他用手指捏著，放進唇間。

「如果妳想獨自待在車上，我很樂意睡在外頭。」他吐出一口象牙白的菸氣，比了比她在車子後座架好的折疊收納床鋪。

「在這麼高的山上，夜裡會很冷。」她說。「你最好還是在車裡睡。」她爬進車頂的帳篷之中，關掉手電筒，聽著風吹過帳篷紗窗，此時大麻菸的放鬆作用最強。一直以來，人麻是她調到甜美自然頻率的捷徑，能夠確保她在浩瀚宇宙裡享有正當的一席之地。她躺著，感覺到時間的擠壓與擴展，聽取青草、微風與樹木編織的宏大交響樂。

「我已經很久沒有跟不是違背自己意願跟我關在一起的人相處了。」她叔叔從車下開口，此時她正起了睡意。

「你跟我爸為什麼不溝通？」她睡眼惺忪地問。

艾弗烈長吁一口氣。「他對我做了一件事。」他的聲音因為大麻而沙啞豁達。「不是什麼好事，但他就是做了。不過我明白他的苦衷。他是在保護他在意的東西，他最後還是得不到的東西。」

「讓我猜猜他在保護什麼。」她說。「是可以放在銀行裡的東西。」

「類似吧。」他說。

「哈利斯的天賦就是所到之處只會留下災難，問問那幾公頃的殘株樹樁跟成捆的木材就知道了。不過，要我說，我來接你這件事對他來說很重要。他的交換條件是讓我去翠林島上住。」

「他真大方。」他說。「那裡很不錯。」

「你去過嗎？」

「噢，沒有。」他說。「我聽說的。」

「對啊，哎啊，最重要的是哈利斯喜歡有人替他跑腿，這樣他才會覺得自己強大。」

「妳知道，我一開始聽到妳要來的時候其實很緊張。我不曉得該說什麼或該怎麼反應。」艾弗烈的聲音忽然充滿感情，低沉了起來。「但我說不出這樣有多好，只是能見見妳。已經過了這麼久，而妳長到這麼大，比我想像中還要美麗，小翅果。」

柳兒猛一起身，頭直接撞到帳篷的鋁杆，似曾相識的超現實感受席捲而來。「你說我什麼？」

「美麗？」他口吃起來。「抱歉，我不是故意的。我只是很不常說話。而這剛剛的菸讓我的腦袋都打結了。」

「不是，那個名字，小翅果？」

「噢。」他緊張地說。「那只是妳小時候我編出來的小名而已。妳那時已經很不得了了，只是一個小傢伙，卻充滿活力。」

「我以為你先前說，你沒有參與我的童年。」柳兒冷冷地說。

「對。」他又結巴起來。「沒錯。」

忽然間，她感受到一整天的沉重，壓抑的監獄、未來的震顫、壞掉的車燈、她對黑色汽車的焦慮。現在嗑茫的叔叔還對他們的過往產生詭異的監獄遐想，她忽然覺得好累。

「幫個忙，別再提起那個小名。」柳兒躺回去，在睡袋裡重新包裹好身體。「那不是我要開啟的旅程，好嗎？我已經不是小奶娃了，我也不是誰的小寵物。」

一陣長長的靜默。

「妳說得對。」他低聲地說，她差點沒聽見。「妳的確不是，我不會再提。柳兒，晚安。」

不ㄕㄨˇ於我的東西

他們起床時沒有交談，昨晚的對話還重重壓在他們心頭。他們喝紅茶，吃昨晚柳兒泡開的鋼切燕麥，節省時間，然後是五個小時不發一語的車程，穿過小路灰濛濛的霧氣，從山區朝溫哥華出發。

到了市區，她停在假釋官辦公室後面的巷子裡，拉下露營車的車窗窗簾，戴好假髮跟墨鏡，坐在駕駛座上一根接一根抽她的薄荷涼菸。艾弗烈回來後，她送他去跟海平面一樣高的機場，她把車子停在接送區，他將監獄發的行李袋拿下車。柳兒下了車，站在車水馬龍的喧鬧之間，很多黑色轎車，但可以理解，對吧？每次有白色機腹的飛機在上方噴射而過時，她的叔叔就會露出小鹿般驚恐的神情，她看著叔叔，車子的廢氣讓她胸口灼熱。

「你確定錢夠嗎？」她問，她其實也沒錢贊助他，但這似乎是加快整個進程必要的對話。

他點點頭，又無法對望她的眼睛。「這部分我沒問題。」

「記得下禮拜要回來見你的假釋官。我可不會再大老遠開車去艾伯塔了。」她歡快地說，想要用佯裝出來的輕鬆逃避另一場情感戲碼。

他再次點頭。「我覺得這趟應該不會待很久。」

「我沒問過，但薩斯喀徹溫那裡有什麼重要的？」

「我認識的一個女人，我是說，呃。」他真的臉紅了。「那是一部分啦，但更重要的是，我有一本書在她那裡。我多年前請她保管的。」

「你冒著違反假釋條例的風險，大老遠飛去薩斯喀徹溫，就是因為你借給她一本書？肯定是個了不起的女人。」

艾弗烈點點頭。「她的確是。而且那本書很重要。」他說。「我想，特別是，對妳來說很重要。事實上，如果我找得到那本書，我會想把它交給妳保管。」

「我很久以前就不看書了。」柳兒說。「現在森林與天空就能教會我該知道的一切。」

「妳父親總有很多書，點字書還有其他的。我相信那些書最終也會留給妳。」

「你是說，哈利斯．翠林的老古板智慧遺跡？再也沒有人需要的東西？謝了，不用，我就算了。我是說，書櫃存在的目的是什麼？除了靜靜提醒訪客，主人知識比你淵博之外？」

「假設我真的找到這個我在找的遺跡，我該怎麼聯絡妳？」

「我猜我應該會有陣子聯絡不上。」她說。「我會窩在翠林島，那邊沒有電話，信件也寄不到，島上只有短波無線電。那就把東西寄給我爸吧。我差不多每隔十年會去拜訪他一次，我到時再去拿。」

現在艾弗烈揚起下巴，他們目光交錯，就跟要別離的人一樣。他已經跟她昨天接到人的時候不太一樣了，好像更疲憊、更受傷。他不斷嚥口水，睫毛溼溼的。他們通信的那幾年真的對他來說這麼重要？她跟智者在一起的時候也是，在一起幾個月，這位老兄對她忽然展現黏膩的愛。也許叔叔只是精神有問題，柳兒一邊友善地向他握手，一邊這麼想，然後看著他消失進航廈之中，只是一片攪動人海之中的一顆塵埃。跟她的父親一樣令人費解。

她回到露營車上，以龜速回到大中午的繁忙競道之中，她決定如果這次沒有結束，那她就要主動結束「那個震顫」。酸雨、通貨膨脹、警察對學生開槍、愚昧順從、近在眼前的經濟崩盤、人口過剩、郊區都市化、種族滅絕、肆意砍伐，這個世界最不需要的就是另一個只會吸取資源的人類出現，加劇摧毀的過程。更別說警察很可能正在調查她，而她還要捍衛剩下的三兆棵樹。一袋一袋的白糖只是起點而已，她不需要拖油瓶來拖累她。

她點起薄荷涼菸，駛向碼頭，她花錢請接駁船將她的露營車運去翠林島。她抽菸的時候，回憶也浮上腦海，她與叔叔第一次的書信聯繫，信她都留著，跟其他童年時期的小東西一起塞在露營車某處的鞋盒裡。她寫這封信時六歲，她還有孩童的純真敢問艾弗烈為什麼不能來她的生日派對，一起騎她爸租的小馬，以及為什麼法官跟警察不讓他來。

我ㄋㄚˊ了東西。這是他潦草地回答。

什麼東西？她回信時問。

不ㄕㄨˇ於我的東西。

的確，這位古怪、坐牢的叔叔對她夠好了。曾幾何時，讀他的信是讓這個孩子覺得自己受到重視的唯一方法。不過，現在他重返世界，他莫名的依戀與他腦海中編織出來的共同過往都衝擊著柳兒，更別說他要給她的怪書，以及他在她不知情狀況下起的小名。她完全不在乎這輩子還能不能見到叔叔。說到底，這位神祕的叔叔只是另一個翠林家族的人，需要她成為有違她本質的那種人。

1934

哭聲

那夜，一陣聲響傳到艾弗烈．翠林的簡陋小屋。就算持續哄騙自己，他也沒有辦法無視這聲音。某些夜晚，特別是雨夜，他或許會聽到列車的汽笛聲，這些火車會將煤炭運往聖約翰附近的港口平底船，他也會聽到動物在樹林裡生產幼崽或面臨死亡時發出的哀鳴。不過，這個聲音彷彿來自另一個世界。

他兩度差點提起煤油燈去尋找聲音的來源，然後呢？他不知道，所幸一個小時後，聲音就消失了，他得以再度入眠。

太陽還沒升起，艾弗烈踩著最後一點尚未融化的春雪出發準備汲液，此時他很慶幸再也沒有聽到那個聲音。如果騎警或法官這種權威人士問他，他也許能夠說出那是什麼聲音。不過他內心較為膽怯的部分卻認為那只是風吹動兩棵楓樹摩擦時的聲響，或是受困於兔子陷阱的赤狐而已。

四月快到了，楓樹光禿禿的，融化的雪水帶來生機。樹的汁液馬上就會從最深層的根系往上爬，而艾弗烈必須架好汲取的用具，接下樹木滴下的蜜液。他曉得這片森林的主人是個有錢人，但他很少來，只會帶著客人來獵松雞與狐狸，他們會吹響號角，狩獵背心上的配件叮叮噹噹，用的子彈是獵殺小動物所需的十倍口徑。艾弗烈其實沒必要躲躲藏藏。

他在酩酊爛醉的狀態下跳上列車，最後在此處醒來。他發現這片樹林，已經是十年前的事了。他從戰場回來，不願憶起那段人生，他在鐵軌上度過多年光陰，就是流浪、盲醉、搶其他流浪漢的零錢，去家戶用劈柴交換食物。這些日子裡，他經常發現自己站在高架鐵道的淺橋上，隨風搖擺，賭自己敢不敢跳下去，還想像起腦漿灑在下方鋸齒岩石上會是多麼如釋重負的感覺。

然而楓林一人企業卻救贖了他，往後他再也沒有碰過一滴酒。艾弗烈小時候自學伐木與木工，也學會了如何汲取楓糖，戰時，他甚至用空的點五零口徑彈殼製作塞孔滴嘴，在寒流席捲的法國索姆將滴嘴敲進幾棵黑楓樹裡。雖然村民在此處定居幾千年，看到氣味濃郁、質地稠厚的樹液流出時，還是睜大了雙眼。就艾弗烈看來，楓糖是大自然的禮物，徹底的餽贈，而且不期待任何回報。

現在他走在鹿群踩出來的小徑上，小徑沿著樹林峽谷的底部延伸，軟爛泥濘立刻吸住了他的靴子。他找到他的第一棵糖楓，其銀灰色的樹皮上有他多年汲液的累累傷痕。他使用螺旋鑽，在樹的南面鑽出新孔。樹皮脫落，小塊小塊金色邊材從鑽出來的溝槽脫落。他拿起木槌，將金屬塞孔滴嘴敲進洞中，洞鑽太深或太淺都無法取液。他停頓了一下，欣賞他的作品，然後才掛上汲取桶，往下一棵樹邁進。

一直以來，他喜歡樹勝過於人。理解樹木的習性與偏好輕鬆多了。而這些樹就是最好的樹，一千公頃的上好糖楓種植在土壤裡，樹葉寬大，宛如巨人之手，每一棵都流淌著焦糖般的濃郁蜜液，只需稍微煮滾即可。今年，糖液接完後，他會將糖漿裝瓶，然後去聖約翰交換麥片、豬油、白糖、麵粉與一小捆現金。頂多就是幹一個月的活，接下來這一年，他可以慵懶待在溪邊，做點白日夢，看著種子結莢、在潺潺緩水上打轉漂流。有時這種生活的確寂寞，卻也平靜，經過大半生的奔波與掙扎後，他覺得自己值得這種悠閒。

他又在十棵樹上安裝滴嘴，然後升起小火熱早餐——加了去年楓糖漿的燕麥煎餅。他梳洗，然後涉溪，在東岸另外二十棵樹上安裝用具。差不多要完成這一趟工作時，他看到了一團錦緞布料，用釘子固定在他的最後一棵楓樹上，這是他汲取多年的宏偉老樹，他最好的汲液樹，粗壯到可以固定上四個滴嘴。他走過去時，注意到布料掛得很勉強，他還趕走在樹枝上打量那團布的油亮烏鴉。哀叫一聲，烏鴉飛上稍微高那麼一點的樹枝，不願讓出更多空間。走近一點，那團布微微扭動，也許是風吹的。然後是抽鼻子的聲音。

他心想：別管，大自然自會搞定。

他不情願地一層一層翻開包裹的布料，粗硬的手伸了進去。他感覺到溫暖，感覺到呼吸。

他嘟囔了一聲：「該死。」

哈維．班奈特．羅麥斯

大日子這天早上，哈維．羅麥斯開著他最新的帕卡德八汽缸豪華轎車，載著老闆沿著聖約翰閃著亮亮冰霜結晶的街道前進。因為後座堆滿了禮物，霍特先生被迫坐在前面。為了今天的場合，霍特先生選了一件摩登剪裁的細條紋西裝，不是他平常穿的保守粗呢款，還在德比帽上插了一根羽毛。這根羽毛來自他在自家郊區樹林獵到的松雞，他們要去的地方就是這裡。雖然霍特先生的打扮很歡快，但羅麥斯在他手下幹了二十年，他只需看一眼，就知道老闆心情不好，因為老闆感覺很緊繃，還會翻白眼，於是這位好員工不閒聊，靜靜地抽起他的百樂門香菸。雖然他們才上路沒多久，羅麥斯的背卻開始找麻煩，發出陣陣麻痺的感覺，讓他高大身軀在方向盤後面扭動、調整。

「羅麥斯先生，你今早狀況怎麼樣？」霍特先生無情的雙眼望著前方。「我的醫生替你準備的藥用雪茄不管用嗎？」

「先生，我還沒有抽過。」羅麥斯面露難色，因為一陣新的痙攣開始攻擊他的背脊。「我曉得那些藥物對人有什麼影響，我寧可不要重蹈家父的覆轍。」

「你真能忍。」霍特先生說。「但其實你根本不用受苦。」

哈維．羅麥斯出生就是巨嬰，牙牙學語階段就很顯眼，孩童時期已是龐然大物。他十一歲時，有天對父親說，他無法下床，因為後背有閃電般的陣痛，一路延伸到他的四肢。父親帶哈維去看醫生，醫生用小小的錘子敲他的關節，對他的雙眼照光，然後說，這孩子除了不凡的身高外，在生理上沒有能夠造成不適的原因。「這錢花得真值得。」他爸說得咬牙切齒，還粗暴地扯著哈維的手臂回家。

不過，隨著日子一天天過去，哈維塊頭長得更大，閃電般的感覺也只跟著惡化。沒多久他就不只早上痛了，整天都會痛。這種感覺成了某種無法言喻的痛楚，彷彿每天往裡頭鑽一點點，還會讓你脾氣暴躁。他什麼方法都試過了，冷敷、熱敷、油膏、酊劑。所有的方法都失敗後，他就接受了這個事實，他的身體這麼大，存在本身就是苦頭，而這種閃電般的痛楚就是為了活命而繳的稅。

不過，塊頭大也有好處。只要看到他高麗菜大小的拳頭與將近兩百一十公分的巨大身軀，他面前的人就會向遇上貨輪的小帆船一樣統統讓開。而且就這種身材能挑的職業而言，他這二十年能幫R．J．霍特服務、替他搞定一些敏感的事情也算運氣好。無論是欠霍特大樓房租的房客啦，在霍特礦場偷摸走罕見鑽石的礦工啦，或是霍特先生不檢點的女孩啦，這些全都是羅麥斯要搞定的事情。這項功能他還沒有失常過。

「我一直想成為人父。」霍特先生歡快地說，此時已經上路一個小時，道路鋪面已經消失，成了林地間蜿蜒的碎石小路，道路無論由哪個方向，都能延伸到他五十公頃的土地上。「但我太太就是無法完成這項任務。鬼才曉得我們試了多少次。當然啦，羅麥斯先生，你完全沒有這種問題，對吧？最新的數字是多少？六個？」

「先生，七個。」羅麥斯清了清嗓。「第一個是意外，我們結婚後只想再生兩個，但我跟拉雯在製造奇蹟的部門上完全沒有障礙。彷彿我們只是用同一塊肥皂，九個月後就要往醫院報到一樣。」

霍特發出罕見的笑聲，這點讓羅麥斯很滿意，但聊到他的七個孩子就讓他想到他們替他挖出來的財務大坑。這筆債最近又加上了他家房子可觀的貸款，所幸霍特先生非常大方，利息不計。

「你對我有什麼建議嗎？」霍特先生問。「就父親之間的建議？」

「別多生。」羅麥斯冷冷地說。「還有別花不屬於你的錢。」

「說得好，說得好。」霍特先生說，但他又換上那副凶狠、遠目的神情，這是他討論公事時會有的表情。「不過，羅麥斯先生，如果我這些公司因為股市崩盤而財務狀況持續走下坡，那我很快就會跟你一樣口袋空空囉。」

羅麥斯很清楚，股市崩盤不可能會對他的老闆造成任何實質的威脅。他從老爸R．J．一世繼承了大筆財產，雖然二世喜好女色，但他也擴張商業版圖，現在擁有半個新布藍茲維省，包括其中的礦場、煉鋼廠、煉油廠、兩間報社、好幾間銀行、服務站、修車廠、雜貨店與物流。大家都說，禮拜天出門轉轉，你到家之前，肯定會塞至少五十分錢進霍特的口袋裡。

「那孩子呢？你確定身體健全？」霍特先生問。

「是的，先生。」羅麥斯確認。「母親因為某些併發症，還在調養中，但小女嬰非常健康。」

「很好，很好，男孩，女孩，我都沒有差，我只是需要有人能繼承我的財產而已，是不是？前提是如果我能保住這些錢的話啦。」

「先生，你肯定辦得到的。」

「那母親呢？」幾秒鐘後，霍特先生問起，彷彿只是後來想到。「你說她都康復了，是吧？」

尤芬米雅．巴斯特跟霍特其他的對象一樣，一開始都是他的員工。她在清掃他的銀行時吸引了他的目光，他就請羅麥斯將她安置進他特別用來達成這種目的的公寓之中，半年來，他都趁著妻子出門打橋牌時造訪尤芬米雅。霍特的迷戀最終都會退燒，每次都這樣，在他已經要轉移目標時，尤芬米雅宣布自己懷孕了。霍特先生喜出望外，一是因為有了繼承人，二則是這樣就證實了他的理論——沒小孩都是他老婆的錯。於是立刻訂出協議，尤芬米雅同意收下一筆錢，懷孕生產，而霍特夫妻將會領養這個孩子。為了避免任何醜聞，霍特先生建議尤芬米雅分娩前隱居在她的公寓之中。因此在她懷孕期間，羅麥斯就得替她購買生活雜物、去圖書館借書，以及買她喜歡的那種廉價雜誌。接著，四個星期之後，再過幾天寶寶就要出生了，此時霍特先生要求羅麥斯將她送去他獨立遺世的鄉間房產，準備迎接孩子的降臨。

「先生，她還沒有徹底恢復。」羅麥斯說。「她不斷出血、痙攣，血壓也很高，但——」

「老天啊，羅麥斯。」霍特先生打斷他，在面前揮揮手，想要驅散那些畫面。「噁心的細節就免了。」

「她至今休息了三週，她已經稍微恢復了點元氣。醫生說只要她待在床上，不要隨意走動就沒問題。」

「很好，很好。你能確保她不會亂跑，對吧，羅麥斯先生？」

「當然，先生。」

「當霍特夫人下禮拜從她康乃狄克州的娘家回來時。」霍特先生繼續說。「我們就會起草領養文件，將孩子帶回我們位於聖約翰的家。」

羅麥斯把車停在鄉間住宅的卵石道路上，這棟房子座落於大片如詩如畫的樹林之間，有小溪與土墩，霍特先生會扮演起狩獵監督官的角色，確保這裡充滿狐狸與松雞，讓他每年夏天帶客人來打獵時，有足夠的獵物可以獵殺。

羅麥斯下車時，按捺住哀號，一陣下探的低低電流從他的後背一路刺進他的大腿。他彎腰從後座捧起禮物時，則壓抑住了另一聲。

他們接近房子時，羅麥斯看著黑暗的一樓窗戶，說：「先生，廚子還沒上工。」

「低調點。」霍特先生說，他揮舞著一把紫色的水仙花，雙眼閃爍有神。「我們去見見未來吧？」他推開門，大步朝後方的主臥室前進。

他們抵達門口後，霍特先生摘下帽子，調整領帶。「親愛的尤芬米雅，是R．J．來囉。」

他用溫柔的語氣說話，並用厚實的畢業戒指敲起房門，耳朵貼在木頭上。

一陣靜默。

「先生，她跟孩子可能還在睡。」羅麥斯低聲地說。

「噢，看一眼又不會死。」霍特先生小心翼翼扭起門把，卻鎖上了。他又敲起門。敲到第十聲，沒人回應，霍特先生的好心情就轉壞了，彷彿是扯著新氣球在田野裡奔跑的男孩，不小心讓氣球飛走了一樣。「該死的鑰匙在哪？」他檢視起門鎖。

「先生，這地方的門鎖都很舊了，每扇門鑰匙都不同。」

「噢，拜託！」霍特先生大吼。「我養你一個大食人妖幹嘛？顯然不是找你來聊天的，我猜你看得出來吧？」

羅麥斯放下禮物，用肩膀瞄準，這樣才能直接接觸門板。他尷尬地跑了小小一段，然後撞擊橡木門板，這扇門比他想像中還要厚實，一陣刺耳的聲音響起，門的側柱從門框上鬆脫。羅麥斯一頭栽進房裡，感覺到從脊椎散發出來的可怕感受，他隨即癱倒在地，閃電的痛楚打在他的脊梁上，刺進他的腦幹，差點讓他當場嘔吐。

「他們不見了。」他聽到霍特先生說。

羅麥斯四肢俯地，逼迫自己聚焦。他上次見到尤芬米雅哄抱孩子的床鋪如今空空如也。旁邊正對後方樹林的落地玻璃門卻開得老大。

「先生，女人在生過小孩後，行為的確會變得古怪。」羅麥斯努力讓巨大的身軀起來時，吃力地說。「她們會做奇怪的事情。拉雯曾說自己見到鬼。不過尤芬米雅很可能只是去樹林裡散步而已。」

「大雪天帶著新生兒去散步？」霍特高喊。「羅麥斯先生，這不是你那二十個不值錢的小狗崽！她偷走的是我唯一的孩子！」霍特先生怒氣沖沖，要求立刻搜查附近土地，羅麥斯只能拖著腳步去打電話。

羅麥斯招集尋人小隊時用的說詞是霍特先生的訪客走去了，等待的同時，他還一瘸一拐地去傭人過夜的地方，向廚子與女傭問話，他們兩人昨天傍晚之後就沒有見過尤芬米雅。將近中午，管理員、馬夫等人才從霍特先生聖約翰的豪宅趕來，同時還有一批霍特煉鋼廠的可靠員工。整隊之後，「狩獵監督官」拿著銀色號角，帶領大家進入樹林之中。他們整個下午都在找，而讓霍特先生不滿的是羅麥斯因為身體的狀況，沒有辦法加入。樹林天色矇矇暗去之時，霍特先生去可以俯瞰整片地的二樓陽臺找羅麥斯。

「你昨晚來見過尤芬米雅，對不對？」霍特先生問。

「是的，先生。」羅麥斯說。「差不多七點的時候，來看她的狀況。」

「她有沒有提到她重新考量了我們的協議？」

羅麥斯覺得自己的心跳差點停止。「沒有，先生，她沒有說過這種話。」他緊張地說。「怎麼會這麼問？」

「沒理由。」霍特先生點點頭。「但結果我們的考量很正確，對不對？帶她來這裡？」

「的確，先生。」羅麥斯說，他的心臟又恢復跳動。一開始霍特先生說要讓尤芬米雅來這片土地生產時，羅麥斯就知道不是為了什麼隱私問題，而是霍特先生算準了，如果她反悔，那她根本無處可去。

「先生，她處於虛弱的狀態，根本跑不遠。」羅麥斯又說：「特別是還抱著沉重的孩子。我猜我們馬上就能找到她了，她會撐過來的。」

「我相信，我相信。」霍特先生說：「她的那本書呢？」

「先生，什麼書？」

「她一直在寫的那本日誌。」他露出明顯的厭惡。「東西不在她房裡，我親自找過了。你有看到嗎？」

「先生，沒有。」羅麥斯說。「她肯定一起帶走了。」

說到這裡，霍特的態度變了，他放低目光，露出不安的神情，彷彿是在陽臺的木工紋理上看到寫著什麼令人膽寒的文字一樣。「羅麥斯先生，我不確定你是否明白。」他用遲疑無力的口氣講話。「尤芬米雅在寫她那本日誌的時候，她也許記錄下某些……行為，『親密的行為』，如果你懂我的意思，我們之間的親密行為，我得說是你情我願的行為。不過，如果那本日誌留到錯誤的人手裡，可能會對我造成傷害。」

這一刻羅麥斯回想起霍特先生的女孩身上偶爾會出現瘀青，尤芬米雅也有過，特別是他剛開始迷戀上她的時候。長袖洋裝袖口或他買給她的水獺皮領口會透露出淺淺的顏色，但因為這些女孩都不會抱怨，羅麥斯也就不會追問。

「先生，我們會找到她的。」羅麥斯承諾。「還有那本日誌。」

「羅麥斯先生，我們當然會。」霍特先生陰鬱地望向天色迅速轉暗的樹林，三隻蝙蝠正從樹枝上衝出。

那團東西

艾弗烈吃力地把那團東西從樹林裡帶回來的時候，東西靜悄悄的。他行進時那微弱的顫抖停住了，這種發展讓他開朗起來。也許讓他左右為難的狀況已經自行解決了，而他只要挖個洞就好。

他抵達他的破屋，把那團東西放在柴爐旁邊的地板上時鬆了口氣。是說那團東西不重，他把東西從樹上取下時的確高舉雙手，就跟你以為要扛的是結實的核桃木，結果只是廉價的膠合板一樣，但抱著這玩意兒讓他覺得心裡七上八下的。

他不是出於憐憫才撿起這團東西。他之所以撿是因為假設他按照計畫讓森林搞定這個孩子，會有人發現孩子的遺體就掛在艾弗烈的釘子上，皇家騎警就會搜查樹林，找到他的破房子就只是遲早的事了。他當遊民的日子因為流浪坐過一段時間的牢，但他們應該沒有證據能把孩子的死安在他頭上。不過就算他們沒有這麼做，他也肯定不會再回這個家，無法繼續過上他在這裡編織出的舒適生活了。

艾弗烈用燒燙的梣樹木柴生火，沒多久柴爐就變紅，散發起溫度，緩緩地一波一波向外發送。他一度考慮稍微費點勁，打開柴爐的門，將那團東西放進火熱的餘燼之中，然後關上爐門。雖然他在戰時主要的工作是抬擔架，但他對德國佬也開過多次槍，他們大多仍是孩子。接下來的流浪生涯中，他在北美鐵軌沿線留下了無數遭到刺傷或打傷的靈魂，所以這小小一團灰燼能在浩瀚的藍圖裡起什麼作用？

不過，就在他繼續思考下去時，他擔心這件事會糾纏他。也許比他在法國目睹的場景還要可怕，至今那些回憶還影響著他的夢境：他用擔架抬著的慘叫傷員，內臟流出，拖到泥巴地上，他們尖叫要找媽媽，彷彿母親會帶著針線出現，將他們縫回人形。

艾弗烈將那團東西留在柴爐旁邊，自己躺了下來。在他即將陷入瞌睡時，孩子忽然跟被人踩到的貓一樣號叫起來。這陣哭聲如此靠近，血液猛力衝擊他的太陽穴，重擊他的頭殼。他曉得該怎麼做這娃兒才會安靜下來，唱點歌曲或歌謠，內容是小鳥、小星星、小精靈，還有什麼天上的東西。不過，他就只會唱步兵的行軍歌、下流的藍調，以及不堪入耳的打油詩。哭聲加劇，艾弗烈只能拿出冬天雙手裂開時抹的蜂蠟，左耳右耳各塞了一大塊進去。還是聽得見，於是他只穿著單薄的紅色開襠褲就走進冰冷的黑暗之中，他去擠山羊奶，這是他最後一隻山羊，上了年紀的老奶奶，毛皮有灰褐色跟白色，這是他用幾品脫半發酵楓糖漿換來的。雖然牠的幼崽在冬天因為痢疾死去，牠的奶因此變少，但牠還是努力擠出一小杯，艾弗烈感激地搓揉起羊兒扭動的耳朵。

他進屋將羊奶倒進舊茶壺裡，將有缺口的壺嘴壓在嬰兒的小嘴上。「這招最好管用。」他說話時特意望向別處，多年沒有好好講話的聲音聽起來沙啞低沉。「因為除此之外就只剩楓糖漿了，而我需要楓糖漿。」

寶寶喝起奶，安靜下來，卻嗆到緊閉眼睛，艾弗烈這才允許自己稍微看一眼，有如貝殼的漩渦鼻孔，皮膚是尚未成熟的草莓色調，這個生物就是設計用來引發別人同情心的，他明白了這點，連忙將目光移開。茶壺空了，他又將孩子包裹回去，放回柴爐旁邊，發誓再也不要正眼看這團東西。這孩子就是用同情這種有倒刺的鉤子纏上你的，所以他會警惕自己不要同情心氾濫，直到他拋下這份詛咒為止。

他決定了，明天一早他就會把孩子送去聖約翰，扔在某個地方，等別人來撿。或著，說不定運氣好的話，這傢伙活不過今晚呢。或是，更棒的是，他醒來時，奶娃就消失了，只剩他的楓樹林，而他能夠再次隱身於天鵝絨般的楓林之間。怪事不是沒發生過，就他的經驗，這種詛咒出現得莫名其妙，也可能消失得莫名其妙呢。

哈維・羅麥斯只有在他位於聖約翰西區的磚造平房中才是最放心、最平靜、最像他自己的時刻。自從拉雯的父親協助新婚夫妻首付後（這是在不小心懷上哈維二世後的事），這裡就不只是住所，這裡是羅麥斯在這個越來越沒道理的世界裡，唯一一處具有意義的綠洲，也是他持續貢獻給家人的紀念碑。也是他會用性命守護的唯一財產。

今晚，他們餵完七張嘴，洗好七副身軀，送他們上七張床之後，拉雯撤退去聽她的廣播連續劇，羅麥斯則進了書房，在他最喜歡的椅子上抽百樂門香菸。這張椅子有厚厚的軟墊，能夠讓他飽受凌虐的脊椎稍微舒緩一點。哈維與拉雯結婚時可以說是陌生人，這麼多年過去，他們打造出堅實的居家結盟關係，彷彿是兩名工廠工人，能夠長時間肩並肩辛勤在同一條生產線上忙碌著，無需言語溝通。

這天晚上，羅麥斯不斷打電話聯絡「狩獵監督官」，追查進度，至今搜捕完全沒有成效。羅麥斯打電話向霍特先生報告時，老闆聽起來醉醺醺的，要求羅麥斯立刻搜查起尤芬米雅先前的公寓。不過自從稍早撞下橡木房門後，他的脊椎閃電痛楚就沒有舒緩過，他只要一吸氣就面露難色。羅麥斯急著想完成老闆交付的任務，他只能從書桌上拿起霍特先生醫生開給他的鴉片雪茄。這玩意並不全然合法，但醫生不會介意替這麼有價值的員工做點特別安排。羅麥斯扯開包裝紙，抽出一根雪茄，湊到鼻子前面聞了聞，蘭花、丁香、肥料味。在此之下是一段鮮明的童年回憶，他父親藏在煤桶裡的古怪菸槍。

華特・羅麥斯也是人高馬大，他會酗酒，也抽鴉片，偶爾當當魔術師，口袋裡滿是充滿記號的牌卡，色瞇瞇的目光總是打量著女人。他禮拜天偷偷摸摸回家吃晚餐、一屁股跌坐進他的扶手椅上時，他的太太會說：「咱們自吹自擂的客人來了。」他則領帶歪歪，跟職業拳擊手一樣，在他的角落猛喝水。

哈維十二歲時，父親離家，再也沒有回來，男孩只能被迫擔任起霍特乳業公司的收帳員。他年紀最小，收不到錢的難搞街坊統統落到他頭上。多數收帳員在明在暗都會用威脅恐嚇的方式收錢，如果男人不在家，就稍微壓榨家裡的女人。不過哈維不用這麼做，年僅十二歲，身材已經夠嚇人了，而他工作的第一個月，收到的錢就超過了公司最王牌的收帳員。沒多久，他就開始抽佣金，一週一塊錢，這錢讓他與母親不至於窮困潦倒。二十年前，霍特先生本人招募羅麥斯到他身邊做事。羅麥斯早年就從父親抑揚頓挫的拳頭下學會暴力這種語言，很快就體驗到對盜賊或騙子（他沒想過會有人樂得逃避自己的責任）「來硬的」的快感。生命已經賦予他如此痛苦，如果狀況允許，他為什麼不「回饋」一點給世界呢？雖然經常的暴行會加劇他的疼痛，這份工作卻讓他養家餬口，也證實他跟遊手好閒的父親完全是不一樣的人。

*所以一根微不足道的雪茄能造成什麼傷害呢？*羅麥斯一邊想，一邊點燃雪茄的尖端，小小吸了一口。菸氣慵懶地進入他肺裡的血肉空間，他什麼感覺也沒有，不亢奮，沒有改變生命的奔騰衝刺，於是他又吸了小小第二口。他擔心自己會過量，於是將熄火的雪茄放回盒子裡，坐在椅子上，靜候起來。慢慢的，彷彿是太陽升起的速度，他感覺到溫和的放鬆感逐漸散開，明亮的感覺緩緩沿著他的脊椎舒適暈開，好像是放水的水管。

羅麥斯多年來沒有感覺過身軀如此靈活，他開車抵達碼頭附近尤芬米雅先前的住處，這裡房租很便宜，也是霍特先生的房產。他用房東的鑰匙開門進去，如他所料，她不在這裡。雖然她想法細膩有序，但她住的地方總是一團亂，水槽裡剩餘食物碎屑的盤子上有一堆果蠅，首飾亂七八糟堆在穿衣鏡附近，每個平面上都有攤開的書本，好幾十本書面朝下的書疊得高高地，彷彿是低著頭套在一起的俄羅斯娃娃。他撫摸起掛在衣櫥裡的絲質洋裝與睡衣，他在旁邊的架子上看到她家人的裱框照片，煤炭粉塵燻黑的男人昂首站在最前面，看起來非常驕傲，旁邊則是中學時期面露微笑的尤芬米雅，門牙有縫，已經非常可愛。羅麥斯短暫想起他的大女兒海蒂，帶著雄心壯志搬去大城市，結果卻淪落為有錢大亨的瘀青玩物，想到這裡讓他的胃翻攪了一下。然後，他翻起尤芬米雅的拉蓋書桌，發現她用來裝日誌的硬書殼。書脊的地方寫著：

尤芬米雅．巴斯特的私密想法與作為

但書殼裡是空的。

也許她不知怎麼著回到公寓，取回日誌，並且離開鎮上了？但她總是掛記她的家人，怎麼會留下照片？日誌確實不見了，他找不到，霍特先生肯定會對他感到失望，這種情緒讓他狂躁起來。他一一扯開抽屜，翻開床墊，將櫃子裡的箱子拖出來，翻倒書桌，弄倒女紅用具，針線雜貨散落一地。他無視野蠻行為對他後背造成利爪般的陣痛，他扭曲手指扯下鬆脫的牆板，說不定她會把日誌塞在裡面呢。

他氣喘吁吁，眼冒金星，差點站不直，最後他找到自己的帽子，拿著空空的硬書殼，鎖上公寓房門，一瘸一跛走回車上。他打開副駕駛座的置物櫃，從中抽出剛剛沒抽完的半根雪茄，他帶出門就是擔心背痛又發作。不過，想到父親抽著鴉片菸槍的肥臉，羅麥斯便將雪茄扔在人行道上，驅車離去。

那晚他在床上反側難眠，擔心起如果日誌落入不對的人手裡，用它來威脅霍特先生，那肯定是羅麥斯的錯，畢竟掩飾這段關係就是他的責任。於是他安慰自己，尋人小隊最晚明天下午就會找到尤芬米雅與她的孩子，而日誌很可能就在她身上。她們在樹林裡這樣度過了寒冷的第二晚，但不至於致命。霍特先生會很生氣她逃跑，但他還是會很慶幸他的孩子成功找回來了。塵埃落定前，羅麥斯就會拿著那本日誌，放回原本的硬書殼裡，然後將它們扔進屬於它們的烈焰壁爐之中。而這整件令人煩心的事情就能畫下句點。

布蘭克

天一亮，艾弗烈就將寶寶塞進他的羊毛外套之中，在外頭繫上腰帶，讓寶寶貼著他的軀體，朝聖約翰出發。寶寶掙扎了一下，但在樹林裡走了八百公尺後，就靜下來了。他盡可能不進城，也不在外頭過夜。城市讓他不安，汽車逆火的聲音有如德國火砲，眉毛粗厚的伐木工人大白天在酒館外頭上演全武行，修剪過頭的樹種在大道上，完全長不大。通常他在雜貨店裡完成楓糖漿交易後，他會去看場電影。他每次都責備自己花這種大錢，但每次進城，人總會讓他疲憊，他們瞠目結舌，他們竊竊私語，黑暗的電影院則讓他得以喘口氣，他能在裡頭觀察別人，而不是別人觀察他。

他沿著主街前進，目光所及之處都很適合拋下孩子，靠近市政廳的山茱萸一角啦，老太婆的洗衣盆啦，掃得很乾淨的門口臺階，還有打亮的銀色汽車前座。不過附近人太多了。雖然他不識字，但他掃視起書報攤上的日報，尋找失蹤孩童的照片，卻什麼也沒有看到。他心想：**你這傻瓜，沒有人要這個孩子啦。小傢伙是掛在樹上等死呢。**

艾弗烈走去滑鐵盧街的天主教慈善會，門口沿著街廓排起蜿蜒的長隊。在此，修女告訴他，他們不接受男人送來的孤兒。之後，他不能在眾目睽睽之下將孩子扔在街上，特別是許多人還認得他，於是他別無選擇，只能穿越市區，閃過叫賣的貧窮男孩，他們賣捲菸、阿斯匹林、油膩紙巾包著的烤豆子。他敲起門來，屋主是他在流浪時認識的人。

門開了，艾弗烈看到霍華．布蘭克跟十年前一樣醜。布蘭克也從軍，但他們一直到戰備狀態停止之後才在安大略省奧克蘭外頭的流浪漢據點相識。布蘭克在英國進行訓練時，他的羅斯步槍槍管卡彈，他不慎扣下兩次板機，整把槍抵著他的臉爆炸。他從戰場回來時只開過一槍，而這槍打在他自己臉上，這種恥辱讓他變得下流可怕。

「翠林？矮子莫頓說他聽說你在某處安頓下來。」布蘭克露出令人費解的神情。「靠近老霍特地產的楓樹林那邊，真的嗎？」

艾弗烈說對。

「他也說你成了家長用來嚇小孩故事裡的人物，他還真沒開玩笑哩。」

「我偶爾會賣楓糖漿給矮子。」艾弗烈扯了扯他糾結的鬍子，做做效果。

艾弗烈仔細看，歲月對布蘭克的傷疤挺寬厚的，撫平了它們，炸傷的那一側現在看起來是小黃瓜般光滑，而不是曾經的白花菜。

「哎啊，進來吧。」布蘭克攬著艾弗烈的肩膀，拉著他進屋。「你以前來敲門只有兩個原因，一是要弄錢買威士忌，二是要弄威士忌。今天是哪一個？」

「都不是。」艾弗烈說，然後坐進殘破的椅子裡，這把椅子到處破爛，彷彿是生了疥癬的鹿。

「很好，因為我現在只囤氣泡水。如果你對此有什麼意見，那你現在就可以離開。」

「我也不喝酒了。」艾弗烈說，很敬佩布蘭克也努力想從墮落的路線回歸正軌。艾弗烈勉強能回憶起些許片段，他在這間屋子裡度過充滿酒精的幾個禮拜。房子是布蘭克的父親留給他的，他爸是聖公會的牧師。他們通常就是喝酒，然後吵架，但會避開戰爭這個話題。

布蘭克拿著兩個綠色瓶子回來時，他探頭望向艾弗烈領口，看見了孩子鮮嫩的小腦袋瓜子，便問：「那是什麼啊？」

他們一邊喝氣泡水，艾弗烈則解釋起自己是怎麼遇上這道詛咒的，以及他走來聖約翰，就是為了甩掉這個詛咒。

「你有看到是誰把孩子扔在樹林裡嗎？」

艾弗烈搖搖頭。

「哪個女裁縫已經生了一堆小孩，櫃子都空了吧。」布蘭克說。「送去給修女，她們最喜歡玷污小羔羊了。」

「試過了，她們不接受男人送去的孩子。」艾弗烈不耐地說。天氣暖了，樹液隨時會開始流，要是他不能即時清空汲液桶，那樹汁就會滿到地上。第一波汁液是最甜的，動作稍微慢一點就代表大半年的收入即將付諸東流。等到楓樹樹枝冒起綠芽，焦糖香甜就會徹底走味。「你可以幫我找個地方安置這傢伙嗎？」艾弗烈說。「我不在乎哪兒，但我今晚之前就得擺脫。」

「我可不收，這是肯定的。」布蘭克說。「你那個哥哥呢？西岸的林業百萬富翁？也許他能收養這孩子？」布蘭克講話時露出嘲諷的神情，讓艾弗烈回想起他平常有多冷血，知道你的隱私細節後就充滿惡意。

雖然艾弗烈後悔自己的過往，但他最後悔的莫過於說漏嘴提到哈利斯．翠林，那個哈利斯．翠林是他疏遠的哥哥，而這輩子唯一一個知道這個祕密的人卻是霍華．布蘭克。「我們十八年沒聯絡了。」

「兄弟還是兄弟啦。」

艾弗烈搖搖頭。「他做了那種事之後就不是了，再也不是了。」

「這孩子是哪種？」布蘭克問。

「什麼哪種——」

「男孩還是女孩，你這呆子！」

艾弗烈聳聳肩。「不知道。」

「他居然不知道！」布蘭克對著骯髒的松木天花板說。

「這不關我的事。」

「哎啊，如果我要幫你，我就必須知道詳細的狀況。」布蘭克伸出雙手。「小傢伙，來霍華叔叔這兒。」

艾弗烈將孩子從外套裡掏出來，交出去。

「我看來像女孩哩。」布蘭克用手指掀開布巾。「但哎呦！」他在鼻子前面揮揮手。「她把自己搞得一團糟。你要幫她洗澡，你知道吧？換法蘭絨尿布？」

艾弗烈搖搖頭。「我不在乎。」

「你最好在乎一下，就這狀況，你要擺脫她困難重重啊。」布蘭克開始解開錦緞布巾，在皺摺裡抽出一本書。「這個呢？」他放下孩子，翻起硬硬的封面。「操作手冊？」

「上頭說啥？」艾弗烈問，連忙湊過來。

「還是大字不識一個，是不是？」布蘭克翻起內頁。「記得我們湊錢吃飯的時候，我還得讀油膩膩的廉價小館菜單給你聽？」艾弗烈記得，他也記得有次布蘭克想替自己的服務索取一毛錢，反而被艾弗烈揍出雙眼黑青。

布蘭克看著文字，喃喃有詞，然後說：「從文字看來，這是一本日記，女人的字跡。」

「你可不可以快點說上頭寫了什麼？」

「她想表現得很聰明的樣子，淨用些難字。」布蘭克用食指得意地敲了敲太陽穴。「但我大部分都認得。」

「你覺得寫這的人是孩子的母親嗎？」艾弗烈問。

「看起來是。」

「有地址嗎？也許我可以把孩子送還給她。」

「沒有，但等等……這裡有個名字。」

艾弗烈跟著布蘭克的食指沿著紙頁前進，對他來說上頭只是一片曲線與棍子而已。

「R．J．。」布蘭克驚奇地說，彷彿是在引用什麼經典一樣。「你猜是不是R．J．霍特？你待的土地就是他的。」他興奮地對著寶寶點點頭。

「我不在乎是不是。」艾弗烈說。「無論是誰的孩子，他都不想要了，我也不要。」

布蘭克大力闔上日誌本，深思熟慮地喝了長長一口氣泡水。布蘭克盤算起來，艾弗烈聽見他嘴裡二氧化碳的嘶嘶氣泡聲。

「現在聽好了，我們必須以不同角度思考這整件事。」他露出狡詐的神情。「也許我能收留她，看看她是怎麼被人遺棄什麼的。」

艾弗烈忽然回想起以前在擲骰子賭博時，他跟布蘭克聯手揍起兩名賭輸他們一塊錢的酒鬼，狂踹他們，直到他們尿溼褲子。這點說明了布蘭克跟艾弗烈在照顧孩子這件事上，程度其實差不多。

「你剛剛才說你不想收留她。」艾弗烈站起身來。「我要去找聖約翰最繁忙的街角，把她放下，然後跟逃命一樣跑走。」

「哇，等等，你不能這麼做！這可憐的小羔羊？要是馬車碾過她怎麼辦？」布蘭克說。「人家會怪你的。」

「我不會知道，我早就回我的楓樹林了，快樂又平靜。」

「好啦，艾弗烈，你來找我就是你運氣好。」布蘭克熱情地說，還拍了拍艾弗烈的肩膀。

「雖然股市崩盤，但我認識很多善良的人渴望收養剛出生不久的健康小嬰孩。」

進到樹裡面

隔天早上，天還沒亮，羅麥斯開車前往霍特先生的鄉間小屋，確認尋人小隊的狀況。「狩獵監督官」在車道迎接他，一臉慘白、挫敗的神情。他拿著手電筒，披著油布雨衣，但根本沒有下雨。

「我們在樹林裡發現了一些東西。」監督官說。「我們等著你確認，然後才要去打擾霍特先生。」

羅麥斯跟著他進入林裡，白色的月亮掛在黑暗的樹枝之間。他們前進，樹幹似乎越來越接近，彷彿是遇到掠食者的放牧牲畜一樣。

沒多久，監督官就用燈光照起樹木，露出看似一個女人跪在大楓樹下的身影，她雙臂張開，擁抱樹幹，彷彿是在向樹木求援一樣。羅麥斯跪在她身旁，他驚覺他們幾乎是同樣的動作，軟爛的泥土潤溼了他褲子的膝蓋部位。她沒穿鞋，只穿了睡衣。當他撥開她厚劉海的鮑伯頭髮絲後，發現動物已經侵害過她的臉。鼻子少了一半，臉頰被咬掉，雙眼消失，只剩空洞。也許眼睛被藏在同一棵楓樹某處，此刻正看著他。羅麥斯放低目光，看到小河般的螞蟻大軍沿著她的手臂爬上來，她的手臂跟鱈魚肉一樣蒼白，手中空空如也。沒看到孩子，也沒見到日誌。

「有她孩子的跡象嗎？」羅麥斯問，他跪得越久，脊椎的疼痛就越明顯，他只能以無視對抗痛楚。

「沒有，但她周遭的土壤吸收了大量的血。」監督官陰鬱地說。「顯然她是拖著身軀爬到樹下的。一定是我們的狐狸攻擊她，還叼走了孩子。」

監督官開口時，羅麥斯在腦海中拼湊出故事的全貌：尤芬米雅再三考慮，決定不要放棄自己的孩子，她在昨晚逃離大宅。她奔跑時，又開始出血。等到她虛弱到無法繼續前進時，她就用盡力氣，爬向這棵大楓樹，血流不止，而孩子湊在她的胸口。

羅麥斯心想：**噢，生活在這種可怕的時代真是一種詛咒**。這種念頭如同一把利刃，將悲慘哀傷的一刀刺進他當霍特收帳員這麼多年來搭起的盔甲之中。他忽然感覺到父親般的衝動，想要梳梳尤芬米雅的頭髮，想要找回她臉部缺失的部分，想辦法將她重新拼湊起來。她的活潑，她的智慧，都去哪兒了？進入樹裡面了嗎？羅麥斯忽然驚嚇，覺得這棵樹是活生生的東西，是一枚高舉肢體的石化靈魂，也許還是目擊證人。擁有的生氣永遠超過尤芬米雅與她的孩子。

他哀號著站起，懊悔將雪茄留在家裡。只需吸個幾口，這一切就能輕鬆一點。

「我要找到孩子的遺體。」羅麥斯說。

「可能不剩什麼了。」監督官搖搖頭。「成年狐狸的牙齒可以碾碎骨頭，特別是細小的骨頭。」

「我不在乎，繼續找。」羅麥斯說。「要是她在爬行時弄掉了什麼東西，也給我找出來。同時，幫個忙，先別告訴霍特先生。等到我把給孩子的禮物收拾好之後，我再親口告訴他。我們不希望讓事情變得更難看。」

「這是什麼樣的死法啊？」監督官陪著羅麥斯穿過黑綠色的樹林回屋時說。「一個人孤零零的。」

雖然羅麥斯同意這座樹林的確是寂寞的地方，但他一度振作了起來，至少尤芬米雅與她的孩子有一棵結實的大樹可以靠在上頭斷氣。他希望這樣能給她們一點慰藉。

房子

艾弗烈從一叢稀疏的白楊樹間審視這棟奶油黃的一層樓木架房舍，雪松瓦片屋頂有點鬆軟，最前面的橫梁已經凹陷，整塊木頭下垂，彷彿是遭到訓斥的狗狗。屋內，骯髒昏暗的窗簾後面有一個前後晃動的身影。

艾弗烈接近時，發出喀噠響聲的防風門後傳來男人的聲音，問：「你帶孩子來了嗎？」

「帶來了，小嬰兒，可能才幾週大而已。」艾弗烈猜測起來。

「沒有跳蚤，沒有咳嗽什麼的吧？」男人透過紗門問，嚴肅的面孔上糾結起狐疑的眉頭。

「就我看來，她健康得不得了。哭聲也很響亮。」

男人開了門，邀請艾弗烈進屋。這人很矮，幾乎可以說是侏儒的身材，他的鬍碴上有鼻菸的殘屑，他很像穿了一件舊舊的條紋床單在身上。艾弗烈將孩子從外套裡掏出來，尷尬地抱在懷裡，讓男人看孩子熟睡的面容。

「看看這小臉。」他充滿愛意地說，他歡快的態度讓艾弗烈放下心來。在他拒絕將孩子交給布蘭克後，布蘭克聯絡了他認識的一對夫妻，母親在分娩時失去孩子，過程中還傷到身子，沒辦法懷下一胎。

「來來來，我看看。」小矮子伸出雙手。

艾弗烈將孩子交給他，娃娃包得跟繭一樣的小手忽然伸出來，扯起艾弗烈的鬍子。最後這責備的舉動讓他覺得受傷，他都替她做了這麼多。忽然間，男人將孩子緊緊抱在胸前，彷彿他們是老朋友了。

「先生，抱歉你失去了親骨肉。」艾弗烈摘下帽子。地板上有些許動物毛髮以及沙土，骯髒程度跟他的破爛小屋差不多。布蘭克不是說這對夫妻很有錢嗎？

男人咕噥著什麼附和的話語，艾弗烈聽不懂。能夠擺脫這個孩子，他的確大大鬆了口氣，但他還沒準備好要離開。「你太太該給她縫些新衣服。」艾弗烈說。「我覺得她不是很喜歡身上的羊毛衣，很癢。」

「嗯嗯嗯。」男人親吻起孩子冒出胎毛的小腦袋瓜子。「我會好好照顧她，衣服、食物，樣樣不缺。」

「我能夠想像你們會好好照顧她。」艾弗烈含糊地說，然後他用帽子往上比了比。「然後你的屋頂漏水有點嚴重，你該在房子坍塌之前修一下。」

男人的目光變得銳利。「就一個沒辦法留住自己孩子的男人來說，建議還滿多的。」

艾弗烈緊閉上嘴，鼻孔噴起大氣。這就是他避開其他人的原因。「反正就好好照顧她。」他沒好氣地說，壓抑住怒火，轉身要走。

「當然，我會把她照顧得妥妥當當。」男人說。

「那你太太呢？」艾弗烈轉回去。「你只說『我』？」

「她也會很用心的。」他冷漠地說。「嘿，等等，書在哪？布蘭克說這孩子還有一本書。」

「我差點忘了。」艾弗烈從外套裡抽出日誌，塞到男人空出來的手中。「就算飛機把我的名字噴在天上，我也看不出來。」他是想舒緩心情。「但我猜這東西有一天會對她很重要，也許能夠說明她的血緣或她媽媽是誰。」

「每個孩子都要有一份紀念物。」男人從艾弗烈手裡抓走那本日誌。

艾弗烈沒有看最後一眼，連忙離開屋子。

他無法在暗夜裡回家，於是他逛進鬧區，走進飯店下方的高級餐廳。他坐在栗樹木板搭建的包廂座位之中，點了一份牛排跟巴伐利亞啤酒來慶祝他重獲自由。裝啤酒的是長長的玻璃杯，如高塔般矗立在桌上，讓他很不好意思。他想要向服務生揮手詢問屋外的洗手間在哪時，不小心又點了另一杯。經過滴酒不沾的十年，啤酒馬上就起了作用。他坐著看服務生一一擺放出閃著光澤的銀色餐具，彷彿這些叉子、湯匙是全世界最珍貴的文物一樣。

不過，他這頓飯吃得很不安心，因為小矮子男人跟他的房子一直縈繞在他的腦海，現在回想起來，那裡更不堪。前廳有乾燥的泥巴粉塵，壁紙生霉長斑，多根橫梁看起來下垂危險，還有那個男人，冷漠無情，尖酸刻薄。他太太為什麼不在場？特別是那時已經傍晚了？她還在醫院嗎？領養新的孩子應該是很令人興奮的事情吧？艾弗烈用刀切開見血的牛排，思索起要是那個小矮子根本不想留下孩子呢？要是他真正的目的是把孩子交給布蘭克，而布蘭克打算將把孩子賣回給霍特他本人呢？

艾弗烈．翠林很久以前就喪失了同情這種情緒，戰時他抬的那些傷員、他哥哥的背叛，以及生命摸索抓扒的本質，這些東西都澆熄了他的同情，彷彿是光亮的銅板掉進黑色的湖裡一樣。

不過，它又從泥濘的湖底冒了上來，在他掌中閃閃發亮。

打電話來的人

一開始，羅麥斯認為打電話來的人是瘋子，下班時間打到他家裡來，迫使拉雯還要從客廳的坐臥沙發上叫醒正在打盹的他。

致電者表示，**一個小嬰兒**，還說自己名叫霍華．布蘭克。**也許兩週大**。什麼不識字的隱士在樹林裡找到的。

「什麼嬰兒？」羅麥斯努力不展露出他的驚嚇。他把話筒壓到嘴邊，這樣拉雯才不會聽到。

「別擔心，我已經準備要把孩子親自交還給霍特先生了。」男人用假意的哀傷口氣說。「還要領我的獎賞。」

「無論如何，你不准直接聯絡我的老闆。」羅麥斯怒吼道。「還有，布蘭克先生，霍特先生沒有提供任何獎賞。」他又補充問了一句：「但你剛剛說是誰發現的？」

「我說了，一個隱士。」布蘭克回答。「戰後我跟他一起漂泊了一段時間，後來我們分道揚鑣，一個精神有問題的雜種。他靠汲取楓糖蜜過活，擅自住在霍特先生土地上的一處破屋裡。昨天他發現孩子就掛在他的釘子上。」布蘭克又描述起那個地方，原來距離尤芬米雅屍首不過一點六公里。羅麥斯先前偶爾會去那片樹林散步，依稀記得見過釘子打在某些楓樹上，但他當時沒有多想。「而他現在跑來聖約翰，要賣了這可憐的孩子給人當奴隸，我想辦法將孩子奪過來了。」

「那個隱士該不會剛好還有某件物品吧？」羅麥斯問。「也許是跟孩子一起發現的東西？」

「一本日誌。」布蘭克得意地說。「包在奶娃的毯子裡，裡頭甚至還提到了R．J．霍特先生的名字，看來是私事，所以我才知道要打電話給你，你曾經替霍特先生向我收債，如果你記得，我樂意付清了。所以我知道你會在乎人家玷污你老闆的好名聲。如果我能吃上一頓大餐，我也許會想起那隱士叫什麼名字。」

「你現在就給我名字。」羅麥斯平靜地說。「而你就會得到二十元。」

布蘭克神奇地想起艾弗烈．翠林的名字，正打算敲詐起額外的五十元，因為他要介紹這位隱士的哥哥其實是西岸林業巨頭哈利斯．翠林，但羅麥斯打斷他，擔任收債員的歲月讓他明白，在這些低等生物的腦袋裡，他們跟王室成員的距離都很近。

「但如果明天下午之前，你把孩子跟那本日誌拿來給我，我就給你一百塊。」羅麥斯說。

布蘭克同意這份協議，說明他等著今晚得到孩子跟日誌，之後羅麥斯回到書房，雙手掩面坐了一會兒。他該立刻致電給霍特先生通報最新狀況，但他曉得不能輕易抱持太大的希望。今天早上，羅麥斯通知霍特先生，他的女兒失蹤時，這位大老闆絕望至極。所以如果這件事結果是個騙局怎麼辦？霍特先生永遠不會原諒羅麥斯。

等待布蘭克回電的同時，羅麥斯的目光不斷游移到擺在書桌上的那盒雪茄上，但他拒絕屈服於誘惑之下。他的自律是區分他與父親那種男人的唯一特質，他就是利用這個布蘭克跟其他的癮君子、低等生物來謀生。羅麥斯放下他厚實指關節的雙手，坐在位子上，靜候佳音。

又回到那棟屋子

艾弗烈藉著巴伐利亞啤酒的酒勁，回到骯髒的黃色屋子，用張開的手掌不斷拍打金屬門。矮小男人穿著同一件骯髒的床單衣服過來開門時，艾弗烈說：「抱歉，但我得把她要回來。」沒看見孩子的身影。

「我以為你不要她了？」他不滿地說。

「還是不想要，但我不能把她交給你。」艾弗烈說。就他自己聽來，他酒醉的話語遙遠又模糊，宛如水手在即將沉沒的拖板船上呼喊。「沒跟你太太見面前不能，見面之後也說不準。」

「那布蘭克承諾的錢呢？他要我暫時保管孩子跟那本日誌，直到他過來。」

「布蘭克？」

「整整十塊錢，加上一瓶酒。」

「呃，那是你們之間的事。」艾弗烈咬牙切齒地說。現在嬰兒開始在屋內深處嚎啕大哭起來，但哭喊聲聽起來卻很近，彷彿是扎進艾弗烈兩隻耳朵裡的冰柱。震驚的感覺阻斷裡他大腦裡的某些東西，他將男人推去一邊，踏著重步走進玄關。

「你就是楓糖漿的隱士。」男人有如好鬥的獵犬般跟著艾弗烈到後頭去。「布蘭克說的，你姓什麼林的，樹林、森林！」

艾弗烈循聲抵達屋子最後方，在鍛鐵床架上的一坨臭烘烘毯子裡找到女嬰。他一把抱起尖叫的孩子，抵在胸口，她滿臉泛紫，眼皮跟蛤殼一樣緊閉。她展開高八度尖叫，艾弗烈急著離開，但他差點忘了另一件物品。他捶了自己的耳朵一下。在這種混亂之中，怎麼能講道理啊？

「日誌在哪？」艾弗烈質問起來，奶娃在他懷裡蠕動，有如出水的鱒魚。男人沒說話，艾弗烈便一掌揮在男人的側腦上。這一動手，艾弗烈跟他的目標同樣意外。他在找到楓樹林之後就不再動手動腳了。不過酒精讓人能夠輕易施暴，孩子的尖叫也是。

「丟了。」男人眼神猶疑，於是艾弗烈又摑了一掌。「在床墊底下。」他終於招了，還怕到縮在地上。

艾弗烈翻開床墊，抽出那本日誌，然後將孩子緊抱在懷裡，踢翻後門搖搖欲墜的皮革鉸鏈。日誌塞在褲頭裡，孩子貼在身上，他連忙沿著巷子前進。小矮子從窗口喊著要找警察，艾弗烈跑進垃圾堆之中，然後穿過幾塊私有地。不一會兒，他在玫瑰灌木叢間稍作休息，他將牛排跟拉格啤酒泡沫朝著花的根部嘔吐。吐完之後，他聽到幾個街廓之外的吆喝聲。他急著試起好幾輛汽車的車門，終於，有輛車沒鎖。雖然他這輩子沒開過車，他還是將孩子放在後座座椅上，踩下踏板、按下發動按鈕，引擎活了過來。在黑暗中駕駛，與方向盤搏鬥，他擦撞上路邊時，從圍欄邊彈開。

布蘭克肯定是跟R．J．霍特說好了條件，如此一來，艾弗烈就不能回去他的小屋了，也許這輩子都回不去了。會有人在那裡等他，會有問不完的問題。而在他再次入獄前，他會把這輛車開下海邊懸崖。

他抵達接近港口的鐵路機廠時，他熄火，回頭發現後座空空如也。他一度幻想寶寶開了車門爬出去，纏上另一個人生即將遭到摧毀的倒霉鬼。不過，她只是掉到車子內部的地板上，陷入熟睡。他在後車廂裡發現了有厚厚內墊的毛毯，以及兩個差不多一公升大小的罐子，裡頭是黑莓蜜餞，他倒光一罐，在加油站後面的手動泵裝水。他把孩子重新包裹好，將車子推進矮樹叢裡掩飾行蹤，然後翻過鐵絲網，倉皇跳過閃著光澤的鐵軌。

他躲在冬青灌木之後，此時黑暗的天空上開始有星星閃爍。不一會兒，一輛客車緩緩駛進機廠，隆隆聲伴隨著汽笛。速度不快，稍微跑一下就能上車，但艾弗烈從來不搭客車。雖然載人的車比載貨的車快，但在車上會跟工作人員展開貓捉老鼠的遊戲。他比較喜歡貨車車廂，空間更大，但風險也高，畢竟難說什麼惡棍歹徒跟你同車，何況是現在這個股市崩盤之後的時代，這種人肯定很多。

一輛貨車經過，噴著煤渣與黑煙的龐然大物，煞車發出刺耳聲響與嘶嘶聲，他衝刺起來，孩子跟著他顛簸，經過兩節煤斗車後，他撲上車門半開的貨車車廂。氣笛響起，孩子怕得哭叫起來。他朝著車門的最後一拉差點讓他的雙臂脫臼。上了車，裡頭沒人，只有一片稻草，看起來還算新鮮，旁邊還有一包一包的牲口飼料。他關上車門，留了一個小縫透氣，然後與寶寶一起安頓在乾草之中。機廠清出軌道，列車開始加速，他很感謝有鐵軌枕木，孩子的臉不斷隨著碰碰、碰碰、碰碰的節奏晃動，有如催眠般讓她進入夢鄉。

車門小縫閃現過模糊的山丘與樹林，車廂裡充滿松柏植物的香氣。艾弗烈曾經發過誓，這輩子再也不跳上另一列貨車，但雖然他很努力，這個遭到詛咒的生物還是讓他走回他先前放棄的那條路，那個寢食難安、到處乞討行騙的人生。

不久，車廂就陷入伸手不見五指的黑暗。*對這種嬰孩來說，黑暗是什麼？*他冥思起來。雖然想到哥哥總讓他苦惱，他還是回想起哈利斯在十六歲時視覺開始惡化，彷彿有巨大的黑色三角木卡在他與世界之間。他憶起哈利斯會將水杯直接放進湯碗裡、上下顛倒攤開報紙，或在劈他們要賣的木柴時，被小斧劃傷手指。這幾年來，艾弗烈在鐵道上看過許多從西部運來的人批捆紮木材上看到模板噴漆的G字，他相信這代表他哥哥的公司，而他對哥哥的成就總是感到小小的驕傲。不過，雖然偶爾的美好回憶會爬過他的防備，這麼多年後，他對哥哥背叛的憤怒還是一分都沒少。這點短時間內也不會改變。

燃燒的小島

往西四千八百公里之外，就在整片大陸的對面，有一座無名小島，這座島猶如溫哥華外海上的綠色寶石，一輛奶油色的賓利汽車正沿著集材道路的車轍前進，兩旁是聳立進雲端的道格拉斯杉尖塔，每一棵都至少有三十公尺高。雖然大中午天候晴朗，哈利斯還是知道樹木聚集遮住光線，因此小島總是籠罩在陰影之下。雖然過了十八年看不見的生活，他還是轉頭面向車窗，品嚐空氣，體驗點滴溫暖的光線在他臉頰上舞動的感覺。美西側柏與巨藻的香氣交織飄進車裡，車子的底盤卻刮擦過道路車轍表面的石塊與樹根，這條路讓哈利斯很生氣，因為這條路不是他開的。

「我不會允許一幫山老鼠扒我的口袋。」哈利斯嘟囔著說。「我們在這座島租借的伐木權已經多久了？」

「先生，差不多五年了。」邦嘉能回答。

「而我們為此被約翰．戴維森．洛克斐勒先生榨了多少錢？總共多少？」

「我得請教謬納，但我會說差不多應該五千跑不掉吧。」

「結果築出這條路的盜伐工相信他們能在我還有權利的時候，砍我的樹，而我不會發現？」哈利斯說。「也許他們以為我『眼睛瞎了』？」

「到他們的營地了。」邦嘉能停下車。哈利斯認識的伐木工人裡，最傑出的大概就是莫特．邦嘉能了，他從一開始就待在哈利斯身邊。哈利斯是在耶魯念林業學的時候認識他，雖然哈利斯從沒「見過」他，他們卻擁抱過，那是因為他們就飛機等級的北美雲杉跟英國皇家空軍簽了一筆大單，擁抱當下，哈利斯還稍微評估了一下。身材不高，強壯矮胖，一側膝蓋不好，身上帶有麝香與木頭的氣味，就算在溫哥華開了一整週的供應鏈會議後，味道還是不會散去。

不等邦嘉能過來，哈利斯就打開車門，地上因為苔蘚踩起來帶有彈性，整座森林靜悄悄的，相當宜人。他問：「我在看什麼？是麥克米蘭的人嗎？」

「先生，看起來像我們以前的配置。」邦嘉能回答。「牛棚，人待在帆布帳篷之中，海灣那邊是煮飯的棚子。使用雙刃斧、橫切鋸、吉爾懷斯特的千斤頂，還有一臺輔助引擎將木材拖進水中。他們只針對高價樹材，這裡有些剩下的樹樁跟餐桌一樣大。不過附近完全沒人。他們今天大概漂回本土大陸了。而且他們很邋遢，不像麥克米蘭的人，大概是附近的。我們可以回船上用無線電呼叫皇家騎警，確保警察沒收他們的器材，在新的樹倒下前，將他們趕出小島。」

哈利斯搖搖頭。「沒必要反應過度。」他用手指撫摸賓利車的車頂線條，然後打開後車廂。他感覺到公事包的光滑鱷魚皮，他從中拿出一個先前準備好的瓶子，他將瓶子拿到樹林之間。

哈利斯．翠林一百八十公分高，捲曲的頭髮是染水沙子的顏色。雖然雙目失明，他卻保有肌肉發達的樵夫身材，多虧他的固執，堅持要替不規則向外延伸的豪宅劈柴，填滿每一座壁爐。今天跟他每次走進樹林時一樣，他感覺到自己下巴鬆弛，肌肉放鬆，擔憂煙消雲散，沒多久，他生硬的步伐就會變成悠閒的漫步。在城市裡，建築銳角有如攻擊他的眼鏡蛇，大力的肩膀會撞擊他，但早在他觸摸到樹木之前，他就感受得到它們，因為它們散發著靜謐的氛圍，且樹木前方的土地會微微隆起。哈利斯與弟弟艾弗烈小時候就獨自住在一小片林地之中，他們販售風吹落的木頭柴薪，照料自己，就算這麼多年過去，樹林依舊是他核心自我的內在風景。

昨晚，哈利斯夢見自己的視力恢復了，但他看到的每一張臉都跟蛋殼一樣光滑，沒有五官，只是一張臉，他至今還記得很清楚，那就是他死去的弟弟艾弗烈的臉。戰爭快要結束的時候，哈利斯寫信給艾弗烈，弟弟此時也即將結束在法國的動員部署，他提供了當時正要起飛的翠林木業公司大額股份給弟弟。雖然艾弗烈接受了，但他回到加拿大後卻沒有遵守諾言回到老家。哈利斯勃然大怒，他深信弟弟在海外的時光讓他習慣了無憂無慮的生活，不願背負照顧在森林裡已無用武之處的殘兵重擔。雖然艾弗烈是兩兄弟裡較無雄心壯志的人，哈利斯還是很清楚，弟弟以為自己找到了一個人發展的更好前景。不過哈利斯證明弟弟錯了，弟弟與其他質疑過他的人都錯了。

雖然哈利斯背叛了他的弟弟，但公司在戰後蓬勃發展的幾年裡，他雇了一位律師追蹤弟弟的行蹤。他知道艾弗烈從戰場回來後犯下各種罪行，包括遊蕩罪、公開酗酒作亂，以及不足掛齒的偷竊行為，他在北美各處都坐過牢。差不多十年前，這些反覆出現的控訴與罪行戛然而止，律師的評估不是艾弗烈終於走上正途，而是認為哈利斯固執、犯罪、目不識丁的弟弟終於走到生命的盡頭。哈利斯認為這是一種解脫，生病的樹快點砍掉，總比緩慢朽爛凋零得好。

此刻的哈利斯碰觸起一棵巨大的雪松，他從天鵝絨般的樹皮與充滿茶香的氣味判斷的。「先前你問，我為什麼今天堅持要開車來。」他對助理高喊，還扭開瓶蓋。「那是因為我們需要能快點回去船上的交通工具。」哈利斯將煤油澆在樹皮上，味道刺激他的鼻腔。他隨手將空瓶扔進樹林之中，瓶子撞到一片柔軟的苔蘚，沒有破裂。

「如果運氣好，過程中可以火烤幾隻山老鼠。」邦嘉能冷血地說。

「至少至少，我希望他們有心情游泳。」哈利斯從外套口袋裡掏出火柴。

「先生，對我來說沒差，但今年冬天很乾，這整座島上都是易燃物。」邦嘉能說。「那會是一萬公頃的處女林付之一炬啊。」

綜觀哈利斯．翠林的職業生涯，他監督了五億公頃的原始樹林化為烏有。這顆星球孕育出的最厚實、最高大、最壯麗的樹木，只消他一聲命令，統統倒下。不過，三個月後，他在這座島的租期屆滿，因此很可能會引發競價戰爭，比哈利斯更有錢的對手H．R．麥克米蘭的木業集團肯定會贏得出價。雖然這樣浪費木材會讓他心痛，但他更不能接受讓盜伐者或麥克米蘭來砍這些樹。

一劃，火柴燃起。火光在哈利斯手中從暖意化為炙熱的瞬間，他盤點起孕育如此樹林的必要條件——多片大洋的雨水及長達百餘年的陽光。同樣的陽光，照亮過羅馬人的頭盔；同樣的風，將第一批探險家送往這片大陸。眼前這些超過二十層樓的樹木，早在印刷機滾動運作前就無比高大。波特萊爾稱它們為「活生生的永恆之柱」，哈利斯同意這種說法。不過，去問跟樹木打了一輩子交道的人，他們會說，樹木令人讚嘆，沒錯，但它們也只是長草的棍子罷了。

「會長回來的。」哈利斯扔下火柴。一股熱氣襲來，邦嘉能連忙攙扶他往車子移動。回程更加顛簸，抵達小小的防波堤時，工作人員連忙將賓利汽車運上雙桅帆船，升起船錨。

出了海灣，哈利斯坐在甲板的梯背椅上，周遭瀰漫既奇妙又可怕的森林大火氣味。他聞到焦黑的苔蘚、滾燙的樹脂，以及火炬燃燒樹木的香氣。接著是聽覺，越燒越旺、劈啪作響的烈焰間，拳頭大小的冷杉毬果如玉米梗般炙烤爆裂，黑煙將鹿群燻得亂竄慘叫。不一會兒，粉末般的細膩灰燼灑落在他的皮膚上，他想像整座島彷彿拉下火舌的帷幕，壯觀的濃煙與灰渣冉冉上飄，他不禁好奇那會是何種景象。邦嘉能盡力了，但他跟多數伐木工一樣，語言對他來說是原始的工具。要是有人能好好向哈利斯描述這座燃燒的小島就好了，他相信一定美不勝收。

值得考慮。新的職位，新的眼睛，「視覺描繪師」。他揣度著這個想法，船同時駛離海港，熊熊大火的隆隆聲響逐漸化為大海上較為溫和的呼嘯。

隱士

第二天下午，坐在簡餐店吧檯上的霍華・布蘭克說：「他嚇到，帶著奶娃就跑了。」羅麥斯常來這裡光顧，雖然番茄醬摻了水，咖啡喝起來跟洗碗水差不多，而他只喝黑咖啡。「但跟我承諾的一樣，我留住了那本日誌。」布蘭克上下挑動眉毛，說：「我樂意歸還，換取部分賞金。」

羅麥斯失望於孩子沒找回來，這樣的情緒讓他不解，但當他看到布蘭克（顏面半毀的蠢蛋，害他沒胃口吃他的總匯三明治）從布袋裡掏出一本硬皮日記時，他還是稍微鬆了口氣。

不過，隨著他翻開日記的內頁，滿意的心情也隨即煙消雲散，只有五、六篇內容，還是潦草的男人筆跡，根本不像尤芬米雅在硬書殼上的娟秀字跡。羅麥斯眉頭糾結，一掌將布蘭克砸向餐廳滿是木屑的地板上，揚長而去。

接近黃昏時分，羅麥斯駕車前往霍特先生的那塊地，在周遭樹林裡一瘸一跛走了個把小時。長時間開車，他覺得自己的骨髓彷彿遭到抽乾、灌了酸液進去，他因此允許自己抽上幾口雪茄，這趟探尋之旅才能輕鬆一些。症狀也立即緩解。布蘭克那天下午描述起一塊隱密之地，羅麥斯在該處找到用釘子固定的錫桶，金黃色的樹液滿溢出來，滴在林地上，厚濘泥濘差點吸住他的平底鞋。

他花了幾分鐘觀察鄰近林木，找到一棵大樹，樹幹上只有一枚釘子，沒掛桶子，他推測尤芬米雅肯定跑來這裡，但當時她因失血，肌肉無力，無法繼續抱著孩子前進。他想像她無比煎熬決定留下孩子與日誌，將他們高高掛在釘子上，進而避開覓食的動物，她則自己爬回大屋求救。

羅麥斯在不遠處找到更多懸掛的桶子，他跟著掛桶的路徑抵達隱密的木板破屋，房子就隱身在幾叢山楂灌木與樗樹雜林間。小屋外頭的圍欄裡有頭死掉的山羊，吐出的舌頭呈現粉紅色，彷佛棉花糖。羅麥斯在屋內找到些許生活印記——冰涼的笨重燒柴爐、油膩的烹煮器具、一把過時的燧發獵槍、兔子陷阱、幾袋粗麵粉，就是沒有日誌。

雖然簡陋，羅麥斯卻稍微欽羨起隱士輕儉的生活。擔任父親的義務壓得他喘不過氣時，他經常想像自己拋下債務與責任，消失進如此靜謐的樹林之間。難怪翠林連忙想擺脫孩子，能夠過上這種好日子的人不需要扛起親職來打亂一切。然而屋內沒錢、沒衣物，還是暗示了他再也不會回來。跑肯定是他的本能，無知至極，完全沒想過自己根本沒有犯法。

羅麥斯知道不能再瞞下去，他跋涉離開樹林，前往霍特先生市區的大宅，他在客廳找到正在喝白蘭地、對著財經版眉頭深鎖的老闆。羅麥斯報告起有名隱士在樹林裡發現了一個孩子，此刻很可能離開這座城市了。霍特先生激動跳起。

「你覺得也許這就是我的孩子？」

「先生，很有可能，孩子是在尤芬米雅失蹤隔天一早於你的土地上找到的。」

「那日誌呢？在他手上嗎？」

「目前還不確定，但據說是這樣沒錯。」

霍特先生散發淡淡香氣的雙手忽然直接搭在羅麥斯肩上。「羅麥斯先生，如果你把我的孩子跟那本日誌找回來，你那棟漂亮小磚房的貸款就不用還了。我向你保證，一分錢都不用付。」

霍特先生作勢拍掉羅麥斯肩上不存在的線頭，繼續說道：「但如果你失敗，這個鼠輩帶著我的女兒跟能夠摧毀我的物品跑掉，那你失去的就不只房子。事實上，你最好乾脆不要回聖約翰了。」

為了增加老闆對他的信心，羅麥斯解釋起他的計畫，他會先調查火車站，以及沿線的廉價旅館。這項任務很簡單，因為他要找的是一個帶著孩子的流浪漢，這種景象已經容易引人側目。羅麥斯繼續說：「我一找到他，我就會提出合理的價格，交換孩子跟那本日誌回來。不需要上演什麼誇張的戲碼，這麼敏感的問題，肯定無需驚動皇家騎警。」

羅麥斯正要告辭時，霍特先生忽然轉向他，臉上露出冷冽的笑容，說：「羅麥斯先生，如果你被迫在孩子與那本日誌之間做選擇，如果真的走到這一步，選日誌，明白嗎？」

羅麥斯自己是七個孩子的爹，他很清楚孩子的回憶是可以形塑的暫時之物，並非永恆，但紙張可就是另一回事了。

「先生，非常清楚。」他說。

沒有權利

艾弗烈擺脫不掉寶寶（至少他得等找到還算像樣的地方才能甩掉她），於是他發誓不會直接對她講話。這條規矩也適用於他的楓樹，不准跟樹講話。他在戰時見過，男人對著不會回應的東西講話，槍啦、卡車啦、壕溝啦、泥土啦，還有人對著腳下的靴子開口，這就是踏進癲狂地窖的第一步。在歐洲的時候，一直以來都負責說話的哥哥首度不在身邊，艾弗烈發現自己需要很努力才能與其他同袍溝通，他也為了避開他們，專門扛下瑣碎的零工。長官發現他曾是樵夫，就派他去修復壕溝上的朽爛木板，這樣其他人才不會走一走就陷入惡臭爛泥之中。相較於一般的軍人生活，艾弗烈更喜歡這種工作，但在這片沒有樹木的荒蕪場景中做木工也真夠怪了。木板是從斯堪地那維亞或甚至加拿大運來的，因為方圓八十公里內一棵活樹都沒有。

木工結束後，艾弗烈自願擔任醫護兵，負責抬擔架，他的步伐速度相當勝任。槍林彈雨間，他會衝進兩軍交火屍橫片野之地，以印地安雪橇的方式將傷員拖回來。一年後，他的兵團移營到索姆河、維米嶺、亞略—弗雷瓦、帕尚代爾，每一場戰役都比上一場更血腥殘暴。他從跟板油一樣厚的泥濘裡挖出斷肢，這些斷肢還垂掛著黃色脂肪、灰色皮膚。他看到跟垃圾桶蓋一樣大的砲彈碎片削掉一個人的腦袋，他在泥巴裡看到斷手，僵硬扭曲，有如雪花石膏打造出來的巨大蜘蛛。每一天，他所見證的恐怖統統點點滴滴儲存進他內心的水壩之中，直到有天，水壩滿了，其中的毒害逐漸滲入他的血液裡。戰爭快到盡頭的時候，他因顫抖與認知混亂進了醫院，他連靴子的鞋帶都沒辦法自己綁，於是上頭安排他回家。

不過，今晚艾弗烈入睡時沒有噩夢連連，黎明時分，他在貨車車廂醒來，寶寶蜷在他旁邊的乾草上。他們靜靜乘車，直到差不多中午，列車轉向旁道，讓特快車過去，此時一位老流浪漢上了車。他飢腸轆轆，骨瘦嶙峋，雙眼下方掛著兩個新月形的紅色眼袋，彷彿傷口，看著這個脆弱的人，艾弗烈沒把他當一回事，逕自睡起午覺。不過，他醒來後卻發現老人下車了，他自己的左腳則跟新生的幼犬一樣光溜溜的。另一隻靴子雖然還在，但鞋帶有切割的痕跡，鞋子也稍微扯離了原本的位置。

「什麼樣的黃鼠狼只偷人家一隻靴子？」艾弗烈質問起熟睡中的寶寶，之後又咒罵起自己打壞了不能跟她講話的規矩。

艾弗烈在原位抱怨起自己有多倒霉，直到孩子眼皮緩緩張開，她的嘴角隨即下沉。又開始了。他打開連身衣，發現她的法蘭絨尿布上有一片髒污，同時伴隨著令人難以置信的惡臭。他屏住呼吸，扯下尿布。他這輩子從來沒有如此直接看過女性的這個部位，這裡少了什麼，卻也多了什麼。艾弗烈沾溼了一個黃麻袋，替她擦乾淨，她還是哭喊個不停，鼻孔噴著大氣，細小的肋骨上下起伏。沒有多餘的尿布，他只能先抖掉麻袋上的象鼻蟲，暫且先用飼料袋包裹住她，然後用手指挖了點黑莓果醬塞進她嘴裡。所幸她安靜下來了，咂起小嘴，還像牛蛙一樣踢起小腿。

後來，當列車猛力停在一片果園間時，他往前看，發現從水塔延伸出來的噴水口對著火車頭的蒸氣鍋爐。任何一個流浪漢都知道，有水塔就代表附近有水源，於是他將沉睡的孩子留在稻草間，自己跳到鐵軌小石子上。他在附近發現一條潺潺小溪，蜿蜒繞過幾排開著白花的蘋果樹。他將骯髒的連身衣與尿布泡進水裡，在充滿卵石的河底拖行，髒東西一塊一塊隨著水流漂走。他用石頭壓著衣物，讓溪水作用，然後他走到上游，拿罐子裝水。

「你沒有權利出現在我的土地上。」一個聲音忽然從他身後冒出來。艾弗烈猛一轉身，看到一位年約五十的壯碩男子，太陽曬傷的耳朵上戴著一頂寬寬的草帽，雙手操拿著一把大大的剪刀，專門用來修剪枝條用的。

「先生，只是清洗一下。」艾弗烈親切地說，暗地咒罵起水流讓他沒聽見男人的腳步聲。

「那好，你洗完了，現在可以離開了。」

「我馬上就走。這附近沒有成文法規定不能清理吧？」

「沒有，但有很多法律不允許你回到那輛列車上去。」男人尖銳的大剪刀朝列車的方向比劃起來。

「先生，你誤會了。我是從道路過來的。」艾弗烈藉機查看列車，水塔的出水口移開了，但列車還沒開動。「我是搭便車來的，要找工作。」

「那你說路在哪？」男人問。

艾弗烈張望起來，時間久到有點說不過去。「那裡。」他指著男人左肩後方。

「那你不介意走去那裡吧？」他說。

艾弗烈聽到遠方傳來鍋爐工鏟動煤炭的聲響，蒸汽火車頭發出刺耳的鳴笛聲。螢火蟲般的煤渣灰與白骨般的煙氣往上飄，齒輪傳動裝置用幽微的速度轉動起來。「好啦、好啦，先生，你說得對。」艾弗烈做出投降姿態。「我的確是從貨車上下來的，但我得先回車上拿東西，然後我就離開。」

男人用大剪刀比著艾弗烈光光的那隻腳。「你得去別的地方弄靴子了。」

「不只是我的靴子。」他哀求起來。「我所擁有的一切都在那輛貨車車廂上，我的鋪蓋、積蓄、家人的照片。我拿了就下車，你可以全程看著我。」

太痛苦了，列車鼓足動能，又發出嗚笛聲。要不了多久，列車的速度就會加快，艾弗烈這年紀的男人只能期待自己跑得出那種速度。他連忙想起女嬰，渾身赤裸，包在粗糙的黃麻布袋裡，即將乘車前往寂寞的缺水地獄，終點站死亡。

「你不屬於那列車。」男人提高嗓門。「而我受夠你們這些流浪漢在我們的小溪裡拉屎。」

「我就老實說了。」艾弗烈哀求著說：「車上有孩子，一個嬰兒。如果你不讓我走，她就會自己一個人在車上。」

「噢，滿嘴狗屁。」男人沒好氣地說。「我數到三，你最好走向那條路。」他舉起大剪刀，逼近艾弗烈。「一……」

艾弗烈感覺到昔日血流中的毒液，也就是他在學校學會用來保護自己與哥哥的暴力行為，而戰時眼睜睜看著那些男孩因為莫名理由遭到屠殺，毒液得到濃縮淬鍊。

「二……」

他從剪刀刀口前轉身，讓男人直視太陽。男人對著陽光瞇眼，艾弗烈藉機用手肘重擊他的臉。男人踉蹌幾步，流出鼻血，然後倒在溪床上，艾弗烈則朝著列車跑去。

他奔跑時沒有遮蔽，太陽高高掛在天上，他在軌道石子上的腳步聲非常清晰，列車工作人員肯定注意到他了。艾弗烈全力衝刺，差點追不上，但他努力跑向應該是正確的貨車車廂，他一把抓住車廂的鐵製扶手，此時的他已經無力再跑。他胸膛緊貼車廂的木頭門板，只希望寶寶還在裡頭等他。

視覺描繪師

哈利斯．翠林位於溫哥華靜僻地區肖內西的不規則私人豪宅東翼就是翠林木業公司。哈利斯曉得附近做生意的族群都覺得他不在時髦的市區買一整層辦公室很奇怪，但他不願區分公司與私生活，只要有人問起相關的問題，他就會用演練過的玩笑話打發對方：「我為什麼要為了景觀花錢？」

早上七點，哈利斯坐在辦公桌前，思緒準備要應對今天的工作，列出他今天的開會對象：多位鋸木廠經理、木材買家、知名客戶。辦公室是他的戰情室，也是他的聖殿，熟悉得有如他跟艾弗烈小時候攜手打造出來的歪扭木屋。當坐在位置上應對穩定的例行公事時，他從來不會退縮，也不會撞到牆壁或翻倒架子，絕對不會跟在樹林裡迷路的孩子一樣求救。

哈利斯叫泰倫斯．繆納進來，繆納是他長年的記帳員與會計，相當可靠，也是數字魔法師，負責唸誦需要他簽名的文件內容。很久很久以前，哈利斯請邦嘉能將一個墨水槽固定在他的辦公桌上（向前兩公分，向右兩公分），哈利斯將筆沾進墨水中，就在他期待的位置上，如他所料，滿意的感覺微微浮上心頭。

他辦公桌後方掛著三十六個鳥籠，裡頭都是珍稀飛禽，這是他在例行公事外的長久嗜好。繆納索取目錄，哈利斯用電報向壞脾氣的英國商人下單，英國人會用哈利斯回加拿大的貨船將鳥運過來。珍珠斑鳩、肉桂虎皮鸚鵡、十姊妹、銀嘴文鳥，任何一位倒霉的客戶在早上與哈利斯．翠林見面交談時，基本上都聽不到他講話，因為他蒐集來的鳥兒叫聲會壓過交談聲。多年來，鳥叫足以驅趕有時出現的無精打采與低潮情緒。不過這批鳥這幾個禮拜開始逐漸無法讓他滿意，為了改善這個狀況，他在心底提醒自己，馬上又要下單了。

在他簽署完今天少少幾份貨運艙單跟信件後，相對空蕩的辦公桌讓他氣餒無力。曾幾何時，桌上的訂單會堆到跟人的脖子一樣高，戰後彷彿整個世界都要重建一樣，公共建築、房舍、鐵軌、橋梁。他二十五歲就砍了一千公頃的土地，二十七歲就賺到人生第一個一百萬。大家都說失去視力給了他優勢，讓他敏銳，難以欺騙，而他對木材的嗅覺更是了不起。

不過，股市崩盤扼殺了整個北美鐵路的發展，礦業興起，包括住宅與商業工程，翠林木業公司跟中箭的鹿一樣開始失血，運營成本每個月就要燒掉五萬，主要是因為迅速貶值的超量庫存，吹風雨打讓乾淨無瑕的成堆木頭梁柱與木板腐爛扭曲，何況還有坐地起價的勞動成本，這些人每兩週就鬧一次罷工，宛如耍人的小孩子。更別說蘇聯只花了多少成本就得到強迫的勞動力。他們的上等木材跟他的品質不相上下，尺寸同樣精準，不會用三點八公分乘以八點八公分的木頭魚目混珠說是四乘十的尺寸。

少了報紙跟紙張，翠林木業公司可能已經溺死在水中。他供應加拿大所有的期刊，以及半數美國主要書籍出版社所需的紙漿。不過他很快就會被迫用原本是拿來當宮殿骨幹的樹木來做紙漿了——對伐木工來說，這有如碾碎上好嫩腰肉做早餐的香腸一樣。這樣其他人才能玩沒有意義的填字遊戲，讀愚蠢至極的廉價紙本書。

哈利斯用電報、口述信件內容、打電話來驅趕他低落的心情，然後他跟平常一樣一邊享用雉雞午餐，一邊聽繆納讀《環球郵報》。從報紙的內容聽來，雖然股市崩盤，但基本面還是不錯。不過呢，要說服哈利斯，還得多加把勁。

哈利斯一邊咀嚼雉雞肉，一邊冥思著對繆納說：「一棵樹就能告訴你時局興旺好壞。短薄暗沉的年輪顯示旱年，厚實飽滿則是水氣豐潤的一年。而我內在的伐木工則懷疑接下來好一陣子都會是薄薄的年輪。」

如果他聰明，他老早就會放棄林業，轉去做鋼鐵。林業是野蠻的生意，需要獸性才能得益。

他去年去了芝加哥世界博覽會，期間「木材」二字一次也沒有人提起，大家滿口的合金、玻璃、塑膠。鋼梁建築能夠在大火或洪水中存活下來。多年前，哈利斯有機會從新布藍茲維省的R．J．霍特手中買下幾座貝塞麥煉鋼廠，他卻認為價格太高，是在冒險，最後打退堂鼓。不過，任何有腦袋的人都預料得到木業最終會衰退。他曾聽過伐木營裡的細瘦高個兒說「未來不是用木頭打造的」，之後這句話就鑽進他心底。

下午兩點，邦嘉能敲門，哈利斯要他進來。

「我們收到消息，後來下雨了，你放的火只燒毀半座小島。」邦嘉能宣布。「也沒有屍體需要處理，這點你大可放心。」

下雨跟無人傷亡讓哈利斯大悅。對山老鼠的怒火平息後，他懊悔起揮霍那麼多上好木材。如今小島英勇求生，他更是歡喜。

他一路工作到晚餐時分，再次選擇在辦公桌上用餐，餐巾塞在很不舒服的溫莎結後方，但直到下班，他才願意解開領帶。就在哈利斯整理辦公桌，準備回房休息時，他的代理經銷商來電，說收到日本最大鐵路公司傳來的電報。

「有風聲說他們正在到處低調找木材，要進行大規模的計畫。」經銷商說：「他們考慮道格拉斯杉枕木，數量差不多是一百萬。先生，這筆生意相當可觀，就跟昔日一樣。」

「他們有提過俄國人嗎？他們有戲份嗎？」哈利斯質問道，還激動到站起身來。

「他們恨死俄國人了。」經銷商說：「就算他們的手凍斷了，他們也不會買俄國的任何一根木柴。」

「美國人呢？」

「美國沒有任何優質木材了，特別是這種數量的道格拉斯杉。他們已經砍光境內的樹了。」

電話還沒掛斷，哈利斯的腦袋已經火速運轉計算起來。他得親自去日本一趟，協商這筆生意，但他已經開始感受到海洋偌大的空虛，缺乏例行公事的失序，以及異地帶來的蒙羞困惑——陌生的住宿，陌生的飲食，陌生的建築，陌生語言發出來的陌生聲音。他無法帶上鳥籠，如果低潮的心情出現了，他在日本打不起精神，也無法克服該怎麼辦？他再次想到視覺助理，這個人能夠以敏銳的目光、精挑細選的語言照亮他的白晝，闡述起他的生意，讓他打起精神，同時也用高雅的文學朗讀點亮他的夜晚。一個「視覺描繪師」。在哈利斯．翠林漫長孤獨人生裡的這個時刻，他厭倦了黑暗。

列車在彎道減速，準備鳴笛進入下一個聯軌站時，艾弗烈看到前方有五、六輛汽車，就在鐵道交叉的軌道旁邊，其中包括幾名身穿紅色上衣的加拿大皇家騎警，他們在車站有燈照明的屋簷下躲雨。這意味著他對果園男子下的手比他想像中還重。

艾弗烈將嬰兒攬進臂彎，低下頭，從貨車車門跳進讓人眼睛都打不開的滂礡雨幕之中。他在軌道旁風吹亂的草地上踏了幾步，然後人仰馬翻跌進水溝裡，他滑了一下，最終停住。搞清楚狀況後，他連忙扯開黃麻布袋，查看孩子的狀況，她雙眼圓睜，一臉驚恐，沒多久嘴角又緩緩往下扭，這個表情似乎掌控著她的存在，同一時間她吸足了好大一口氣。

然後就開始了。

「該死，對不起。」艾弗烈在經過的列車聲中大吼，也抓緊時間挺進沿著鐵軌生長的一片白樺樹之間。他又跑又走了半個小時，望著樹木生長線，時不時查看有沒有騎警追上來，而嬰孩全程都跟身上著火一樣，尖叫不已。

行進的節奏終於讓她放鬆下來，他稍作停歇搞清方向，雨水從他的帽沿直接流進她的眼睛裡，積了一潭，她隨即又哭號起來。艾弗烈用沾了煤灰的骯髒拇指將水從她的眼窩裡清掉。「噢，拜託，妳這個小東西。」他說：「妳出生時更溼呢。」

寶寶經過洗禮後就繃著一張臉，她瞇起眼睛，彷彿是好幾個禮拜沒人搭理的貓咪一樣。而艾弗烈就是在此時看見她長了胎毛的頭頂中央有一處凹陷，他驚恐地用拇指按壓這嚇人的位置，竟然沒有骨頭，只有跳動的血液與遭到擠壓的大腦。他連忙抽手檢查她的瞳孔，但她眼睛能夠聚焦，呼吸也很順暢。一定是他們滾下草地時發生的。艾弗烈咒罵起來，朝旁邊一棵樺樹樹皮揮拳。他手忙腳亂地想要安慰她，打開包包卻發現壓碎的果醬瓶，厚厚的紫色果醬抹在包包的內裡與日誌上，封底裂成兩半。他拿出這本書，用身體遮擋雨勢，然後將沾到的果醬往褲子上抹。

步行了一個小時，烏雲散去，沒見到皇家騎警，沒聽見獵犬的吠叫，他冒險跨過牧草地，造訪農家。他將寶寶留在附近一處傾倒的圍欄邊，獨自走上門廊。艾弗烈已經很多年沒有這樣請人施捨了，羞恥感爬上他的心頭。一位身材高瘦的農夫出現，他穿了一身天藍色的連身工作服，餐巾塞在領口，操起法語。看來他們到了魁北克省，比他想像中還要遠。艾弗烈說自己願意以工換食，但農夫只是搖搖頭，關上了家門。

艾弗烈走田間道路，聽著車聲。有車經過時，他就俯臥在田溝裡，有必要的話，他會摀住嬰孩的嘴。又走了個把小時，他的小腿又痠又痛，他也渴得發昏。寶寶又哭了，這次她的臉近乎變成藍色，一分一秒過去，她的尖叫變得越來越聲嘶力竭。就他所知，若小孩大腦裡面流血，便距離死亡不遠了，於是當他看到下一戶農家，他就抱著有如空襲警報警笛的小孩走了過去。屋子旁邊有幾顆棉白楊樹，線繩繫著樹幹，一個女人正把床單夾在繩子上晾曬，聽到哭聲，她停下手邊的動作，走了過來。

「這孩子需要看醫生。」艾弗烈大喊。「我沒辦法讓她安靜下來。我想我在她頭上弄出了一個洞。」

女人沉著地接下孩子，仔細查看。她穿了一件手工縫製的棉布圍裙，緞帶鬆鬆地綁著她黑色的秀髮。他看著她親吻寶寶頭上長著胎毛的凹陷處。

「沒事。」她講起話來有濃厚的魁北克腔調。「頭還沒長好。」

艾弗烈鬆了好大一口氣。女人的存在及她聲音帶來的溫柔餘韻已經讓寶寶冷靜下來，奶娃將鼻子埋進女人的胸口，用手腕內側搓揉雙眼。

「看看她這樣頂我。」女人說：「她只是又累又餓。」艾弗烈不好意思看著這親暱的舉動，便低下頭。女人跟著他的目光注意到他光溜溜的一隻腳，沾滿黑泥，便邀請他進屋。

她家相當明亮，井然有序，鑲板牆面最近才上過白漆。木頭十字架鎮守在堅硬的楓木餐桌上方。她將煮水大銅壺擺在火爐上，抱著孩子去翻冰櫃。她拿出一壺白脫牛奶，倒進小茶壺裡，當她想用小壺餵女嬰時，奶娃卻露出不滿的神情，尖叫起來，就是不肯吸壺嘴。

「她喜歡羊奶？」艾弗烈建議道。「她只喝過一次，但她很滿意。這裡有養羊嗎？」

女人點點頭，拿出一桶羊奶，重新倒進小壺子裡，這次孩子立刻貪婪地喝了起來。

煮水壺燒開時，女人將鍍了金屬的水桶放在桌上，注入熱水。她拉開黃麻布袋，發現寶寶已經弄髒自己了，但女人似乎毫不在意。

「這是她哭的原因。」她指著女娃小小身軀與大腿皺褶連接處的紅疹。女人將寶寶放進水桶裡，一手扶著孩子，另一隻手替她洗刷。之後，她用黃色的板油抹寶寶的雙腿之間。「應該不會發疹子了。」她說。她用擦碗布替寶寶擦乾身子，送她去旁邊的臥房，關上房門。

艾弗烈獨自待在廚房，他檢視起入口大門，沒看見小孩的鞋，只有兩雙擦得發亮的黑色平底鞋，一雙男人穿的，一雙女人穿的，大概只有上教堂時穿吧。女人年紀與艾弗烈相仿，如果生得出來，那她家肯定有小孩。

幾分鐘過去，女人躡手躡腳離開臥房，輕輕在身後扣上房門，還用手指抵在唇上。她替他準備了農家起司三明治與一杯牛奶。麵包嵌了種子，相當柔軟，起司帶點鹹味，十分濃郁。艾弗烈靜靜用餐，克制住不要一口就吞下整個三明治的衝動。不一會兒，門廊傳來腳步聲，一個男人進屋，他用油布抹了抹雙手。他皮膚黝黑，有厚厚的眉毛跟看起來很凶狠的鼻子，他跟先前趕走艾弗烈的農夫穿了一樣的連身工作服。夫妻低聲交談幾句，女人用難以掩飾的欣喜指著隔壁房間，男人則嚴肅地點點頭，看不出是不滿還是期待。

男人向艾弗烈握手，也坐進餐桌旁。他用虎口搓揉鼻子，進行了一場漫長的飯前禱告，一邊進食還一邊替自己與艾弗烈斟牛奶。

「先生，我非常感激這頓飯。」飯後，艾弗烈說：「如果有什麼需要幫忙的，我很樂意工作。」

女人將這段話翻譯出來，男人從地下室拿了一雙老舊的工作靴上來。艾弗烈將骯髒的雙腳穿進去，有點緊，但還可以，午後，兩個大男人就忙著用溼飼料餵豬、清理豬舍。艾弗烈吃了好東西，工作變得輕鬆愉快。農場有奶牛、山羊、豬、騾，共計三十頭，雞舍裡還有幾隻雞。艾弗烈在草原邊上看到幾棵楓樹，就尺寸來說，汲液的開口太多，汲液桶掛太高，但他沒有開口，擔心農夫會認為他不知感恩。

一天的工作完成後，他們在門廊鞦韆搖椅上看到女人，她哼唱起法文歌曲，搖椅的黃銅吊鍊隨著歌聲咯吱作響，她將寶寶抱在懷裡，小孩緊抓著女人縫的襪子人偶，還吸著紅色橡膠奶嘴瓶子裡的奶。「跟鄰居借的。」女人解釋起奶瓶的來歷。兩個男人取下沾上汗漬的帽子，坐下聽她唱歌，窗隙裡還傳來令人飢腸轆轆的家常菜香味。不一會兒他們就進屋，將衣服掛在柴爐上烘乾。艾弗烈接下了男人提供的乾淨長褲與襯衫，他在屋外圍起來的門廊裡換衣服時，他才看到，在他們掛著衣服下方有一個小小的木頭掛衣鉤，距離地面不過六十公分，是小小孩目光可及之處。

艾弗烈回到室內，看到女人面露微笑，端出晚餐，漢堡排、水煮時蔬、比司吉。男人再次禱告，這次花了比較多的時間。女人用褐髮的額頭貼著孩子耳朵，低聲跟著禱告。在無法理解的複誦裡，艾弗烈明白，原來這才是一個家。

晚餐後，女人一手抱著孩子，用另一隻手洗碗，男人邀請艾弗烈一起下西洋棋。他們靜靜下棋，男人的目光沒有從棋局上移開，他問：「洗禮了嗎？」還在自己的地中海禿頭上做出灑水的動作。

「當然有囉。」艾弗烈保證起來，卻故意放水早早結束棋局。之後男人領著艾弗烈去樓上的房間，長睡衣旁邊是一副老舊的刮鬍器具。艾弗烈換上睡衣，躺在床上，肚子飽飽，心滿意足，但他不太習慣塞碎布的床墊，感覺床鋪好像是一張巨大軟弱的大嘴，就要將他吞沒。

不過每當女人抱起寶寶，小朋友都會發出可愛開心的聲音，而且這座農場物產豐足。男人是有點嚴肅，但艾弗烈這種孤兒對父親又有什麼了解？他決定了，明天一大早洗澡、刮鬍後，他會朝著鐵軌的方向偷偷離開，這樣對大家都輕鬆。

每一輛貨車

羅麥斯從霍特先生的豪宅返家，發現拉雯在客廳聽著收音機睡著了。他抱她上床，在她身邊斷斷續續睡了一會兒，隔天一早就醒，收拾行李箱，在廚房餐桌留下字條。他寫到，他要替霍特先生辦件要事，如果事成，他的財務問題就能一筆勾消。下週雙胞胎過生日前他就會回家。

他搭上前往蒙特婁的頂級客車，私人隔間，牆面是祖母綠色的拷花絲絨材質。通常霍特先生對於花費都相當吝嗇，但他大方贊助這趟「出差」，以及個人鐵路與飯店帳戶供羅麥斯使用。

他會從蒙特婁找起，檢查出租房間，到處打聽帶著嬰兒的單身男子，然後即興演出。如果羅麥斯腦袋清楚，一開始聽說隱士到處流浪的過往，他就該動身，但霍華．布蘭克的胡鬧浪費了寶貴的時間。

雖然才下午三、四點，羅麥斯卻精疲力竭，他的背脊散發出低低電流感的痛楚，他坐不住，便請車上的工作人員替他準備臥鋪。他原本不想帶藥用雪茄出門，但在知道窄小的臥鋪是替身材尺寸只有他一半的乘客打造後，他還是很高興雪茄盒默默出現在他的行李箱裡。羅麥斯點火，抽完一整枝雪茄，將淺黃色的甜膩菸氣向窗外吐，不一會兒，舒緩的感覺爬滿他全身，彷彿無數閃著磷光的甲蟲。

他隨著列車溫柔的搖晃安頓下來，極度柔軟的被毯在他皮膚上，感覺涼涼的。他閉上雙眼，回想起某次與尤芬米雅的會面。那時她懷孕三個月，她靜坐在拉蓋書桌前，短髮塞在耳後，輕鬆進入專注狀態，在日誌上書寫起來。她聽到他進入公寓，帶了好幾袋的書本與生活雜物，她便抬頭露出微笑，彷彿是照射流水的陽光，燦爛無比。

「好東西又來了。」她歡快地說，過來將堆滿雜物的檯面清出空間，放他帶來的物品。她的腹部圓圓隆起，她有點沒辦法靠在檯子上。

羅麥斯放下貨物，她拿起少少幾本從圖書館借來的書，湊到鼻子前面，深深嗅聞。

「天底下還有更好聞的味道嗎？」她說。「你覺得圖書館的書為什麼跟我們自己的書味道差這麼多？是因為印刷的紙張不一樣，還是因為很多人碰過？還是這是圖書館架上所有書籍一起形成的味道？或是有其他原因？」

羅麥斯說他不知道，因為他先前完全沒有理由思考這種問題，這話逗樂了她。她對他的話總會有這種古怪的歡樂反應，但她沒有惡意，他也就沒放在心上。事實上，任何小事都能引發她的好奇，特別是如果那是寫下來的文字，好比說他買來的食物包裝上印了什麼奇怪的用字啦，霍特先生報紙上文筆很差的訃聞啦，或是引號亂用的廣告傳單。天底下總有能夠引發她漣漪般笑聲的事。

「你怎麼不待一下？」她問，他準備要走。「我來泡咖啡。坐在這裡一整天，沒人可以講話，我都要發瘋了。」

「下次吧。」他說。

「你為什麼都不想待久一點？」

「妳很清楚為什麼。」他唐突地說，然後用帽子點了點，轉身離開，還鎖上了房門。

他睜開眼睛，看到的是臥鋪窗口幽微的藍色晨光。有了雪茄的協助，他竟然能一覺到天明。他爬下床，背脊完全沒有閃電的痛楚，他彷彿數年沒有好好休息過了。他穿好衣服，趁著早餐時質問服務員跟挑夫有沒有見到帶著嬰兒的單身男子。之後，他前往火車頭，問鍋爐工跟煞車手有沒有看過抱著寶寶的流浪漢。大家都搖頭。接著，他檢查起列車外側放行李的區域，坐在大風與一堆行李箱之間的是上了年紀的印第安男人，他縮著身子，破爛的圓頂硬帽壓得低低地。

「兄弟，我有個問題問你。好好回答，賞你五分錢。」

「說。」男人謹慎地對著引擎聲大喊。

「假設你非法搭車，還帶了一個嬰兒。」

「嘿，這什麼概念？我沒有嬰兒——」

「聽我說就對了。」羅麥斯打斷他。「假設你帶了一個嬰兒，沒有說你有，只是假設，但你身上沒有多少錢，所以有火車來你就偷偷跳上去。你會躲在哪裡？在這裡嗎？」

「哎啊，我不會搭客車啦。」

羅麥斯在內心哀號，難怪這傢伙一窮二白，他的腦袋跟玻璃一樣毫無彈性。「不，我沒說清楚。」羅麥斯用看不起對方的語氣澄清。「我是說，如果你搭上這輛車，你會躲在哪裡？」

「我說了，我不會搭這輛車。」羅麥斯覺得受夠了，打算關上艙門。「我會搭貨車。」男人又說：「貨車車廂，如果遇得到的話。比較安全，比較不會遇上警察，也不會失手把小傢伙摔在鐵軌上。再說，相較於金屬地板，木片車廂地板對孩子來說比較溫暖。」

「而你搭上那種貨車，你會去哪裡？」羅麥斯笑著問，還低頭將一塊錢塞在男人骯髒圓頂硬帽帽沿的裝飾緞帶裡。

「多倫多。」他說，彷彿答案再明顯不過。「所有的貨車都會經過多倫多，從那裡再分支出去。」

連恩・菲尼

通常哈利斯會將這種任務交給手下去辦。畢竟繆納最會辨識蠢蛋，邦嘉能則看得出誰遊手好閒，他們善於在無能之人的茫茫大海中撈出勤奮的員工，都破紀錄了。而自從股市崩盤後，這片大海每天持續漲潮。不過，對於如此特別的職位，哈利斯必須在注意力不會分散且沒有打擾的狀況下自己進行面試。

截至目前為止，應試者都毫無亮點，不是腦袋不靈光，要不就缺乏想像力，不然就是一點魅力也沒有。不過，他對最後一個人選充滿希望，這是他的地區伐木場經理推薦的人，來自愛爾蘭的詩人，因為要來砍伐加拿大了不起的森林而小有名氣。除了文藝氣息，這位先生也號稱是附近最厲害的拖船引水人。

男人抵達的一分鐘前，哈利斯才打翻了水杯，手肘撞到待在那裡好幾年的書架，他認為他的笨手笨腳是因為午餐時茶喝多了，或是因為他收藏的珍禽不在場，讓他迷失方向。他先前請繆納將鳥籠暫時移到會議室去，這樣才不會打擾面談。

哈利斯平常會避開與陌生人面對面的會議。講電話或發電報，不用仰賴面部表情或肢體語言，發話者會填補空白，仔細斟酌用字，他們會好好描述。對哈利斯來說，與陌生人見面宛如隨機打開動物園的籠子，裡頭究竟是老虎還是孔雀，兔子或是狼獾？通常在你搞清楚面對何種對象前，一切已經開始，來不及抽腿了。

到了指定時間，繆納領著連恩・菲尼進來。他們跨越哈利斯的辦公桌握手。菲尼的手很冰冷，指尖肉墊感覺起來滿厚的。他身上聞起來有冷杉樹脂、潤滑油、大海的氣味，以及，哈利斯是不是鼻子壞了？他還聞到點綴的法國古龍水味道。

「翠林先生，很高興見到你。」菲尼說。除了明顯的愛爾蘭口音（某些音聽起來特別銳利，彷彿舌頭後方展開了一片地毯），他的聲音並沒有什麼詩意。不過，清晰的音域彷彿樂器共鳴，至於是什麼樂器，哈利斯說不上來，這是用低語就能充斥整座劇場的聲音。

因為其他應試者移動過椅子，哈利斯只有開口請菲尼坐下，沒有朝著椅子比劃。哈利斯開門見山，直接談起他即將前往東京，他會與日本最大的鐵路公司談提供枕木的合約。

「這自然牽涉到出海航行。」哈利斯說：「菲尼先生，你可以嗎？」

「先生，旅行是我的專長。」

「我也會帶我的助理邦嘉能先生一道去。」哈利斯繼續說。「他碰巧是西岸最傑出的伐木工，善於中肯評價，『天空是灰的』、『樹長得很直』、『太陽出來了』諸如此類的。不過，我要的是更銳利的敏感度。這個人能夠察覺到幽微、人性與美感……」最後兩個字讓他哽到，他差點咳嗽，氣管險些停工。「……能夠有觀察入微的目光。菲尼先生，你覺得你能展現這些特質嗎？」

「先生，狀況好的時候可以。」

這是輕浮嗎？「你的主要工作是要提供我狀況描述。」哈利斯繼續說下去。「成為我的眼睛。用英語，我可以說服斑馬脫下牠的條紋衣，但在日文的雞同鴨講下，我會迷失。翻譯只能搔到表象，我要的是有人能夠看著日本人的臉，追蹤他們的行為舉止，識讀整體狀況。」

「先生，我從小時候就觀察入微，這是詩人的詛咒。」

他講這話的時候是不是賊笑了起來？又輕浮了？哈利斯需要他繼續說下去。「菲尼先生，你對盲人有什麼接觸嗎？」

「先生，沒有什麼接觸。恐怕只有接觸過幾個暫時把自己喝瞎的親戚。」

「沒事，我不需要保母。」哈利斯說，男人的詼諧讓他寬心。「你會明白我很獨立。」他阻止自己說出他堅持要砍柴還刮鬍的事。「好的，也許再聊聊我。」哈利斯繼續挺進。「我是徹頭徹尾的伐木人。我沒有家人，沒老婆，沒孩子，沒時間應付這些沒用的東西。我為了事業而生，我的事業就是樹。」他說，然後進一步大致清點起他的輝煌成就。

他說完後，菲尼沒有反應，哈利斯就這樣懸宕在靜默的深淵上，懊悔他收藏的鳥兒不在。再說，他為什麼要告訴這個男人這些話，彷彿他才是來面試的人，而不是相反的情況。他向這位陌生人提供的個人資訊已經遠超過他與邦嘉能多年交往的程度。什麼沒老婆，什麼「徹頭徹尾的伐木人」，根本狗屁。

「你有家庭嗎？」哈利斯緊緊握住懸崖峭壁的邊緣。

「先生，沒什麼好說的。在愛爾蘭的科克有個阿姨，出發前姊姊剛過世，我就這兩個親人。」

「很好、很好。」他沒有家庭有什麼好的？「所以是什麼風把愛爾蘭詩人吹到加拿大樹林？」

「先生，我的家鄉對我並不好，心胸狹窄，不問世事。在森林裡工作能夠接近事物的核心，再說，工資比寫詩好。」菲尼簡單解釋起來，這次哈利斯聽得到他竊喜的笑意。

「說得好。」哈利斯明白地說，他為什麼把自己講得跟詩人一樣？他對他們的財務狀況有什麼了解？「你知道，我在耶魯大學研究林業的時候，大家都說我言語反應很快。雖然我有『顯眼』的限制，但我還是很喜歡一頭栽進經典文學作品之中。你意外嗎？」

「一點也不，你看起來就是讀經典作品的人。」

哈利斯冒險伸手比向他的書架。「我收藏了不錯的文學作品，但我覺得點字系統很煩，對靈活的頭腦來說，速度太慢了。我比較喜歡人聲帶來的音韻。」

「先生，誰不喜歡呢？」

「菲尼先生，聲音蘊含了太多資訊，遠超過一般話語的輸入。有音色、一個人的背景，還有情緒。」又是一陣停頓，哈利斯不確定他的意思是否成功傳達。他是在賣弄嗎？詩人當然曉得聲音有多幽微！

「視覺描繪師。」哈利斯繼續說：「我要的是可以將氣息注入語言裡的人，保持我的興趣。菲尼先生，身為詩人的你經常進行公開朗讀嗎？」

「多多少少吧。」他不痛不癢地說。

就是這句話，哈利斯已經受夠這位先生油腔滑調的輕挑，而沒有直接回答問題。「多多少少？」哈利斯反問。「菲尼，先生，我是問你是否進行過多次公開朗讀。」

「沒錯，先生，你是這麼問的。因此我的回答是『多多少少』，很高興我們取得共識。」

又是一陣令人腳趾抓地的停頓。哈利斯回想起艾弗烈小時候，在這個同樣油腔滑調的世界上，他總會因此生氣，而現在他也激動地深吸一口氣。「菲尼先生，我建議你謹慎一點。也許因為你是藝術家，你覺得自己在智識上比我優越？我扮演的是粗鄙的實業家，而你則是無憂無慮的高貴詩人？就我的經驗裡，藝術家通常會選擇無視這個鐵一般的事實：少了我的木材，他們只能在黑暗裡受凍，只能閱讀他們孩子臉上失溫的痛苦。要不是有我這種人，莎士比亞不過是個發抖的瘋子，用自己的尿在潮溼的洞穴牆壁上寫作呢。」

現在他很確定菲尼偷笑了，這樣的態度讓他覺得好氣也好笑。他的確太誇張了，是不是？莎士比亞的尿？

「還是你覺得眼睛瞎了的人沒辦法經營我這種企業？」他靠向前，惡狠狠地問，雙手壓在辦公桌上。

「先生，企業？」菲尼說：「一年獲益三百萬不能稱為企業吧？我會說你還過得去。」

哈利斯不習慣別人對他如此坦白，他可以說是滿享受這場對話的。「那是經濟崩盤前的數字。」他向後靠在椅背上，雙手環抱自己，拇指塞在腋下。「但你似乎對我還是有些了解。」

「先生，只有重要的部分。」

「好比說？」

「哎啊，你在戰時失去視力，增加了你的麻煩。」

「完全是謠言與誇張，還有呢？」

又是一陣靜默。

「菲尼先生，我要求員工對我誠實。」

「先生，無論員工是否誠實，你付給牛的錢遠超過你給員工的薪資。」

哈利斯考慮現場就炒了這個人，要邦嘉能把他攆去人行道上。不過，這種挖苦經過精心設計，話沒說錯，還虛張聲勢。

「我是沒聽過牛抱怨啦。」哈利斯說：「就算如此，我向你保證，如果你的表現讓我滿意，你會得到豐厚回報，遠比運送機具去伐木場好賺。現在你感興趣了嗎？」

「的確。」菲尼說，萬能的金錢一出馬，連他也收斂了。

「那就這樣吧。」哈利斯拍拍手。「不過，在我做出最後決定前，我要你在我的架上藏書選一本出來朗讀。」

他聽到菲尼起身，發出窸窣聲。哈利斯一度擔心這位應試者就這樣走出辦公室，結果皮椅發出「嘆息聲」，他還聽到翻動書頁的聲音。無需前言，菲尼開始朗讀。

哈利斯立刻聽出這段文字出自哪裡，丁尼生，而且選讀的是優美卻也罕見的丁尼生作品。不過，讓他掉進陷阱的不是文字，而是聲音——愉快、飛揚的樂器。男人講話的聲音，卻帶著高度，弦樂器般的明顯音質，大提琴，對，就是大提琴，但更傳神，充滿生氣，他發出來的子音與母音完美嵌合，如同完美接合的木頭盒子。

邦嘉能雇用人之前，他會用對待牲畜的方式檢視這些人，檢查他們的牙齒，用白色卡紙立在他們眼睛旁邊，觀察他們眼珠的顏色。雖然哈利斯知道盲人通常會用手撫摸別人的臉，感受別人的長相，他卻從來沒有對任何人提出這種無禮要求過。感覺那是很不禮貌的行為。這種摸索承認了他的缺陷。不過，這是哈利斯這輩子第一次希望自己能夠感受連恩．菲尼的臉，這個他選擇作為視覺描繪師的男人，聲音的載具，而他從來沒有聽過這麼吸引他的聲音。

菲尼唸完後，哈利斯忽然說：「你錄取了，所以往後不准再用那種語氣跟我講話。」

一塊肥皂

艾弗烈聽說楓糖漿裡的礦物質能夠促進毛髮生長，他深信不疑。隔天一早，他在浴室用女人的剪刀修剪多年長出來的鬍子，一片一片的落腮鬍落下彷彿什麼小動物，他把毛髮扔向曙光照亮的窗口，讓橿鳥築巢用。他用直柄刮鬍刀刮光鬍子，也貼著脖子修頭髮，彷彿還在加拿大一一六號步兵師一樣，然後他放水泡澡。他已經好幾十年沒有在小溪以外的地方泡澡了，感覺非常平靜，特別是他的麻煩已經快結束了。少了寶寶的阻礙，他在兩天內就能搭貨車回聖約翰，他會收拾好他的桶子與其他汲液器具，換個地方，重新開始。也許他能向這對夫妻弄幾個蹦子，像個堂堂正正的公民一樣，坐火車回家。

他搓揉身體，然後洗刷腳指頭，他閉上眼睛，將毛巾披在臉上的時候，聽到樓下傳來急切的敲門聲。丈夫用法語與另外兩個男人交談，然後太太開口了。之後大門關上，大妻低語了一會兒。低語，接著是吼叫，大吼大叫。沒多久女人就喘起大氣，哭了起來，男人吼出命令，艾弗烈的浴缸水都被震出漣漪。最後，女人在廚房發出物品碰撞聲，在杯盤聲偶爾插幾句話。

艾弗烈回到房間，看到他的衣服煮過，整齊摺疊放在床單上。他穿好衣服，下樓發現他的背包放在門邊，旁邊是男人給他的工作靴。男人在門口站得筆直，眉頭糾結，他太太站在他身邊，她說：「是鄰居，我向他們借奶瓶。他們說皇家騎警在找一個帶著……嬰兒的男人。」

果園的男人肯定說出艾弗烈的孩子在列車上，也許是這樣，也許是騎警在溪水裡找到骯髒的尿布跟小童睡衣，而拼湊出一切。艾弗烈開口：「等等，這不代表我們——」

「你現在就走。」男人堅定地說，還往前踏了一步。

「我打包好了東西。」女人說：「一些食物，新的尿布，我特別替……替她縫的。」艾弗烈綁靴子鞋帶時，她進入臥房，抱著熟睡的嬰兒回來，寶寶的臉頰壓在女人的二頭肌上，留下一道長長的口水，在晨光下閃閃發亮。女人將孩子塞過來時還把臉別開，彷彿這是什麼可怕的事故場景，不要看比較好。

「我感謝兩位的款待。」艾弗烈在門口說：「很抱歉給你們添麻煩了。」

男人扁著嘴，點點頭。

「等等。」女人一邊說，一邊伸出手掌，她握著一塊自製的橄欖油皂，還散發著薰衣草的香氣。多年後，艾弗烈回想起這塊肥皂，以及低矮的掛衣鉤，這是他見過最哀傷的景象。那個掛鉤，那塊女人掌心裡握著的肥皂。

他溜出房子，攀爬回田野之中，避開道路，直到抵達白樺樹樹林。白天行進速度比較快，他留意聽著逼近的獵犬聲音，但他只有聽到樹梢間傳來的鳥囀與穿過青草的風聲。在鐵道十字路口稍作停留，他們追上一輛空空的貨車（隨即有位滿懷歉意的煞車手把他們趕下去）。他們窩在廢棄的電報站，艾弗烈用手指抓起女人打包的煙燻豬肉吃，她還做了兩個雞蛋三明治，在包成一球的襪子裡塞了五枚銀幣，寶寶則對女人替她縫的襪子布偶流起口水。嬰兒餓了，他用奶瓶裡的白脫牛奶餵她，不是羊奶，女人肯定匆忙慌亂間弄錯了。不過這次寶寶很餓，喝了牛奶，只不過她馬上噴發嘔吐，她自己都嚇了一跳，哭了起來。艾弗烈笑看強灌的後果，說：「難怪妳比較喜歡羊奶。」

接近晚餐時分，他們跳上另一輛列車，沒人注意到他們。半個車廂裡都是雞籠，裡頭有驚慌的母雞，塵屑在空中打轉，雞糞的硫磺味很不討喜，但還能忍受。艾弗烈用鐵絲從內部勾住車門，這樣其他流浪漢才不會上車加入他們。不過只要一有雞拍打翅膀、咯咯叫起，寶寶就會害怕畏縮，艾弗烈想拿襪子布偶安慰她，卻發現連忙上車時，他將布偶留在他們靜靜候車之處。

「小傢伙，沒了。」他輕拍起她有如溫暖甜瓜的小腦袋。「妳的玩偶，那對夫妻，那個家庭，統統沒了。」

她就這樣哭號了好幾個小時。

城市

哈維．羅麥斯用霍特先生的錢入住多倫多的愛德華奧國王酒店十五樓套房，這裡可以居高臨下，俯瞰鈷藍色的湖泊。配備相當奢華，包括客廳、私人衛浴，還有蚌殼形狀的浴缸。通常羅麥斯作夢也不想花這種錢，但霍特先生保證，他是在進行重要的探尋工作，不能住在狹窄、有礙身心健康的小破房裡。

羅麥斯曉得如果他穿著平常的三件式訂製西裝肯定會暴露身分，於是他向街邊商販買了工人的粗布吊帶褲跟帆布襯衫。他穿上衣服，然後從飯店前方的百合花床裡抓起一把泥土，抹在自己的衣服跟臉上，引發酒店泊車小弟的好奇目光。羅麥斯做好偽裝，開始一間一間問訪起廉價住宿小店，特別是接近鐵道機廠的地方。他向每一位工作人員塞了一張一元紙鈔，上頭寫了他的名字跟下榻的酒店名稱，要求他們留意帶著嬰兒的流浪漢。有個人狐疑地說：「流浪漢大多會躲著奶娃，不是帶著到處跑。」

「艾弗烈，是你嗎？」羅麥斯對著推著娃娃車的深髮色男子喊起，這人身高差不多。他收帳多年，在這麼多認人的方式中，這招在一點六公尺外就能奏效。不過男人沒有退縮，羅麥斯近看，發現他的娃娃車裡滿是空罐跟機械零件。

這天晚上，羅麥斯發電報給霍特先生，懊惱通知他在多倫多的第一天無功而返。老闆的回覆很快：

羅麥斯先生我對你有信心句點別讓我失望句點ＲＪ

羅麥斯每天的行程就是巡訪各家飯店、廉價住所、酒館。在人行道上行走個把小時簡直要了他的命，他的背痛到不行，到了一天行程要結束的時候，閃電的痛楚猛然糾結，害他差點倒在街上。為了能回到酒店，他被迫吸起最後的雪茄，他態度謹慎，一次只吸幾口。抽完了，他也不好意思請霍特先生再寄一點來，於是他依舊努力工作，買了一雙好穿的平底鞋，繼續挺進。不過他周遭的城市似乎變得越來越幽暗，鐵甲般的烏雲拖著沉重的肚皮壓在磚房屋頂上，一個瘸子蜷縮在破裂的輪胎旁，一名女人把臉埋進垃圾桶裡，放聲尖叫。他驚覺這座城市有如迷宮，無數靈魂闖進，因為他們做過或無法做的事情而崩潰，受到詛咒。

每天晚上，他會先乖乖傳電報給霍特先生，報告同樣令人失望的內容，然後才讓他一身慘遭蹂躪的肌肉泡進貝殼浴缸裡。雖然他注意到老闆的回覆相當簡單，他還是向自己保證，只要繼續堅持，他肯定會有所突破。第一個禮拜結束時，羅麥斯在簡餐櫃檯吃午餐，拉雯的昔日同學坐進他旁邊的高腳椅上，這位同學如今已經是皇家騎警了。這位騎警隨口提到最近在安大略的蘋果樹園裡，有位參議員的哥哥遭到流浪漢攻擊，而這位流浪漢還說他要照顧一個嬰兒。「鐵道警察正在沿線圍捕流浪漢。」騎警說：「掃蕩流浪漢聚集場所，檢查三流旅店的住宿人員。已經逮捕一百人了，至今還沒有看到嬰兒。」

羅麥斯連忙趕回套房，他在地毯上來回踱步。要是翠林、嬰兒或日誌落入鐵道警察之手，肯定會對老闆造成衝擊。不過，如果攻擊事件發生在安大略，那就意味著翠林的確是往西行。於是羅麥斯發電報給霍特先生，將這件事包裝成正面的發展，霍特似乎很滿意，這點讓他鬆了口氣。羅麥斯發誓會用三倍努力趕在騎警之前找到翠林。

那天傍晚吃過晚餐後，侍者送了另一份電報上來：

已經過了一個禮拜句點雙胞胎生日來了又過句點霍特發脾氣句點安姬掉了兩顆牙句點沒有硬幣放枕頭下句點帳戶幾乎見底句點附上愛拉雯

羅麥斯讀完，將這張令人惱怒的卡片從套房高樓的窗戶扔出去，看著它有如折翼的鴿子拍打翅膀，墜落街頭。拉雯這麼沒耐心，實在很不像她，現在霍特先生緊迫盯人，期待成果，他最不需要她來打擾。再說，他很清楚家裡還有錢買生活用品，也有銅板可以放在安姬的枕頭下。拉雯應該要心懷感恩，他們的孩子還認識自己的父親，更別說他們每天吃得飽，也不用跟羅麥斯一樣，年紀輕輕就出去賺錢討生活。不過，為了保持安靜，他打電話去酒店總機，電匯了霍特先生的一百元津貼給老婆，還發電報回家，說他愛她，應該過幾個禮拜就能回家。不過他開始懷疑這整件事會讓他進一步遠離他摯愛的家庭。

城市

雖然天色昏暗，艾弗烈還是從這特殊的草木景象（山毛櫸、香脂樹、越橘莓、些許北美喬松）認出了這個地方，他的貨車正行經京士頓，也就是他與哥哥成長的樹林，還有克雷格太太。他很意外，過了這麼多年，這片樹林裡的每一抹綠色他都記憶猶新。溪水嚐起來有銅跟流經的樹木味道。不曉得哈利斯還能否回想起這裡，或是他的記憶與失去的視力一起凋零，就跟放在櫃子裡的植物一樣。哈利斯的思想也許被貪婪堵塞，已經忘了他們親手搭建的木屋上方那棵栗子樹。栗子掉落在他們的金屬屋頂上，總會引發兩兄弟捧腹大笑。

等到列車抵達多倫多時，女人在魁北克打包的那壺白脫牛奶跟雞蛋三明治都沒了。艾弗烈抄起寶寶，離開貨車車廂，他跋涉過蜿蜒的牧牛柵欄，進入城市。他造訪的前兩間住宿場所都號稱客滿，但他懷疑他外套上的灰渣、煤灰燻黑的臉，以及腹部古怪的蠕動鼓起對找房都沒有幫助。艾弗烈冒險挺進城市較為破敗地區，人行道上有太陽曬熱的垃圾桶，發出陣陣惡臭，巷弄上方則飄蕩著發黃的貼身衣褲。推車沿著路徑撞翻棋盤板，聲響嚇到了嬰孩。上方有人倒夜壺，髒東西差點淋到他們。

就他看來，股市崩盤重創多倫多的程度遠超過聖約翰，彷彿砲彈發射，但裡頭裝載的不是火藥，而是絕望與不堪。有人睡在長椅上、門廊上，壓著大衣、厚紙箱或交叉排列的木棍上。掉到外套上的鳥屎會讓他們醒來，他們臉上有路面的印子，報紙抹黑了他們的皮膚。艾弗烈看到一個不到二十歲的女人倒在公園裡，不曉得只是失去意識，還是永遠醒不過來，她的胯部有深色的污漬，翻領扣眼上插了一朵鮮花。

終於，一間破舊住所的工作人員同意讓艾弗烈入住，登記時，他用了化名。男人指著身後的牌子，說：「不准飲酒，不准帶女孩回來，不准孩童入住。」想必那牌子上的文字也是同樣意思吧？男人領著艾弗烈抵達一處大通鋪，地上鋪了三十塊床墊。許多骯髒的男子在洗手檯捧水洗臉，還發出噴濺的水聲。工作人員離開後，艾弗烈在角落洗手檯背對其他人，打開寶寶的強褓，用女人的薰衣草肥皂替她好好洗刷一番。

那天夜裡，寶寶貼在他身旁，同時人影一一填滿每一張床墊，他們動物般的體味與夢遺在空間裡翻騰。深夜時分，旁邊床墊上的男人拖來一個女孩，在她身上嘶聲碰撞了一個小時。沒過多久，寶寶因此醒來，艾弗烈只能用手掌壓著寶寶的耳朵，直到男人呻吟起來，叫女孩離開。

後來，艾弗烈醒來時，寶寶的小手指插在他鼻孔裡，他是痛醒的。多數住客已經外出乞討或工作了，某些人則是兩者一起。付了一週的押金，買了一品脫今早喝的羊奶後，女人的銀幣就花得差不多了。他在外頭街上聽到有人用卡車上的電動擴音器說：「弗雷德里克頓的霍特煤焦廠需要五十個人！一天可賺一塊三毛五！包免費鐵路運輸！」

「我不能替那個下流的老霍特工作，對吧？」艾弗烈對寶寶說：「看看他是怎麼把妳扔在冰冷野外的？」

艾弗烈找工作找了一早上，之後他在公園長椅上餵寶寶喝奶，好幾名找不到工作的男人聚集在這裡，分著看散落的報紙，你一口、我一口地分抽香菸。不一會兒，一匹白化的馬拉著一輛拋錨的福特T型車過來，車上有個男人，他對著路邊喊：「找活兒嗎？」躺在地上的人都沒反應，艾弗烈曉得這種沒反應大概是不妙的跡象，但他還是朝車子走去。

「我找。」他說：「但我有個嬰兒需要照顧。」

「沒事的。」男人說：「我認識一個女人，但我覺得她會索取我給你的一半工資。」

「不成問題。工作內容是什麼？搬貨？」他比了比連著馬拉車的拖車，拖車主要是用廢木材跟小鐵釘大致拼湊起來的。

男人聳聳肩，他身材福態，油光滿面，牙齒青綠生垢，還有肥厚的嘴唇。他小小的眼珠霧霧的，彷彿有人將這雙眼睛挖出來，用培根肥油煎過，又塞回眼眶一樣。「工作永遠不只一種。」他說：「在苦日子裡不可能。我們什麼都做，拖拉運送啦，修補焊接啦，拆除跟建設啦。還有一些撿拾跟鑵東西的工作。主要是把東西從這裡送到那裡。這樣你可以嗎？」

艾弗烈跳到男人身旁，男人自稱辛克萊．孟納漢。他將車子駛往一棟三層樓的紅磚房舍，門口有位瘦弱的地中海女子，年約四十，她跪在草地上，用湯匙餵食兩個蹣跚學步的孩童。

他們決定好照顧寶寶的條件後，那個女人，也就是帕達多布盧斯太太，她問起艾弗烈：「我該怎麼稱呼她？」

「愛叫她什麼都沒關係。」艾弗烈爬回車上。「她不會在意的。」

「沒錯，苦日子會讓聖人對十字架吐口水。」艾弗烈的老闆一邊出發，一邊說，他鬆垮的吊帶從渾圓的肩膀上滑落。艾弗烈早早確定這位先生的談話主軸會圍繞著這個艱難的時局。他不在意這種閒談，他喜歡由別人負責講話，而孟納漢看起來很強壯，也很會控馬，對城市更是瞭若指掌。

他們在船庫後頭將一些木板裝進拖車，運到附近的木材堆置場。接著他們從廢棄旅館中拖出三座爪腳浴缸，每一座都重到抬起時讓艾弗烈眼冒金星。約莫早上十點多，雲層散去，他們用襯衫袖子抹去額頭的汗水，馬兒將浴缸拖去舊品回收廠時，頸圈下方使勁到出汗了。艾弗烈除了先前替操法語的男人做事外，他當了太久的保姆，因此這種體力活讓他非常亢奮。他實在不清楚他們是在行竊、回收，還是要捐贈這些拖來的東西，但他曉得不要問比較好。

「艱難時局裡，物品都沒有固定的主人。」孟納漢說，彷彿是讀到了他的心思，此時他一邊駕車，一邊跟艾弗烈分食洋蔥三明治。「就是這樣，不可能有的。」

午餐過後，孟納漢將車駛向西邊湖岸附近的一座法拍孤兒院。「好日子再度降臨。」他高聲地說，此時他們正將十幾座嬰兒床從骯髒擁擠的房間裡推出來。在走廊上顛簸前進時，他又說：「別靠太近，除非你想成為跳蚤窩。」

好幾個小朋友從建築的暗處望出來，他們臉上、身上滿是跳蚤咬痕，因為營養不良，身材瘦小。院子裡有個用電線跳繩的女孩，飛蛾咬爛了她的洋裝，皮帶上至少有四個新打的洞。艾弗烈原本都會避開小孩，但自從撿到女嬰後，他開始會注意他們外套扯裂的腋下部位，或是他們褲子的補丁比原本褲子的布料還要多，或是他們總是彎腰駝背得很嚴重，還會為了肉的口感，啃咬自己的手掌。

「跟我有一半血緣的姊姊在市政廳檔案部工作。」孟納漢駕車回家時說：「她說自從股市崩盤後就沒有人結婚了，沒有發過新的結婚證書，更沒有發過出生證明。從這一刻開始，未來只會充滿飛塵與匱乏，大家都知道。我實在不懂在這種年代怎麼還會有人想生小孩，抱歉冒犯了。」

「沒事的。」艾弗烈說。

「誰能怪他們呢？看到那邊那幾間銀行了嗎？空的，每一間都空空如也，連一盎司的黃金都沒有。抱歉啦，先生，我的錢埋在某個好地方。如果你夠聰明，你也會把錢埋起來。」

今天結束時，孟納漢送艾弗烈去帕達多布盧斯太太那邊，他抱起寶寶時，嬰孩不哭不鬧。後來在洗手檯替寶寶洗澡時，他檢查起她乳白色的軀體，尋找瘀青或臭蟲的咬痕，結果都沒有。晚餐過後，他用辛苦賺來的血汗錢買了一件工作襯衫跟有四合扣的長褲，替寶寶買了一件藍色的包屁衣，因為粉紅色很容易弄髒，另外又買了兩片法蘭絨尿布，這樣就不用天天洗。跟孟納漢共事一週後，艾弗烈買了一副馬皮手套以及一個行李箱，他的東西都放在行李箱裡，免得騎警上門，而他們需要迅速離開。

隨著日子一天天過去，孟納漢的工作感覺起來越來越不合法。他們破壞城市原油管道，將油接到一個老酒鬼的爐灶上，這個老酒鬼鼻子上有一大片散開的微血管；他們替一個十口的黑人之家接電，這家人都有灰色的牙齒，看起來像從大火中搶救出來的一樣，幾個小女孩套著麵粉袋製成的裙裝，房子小到他們肯定得輪流睡覺，因為地板不夠大，全家人沒辦法一起躺下來。

下班後，寶寶喝完羊奶，艾弗烈吃完火腿三明治與蘋果，夜深人靜時，他聽從孟納漢的建議將積蓄與那本日誌包在防水布裡，將東西埋在公園一片叢生的木蘭花下。投宿床位的其他住客已經注意到了寶寶，但因為她不吵不鬧，他們也就沒有意見。她入睡後，艾弗烈去洗手檯搓洗她的尿布，掛在巷子的晾衣繩上風乾，接著才躺到她身邊，床鋪非常溫暖，令人意外，小奶娃彷彿是一條永遠不會冷卻的麵包。

雖然孩子越來越喜歡他，他卻懷疑起這樣的照顧工作能維持多久，他的新計畫是湊到足夠的錢，將孩子交付給帕達多布盧斯太太。之後他會繼續工作，他會買新的塞孔滴嘴跟汲液桶，在城市的郊外尋找新的一片楓樹林，重新開始。加拿大自治領地最豐饒的就是這些源源不絕、沒人使用的樹木了，當然啦，前提是他的哥哥還沒砍光它們。

艾弗烈又工作了一個禮拜，孟納漢讓他禮拜天放假，因為馱物的馬需要釘蹄。他考慮帶寶寶去看場電影，但又擔心充滿幻影的螢幕會嚇著她，於是他換了個地方，帶她去附近公園的鴨子池塘。櫻花的花期快過去了，他折下一點花，用花朵輕拂她的小臉。她的目光追著在層冠上飛撲的燕子，然後又指著在池塘游水的鴨子，發出開心的叫聲。

誰知道呢？等到她跟帕達多布盧斯太太一起住下來，他就能去開發新的楓樹林，也許還能留點錢讓她讀書呢。他可以成為她的贊助人什麼的，舊時的故事都是這麼說的。反正艾弗烈本來也花不了多少錢。而且既然她似乎很喜歡大自然，也許他偶爾來看她時，能夠帶她來這個公園，聞聞櫻花香，追追鴨子。她也許能夠成長為正直的人，讀過書，有智慧，有尊嚴，基本上就是跟他截然不同的人。

那你失去的就不只房子

羅麥斯在房裡踱步打轉，焦躁不安，後背的肌肉非常緊繃，有如狂風暴雨中維繫大船的繩索，頭疼也跟碎浪一樣，時不時拍打他頭殼的海岸。他每天都跟在同一個吧檯吃飯的騎警確認狀況，所幸他們還沒有逮到帶著嬰兒的流浪漢。不過昨天霍特先生在電報裡提到羅麥斯累積的高額酒店帳單，還暗示要他住進同一間飯店比較便宜的房間。這是他不滿羅麥斯還沒找回孩子或日誌的另一個跡象，特別是羅麥斯先前信誓旦旦說能快快解決這件事。

老闆之前是這麼說的：「你失去的就不只房子。」羅麥斯現在思考起這句威脅真正的意涵，他不禁打起冷顫。如果霍特先生要他立即償還房子的貸款，他全家就得去住收容所了，這種結果慘到他想都不敢想。

現在拉雯又繼續索要日常開支的錢，羅麥斯的津貼已經花得差不多，他沒辦法再向霍特先生開口。羅麥斯忽然覺得胸口一緊，擔心自己就要哭出來了。自從父親過世後，他就沒有哭過了。不過，在他充滿痛苦的漫長人生之中，他明白如果一個人遇事就哭，那這種人的人生也只會充滿淚水，跟大海一樣多的淚水，而這麼多的淚水沒有辦法讓他完成任務，或保護家人。於是他泡了個熱水澡，對他的後背及亂糟糟的思緒完全沒有舒緩作用。他憤怒地穿好衣服，離開飯店，在人行道上巡視起來，研究起每一張臉，尋找帶著嬰孩的單身男子，這份令人腦袋麻痺的工作，他已經忙了好幾個禮拜。當他在中國人開的洗衣店前背痛到無法前進時，他注意到有個用木柄金屬耙子在清理人行道垃圾的纖瘦男人。男人對他朝巷子的方向昂昂頭，羅麥斯的腦袋深處居然明白這人的意思。他跟著男人轉進街角，男人伸出手掌。羅麥斯交給他一點錢，男人從旁邊空的排水孔裡拿出一個小小的包裹，是用牛皮紙跟麻繩包起來的東西。

羅麥斯實在沒辦法忍著背痛走回飯店，於是他彎進另一條巷子，這條巷子旁邊是他已經檢查過好幾遍的廉價住所。羅麥斯帶著恥辱感，扭出一些百樂門香菸尖端的菸草，然後將他剛剛買來的油膩鴉片塞進缺口之中，這是他在父親罕見回家時學到的手法。他點菸，吸到結合百合花、甘草與雜酚油的味道，他的微血管伸長觸手，只為碰觸這舒緩身心的菸氣。他遲遲不肯吐氣，神聖的鐘聲在他耳邊響起，他的背脊奔流起滿足的感覺。這份鴉片的效果比醫生的雪茄強上兩倍，羅麥斯懷疑起在他繼續西行的路上，藥效是不是會持續增強，對這場目前一塌糊塗的遠征來說，這點也許是唯一的安慰。他抽完菸，身體酥軟得像平底鍋上的奶油，都要融化了，他忽然很想躺下。他看到幾包特別鼓的垃圾，就蜷在上頭，血液處在滿意的頻率之中。

不曉得過了多久，酥軟的感覺達到高峰，開始遞減，羅麥斯也跟著打開雙眼，他看到了奇怪的景象，巷子的天空有一隻展翅翱翔的白色棉布小鳥，就懸掛在晾衣繩上，隨著惡臭的微風一縮一放的，根本是在呼吸。雖然羅麥斯一開始看得一頭霧水，但他隨即就認出這塊布是什麼東西。他應該要知道的，身為七個孩子的爹，他似乎這輩子都在換尿布。雖然他在這座城市各處都看過懸掛的尿布，他可是頭一次在無家可歸之人住的廉價住所窗外見到這玩意兒。

鐵道指揮組

隨著橫跨太平洋的汽船澳大利亞女皇號從維多利亞港出發，哈利斯細心打開他的梳妝盒，擺放他的物品，記住這特別艙房不熟悉的輪廓。他對一切滿意後就披上他精緻的絲綢外套，支開邦嘉能。這位工頭似乎覺得意外，甚至有點受辱，便隨即去找有沒有橋牌牌局可以加入。哈利斯叫來菲尼，要他陪同去汽船最上面的甲板，他倚靠圍欄，吸了幾口鹹鹹的氣流。他說：「好了，詩人。我眼前有什麼？」

「先生，奧林匹克半島。」菲尼說：「一整面的鐵杉、雪松，零星幾棵草莓樹（madrona），還有一片挺立的次生冷杉，又直又挺，但樹齡不夠，還不能批砍。樹林下方是沿岸，坡度規劃得很好，適合將木頭拖進水中。」

「噢，拜託，老兄！」哈利斯說：「如果我要聽伐木工人的說法，那我叫邦嘉能跟我一起上來就好。」

因為菲尼說過翠林木業公司付給牛的錢比員工多，哈利斯特別給他的起薪是邦嘉能的兩倍。在他們簽約後，菲尼還說：「我這輩子再也不會寫詩了。」如今哈利斯卻擔心起自己是不是高估了這個人的價值。

菲尼大笑起來，說：「行，冷靜點！我必須說，這輩子從沒有人付錢給我要我『當詩人』，這種行為本身就是一種褻瀆，我就提一下而已。不過，我要來真的了。」

哈利斯引頸期盼，在汽船的引擎燃爆聲中，他聽到他的視覺描繪師深吸一口氣。菲尼開口：「斑斕莖梗上滲出白霧，籠罩在海上霧氣裡的太陽，在繁茂枝幹間燃燒……」

哈利斯腦海中形成全景畫面，伴隨而來的是全然的輕鬆，因為優美，因為恰當，因為精確。

在後續前往日本的旅途中，每天固定隔一段時間，哈利斯就會要求菲尼敘述起眼前的景色，而菲尼說這些畫面是「我的明信片」。雖然這位詩人的用字有時會有點過頭，哈利斯倒也聽得津津有味。

抵達橫濱需要六天，前往東京又花了一天，這段時間狹帶凍雨的大風逼著他們待在甲板之下。他們打發時間的方式是讀華茲渥斯跟葉慈的詩，這是菲尼的提議。哈利斯喜歡詩，勝過其他文體，因為詩能夠像水泥一樣牢牢固定在他的心靈之中，不是小說那種時效短暫的煙火，編織的故事漫長也折磨，講述的又是與他素昧平生之人的生活與家庭。

到了東京碼頭，一名滿臉歉意的政府代表出現，他表示正式的下榻地點還沒準備好，哈利斯一行人只能先待在暫時的住宿地點。菲尼描述起客房地勢很低，旁邊就是一片沼澤。晚餐是長相奇異的海洋生物，還伴隨著敲鐘聲與刺鼻的薰香。

微風吹動紙牆的聲音讓哈利斯半夜醒來。他聽到附近某處有邦嘉能有如灰熊般的打呼聲，但他也聽到隔壁房間菲尼輕柔的吸氣聲。他驚覺根本沒有任何實際的物體分隔他們三人，他覺得詫異也反感。

他的伐木營曾經有兩名工人，有天早上有人在翻過來的輕艇內發現他們喝得醉醺醺、渾身赤裸躺在彼此的臂彎之中。其他伐木工就用斧柄打他們，還用帶著尖刺的靴子踩他們的皮肉。事後邦嘉能居然欣喜地稟告老闆屍體已經扔進隱蔽之處，也通知騎警那兩個男人是喝醉走失了。雖然哈利斯對該事件相當反感，但他也知道不該插手干預伐木營裡的「正義」行為。

不過，哈利斯提醒自己，他此刻人在日本，就法律上來說，這層薄薄的紙就算牆壁。沒有人會說一個男人透過這層牆聽到另一個男人熟睡的鼻息聲是不得體的事。哈利斯鬆了口氣，用枕頭壓在頭上，轉過身去。

到了早上，有人送哈利斯、邦嘉能跟菲尼去皇居，三人在花園裡等待。他們在此才得知他們並不是要與私人的鐵路公司開會，而是要跟日本最高統帥機關會面。無所事事一小時，只有菲尼鉅細靡遺地描述起花園裡的珍奇鳥類能平息哈利斯逐漸高漲的挫折感。之後，有人領他們到會議室，菲尼描述起光潔木梁交織出的穹頂空間，一根釘子也沒用上。哈利斯從過往經驗得知，日本人比誰都懂木材。他在一九二三年關東大地震過後賣了好幾船的木頭給日本人，他們總能率先挑走品質最佳的徑切木材。口譯介紹起十二位身穿制服的男人，他們隸屬於鐵道指揮組，都跪坐在低矮的桌邊，菲尼說起桌子中央有一把武士刀。

「哪種武士刀？」哈利斯只有微動嘴角問。

「儀式性的刀。」菲尼說：「跟金屬罐頭一樣鈍。」

「那我該帶我那把儀式性的步槍來。」邦嘉能沒好氣地說，同時以非常不舒服的姿態跪壓在他那條受過傷的膝蓋上。邦嘉能不喜歡跨國旅行，今天早上他火氣特別大，基本上自從離開溫哥華之後，他就臭著一張臉。

「他們準備好要給我們錢了嗎？」哈利斯壓低聲音問菲尼。

菲尼的嘴湊到哈利斯耳邊，讓哈利斯的胃裡有觸電的感覺。「還沒。」

介紹與儀式非常漫長，包括一再提到的「天皇的意向」，然後是繼續敲鐘，繼續品茶，茶喝起來像泡了水的松樹。等到休息用午餐時，根本還沒抵達初步的協商階段，哈利斯兩條腿都麻了，邦嘉能的膝蓋更是痛到不行，日本人推出躺椅讓他躺著。用餐時，地圖、計畫、工程圖紙也端了上來，菲尼竭盡所能地描繪。多名工程師提出木頭品種與撓度的複雜問題，哈利斯透過口譯員努力平息他們對用道格拉斯杉作為鐵道枕木的疑慮，讚賞起這種樹木的堅實抗腐，還向他們保證加拿大自己的國家鐵路選擇用道格拉斯杉作為橫跨大陸的鐵道路線枕木也是有原因的。

經過腿麻的五天，以及五頓由海膽跟魚子組成的詭異午餐（邦嘉能不肯吃），一名政府官員提到鐵道指揮組其實沒有新開發鐵路運輸的採購職權，真正的協商會在隔天展開，對象是帝國鐵道採購組。邦嘉能差點當場掐死這位官員，還需要旁人制止。為了防止事態失控，哈利斯請這位不客氣的助理回溫哥華老家，調停徹梅納斯鋸木廠越演越烈的勞資糾紛。一直要到哈利斯說，只有邦嘉能強而有力的手段才能平息這件事時，這位伐木工人才答應回去。

邦嘉能準備啟程的這天早上，他暗示起日本人很可能利用客房薄薄的紙牆偷聽他們的對話，因此哈利斯必須立刻下榻帝國飯店。「翠林先生，別吝嗇。」他強烈要求：「確定你訂到兩間套房。你一間，菲尼先生一間。我這就打電話過去，確保他們安排妥當。」

「莫特，這建議不錯。」哈利斯胡亂拍了拍邦嘉能的背。「那就兩間套房。」

傍晚他們抵達帝國飯店時，哈利斯還是有點不解邦嘉能離別前的叮囑。他跳過了每晚的讀詩時刻，選擇獨自在套房裡用餐，留菲尼一個人孤立無援。

法蘭絨尿布

羅麥斯從垃圾堆中起身，他拍掉黏在長褲上的髒東西，又仔細望向天空，確定那不是幻覺，那是高掛在惡臭巷子裡的嬰孩尿布。

羅麥斯精神都來了，他拍拍臉頰，用手指梳起油膩的頭髮，然後走進繫著曬衣繩的那棟建築。這次他花錢請工作人員陪他上樓，這裡的床墊聞起來有酸奶油的味道。偌大的空間裡沒有椅子，羅麥斯只能坐在床墊上，背靠牆壁，抽著他的百樂門香菸，讀起幾張昨天的《多倫多星報》。不過走進來的人都不符合翠林的長相，太潦倒、太年輕、太年邁、太頹敗、髮色太金、看起來沒有森林氣息，沒有隱士的感覺。過了好幾個小時後，一個精瘦、長相嚴厲的男人走了進來，年紀差不多，但他沒有鬍子，深色的頭髮也理成平頭。羅麥斯看著男人從行李箱裡抽出馬皮手套，塞進後方口袋裡，然後走去房間對面的窗口，將法蘭絨尿布收進來，用家庭主婦的謹慎態度將尿布折起。

「艾弗烈，是你嗎？」羅麥斯用熱絡的語氣喊了起來。

羅麥斯發誓他在男人臉頰上看到一絲顫動、姿態也一度僵硬，但男人隨即繼續折疊。

「我說，艾弗烈，是你嗎？」

「你認錯人了。」男人一邊說一邊將摺好的尿布塞進行李箱裡，頭都沒有轉過來。

「朋友，那我認錯人了。」羅麥斯說。他為了不要露出太激動的神情，便點起另一根香菸，長長吸了一口。「你瞧瞧，我在戰時有個老朋友，名叫艾弗烈．翠林。」他說起故事：「我們認識得可久了，你長得很像他，你知道嗎？是這樣的，他最近惹上了一點麻煩。他莫名其妙遇上一個嬰兒，我覺得他沒準備好。我就說一句，至今他處理得還挺不錯——」

「先生，我聽不懂你在說什麼。」男人打斷他。

「噢，是嗎？那尿布是怎麼回事？」

「我是替跟我交往的女孩洗的。」

「你人真好。」羅麥斯發現男人開始將剩下的物品裝進行李箱。「但你這個女孩……」他謹慎地問：「她在照顧一個嬰兒，是不是？」

男人遲疑，小心翼翼地回答：「對，雖然她要面對很多問題，但她還是把孩子照顧得很好。」

「這樣啊，我的老闆位高權重，他想向你的女孩表示真誠的謝意。我老闆急著想解除這位小姐的重擔，其中牽涉到一塊樹林，還有一座不小心蓋在林地上的古雅小房子。我有他的保證，那塊地可以繼續用，同時還會打賞一筆錢。特別是如果我也找回一本日誌的話。」羅麥斯提到日誌時，注意到男人咬緊了下巴。

「假設一切如你所說那樣發展，那嬰兒會怎麼樣？」男人權衡了起來。

羅麥斯心想：**就是他，孩子還在他手上**。他的脈搏跟蟋蟀一樣跳個不停。他想要跳起來，朝男人跑去，但翠林遠在房間對面，而且羅麥斯的背肯定會壞事。再說，翠林看起來是可以談條件的人，這樣才是低調辦事的好方法。「我會親自送她回安全也理所當然的家。」羅麥斯說。

「她母親呢？」

「先生。」羅麥斯一手壓在胸口。「很遺憾告訴你，她的母親過世了，那是一樁不幸的意外。她的父親因此更希望孩子能夠回家，整件事讓這位父親心痛不已，他懇求讓這件事過去。」

「孩子走丟時，就是這位父親在找她？讓她最後被陌生人帶走的父親？」翠林尖銳地說。他扣上手提箱，提了起來，然後快步穿過房間，朝門口邁進。

「孩子剛出生，狀況很混亂。」羅麥斯吃力撐起巨大的軀體，講話只是想爭取一點時間。

「人不見得會在狀況裡。」

翠林推開門，他領先二十步，腳步也輕盈得多。羅麥斯根本無望趕上，特別是還得追著跑下三段樓梯。

「艾弗烈，理智點。」羅麥斯用最溫暖的口氣講話。「你打傷那個人，騎警正在找你，你想要靜悄悄全身而退，這就是你唯一的機會。我的老闆霍特先生認為沒必要驚動執法單位，他只是希望走失的孩子能夠回家。」

「先生，小女孩不是一串鑰匙，說要弄丟就能弄丟的。」翠林反駁起來，準備好要穿過大門。「如果不是故意，也不像是能夠隨便搞丟的東西。有人把孩子刻意固定在我汲取樹液的釘子上。我一開始以為這人是想扔掉孩子，但我現在明白了，這個人是想保護她。而見過你之後，我懷疑這個人有很好的理由這麼做。」

「別為了這種事放棄你的大好人生！」羅麥斯怒吼起來，想要嚇嚇他，想要讓他留在房裡。

「這你就誤會了。」翠林面不改色地說：「因為從一開始就沒有什麼大好人生。」

你的小騷動

「翠林先生，就你的看法，你是怎麼看待這次協議的？」帝國鐵道採購組的主席透過口譯員提出這個問題。

「先生，說真的，翠林先生沒有什麼『看法』。」菲尼氣餒也尖銳地回答。「他有的就只有樹而已，他願意裁切成整齊小木條的樹，可以用公平的市場價格賣給你們的樹，然後你們就可以打造你們天皇的小火車鐵道。」

邦嘉能回去溫哥華，菲尼就自行從哈利斯的視覺描繪師晉升為共同協商者的角色，截至目前為止，他在應徵面試時的大不敬坦率態度還算控制得很好。不過顯然他的自制能力開始走下坡。

此刻主席他忽然用俐落的英文開口：「天皇就是希望我們照規矩來進行——」

「為什麼不告訴你們家天皇不要在那邊希望這個、希望那個，直接拿出單位價格——」

「連恩，夠了。」哈利斯打斷他。

菲尼顯然踰矩了，邦嘉能絕對不會這麼大膽，但這種態度讓哈利斯振奮起來，有人跟他同陣線一起戰鬥，就跟他小時候跟艾弗烈一起在學校操場面對其他男孩一樣，那些男孩會嘲笑他們是孤兒。

「聽著，誰能幫我解釋一下，我們到底在幹嘛？」哈利斯對滿席官員說：「我的伐木人員蓄勢待發，我的鋸木廠運轉不停，我決定要把這些枕木賣給你們，而你們卻只是躲在口譯後頭，敲你們的鐘。你們為什麼不砍自己的樹，替我們省下所有的麻煩呢？你們外頭的花園裡就有一堆樹！」

「翠林先生，我們的樹對我們來說非常神聖。」主席如是說。

「先生，我們的樹對我們來說也相當神聖。」哈利斯回應。「只不過我們的數量是你們的十億倍，所以現在就提出你們該死的單價。」

「翠林先生。」主席用激動的語氣講話：「也許在你們粗俗的國度，你們習慣用這種語氣講話——」

「各位先生！已經差不多中午，你們看起來都餓了。」菲尼打斷他們，然後拖著哈利斯離開，穿過飯廳，一路走出皇居主要的出入口，進入裝飾用的庭院。

「哈利斯，抱歉我在裡頭失態，但我不喜歡他們用這種藐視的口氣跟你說話。」菲尼邊走邊說。在邦嘉能啟程後，菲尼開始會喊哈利斯的名字，哈利斯也沒有糾正他。

「我也不確定談妥這筆生意是否符合我們的利益。」菲尼繼續說。「日本入侵了滿洲，還退出國際聯盟。他們把這個昭和天皇講得跟耶穌基督的老哥一樣偉大，而你去港口隨便扔棒球都能打到他們的戰艦。就我看來，他們是想開戰啊，猜猜是跟誰打？」

哈利斯搖搖頭。「連恩，我們不能此時退縮，這太要緊了。如果他們買我們的木材，他們愛怎麼用是他們的事。」

那天晚上，哈利斯在帝國飯店的酒吧裡跟福特汽車公司的人聊了一下。哈利斯提到他的協商很不成功，那位先生則說：「他們使了住宿跟口譯那套，對吧？老把戲了。你只要塞根燒紅的火鉗進他們的屁眼裡就好，只有這樣他們才會放尊重點。」

隔天一早，哈利斯傳了電報給帝國鐵道採購組，宣稱印度政府訂購了一大筆枕木，他中午之前需要得到日方的報價，不然就把這批木材賣給印度。一個小時後，一位政府代表帶著草約抵達他們的飯店，同意用高於預期的單位價格購買三船枕木。帝國鐵道採購組會預先支付一成訂金，剩餘款項在到貨後結清。

為了慶祝，哈利斯跟菲尼共度了一頓奢華的海鮮大餐，他們都非常盡興。「很新鮮，嚐起來有甘草跟樟腦的味道。」哈利斯就著一口剛端上桌的溫酒這麼說。這張龐大的訂單能夠穩固翠林木業公司未來長期的榮景，在慶祝的餘暉下，哈利斯覺得清酒嚐起來就是蒸餾過後的勝利蜜液。

晚餐過後，一部分是因為酒精帶來的傻氣，另一部分則是哈利斯還是想掂掂菲尼敘事能力的斤兩，他忽然說起他想「看」部日本電影。他們找到戲院，在黑暗裡，肘碰肘坐在投影機的運轉聲中。就算在異國停留了幾個禮拜，菲尼身上的森林氣味（冷杉汁液與雪松單寧）還是相當明顯，忽然間，哈利斯哀悼起早年能夠親自監督鋸木廠狀況的日子，徜徉在北美林地之間，尋找新的木材。他心想，他怎麼最後落得渴望窩在辦公桌前，跟他的籠中鳥沒兩樣？

菲尼雖然對日文一竅不通，他卻努力講好這個武士的故事，這是有聲電影，但他的焦點始終放在主角的臉上：「彷彿是一個人臉上有一整個戲班子的神情，統統融化，再度組成這個人。」隨著電影接近尾聲，小號齊響，震耳欲聾的刀劍碰撞聲不斷，還有戰場上的哀鴻遍野，菲尼的雙脣在哈利斯耳邊貼得越來越近。

哈利斯忽然用低沉的聲音說：「你都沒說他好不好看。」

「誰？」菲尼問。

「這個武士，男主角，你剛剛講的人。」哈利斯清了清嗓。「就普世的觀點來說？」

一陣停頓。哈利斯懷疑菲尼可能沒聽清楚，決定不再提起這個問題。

「哎啊，好看。」菲尼說。「他還滿好看的。」

「那我呢？」哈利斯用近乎聽不清楚的音量問起，他很清楚自己喝醉了，但還是允許自己好戰的動力帶著他前進。

「抱歉？」

「好看嗎？你說呢？要是我也在那銀幕上，同樣好看？」

「當然這種事情是很主觀的。」菲尼回答。

「當然，的確如此，真是蠢問題。」哈利斯覺得自己的臉跟柴爐一樣燙。「別放心上。」

「再說，我不確定你要我怎麼回答。」

「別再多想了，只是蹩腳的玩笑。」

忽然間，哈利斯感覺到菲尼在他耳邊的鼻息。這位詩人說：「好看，你非常好看。」

哈利斯沒有轉頭，他直接伸出一隻手，用手掌碰觸菲尼沒有刮鬍的臉頰，終於允許自己用手摩挲起他的長相。他雖然當下就驚覺在其他戲院觀眾面前，這是多麼不妥的舉動，他還是提醒自己，他們是外國人，當地人拿他們沒辦法。

「你也是。」哈利斯將手抽回來。「就普世的觀點來說。」

「如果你很想知道，我就跟所有真正的詩人一樣，醜得跟哈吧狗差不多，但還是謝謝你的讚美。」菲尼說。

「我替我的莽撞道歉。」哈利斯脫口而出，他一方面驚恐，一方面又感覺到內心湧動的奇怪衝動。「我內心有一股騷動，小小的騷動，我隱藏得很好，但我一喝酒，它就會高漲。」

「噢，別對它這麼嚴苛。」菲尼一手擱在哈利斯顫抖的膝蓋上。「你的小騷動。」然後他握起哈利斯汗溼的手，說：「我們也許用得上呢。」

大塊頭

艾弗烈回住所拿馬皮手套時，他注意到一個沒見過的房客在床墊上抽菸。他一開始不想在陌生人面前取下尿布，但看起來快下雨了，而這大塊頭衣服上有泥巴，騎警似乎不會這樣蓬頭垢面。他無疑是霍特的人。雖然他維持客氣的模樣，但他的聲音裡散發著危險的色彩，猙獰的惡意盤踞著他巨大的身軀，他的大手彷彿是手臂上的兩道雪撬，如果逮到艾弗烈，肯定足以掐得他斷氣。這人提及嬰孩跟日誌的口氣也讓人不寒而慄。還有他那雙豆大的眼睛，彷彿盯著太陽看了一整個禮拜，加上他那焦啞的聲音，跟惡魔一樣，沒有別的字眼可以形容。艾弗烈察覺得到，這個人打算傷害女嬰。

艾弗烈跟孟納漢結束一天的工作後，他前往帕達多布盧斯太太那邊將孩子接回來，租了另一間單人房，他因此花上三倍的住宿費用。那天晚上，街車的噠噠聲響從單薄的窗外傳進來，他抱著孩子搖晃了個把小時，還編了十四首打油詩，才說服寶寶躺下，但她還是不斷探起頭來。她終於入睡，他連忙將她放進他臨時搭建的搖籃之中，帽子壓得低低地，回到先前投宿的破屋。櫃檯伙計是個雙眼歪斜的禿子，他給艾弗烈一張字條。

「先生，可以麻煩你唸給我聽嗎？」艾弗烈將一枚閃亮的鎳幣壓在櫃檯上。「我忘了戴眼鏡出門。」

伙計皺起眉頭，攤開紙張，拿起帶手柄的眼鏡。

艾弗烈，帶著嬰孩搭貨車、到處躲藏很不安全。她不是你的，你不想要她。我們只需好好談談。我們要那本書跟孩子，無需動用法律。如果你了解我，你就會知道，我絕對不會放你走。

「你看不懂字嗎？」伙計嘲諷地說，還將艾弗烈的鎳幣塞進背心口袋。「不准孩童入住。」
「行了、行了，我們都閃了。」艾弗烈說。「但我預付了一個禮拜的費用，我要拿回來。」
「如果你他媽識字的話，你很清楚這上頭寫什麼吧？」伙計用他的眼鏡指著後頭的牌子。
艾弗烈直視對方。「我看得一清二楚，上頭說，你最好把錢退給我，別多管閒事。」
「不准孩童入住！」伙計咆哮起來，每說一個字，就用拳頭敲擊告示。
「我他媽沒有什麼孩童！」艾弗烈也吼回來。「那是一個嬰兒，沒有對誰造成困擾！」
伙計眯起雙眼。「你這混蛋，嬰兒就是孩童。」
「好啊，如果你的告示明確寫說『不准嬰兒入住』，那就是另一回事了。」艾弗烈說。「但上頭不是這麼寫的，對吧？」
伙計開始在桌子底下摸索，大概要拿棍子或手槍出來吧？艾弗烈感覺到血液中昔日的毒液蓄勢待發，但這種毒素只會害他回去坐牢，留嬰兒孤零零在那骯髒的小房間，於是他轉身就走。他選擇沒有路燈的墓園，確保羅麥斯沒有尾隨，他回到住所時，發現寶寶沒醒，她的鼻息讓整個房間空氣凝重。
艾弗烈繼續他的儲蓄計畫，工作到六月中，他跟孟納漢「開車」出門時，總是謹慎地將帽子壓得很低，因為他知道羅麥斯還在找他。不過，新的房間加上顧小孩的費用，意味著在辛勞工作一天後，艾弗烈只能存下二十五分錢。而且，也許是因為嘎嘎作響的窗戶，或是少了打呼的醉漢，寶寶在這個新的住所非常抗拒睡眠，整個態度就跟要溺水的人一樣，掙扎個不停。度過許多類似的夜晚後，孟納漢給他一條泡過蘭姆酒的毛巾，讓她睡前啃一啃，這招的確管用，但她早上非常昏沉，所以艾弗烈沒有繼續使用。當他因為想省錢，在羊奶裡摻水時，她完全不喝了，一直哭到在毯子上嘔吐。

「妳別哭了！」他對著她扭曲的五官說。「我盡力了！」他因為失眠快要發瘋，便抱著孩子在夜晚的涼意中散步，讓她在他懷裡嚎啕大哭。誰在乎羅麥斯啊。

他經過一片雨棚時，一個身穿緊身緞紋長褲及高跟鞋的女人說：「到哪都認得出這個聲音。」她短短的鬈髮貼著臉頰，鉛筆線條出現在她原本眉毛的位置上。

「她不肯喝奶瓶裡的奶。」艾弗烈坦承。

女人走上前，端詳起寶寶。她的睫毛好像刷過原油一樣。「我來餵，一塊錢。」她說。

艾弗烈花了幾秒鐘才明白她的意思。「這樣她會安靜下來？」

「不保證。」她說。「也許吧，就我的經驗，他們遲早會安靜下來，早點總比晚點好。」

艾弗烈同意，跟著她爬上樓梯，進入一間家徒四壁的房間，只有一張椅子、一張桌子，掛在老舊鋪蓋上的電燈泡露出有人生活的痕跡。水槽旁邊地板上有一個大大的橡膠球注射器。女人坐在椅子上，抱著嬰兒，低聲哄弄起來。她一手伸進胸罩之中，掏出大大的乳房，上頭還爬滿藍色的血管。艾弗烈的臉好燙。

「你要站在那裡看是不是？」她將紫色的乳頭折一半，塞進嬰兒小小的嘴裡。

「抱歉。」他不好意思地說，連忙轉身。「我怎麼知道妳會好好餵她？」

「我這樣養活六個嬰孩。」她說。「這好像是我的天性一樣，但如果你要旁觀，那就要再收一塊錢。」

艾弗烈前往走廊，不安地等候，直到女人走出來，將如今已經昏睡的寶寶塞給他，孩子的鼻息聞起來甜甜的，跟蜂蜜一樣。那天晚上她睡得很熟，起床時精神抖擻，好像歡快的小狗狗。

接下來的幾個禮拜，雖然艾弗烈跟孟納漢每天工作到天黑，他的工資還是不夠負擔顧小孩、獨立房間跟流鶯晚上餵奶的費用。晚餐吃煮燕麥時，他問起寶寶：「如果我都沒有錢，我要拿什麼贊助妳？」

八月一日，艾弗烈被迫挖出他剩下的積蓄。雖然他承諾過寶寶他們在鐵道上的日子已經結束了，也很難過無法親口向接納他的孟納漢道謝，他還是披著羊毛毯，提著一包寥寥可數的生活用品走向鐵路機廠。唯一的慰藉是雖然哈維．羅麥斯威脅「我絕對不會放你走」，但他的態度最終還是會軟化。因為如果說艾弗烈．翠林有什麼拿手強項，大概就是他深陷泥沼的能力遠超過其他人願意攪和進去的程度。

也許有關係？

在加拿大國家圖書館暨檔案館的參考諮詢櫃檯旁，羅麥斯要求調閱艾弗烈・翠林的軍籍資料。圖書館員（用看著新出土屍體的眼神看他）請他等等，她要去調資料。他選了一間個人閱覽室，將身軀塞進小小的扶手椅上，這扭曲的坐姿讓他大大的屁股痛了起來。

在廉價旅社追丟翠林後，羅麥斯在多倫多鐵道機場站崗了一個禮拜，卻一無所獲。他怎麼能向霍特先生坦白，他距離艾弗烈・翠林不過短短三公尺，卻還是讓他跑了呢？於是羅麥斯沒有回報這次交手。他沒有其他進展，一週前，他就不再向霍特先生進行每日的匯報。現在飯店房間裡堆了一疊來自他老闆的電報，開都沒開（還有幾封是拉雯發的，大概又是要來討他拿不出來的錢）。

翠林肯定已經再次跳上列車，逃離多倫多了。不過羅麥斯不可能在全加拿大這樣追捕他，特別是霍特先生的經費已經快要枯竭了。意即，如果他不快點振作起來，霍特先生肯定會要他好看。所以在羅麥斯的絕望之下，他趕去加拿大首都渥太華，確認霍華・布蘭克講過的內容——他跟翠林一起打過大戰。

為了安撫他緊張的神經，同時也是要讓這張窄小的扶手椅更好坐一點，羅麥斯抽起塞了鴉片的百樂門香菸，希望旁邊的文人雅士沒有走遍千里路，認出這是什麼的味道。為了舒緩尋人的壓力，羅麥斯在一間中式澡堂買了一整塊的鴉片，每天只抽一點點。他至今還沒有體驗過鴉片帶來的負面效果，只有感覺到後背的閃電般痛楚以溫暖且預料內的方式緩解。不過，他還是堅信，只要一回到聖約翰，他就會拋下此一惡習。

他肯定打了瞌睡，因為他驚醒時，發現圖書館員站在他面前。「艾弗烈・翠林沒有參軍過。」她不帶情緒地說。「不過我找到一個來自京士頓的哈利斯・翠林？」她揮舞著一個牛皮紙文件夾。「也許有關係？」

羅麥斯一把從她手裡抓起檔案，依稀回想起布蘭克說過艾弗烈跟知名西岸失明木材巨擘有血緣關係。雖然羅麥斯對軍旅生活不熟（霍特先生有辦法讓身邊的人免於徵召），但哈利斯・翠林似乎是自願入伍，加入京士頓分遣隊，一九一九年從歐洲回來，還得到蒙斯之星與加拿大戰事服務勳章。檔案上陳述他沒有受傷，也沒有紀錄說明他在戰鬥中失明。在資料最後用迴紋針固定的是哈利斯・翠林的服役照片，一名黑髮士兵抬頭挺胸站直身子，頭盔抱在肋骨旁邊，非常像先前在廉價住所跑掉的那個男人。

羅麥斯拿走照片，隔天跳上返回多倫多的火車，高興他有新的進展可以安撫霍特先生。他回到飯店時，卻發現他的鑰匙打不開套房房門。他搭電梯下來找門房，對方客氣地通知他，他的飯店帳戶在霍特先生的要求下遭到凍結。那人補了一句：「先生，如果你還要多陪我們一晚，我們需要一筆現金訂金。」羅麥斯將皮夾裡僅剩的鈔票交出去，拿到了新鑰匙。

回到房裡，他撕開最上面一封霍特先生的電報。

如同警告帳戶凍結句點鐵道警察麥索利警探現在負責找人句點立刻回來句點免得遭受額外懲罰

因為建設加拿大鐵路大量使用霍特鋼鐵，霍特先生是委員會的一員，他之前會請一位名叫亞特・麥索利的鐵道警察替他追查逃離聖約翰的人。羅麥斯曉得麥索利心狠手辣、老奸巨猾，要是讓他先找到嬰兒跟日誌，肯定就坐實了羅麥斯的無能。霍特先生所謂的「額外懲罰」到底是什麼意思？不確定，但可能是對羅麥斯家人的傷害。羅麥斯從過往的經驗中得知，霍特先生生起氣來，手段沒有最殘忍，只有更殘忍，所以，這是羅麥斯在工作生涯裡首度決定違抗老闆。他才不會乖乖回到聖約翰，他要去溫哥華找哈利斯・翠林，等著艾弗烈上門。麥索利警探顯然不知道艾弗烈有個大人物哥哥，過往的經驗讓羅麥斯明白，在目的地等逃犯總比一路追趕輕鬆。要是羅麥斯能夠搶先在麥索利警探之前帶著孩子跟日誌回去見霍特先生，他也許還能保住這份工作與他的房子。

不過舟車勞頓需要盤纏，因此，隔天一早，羅麥斯急匆匆下樓，通知門房，他剛吃完早餐回來就發現房裡一團亂。門房陪他上樓後，發現衣櫃翻倒，灰泥牆上鑽了拳頭尺寸的大洞。浴室磁磚脫落，洗臉檯破了一大塊。

「羅麥斯先生，我們很抱歉發生這種事！」門房驚恐地說。「有遺失任何物品嗎？」

「有。」羅麥斯翻起床邊抽屜裡空空如也的皮夾。

「先生，掉了什麼？我會準備報告，我們飯店肯定賠償你遺失的物品。」

「四百元。」羅麥斯說。「現金。」

羅麥斯填完飯店的表格，寫好事件紀錄後，這天下午，他就從櫃檯收銀機領到錢，他連忙匯了兩百給在聖約翰老家的拉雯。剩下的錢讓他搭頭等臥鋪前往溫哥華還綽綽有餘。

批判

為了維護回程的好運氣，哈利斯．翠林替自己與菲尼在同一艘汽船澳大利亞女皇號上訂了兩個一樣的艙房。白天的時候，旅途非常愉快，信風從西南方輕撫而來，菲尼描述深藍綠色的平靜海面為「通常只能在藝術家調色盤上見到的色彩」。不過，到了晚上，海相變得洶湧，哈利斯跟他的視覺描繪師在頭等艙貴賓室用餐，旁邊有一架焊死在地面的小型平臺鋼琴。他們大多沒有交談，有如密謀著什麼的孩童，哈利斯只會極力提公事，避免任何形式的喜色。當菲尼提起出海第三天時，某位艙室服務員在瞭望甲板用奇異的眼神看他時，哈利斯便堅持之後他們都要個別用餐。

不過，夜裡菲尼還是會悄悄穿過走廊，前往哈利斯的艙房進行每晚的詩歌朗讀，他們會一起躺坐在皮椅上，詩人用他大提琴般的嗓音替空間增添不少曖昧氣息。讀完詩之後，菲尼會熄燈，他們一起躺在窄窄的艙房床上，哈利斯驚恐地僵在位置上。他在耶魯讀書時，偶爾會存下獎學金的每日津貼，跟其他同學一起離開校園去「逛窯子」。不過他每次都沒有同學聲稱的那麼盡興。在過程中，他會擔心他們安排給他的女人是不是其貌不揚的老太婆，其他有眼睛的人都會拒絕的對象？因此他經常才沒有辦法好好結束這樣的行程。

不過，經過許久的天人交戰後，他提醒自己，根本沒有人在看他們，上帝不在，邦嘉能不在，踩死那兩名工人的伐木工也不在，哈利斯因此將菲尼拉到身邊。他終於允許自己用雙手碰觸菲尼的輪廓，他發現菲尼除了毛多到好笑的小腿及稍微隆起的小腹外，他的身軀就跟他的臉一樣，柔軟，肌肉光滑，彷彿海豹。

一開始，哈利斯想將電影院事件埋藏心底，連同他一直都察覺得到的「小騷動」一起埋進去。他將這種不檢點行為的責任怪罪在清酒上，或是因為文化衝擊帶來的迷失感，也可能是談生意帶來的壓力，抑或是他們吃的鰻魚與海膽出了問題。不過，他怎麼能污衊他在視覺描繪師身上得到的踏實愉悅感呢？他收藏的鳥兒偶爾會帶來這種愉悅，只不過程度只有百分之一。

「菲尼先生，你在面試時沒有提到，你的牙齒長得這麼歪。」他們接吻了一個小時後，哈利斯如是說。接吻這種接觸始終讓哈利斯覺得有點噁心。

「沒機會提到這個話題。」菲尼輕輕咬著哈利斯的鼻頭，就跟馬兒啃蘋果一樣。「你忙著聊你鍾愛的木材公司。」

旅程中，哈利斯發現在視覺描繪師銳利忠誠的表象之下，偶爾會散發出一點討喜的體貼。菲尼告訴他，他有個一起長大的姊姊，身心都有障礙，他只能自己照顧姊姊，每天替她著裝，餵她吃飯。菲尼必須在科克的路上用言語捍衛她，所以他才練就了一口伶牙俐齒，他二十歲時，姊姊死於心臟問題，他因此毅然決然來到加拿大。哈利斯並沒有要求任何解釋，但他很珍視菲尼打從骨子裡的忠實。他會照實描述出眼前的景色，而不是講哈利斯想聽的話。而他詩人的目光也能看透事物的本質，無論這樣的觀察是否符合多數人的主流看法。

雖然他們談下了日本人的生意，但回程路上，哈利斯根本沒有在想生意。他主要都在擔心汽船員工是否會發現，以及他想讓菲尼看的那些珍稀鳥類，還有他一回去就要跟他逃去的隱僻之地。

不過呢，哈利斯也不傻。他很清楚回到溫哥華後，等待他的是什麼。家鄉跟可以隱藏身分的戲院不同，在老家總有人看著。邦嘉能回程時的脾氣更差，居然膽敢堅持要哈利斯在帝國飯店訂兩間房間，他大概已經開始懷疑了。要是風聲走漏，哈利斯跟他的公司可能都會遭到摧毀。

不過，對於世人的無情批判，哈利斯早就做足心理準備了。他很清楚，他在生命晚期得到的甜美厚禮遲早有一天會被某種力量奪走，就跟他因為無情的疾病而在成年之際就失去視力一樣，還有他的弟弟，因為自私與愚蠢，再度離哈利斯遠去。

就算如此，哈利斯並不害怕。畢竟盲人的本質已經算社會邊緣人了。而他從小時候開始，就很擅長隱瞞與自保。他跟艾弗烈都是孤兒，他們在克雷格太太的林地裡必須自己親手蓋出那棟歪歪斜斜的木屋來保護自己，那與哈利斯、菲尼之間的關係並無二異。如果生命教育過他什麼，那就是，你必須比旁邊那個人更守口如瓶、更小心謹慎、更冷血無情，不然，你的身分、你的建設、你的所愛，都可能在下一秒遭到踐踏蹂躪。

鹹鹹的鼻涕

他們往西逃離安大略黑色的中心地帶時，疾病降臨堆滿乾草的貨車車廂。每次寶寶睡著，她都沒辦法從阻塞的鼻涕中吸氣，換氣間就會自己醒來，接著是一連串的濃痰會從她的舌頭滴下。艾弗烈看著她小小的舌頭，想到了罐頭牡蠣。他讓她仰起頭，保持氣管暢通，作用有限，同樣的苦難一再重複。最後他放棄了，他們只能坐著不要睡，她眼睛上的分泌物在黑暗中反照出光澤，好像是什麼寶石，這時他們嘩嘩地經過了散落在深色湖邊的筆直常綠植物，孩子悲慘地抓著他的襯衫，彷彿是害怕他會扔掉她一樣。

艾弗烈替她取了一個暫時的名字——小翅果。他先前一直不肯替她命名，就跟農夫不會替要進燻肉屋的豬仔起名字一樣。不過，小翅果只是一個佔位用的稱號，跟路名一樣，只是流浪漢的綽號，在她走進真正的人生後，就可以拋下的東西。他知道樹木通常會利用鳥類及松鼠來傳播種子，同時還有各種飛行裝置，好比說打轉的種莢或棉絮，讓種子能夠飄到更遠的地方。多數的創生行為都是這樣，生物將不同版本的自己送進未來這片大拼圖裡。這個女孩跟種子一樣，急需降落在適合的地方，而他的工作就是找到這個地方。

隔天黎明拂曉時，鹹鹹的鼻涕大多乾了，但小翅果還是發著低燒，皮膚散發著不怎麼自然的光澤。她不吃他帶出門的餅乾，就連泡過水也不吃，等到她終於入睡，她又因為黏住雙眼的濃厚綠色分泌物而驚醒，她猛烈拍打起來。艾弗烈用沾溼的袖口抹她糾結的小臉，直到她的睫毛沒有黏在一起。下午時，她咳得更嚴重了，她摸起來就燙，連水都不喝了。艾弗烈脫下她汗溼的包屁衣，替她降溫，她不肯喝水，他就捏住她的鼻子，撬開她的嘴，將水倒進她的食道，她發出咯咯聲，還尖叫起來。

艾弗烈擔心車廂內的乾草粉塵會加劇她的狀況，便爬出貨車車廂，翻進裝載木材的開放式敞篷車廂，才能接觸新鮮空氣。他們裹在羊毛毯下，小翅果用昏花雙眼饒有興致地看著一幕幕閃過的景色。他們風馳電掣經過彎曲的稻田、潺潺蜿蜒的小溪、廢棄的穀倉、一眼望不到盡頭的牧場、雞舍，還有一大片一大片樹林，任何你想像得到的樹都有。夜幕降臨時，小翅果的雙眼映照出星光、明月，月亮白得像切開的櫻桃蘿蔔。他們忽然看到一隻貂熊在樹椿上磨爪，然後是兩隻耳朵站起來的鹿，牠們彷彿是做了什麼壞事，而不是在窮鄉僻壤中嚼三葉草一樣。

為了讓孩子分心，艾弗烈開始講話，什麼都講，就算開口會讓他覺得自己好像瘋了一樣，他也要講。他說：「妳叫做小翅果。小─翅─果─。」他重複起來，拍拍她的包屁衣，她發出奇怪的聲音，有點像羊叫，聽起來一點也不像「小翅果」。他繼續比著四周，說：「這是『敞篷車廂』。連著其他『車廂』，最前面是『蒸汽車頭』，整條東西叫做『火車』。」雖然小翅果專心聽他講話，還瞪大眼睛看著他的嘴脣，他的話語對她的理解卻沒起什麼作用，因為當他後來指著「敞篷車廂」時，她只有發出悶哼聲，弄髒尿布。「如果我知道的都是這些沒有用的字詞，我要怎麼教妳講話？」他用指尖輕輕點了點她的鼻頭。

後來，他沒有其他詞可以教她了，便結結巴巴說起自己的故事。他坦承他這輩子只工作過一次，當時他跟哈利斯都只是孩子。故事開頭是他們怎麼成為兄弟的，也聊到他們開始砍樹，之後一直講下去。小翅果時不時用明白的眼神看他，彷彿這個故事她已經聽過一千遍，艾弗烈相信她腦袋裡已經充滿知識，不只有他的故事與過往，還有每個人的遭遇。不過，不管她是否已經聽過這個故事，故事都讓她平靜下來，沒多久，她淺淺的眼皮就閉上了。

隔天一早，她退燒了，還喝光大部分的水。這輛火車飛快行駛了一整天，完全沒有到旁線讓路過，也許是特快車，載著什麼剛宰殺的閹公牛或緊急信件，艾弗烈知道要是他們在列車還沒抵達目的地前沒了補給，那問題可就大了。火車爬上潛伏、崎嶇、帶著鏽色的花崗岩，一路西行，經過遭到砍伐的樹林、礦場、採石場……這些土地遭到跟他哥哥哈利斯一樣的人掠奪過，只為了鋪成他們自己的康莊大道。

他跟小翅果窩在一堆一堆散發著香氣的木材之間，直到太陽西下，蘇必略湖上的天空投射出紫紅色的光束。艾弗烈脫下靴子，雙腳擱在車廂邊緣。小翅果仰躺在他肚皮上，整個暖烘烘的。他們到了亞瑟港郊外時，他忽然感覺到一陣開闊的解放感，彷彿他跟小翅果是陣風，整個世界隨他們吹拂。他在飄蕩著綠葉香甜氣味的微風下，跟小男孩一樣，扭動起腳趾頭來。

1908

心材

現在大家會用族譜、家族樹、家族根源這些字眼來聊這種話題，彷彿家族是一個亙古的事實，自古以來，就是一個一直往上生長的連續體。不過，事實卻是所有的家族血脈，從最高到最低，都是在某個特定的日子裡的某處發生的。就連最壯碩的大樹，也曾經只是風裡無助飄蕩的種子，爾後成為從泥土中冒出來的小小樹苗。

我們之所以確定是因為在一九〇八年四月二十九日的夜晚，一個家族在我們眼前扎根。世界末日讓我們驚醒。震動讓櫥櫃上的碗盤掉落、牆上沒固定的相框也砸在地上。在我們鎮區以東一點六公里處，兩輛二十節車廂的客車迎頭對撞；往西的煤水車起火，火舌吞噬了另一輛車，我們花了個把小時，才讓水車深入滿是燃油的煤炭黑煙中，澆熄火勢。大火留下駭人的場景，帶著幾顆黑色牙齒的頭顱，焦黑到無法辨識的器官跟扭曲的鋼鐵、燒焦的衣物交織在一起。無法明確點出死者身分，十六名乘客因為火車窗戶的衝擊而飛出車外，活下來的就只有兩個小男孩，兩人都因衝撞的力道光著腳。找到他們時，一人糾纏在灌木叢下，另一人則在附近的小溪中掙扎。就我們猜測，兩人都接近九歲，而找了好幾個小時後，我們只找到一只鞋。

鎮上的醫生評估，他們正是因為身材矮小才逃過一劫，就跟松鼠能夠閃過樹木，輕快跑過，不受傷害那樣。不然就是像我們之間某些想太多的人講的一樣，什麼邪惡又殺不死的東西附在他們身上。不過，兩個男孩逃過如此災禍，至今看來也還是堪稱奇蹟。

我們向加拿大鐵路公司回報兩名倖存者的消息，他們卻沒有任何孩童登車的紀錄，因此他們對於事故周遭找到小孩一事完全不用付任何責任。雖然在這種災害中面對兩名年幼的受害者實在讓人於心不忍，但，是我們的鐵軌道岔，及我們那位高齡八旬的轉轍員害他們成了孤兒，所以我們在無法找出他們倖存家屬的狀況下，認為這兩個孩子是我們的責任，決定插手。那個年代做事的方式很不一樣，失蹤人口的消息宛若風吹過，無法激起任何矚目。

雖然事故讓兩個孩子說不出話來，我們立刻看出兩人沒有血緣關係。一人比較矮，有深色的鬈髮，眼睛是杏仁的形狀，總是躲著別人的目光，但他有種怡然自得，甚至可以說是以無憂無慮的態度遊走在人間，明明他才經歷過那種事故。高的那個有長長的手指，蜂蜜色的厚實頭髮，這孩子會用機靈、打量的眼神與人四目相視，彷彿我們的救援只是某種把戲，之後他還會遇上更可怕的災難一樣。不過，雖然兩個孩子外表大不同，我們卻認為兩個孩子待在一起比較好，我們安排他們住在附近的慈善之家，同時等人來認他們。完全是徒勞無功。

年輕人的回憶就跟彩虹一樣可靠，這話倒是說得沒錯。我們發現這句話在這兩個剛成孤兒的孩子身上更是對極了。一個禮拜過去，他們終於開口，難處不是他們忘了自己的名字，而是他們一下扔出太多人名，又是名，又是姓，全部攪和在一起──湯米、麥肯錫、巴克、史密斯、傑可布、芬尼根、西蒙、高登、艾倫。也許衝擊撞壞了他們的腦子，也許他們真正的名字變得太苦澀，說不出口，畢竟他們的家人都死光了。不過，我們唯一的辦法就是在字條上一一寫下這些名字，從咖啡罐中抽出兩個，湊和著用。金髮那個，我們抽到「哈利斯」，關於過往他只能想起一些碎片，綿羊、五或六個姊妹、一名叔叔、雨水打得金屬棚子屋頂叮噹響、冒著黑煙的壁爐。黑髮男孩，我們抽出「艾弗烈」，他回憶起黏膩的殺魚刀、大光頭在咆哮、生病的母親、一直不能用的無線電裝置。

在燒焦馬毛坐墊及屍體的劇烈惡臭下，肯定迴盪著他們失落家庭與家人的痕跡，還存在於他們的毛衣纖維之間，卡在他們鼻腔內裡之中。不過，隨著日子一天天過去，這些痕跡一定變得越來越弱，越來越模糊，越來越不清晰。沒多久，他們的過往徹底枯萎，徒留朦朧與傳聞。

在我們替他們命名沒多久之後，我們開始發現夜裡，他們的床是空的。鎮民打著石腦油燈，追蹤他們進樹林之中。在一棵展開的大樹下，我們發現兩個男孩穿著我們發的睡衣，蜷縮在彼此身邊，咕噥著他們令人不安的共同語言。同樣的行為連續幾晚都發生，我們差點就決定送兩個男孩上車，離開這裡，再也不管他們了。根據後來發生的一切，我們實在忍不住會想，不把他們送走是不是鑄下了什麼錯誤啊。

指出這件事的人是布瑞南牧師，他說兩個男孩每次都是去同一片樹林，一片無人的荒地，登記的地主是費歐娜・克雷格太太。我們不懂為什麼會這樣。也許他們受到那裡一處老舊的小屋吸引？據傳以前從美國逃來的奴隸會躲在這棟沒有窗戶的破爛小房子裡。或者，也許是因為樹林本身散發的撫慰氣息，這片樹林都是橡樹、楓樹、毛地黃、延齡草、接骨木跟北美稠李。

在兩個孩子開始去樹林之後，他們臉上會出現異世般的不安神情，所以雖然我們都希望家裡多個人手，但沒有人願意永遠收留這兩個男孩。最後，我們只能向克雷格太太提議，請她讓他們住進她林地上的小屋，鎮區會每年會為了房子及伙食，補貼她一點錢，直到他們成年。雖然這位上了年紀的寡婦自己沒有孩子，也不像是很會關懷照顧人的那種人，但她居然答應了，真是令人驚喜。

費歐娜．克雷格太太

一八九三年，她與下巴突出的醫生丈夫詹姆士．克雷格從哈利法斯港口抵達加拿大。橫跨大西洋的移居完全是他的主意。費歐娜嬌小可人，出身於格拉斯哥一處貧民窟，詹姆士去該處研究在窮人間擴散的肺癆，兩人因此邂逅。詹姆士經常不戴口罩，就算是替狀況最糟的屍體進行驗屍時都不戴，婚後沒多久，他也染上了這種疾病。這是費歐娜首度體驗到詹姆士的莽撞，她的無奈沒有盡頭，特別是因為她明明釣上了底層出身人士鮮少聽說的金龜婿。

詹姆士生病後，他聽到了新世界的召喚，那裡的空氣有益健康，經濟前景一片大好，還有大量的草木。費歐娜知道她丈夫對樹林總有浪漫情懷，大概是年輕時讀了太多羅伯特．伯恩斯（Robert Burns）跟威廉．華茲渥斯的東西，他甚至將自己的肺結核視為某種詩意的折磨，能夠啟動深層的感官能力。詹姆士決定了，他們會離開蘇格蘭荒涼的港口，這裡樹太少人太多，黑煙滾滾，流浪漢跟頑童在陰溝裡吐痰，他會在綠意盎然的安大略省找到一片土地，就在京士頓這座城市附近。最後，詹姆士決定搭著新建好的鐵路繼續西行，前往卑詩省，聽說海邊的空氣潮溼又甜美，樹長得跟白雲一樣高，必須劈砍上好幾個禮拜，樹木才會開始搖晃。

當這對夫妻抵達他們向加拿大地政處申請到的三十英畝濃密樹林時，卻發現一支流浪的莫霍克人已經住在這裡了，他們因為附近伐木的原因，被迫離開傳統的狩獵地區。雖然詹姆士．克雷格天性慈悲，他卻拿起民兵的步槍，將這些原住民趕出他的土地。殘暴但必要的手段，我們之間許多人也曾幹過。某些莫霍克人拒絕撤離，盛氣凌人，不得已只能對他們開槍，殺雞儆猴，且放火驅逐他們的妻小。

放火清空過的區域蓋了一間設備完善的屋子。詹姆士在此替附近的伐木工及樵夫看診，這些人也是被這個國家浩瀚的樹木騙來，但也不乏是為了逃離自己充滿污點的過往。愛爾蘭人、挪威人、芬蘭人、德國人、丹麥人、瑞典人、法國人，還有同樣出身低賤的蘇格蘭人。費歐娜．克雷格的評價講得很明白，他們全部都是被放逐之人，比不上她丈夫，還玷污了她原本設想的田園生活。這些男人頻繁進出她丈夫的辦公室時，費歐娜就待在她的房間裡。

有益健康的鄉間空氣對詹姆士毫無幫助，他病情惡化時，咳出血來，渾身冒汗，兩週內就掉了一半的體重。一個月後，三十歲的他死在他們的婚床上。丈夫之死讓克雷格太太精神不穩定，她認為自己上了賊船，當她向布瑞南牧師解釋時，她沒有明說是誰的賊船，只說誤信了全新富饒生活的承諾。很多人說她恨這片樹林大陸的花招。到了最後，只有費歐娜．克雷格一個人尖酸刻薄，吐著惡魔的怒火。

謠傳詹姆士留下了一筆為數不小的錢，讓她能夠過著優渥的生活。她自己住，令人意外的是她沒有接受任何寄宿房客。她將房子漆成令人目眩的白色，這種白一年之後就會變髒。最近的鄰居住在六點五公里外，她根本不上教堂，很少有人看到她進城，但她進城時，總會打扮得相當得體，束腹、裙撐、褶邊裙，要麼是她自己縫的，要麼是郵購的。她會在雜貨店買奇怪的東西，針線、有毒化學物品，還有一卷又一卷的法國蕾絲。所有的需求都是以輕蔑的尖細聲音提出，我們之中比較不厚道的人會說那聽起來跟生病的老鷹沒兩樣。我們的孩子怕她，覺得她是女巫，說起死去醫生的鬼故事，還有那筆遭到詛咒的錢，費歐娜將錢埋在樹林某處。

雖然我們沒有人認為她慷慨，但當她同意接納那兩位孤兒時，我們對她的觀感稍微有點好轉，但就一點點而已。我們之中許多人相信隨著時間過去，她對那兩個倒霉的孩子會態度軟化一點，他們能以奇怪的方式療癒她的寂寞。而他們在樹林破爛小屋裡度過幾個悲慘的禮拜之後，她會讓他們住進那棟白色大房子裡的其中一個房間，有機會的話，說不定還會關愛他們，視如己出。

不過，在我們將他們送上她門廊那天，她先是甩了艾弗烈一個耳光，就是那個歡樂的黑髮男孩，說他彎腰駝背，然後對一臉多疑的金髮男孩哈利斯也摑了一掌，因為他問了太多問題。接著，她逼他們兩人發誓只要活著，就永遠不會踏進她的房子一步，就算是她邀請他們進屋也不行。現在回想起來，我們當時實在太高估克雷格太太那顆心的包容程度了。

那些男孩

他們住進克雷格林地之後沒幾天，我們的菜園就開始嚴重遭殃，蕪菁、碗豆、胡蘿蔔、蘿蔓，一熟就會消失。我們的霰彈槍擺在家裡，深夜駐守，對著兩個逃進樹林的身影扔石頭，就說一聲，小石頭。這算施捨了，小石頭。現在沒有人懂什麼叫施捨。如果我們好聲好氣對待那兩個男孩，他們就會以為全世界都欠他們，我們很清楚，根本不是這麼回事。於是我們拜訪克雷格太太，確保她按照要求提供他們食物，她堅持有，但我們也無法確認到底有沒有。雖然有她的保證及我們的石頭，兩個男孩還是繼續打劫我們的院子，闖進我們的土地，沒有受到處罰。他們偷走蘋果、雞隻、雞蛋、掛在晾衣繩上的女性內衣。他們甚至綁走了一頭老哥德．坎貝爾的珍貴羔羊，一路拖回他們的破房子，羔羊一路慘叫，他們決定將羊烤來吃。因此我們的幾個大男孩組織了搜救隊，連忙救出小羊，還輕輕修理了那兩個傢伙一頓。

很多人都責備克雷格太太，認為她根本不在乎那兩個男孩，只會在天亮時分對著破房動搖的牆壁踹上幾腳，在門口扔下一桶當天需要的物品而已，也就是鎮民跟她說好要她提供的生活物資。大家都認為克雷格太太根本不喜歡他們，接納他們只是為了領錢買更多好東西，或是準備要買下蘇格蘭的私人城堡。

不過，沒有人有那個毅力好好管束這兩個孩子。反而是在我們聽說他們的破房子漏水，他們的衣服都因為雨水而溼答答的時候，我們在他們門口留下了好大一捲防水用的焦油紙。他們看起來彷彿得了壞血病，我們就留下一大堆蘋果。我們聽到樹林方向傳來咳嗽時，我們會留下一罐罐魚油跟舊毛毯，同時還會將新鮮的鮮奶油掛在井道裡冷卻，讓他們來找，讓他們來偷。

第一年的時候，兩個男孩會跑來敲門，應該是兩人間負責發言的哈利斯會問一堆奇怪的問題，好比說：「現在幾點？」或「雲有多高？」雖然我們之間有人懷疑他們這麼做是為了探路，評估這些人家好不好偷，但更有同情心的人卻認為他們很可能只是想聞一下真正家庭的味道，充滿烘焙麵包、洗潔劑、水果、咖啡的味道，就算稍縱即逝也不打緊。

每次兩個男孩進城時，聲勢總是非常盛大。考慮到艾弗烈口袋裡物品掉出來的頻率，店主要麼是追著他們跑，要麼是趕他們走。哈利斯在木板棧道上總會搶先弟弟幾步，而艾弗烈則用輕鬆的腳步歡快地跟在後頭，臉上帶著茫然的笑容。我們的孩子會穿著禮拜天上教堂的好衣服跟著這兩個原始人跑，看著他們攀上鎮區創始人在廣場上種的高高榆樹，他們跟兩隻吼猿一樣在樹枝上跳來跳去，爬得太高，樹枝差點都撐不住了。在某幾個禮拜天裡，你甚至只看得見這兩個傢伙的靴底，他們在樹上的時候，通常就是他們練習罵髒話的時候。

「死屁股白人！」哈利斯會扯開嗓子大吼。

「王八爛雞雞！」艾弗烈也會喊著回應。而這高人一等的潑糞行為會上演將近一個小時，兩個傢伙的笑聲會撼動榆樹最上方的枝葉，他們差點從樹上滾下來，這才結束這一回合。

晚上送我們的孩子上床睡覺時，我們會提醒：「至少你不用自己一個人在那個黑暗的樹林裡，只有熊跟狼陪你入睡。」而他們會緊緊抱著我們，隔天早上在餐桌上坐得端正，還會用狂熱的態度做起家事來。

兩個孩子在樹林裡度過第二個夏天，艾弗烈用風吹落的赤楊木做出了一把一百二十公分長的弓，他用山茱萸木造出了箭，還用鴉鳥的羽毛做裝飾。他們很快就摸熟了射野兔的技巧，野兔就算肋骨中箭，還是能在泥巴地上逃竄。他們學會刮肉、鞣製的技巧，聽我們的孩子說，他們會睡在彼此的臂彎中，底下墊著一堆兔子皮毛。

這種自給自足的態度，我們給予掌聲，但後來我們發現他們射殺了市政官的高貴血統梗犬，還將其扒皮，於是我們決定是時候讓他們每天更有生產力一點了。他們太粗野，無法融入居家生活，我們便請他們從市政廳的窗檯用弓箭消滅鴿子，隔天，他們去耙田，把樹樁挖出來，揪著松鼠這種有害生物的灰色毛絨尾巴，剷除牠們。

兩個男孩很有生意頭腦，特別是哈利斯，他會為了最微小的任務索討高額報酬。他們做的都是手工活，有人說他們出生自德國、英國、愛爾蘭、法國，甚至美國的優秀工人家族。不過，每次工作都只維持一段時間，之後他們又故態萌發，獵狐狸啦，踢蜂巢啦，跑來我們的私人小溪裡釣魚啦。鎮上召開緊急會議，同意給他們一組原鋼銼刀及磨刀石，花費就當作是讓我們鎮區得到集體保障與安全的必要支出吧。隔天這些物品便出現在他們的破房子外頭。

生材男孩

一九一〇年冬天，我們將最鈍的犁片、刀具、斧頭、鋸子交給他們。這些器物磨利後，我們又拿出許久不用的木鋸、尖嘴鎬、錐子、錛子、搖斧、拆樹皮用的工具，統統鈍得跟彈珠一樣，生鏽成橘色。兩個男孩歸還時，這些工具都鋒利得跟手術刀一樣，鋒刃明亮還閃著礦物油的光澤。沒工具磨了，他們就修復斧柄，自學釘馬蹄、重捆馬具。這些事都做完後，他們會花個把小時，在平面的石塊上將用過的釘子錘直，兩人還比賽看誰能先敲完一整籃。

之後他們不再盜竊作亂，一直接觸各種鋸子，兩個孩子也學會了使用的方法。鎮上最優秀的樵夫芬蘭人泰斯托·麥基被一棵他砍下的巨大北美喬松壓死後，他的寡婦允許兩個男孩用他的工具，畢竟他們曾經細心呵護過這些東西。雖然當時他們只有十一歲，沒有妥善伐木需要的力氣，他們還是想辦法鋸開了林地上的許多風落木，他們就一考得一考得地在路邊就叫賣起來。這時哈利斯的商業頭腦才真正展露頭角，他會對著我們的馬車吆喝，同時討價還價，彷彿天生就是吃這行飯的。

隨著時間推移，他們劈斧的技巧也跟著精進，曉得要用髖部的力量，而不是手臂的力量，也知道某些渦輪形狀的木紋很棘手，同時學會如何善用大劈斧的重量。不過，我們之中沒有人忍心向兩個男孩說，生材應該要至少乾放個一年才能用，理想的狀況是兩到三年。不過因為我們懷疑我們支付給克雷格太太的錢並沒有進入男孩的肚子裡，鎮民們就大發慈悲，用一考得的原價向他們買這些生材，然後自己放乾這些木材，這樣我們的壁爐煙囪內部才不會積滿雜酚油，害房子失火。

所以我們從先前的「那兩個可憐的男孩」，或「那兩個可惡的男孩」（根據他們當週幹了什麼好事），逐漸開始用「生材男孩」稱呼他們。

隨著時間推移，原本的意涵變得模糊，一想到他們，我們只想到翠綠的樹林，這樣的形象就跟著他們了。形象建立之後，他們看起來比較不像鬼怪惡魔，比較像一般的男孩了。我們實在說不準，他們是不是早在列車對撞前，就背負著「翠林」這個姓氏。有人發誓，雖然他們外型各異，但兩個男孩越長越像，鎮上很多人都忘了他們是從各自列車上被甩出來的孩子。最多人記得的莫過於這對可憐的兄弟光腳緊抱在一起，身上還穿著同款的服裝，「翠林」這個姓氏就縫在他們大衣的翻領上。

兩個男孩用鋸樹的錢買了色鉛筆、楓糖漿奶油糖，還有一些像樣的衣服，但松樹樹脂隨即就會摧毀這些衣服。不過，多數的好東西都送給了克雷格太太，好比說什麼精緻的香水或漂亮的海狸帽啦，他們會把東西放在她的門廊上。據說她從來不會把這些禮物拿進屋，據說沒多久從鐵道那邊過來的流浪漢就會把東西統統偷走。

數字與文字

時間一天天過去，我們看著兩兄弟之間的連結變得越來越深厚。我們聽說他們什麼都會分享，就連一顆水煮鴨蛋他們都要大費周章用最利的折疊刀一分為二。雖然他們之間有這種互相依靠的關係，但不見得都這麼平靜。就跟所有的手足一樣，他們的關係裡有愛、有競爭，剩下就是憤怒的煩惱。《聖經》提醒我們兄弟間總是互相開戰：該隱與亞伯、以撒跟以實瑪利，還有以掃與雅各。雖然說上帝賜與樹木巨塔般的高度，彼此間能夠競相爭取太陽的關注，在我們看來，這對兄弟間也有同樣的競爭，互相吵嘴、施拐子，就為爭奪同一片天光。

雖然哈利斯比較高，但兩個男孩力氣、智力、腿腳速度都不相上下，我們已經從永無止盡、每天上演的推拉、拳擊、奔跑中可見一斑了。比賽如何在身上留下最明顯的痕跡，兩人無情地用野生酸蘋果互擲，而因為克雷格太太窩在她家裡，在場沒有權威人士能夠平息紛爭，或分開他們。

有次我們聽到哈利斯一邊嘆息，一邊說：「克雷格太太比較喜歡我。」這是我們再次捕捉到他的「單邊對話」，當時兩個男孩在每年秋季都會舉行的園遊會上吃水煮花生。「艾弗烈，抱歉必須告訴你這點，但這是鐵錚錚的事實。上個禮拜，她拿了一個她親手烤的派來咱們的破房子，你剛好去砍柴什麼的，我吃派的時候，她還親了親我的臉頰。」

「她才沒有親你這個狗屁騙子呢。」艾弗烈說，但他的語氣非常歡快，彷彿整個荒唐的謊言逗樂了他。

「你說啥？」哈利斯咕噥著說，臉都漲紅了。他是兄弟倆的發言人，因此看起來比較年長，但哈利斯很容易受傷，每天不是快哭了，就是怒髮衝冠。最容易激怒他的莫過於弟弟總是用荒謬的態度看待他，總認為整個世界就是一場無足輕重的玩笑。

「你覺得哪個比較困擾？」艾弗烈不痛不癢地說，臉上還掛著笑容。「我說你是騙子？還是克雷格太太不肯親你這個臭老鼠屁股，免得她等下嘴巴爛掉？」

哈利斯往後退，抓起一把花生扔在弟弟臉上，然後擒抱住他。兩人在草地上摔角了好一陣之後，拉扯平息了哈利斯的怒火。「哎啊，如果我跟你一樣是個笨手笨腳的小矮人，我也不會期待有什麼派可以吃啦。」他沒好氣地說，此時他們打完了，他立起襯衫扯破的領口。

十二歲時，砍樹讓他們在沾上樹脂的襯衫下長滿肌肉，他們年輕的肉體跟他們每天砍的北美喬松一樣結實壯碩。他們血腥的小衝突會持續好幾天，各種埋伏啦，反擊啦，復仇啦，特洛伊戰士看了都會覺得驕傲。隨後他們就牙齒鬆動，差點扯掉對方的耳朵，還拔下一大把頭髮。他們之間鍛造出來的兄弟連結似乎集中在彼此身體的所有權上，其中包括上帝賦予的自我毀滅權利。

「那兩個孩子在互相殘殺。」我們會這麼說，但除了牧師，沒有人想到該怎麼辦，牧師留了一本老舊的靈性歌本在他們門口，希望基督平靜的教誨能夠讓他們冷靜下來。不過，因為他們都不識字，於是歌本就拿去生火了。

雖然兩個男孩看起來頭腦簡單，但學校校長卻建議上學也許有幫助。他們可以先試讀看看，也許獲得一些基礎的會計與識字能力，他們長大後可以好好經營他們的伐木生意。而且，我們也認為一點教室的規矩說不定能夠讓他們不要一直傷害彼此。於是，我們幾個人，加上鎮上的警員，冒險前往他們的破屋子，通知他們強制入學的消息。哈利斯在門口，跟我們第一次發現他一樣，臉上還是那種打量、狐疑的神情。

校長問他們成為孤兒前，小時候有沒有上學過，哈利斯說他們不記得。「反正我們忙得沒時間上學。」他一邊說，一邊藉機推銷起來。「各位先生確定冬天的柴火都準備好了嗎？據說今年會很冷，我們碰巧有——」

「你們兩個不想學會讀書寫字嗎？」警員打斷他。

「不想。」哈利斯冷冷地說，然後準備甩門。

「噢，真是夠了。」警員用靴子卡住門。「那你弟弟呢？你不准幫他開口。他難道不想學讀書寫字嗎？」

哈利斯轉頭面向他的弟弟。「艾弗烈，你想一整天窩在充滿霉味的老學校裡，學習讀書寫字嗎？」

艾弗烈正挖了一勺總在他們柴爐滾煮的兔子濃湯，他聳聳肩。

「我弟弟說他不想去上什麼爛學校。」哈利斯說：「如果你們一直來，他會用小手斧劈在你們背上。」

我們不能送他們去孤兒院或鎮上的監獄，因此別無選擇，只能告訴他們，這是克雷格太太的意思，她希望他們學會數字跟文字，而且如果他們每天乖乖上學，她就會考慮將他們接到屋子裡去住，把他們當成自己的孩子。這話當然子虛烏有，但這是為了他們好，而我們很高興兩個孩子上鉤同意了。

為了註冊上學，所以我們寫下「翠林」，這個姓氏就這麼正式定下來了。我們完全不會知道，這個名字接下來會出現在木材包裝上，以及多年後那令人惋惜的報紙頭條上。

現在回想起來，我們真該逼翠林男孩跟其他孩童一樣，從惠蘭路去學校，而不是允許他們一路從林間跋涉過來。因為當他們從樹林裡進入操場時，他們衣衫襤褸，手上都是松樹的樹脂，他們怎麼可能不覺得自己是邊緣人？

幾個比較霸道的孩子在第一天對他們說：「你們看起來不像兄弟。」

「我們是兄弟，我們說是就是。」哈利斯這麼說，艾弗烈則握起拳頭。

如果說翠林兄弟在家是面對面打鬥，那在學校，他們只能背靠背了。艾弗烈能夠立刻甩開隨和友善的態度，在戰鬥中心狠手辣，拳拳到肉。上學第一天，他們就分別贏了五場拳架。

不過，他們在課堂上的表現就遜色多了。他們在樹林裡待太久，完全坐不住。他們的目光會飄向窗外的綠油油景色，他們每天都會因為各種違規挨打，無論米勒老師打得多用力，艾弗烈都會大笑，哈利斯則是氣到漲紅了臉。米勒老師叫來校長，校長的身材是她的兩倍，但他也沒辦法讓兩個男孩掉一滴淚。

雖然他們在學業上非常落後，但兩個男孩還是在課堂上一點一點吸收，兩人都有稍微進步。不過，半年後，米勒老師跟校長都受夠了，再也受不了他們與其他同學的爭執。

因此，有人建議，能不能只讓一位翠林男孩上學就好，這樣他們正要展翅的事業還是能夠受惠。雖然兩人中，哈利斯情緒比較不穩定，但他總是有話直說，還有生意頭腦，更別說不會動不動就亮出拳頭，因此我們選擇讓他繼續讀書。這天過後，我們經常爭論，艾弗烈跟他哥哥一樣聰明，也許更敏感、更努力，我們實在忍不住去想，如果我們選擇讓他留在學校，會發生什麼事。

不過，選了就是選了。下週一早上，艾弗烈．翠林遭到輟學，他如釋重負回到林地，在靜謐間幹起樹林間的活兒。

木屋

哈利斯．翠林少了弟弟分心，將戰鬥精神用在課本上，在十四歲時結束了八年級的學業。哈利斯終於重回弟弟的砍樹事業時，他不只是發言人，還是他們的領袖。他決定該挑哪些樹下手，該在哪裡劈柴，隨和的艾弗烈樂得交出這份這責任。

風落木清得差不多，哈利斯認為他們已經強壯到可以自己砍樹了。經過幾次驚險的失敗後，他們學會如何從背面補刀，而不是直直砍到底，沒多久，他們就能精準控制樹倒的方位。他們三十英畝的土地上有各種闊葉樹材及北美喬松，他們可以在一天裡砍樹、修枝、分割木材。據說艾弗烈能夠透過樹葉的聲音分辨這棵樹是紅櫟、黑櫟或白樺樹，而哈利斯只要稍微看一眼高挺的樹木，就知道能砍出幾考得的木頭。沒多久，他們就賺到足夠的錢可以買馬車跟雪橇，冬天的時候可以在路上運送木材了。

鎮上的工人看到高舉斧頭的兩兄弟經過時都會大喊：「看哪，是了不起的伐木人！」

「全球最佳柴薪」寫在他們的新招牌上，這是哈利斯細心繪製、仔細書寫的，這話也不假。一考得五塊錢，翠林沒有競爭對手，向兩個孩子買木頭不再是施捨。他們的木頭劈得很方正，總是非常乾燥，燒起來比煤炭還熱，而且一考得就是一考得，不像多年來波威爾賣給我們的木材，每次都短少四分之一的量。

隨著生意蒸蒸日上，還是比較高的哈利斯已經受夠每天撞到獵人小屋的矮梁上。既然克雷格太太短時間內不打算讓他們進屋，兩個男孩就決定重建他們住的地方。艾弗烈畫草圖，哈利斯選定了樹林裡最好的角落，可以看到溪景。他們砍樹，清出空地，他們砍掉北美喬松的樹枝，用雙柄刮刀剝開樹皮，將木片劈得方正，刻上凹槽，接著塗上焦油。他們用馬跟滑車，將處理好的木頭固定好，接著用溪泥與植物纖維黏補空隙。屋頂搞定後，他們開始打造一些原木的家具。他們還是經常吵嘴，但已經不會動手了，看過他們工作的人都會說，他們彷彿處在同樣的出神狀態，他們行動時看起來像是同一個人的兩隻手在做事。

他們完工的木屋結構非常原始，跟政客的帳本一樣很不可靠。歪歪斜斜的，桌子椅子不管放在哪裡都不穩。在木屋竣工的快樂日子裡，兩兄弟居然成功哄騙克雷格太太出來看（我們注意到她最近生病了，總是就著蕾絲手帕不斷咳嗽）。那天將柴爐送過去的人說，雖然翠林男孩打了領帶，準備了豐盛大餐迎接他們的監護人到來，他們站在門廊上，亂糟糟的頭髮還抹過潤滑油，梳得平平整整，他們胸腔劇烈起伏，彷彿是剛打完勝仗回來的將軍，但老寡婦還是不肯走進屋裡一步。

「你們可以多挖點窗戶。」她皺著臉，選擇在門廊上對他們開口。「裡面對我來說太髒，恐怕你們得自己用晚餐了。」

唯一的條件

翠林男孩差不多十六歲時，費歐娜・克雷格的健康急轉直下。她會在雜貨店櫃檯咳嗽到無法起身，高級襪子下的腳踝腫脹得很不自然，在她越來越少進城的行程裡，凱恩醫生總會問候起她的身體狀況，但她都會打發他走。

後來，她完全不進城了。她好幾週沒來雜貨店跟理髮店結帳，我們決定請兩個男孩去看看他們監護人的狀況。艾弗烈跟哈利斯堅持他們敲遍她家所有門窗整整一個小時，最後才放棄。她禁止他們進入她家的規矩是這兩個傢伙唯一沒有打破的規矩。

隔天，我們一些鎮民陪同凱恩醫生一起造訪她家。我們破門而入，在客廳找到她的屍體，已經浮腫腐爛，她的皮膚跟四月天一樣藍，場面相當駭人。凱恩醫生在檢查屍體後，得出肺結核這個結論。也許是被她丈夫傳染的，這種疾病會隨著時間推移逐漸侵蝕她，直到她的肺惡化到什麼也不剩，頂多就是在她胸腔裡的液體。「這可憐的女人溺死在自己體內。」凱恩醫生說。「而她一句怨言也沒有。」

這是可悲又痛苦的死法，我們無法跟兩個男孩解釋她到底受了什麼苦。我們也沒有讓他們知道比較善良的鎮民是怎麼想的——這麼多年來，克雷格太太跟他們保持距離並不是因為她不喜歡他們，這是她保護他們的方式，不讓他們感染上吞噬她丈夫以及她的疾病。就算這種想法是真的，兩個男孩桌上也不會因此有食物，也無法補償他們生命裡所失去的一切。那個女人已經死了，傳統智慧提醒我們最好不要一直緬懷在先人的犧牲之中。所幸因為克雷格太太沒有存活的家屬，凱恩醫生能夠守住她的死因，我們又能繼續生活下去。

不過，兩個男孩得知這個惡耗後，卻扯起自己的頭髮，癱倒在一起。我們從來沒有見過這麼痛苦的景象。據說，除了他們見面的第一天，克雷格太太對他們甩了兩個耳光後，她活著的時候，不准他們接觸她，一次也沒有。這意味著，直到老寡婦斷氣後，兩個孩子才有機會碰觸到她的皮膚，因為他們把她抬進棺材之中，這是他們親手砍下的紅櫟樹，他們將她抬出屋子，送上運柴馬車，送她去城裡。我們哀傷地看著他們哀悼一個從來沒有在乎過他們的人。我們永遠不會知道，對他們來說，克雷格太太到底扮演什麼樣的角色，也許是他們的女神、怪物、母親，以及監護人，全都濃縮在一個人身上。

葬禮過後，一位在京士頓的律師聯絡我們，有鑒於她對他們的態度，我們非常訝異。這位律師拿出一份與克雷格太太書信起草的遺囑，明文寫道如果他們遵守她唯一的條件，艾弗烈與哈利斯・翠林就是她唯一的繼承人，同時附上一個密封的信封要給兩個孩子。我們也從遺囑中得知，克雷格太太的確從我們支付給她照顧兩個男孩的津貼中挪用了一點，用來支付她那醫生丈夫偷偷欠下的大筆房屋貸款，因為他在打牌時輸給他治療的樵夫與工人千百來次。

她最後的願望進一步改善了我們對克雷格太太的觀點，比較心軟的鎮民想像兩個男孩就此住在她的大房子裡，繼續在林地上經營他們小小的木柴事業，每年夏天將老房子漆成令人目眩的白色，這房子大到兩兄弟各自的家庭都住得進來，畢竟他們的確是一家人。我們甚至大膽想像幾個翠林小寶寶爬在他們放過的大樹樹根旁邊，還在樹幹綁上輪胎鞦韆。

我們將克雷格太太的信送去那天，我們看著兩個翠林男孩著手滿足她唯一的條件。他們將好幾考得的上好楞樹木柴統統堆在詹姆士・克雷格在樹間林地替他妻子打造的屋子牆邊。天黑前，柴薪已經堆到二樓窗戶那麼高。

太陽西下時，他們點火。大火燒了好幾個星期。

募兵

克雷格太太房子的餘火終於平息下來後，我們看到哈利斯．翠林的轉變。他開始打理他的服裝儀容，每天早上小心翼翼刮鬍，還用髮蠟抹他蜂蜜色的頭髮。有人聽到他大罵弟弟不一起打理面容，在弟弟太邋遢的時候，還會押著他去理髮店。某次去理髮店的過程中，理髮師聽到哈利斯提議的計畫。

「艾弗烈，現在林地是我們的了，我們必須想的是比三十英畝還要多的土地，甚至比這個鎮區還要大的土地。」哈利斯說。「我們此刻是在浪費上好樹木，劈成柴薪，這點你很清楚。想到我們在煙囪裡已經燒了多少錢，我就覺得噁心。所以我的計畫是去京士頓招募一群人過來，一口氣砍掉所有的樹，然後將木頭分切成上等木材，賺上一筆大錢。」

「那我們之後住哪？」艾弗烈一臉不解地問，彷彿他從來沒有想過要住在這片樹林以外的地方一樣。也差不多是這個時候，艾弗烈開始在林地的楓樹上汲液，在路邊兜售柴薪跟楓糖漿。

「有了我們賺到的錢，我們可以再買一片林地。」哈利斯說。「更好的地方，可以蓋體面的房子，而不是什麼歪歪扭扭的木屋。然後我們可以再來一次。」

「哈利斯，我們對於木材分切毫無概念。」

「你是說，『你』毫無概念。」

「我們為什麼不能保持原樣就好？」艾弗烈問：「我們這裡的樹不錯，我們可以砍喬松，留下楓樹，靠著販賣楓糖漿過上舒適的生活。我們會打造出新的房子，更漂亮的房子，就在克雷格太太房子的灰燼之上。我們該感恩她留給我們的一切。」

「感恩？」哈利斯不懈地說。「感恩一棟破木屋，跟幾桶食物？你很清楚我們隨時可能會失去這片土地。什麼忽然冒出來的遠房親戚明天就能奪走我們的一切。」

艾弗烈似乎是在考慮這件事，而理髮師正在修剪他糾結的一頭亂髮。「哈利斯，你總替我們講話，你也比我更會講話。」他開口。「但在這件事情上，我跟你一樣有決定權。所以你可以砍你那一半的樹。」他盯著鏡子裡哥哥的雙眼。「不要碰我那一半。」

「我們需要一整片土地才行。」哈利斯搖搖頭。「不然運輸的費用就會吃掉所有的獲益。」

「哎啊，反正就是這樣。」艾弗烈閉上雙眼，雙臂在理髮店的帆布罩衫下環抱胸膛。

「艾弗烈，你就是這麼頭腦簡單。」哈利斯抽起外套，怒氣沖沖出門時，差點撞倒一位客人。

這次爭執過後，經常有人在老銀行裡臨時設立的募兵站附近看到哈利斯．翠林。這是出了學校之後，我們首度看到只有一個兄弟自己進城。

一九一五年，我們各家鎮民的大兒子都出發參戰了，雖然已經有不少人喪生或殘傷，但大家還是躍躍欲試。吸引目光的海報張貼在年輕人聚集之處；無線電收音機打開就是朗朗上口的戰時歌謠；就算因為各種原因不能上戰場的男孩也留著大兵的髮型。鎮上最客氣的農夫與最軟弱的店員統統爭先恐後登上前往英國的船隻，到了英國再分發到比利時與法國。許多人將戰爭視為男子漢抱負的理想實驗場，雖然哈利斯．翠林年紀不到，但他也許也聽到了同樣的呼喚。或著，我們是這麼想的，也許那些海報與歌曲是那可憐的孤兒第一次遭到號召的感覺，其中的吸引力難以抗拒。

當他終於鼓起勇氣走進募兵站時，他給人的第一印象非常有說服力，就是一個體格健壯的男人，看起來比實際年齡大上好幾歲。不過那天拖他後腿的是他在鎮上的昭彰惡名。召募官立刻認出哈利斯，他在學校的時候曾跟艾弗烈打過架，這位軍官不過大他們三歲，他很清楚翠林兄弟差不多才十六歲。

因此，就我們所知，哈利斯入伍的事情就這樣定下來了。

誓言

我，哈利斯・翠林在此發誓，我會忠於喬治五世殿下、其繼承人與子嗣，我會誠心盡責保衛殿下、其繼承人與子嗣，保衛他個人、王室與機關，不受任何敵人傷害，且會遵守殿下、其繼承人與子嗣、及上級所有將軍與軍官的命令。願上帝保佑。

斧頭沒揮好

到頭來哈利斯駕著翠林木材的馬車跑去附近的京士頓應募入伍。在大城市裡，召募的軍官從一排一排的男孩中，以身高體重作為指標，排除年紀不足的人，這個方法讓本來就高，且身材健壯的哈利斯比其他人吃香。我們後來讀到醫官紀錄，上頭是這樣描述他入伍過程的：沒有任何宗教信仰，在京士頓外的不知名鎮區擔任樵夫，一頭直金髮，站起來有一百八十五公分高，胸圍九十六公分。

雖然他們已經好幾年沒有拳腳相向，但當哈利斯帶著簽好名的軍律條款回家時，翠林木屋發生了延續好幾個小時的鬥毆，遠到麥拉倫路都聽得到。許多他們一起打造的原木家具那天晚上都被砸成碎片，幾扇窗戶的玻璃都需要重裝。

我們曉得艾弗烈不想提起槍桿，他只想永遠留在這片樹林裡，也許他能自己經營生意，但一個人自己來總是寂寞又枯燥。我們沒見過兩兄弟分開，所以對艾弗烈來說，他的世界就此坍塌了。

不過，塵埃落定後，鼻青臉腫的哈利斯．翠林還是在下個月，於艾伯塔省的萊斯布里奇完成基礎訓練。鎮上一位跟哈利斯在營地同鋪的年輕人說：「他很認真，很有紀律，一絲不苟。」繪製地圖、火砲操作、馬術、火砲角度計算，他的表現都非常好，點名時，他的制服也是煞費苦心，打理得最好的。聽說先前無可救藥的哈利斯在軍事訓練下大放異彩，我們都很意外。

完成訓練後，還要等兩個月才能動員，他到家不過一個禮拜的時間，他就因為斧頭沒揮好，將自己腳上的大拇趾給砍掉了。一開始，我們以為這只是不大不小的失誤，也許是出於他對克雷格太太的哀痛，或是因為即將上戰場的緊張，不然就是因為他不得不與弟弟分開的心情。

接著，下禮拜，哈利斯開著馬車撞上羅斯·史密斯的犁，撞斷了農人聽話騾子的腿，兩個男孩卯起來砍了三個禮拜的樹才得以賠償人家的損失。

艾弗烈偷偷跑去找凱恩醫生，告訴醫生，他的哥哥最近行為古怪，走路會撞牆，吃飯只吃盤子一邊的食物，另一邊完全不碰。幾名認識兩個男孩的鎮民陪同醫生一起去他們的木屋，經過艾弗烈不怎麼溫柔的敦促後，哈利斯同意接受檢查。確定他的視力退化後，這位男孩說起好像有什麼黑色的蕾絲蓋在他面前，他必須戴特殊製作的眼鏡。不過眼鏡很貴，效果也只能維持幾週，之後就得換更厚的鏡片。沒多久，哈利斯所謂的蕾絲成了緊縮他視野的黑洞、每天都持續關閉縮小的舷窗。哈利斯入伍的日子越來越近，凱恩醫生建議他選擇因病退伍。

「他們才不會相信我。」有人在醫生門外聽到哈利斯哭哭啼啼地說：「連我也不會相信我自己。哪個混蛋在下禮拜就要坐船去歐洲的時候瞎了？是你，你會信嗎？」

他說得沒錯，我們至今還是不得不坦承，我們並不全然相信他。那時已經有很多傳言，說哪個男孩為了避免上戰場，編出各種不存在的身體問題。旁邊鎮上還有個男人自稱耶穌基督呢。徵召令發出後，各種怯懦的理由蔓延開來。

就連凱恩醫生也證實哈利斯這種特殊的部分視覺喪失的確可能是在裝病，特別是因為這對兄弟本來就會公然挑戰當權者。不然就是疲憊心靈虛構出來的症狀，都是因為他們經歷過的悲劇所致。根據醫生的說法，因為他沒有全瞎，所以也沒有科學方法可以確定。

翠林二等兵

一九一五年十二月十八日，加拿大一一六步兵師從魁北克港搭乘米薩納比皇家郵輪出發。這個營的士兵年僅十八歲，剛從安大略省的伐木營與工廠跑來，全都想在歐洲沙場上測試自己的勇氣。

其中有一位登記名為哈利斯．翠林的二等兵，他會在山姆．夏普中校麾下，他也會因為四年的軍旅生涯，贏得多枚英勇服務勳章與榮譽，他的主要任務是抬擔架。這些殊榮讓人意外，因為一開始他的同袍都認為翠林二等兵顯然缺乏軍事訓練，對於程序、規章一無所知。更別說他的制服跟裝備總是處在亂七八糟的狀態，跟他同團的士兵大多認為翠林二等兵根本沒有接受過基礎訓練。

再也回不去了

在軍團的船即將駛離魁北克港的前一天，中午時分，哈利斯身著睡衣踉蹌穿過雪地，他的手在面前盲目摸索，他不斷喊著：「艾弗烈在哪？我弟弟呢？」他纏著遇到的每一個人，扯破人家的衣領，將他們拉到模糊視線的眼前，這樣才能稍微看清對方的臉。

我們說，同一團的其他男孩統統一早搭上火車出發了，他發出低沉的哭喊聲，用鏟馬糞的鏟子攻擊小酒館。三個成年男子把他壓在雪堤上，這才讓他平息下來。他聲稱一早醒來就發現自己被馬具綁在床架上，花了三個小時才想辦法讓沉重馬鞍轉向，掙脫開來。重獲自由後，他在屋裡尋找，發現制服跟服役的物品都不見了。之後我們都認為如果哈利斯這天能夠接觸艾弗烈，他肯定會最終殺死自己的弟弟。

我們不願意聯絡國防部有這樣的冒名頂替，雖然他們犯法又犯錯，我們還是覺得必須替這兩個男孩負責，加上沒有人願意看到他們進入軍事監獄。何況翠林兄弟發誓要以軍人的身分保衛疆土，他們會遵守這項誓言，我們實在看不出這樣有什麼不好。

哈利斯．翠林的弟弟替他出海後，我們就鮮少見到他。他獨居，視力退化，那年冬天，他一個人根本砍不了多少柴，為了活下來，他只能販售積攢了好幾年的儲備存貨。隔年春天，幾個鎮民跑去找他，發現他已經近乎全盲，骯髒不堪，餓著肚子。我們很同情他，便在教堂裡展開募捐，替他在蒙特婁新開的聾啞學院註冊。學校的校長吉爾．蒂波先生畢業於耶魯大學，哈利斯的精明、生意野心及罕見的耐力立即討得他的歡心。我們聽說蒂波先生安排哈利斯加入學校著名的划船隊伍，這位男孩強而有力的雙臂與堅定的手勁讓校隊打入國家決賽，將許多蒙特婁的有錢上流學校甩開不知道幾條船的長度。蒂波先生替哈利斯安排了拉丁文、希臘文、數學與古代歷史的課程。這時，哈利斯需要戴著厚厚的眼鏡、書本放在面前九公分處才能閱讀。他跟在帷幕落下前、燈光熄滅前的奮力掙扎演員一樣，竭盡所能吸收各種科目的知識，特別是森林學。事實上，蒂波先生還推薦哈利斯去耶魯大學新開的林業學院，只要通過特殊的口試即可，考試內容囊括生理學、三角學及植物學。哈利斯通過考試，成了全加拿大人進入這卓越課程的第一人，而他的學業表現也都非常傑出。他研究科學的木頭採伐方法與森林產品管理，就是他這輩子在做的事情，只不過提升到更浩瀚的層次。雖然他眼睛看不見，他卻是校園植物實驗室跟皮波迪植物標本館的熱門人物，學校收藏了幾萬份的植物標本，聽說他度過每一天的方式就是打開其中一個樣本抽屜，用指尖撫摸每一棵樹的樹葉，靠這種方式學習相關的知識。

我們無法證實，但許多人猜測，哈利斯．翠林就是在康乃狄克州的時候，也許是一個人在他的單人宿舍房間裡時，他的雙眼視網膜終於剝離了，宛如再也拉不住岩石的兩顆蛤貝，而他所知道的世界因此永遠消失了。

不是這樣就是那樣發展

三年後，哈利斯從耶魯大學畢業，成了一個嶄新的人。他把樵夫裝束換成一席粗花呢西裝及外型好看的帽子。他帶了一個男人回來，身材矮小又結實的傢伙，負責開哈利斯的車，協助接送他。「見見我的副指揮官，莫特．邦嘉能。」哈利斯得意地宣布，還用強而有力的手向每位鎮民握手。他要「指揮」的到底是什麼？誰也說不準。

不過，我們在市政廳舉行了慶祝儀式，歡迎這位孩子回家。哈利斯說他這麼多年間都有寫信給他的弟弟，但艾弗烈還是不會讀書寫字，因此從來沒有回信過。晚餐時，哈利斯舉杯感謝我們的慷慨，同時也正式宣布他原諒了弟弟的詭計。他接著表示想要找一間伐木公司長期合作，直到艾弗烈回來。戰後的復甦肯定會讓金屬、化學物質、煤炭，還有木材這些貨物的價格飆升，大家都知道木材的確有令人一夜致富的潛質。

等待停火的同時，哈利斯跟邦嘉能在那棟歪斜的木屋裡待了三個月，然後又在附近進行大面積探勘，尋找木材、制定地圖與計畫，還在克雷格太太的樹林裡標記好一半需要砍伐的樹木。然後，就在動員解除前夕，我們從去海外當醫護兵的鎮上男孩口中得知翠林二等兵進了利物浦的五號加拿大總醫院。

我們通知哈利斯時，他緊握身下的單人沙發扶手上，問：「他受傷了嗎？」

我們告訴他，肢體沒有傷害，他等著轉運回加拿大。哈利斯又寫了一封信，要求立刻轉交去醫院，還請我們鎮上的那位醫護兵親自唸給艾弗烈聽，確保他明白信上的意思。我們立刻照辦，但在把信寄出去之前，我們用蒸氣打開了信封，不是因為八卦，只是想確保信裡沒有什麼要命的威脅或是未解的恩怨，我們只看到合作條件的真誠提議，加上哈利斯為了固執打算砍掉整片樹林的生硬抱歉，還折衷如艾弗烈一開始建議得那樣，只砍一半。最後則是要求艾弗烈退伍後立刻回家。

哈利斯確定弟弟讀了信，接受這個提議，決定回家之後，哈利斯向我們的地方銀行貸款了一大筆錢，準備要替艾弗烈舉行一場慶典。哈利斯跟邦嘉能在接下來幾週加倍努力，還跟加拿大國鐵談好他們想要的價格，樹一砍下就能運輸到京士頓的鋸木廠去。

又等了一個月，國防部才傳電報來，說明翠林二等兵在服役四年後，將於一九一九年六月三日退伍。他的運兵船將在隔天抵達哈利法斯，我們因此在三天後策劃了歡慶的儀式，這樣艾弗烈才有充裕的時間可以坐火車回家。

哈利斯以紙燈籠、緞帶裝飾社區中心，他還買了一大桶拉格啤酒。這天終於到來，翠林二等兵沒有搭乘一早的列車抵達，哈利斯並沒有嚇到。晚餐時間到了，他先吩咐送上好幾盤食物，盤子上最大一份是他弟弟的，因為他們小時候弟弟就喜歡吃這麼多。我們開始用餐，哈利斯滔滔不絕演講起來，說他弟弟「連錶都不會看」，這次遲到更證實哈利斯應該好好控管他們一起擁有的公司。我們面面相覷，還是配合地笑了起來，但低頭看著自己的手錶。深夜列車來了又走，他的弟弟很明顯沒有回家，哈利斯端起他準備的那一大盤食物，要求邦嘉能陪他到附近的一座井，他把盤子扔進去，瓷盤落入水中，摔成碎片。

之後幾天，沒有人見過哈利斯，直到一群搭著火車來自京士頓的伐木工人抵達克雷格太太的林地。我們在路上就聽得到哈利斯吼著下令這些樹一棵不留，甚至要求他們把蓋木屋的原木也拆掉，統統運去鋸木廠。工作完成後，哈利斯也搭上乘載木頭的列車，我們再也沒有親眼見過他，當然啦，我們還是會在報紙跟期刊上看到他。

他的弟弟最終還是回家了，只不過那是五年後的事，那時翠林木業公司已經在西岸成立，也是全國最重要的木材公司。不過說艾弗烈「回家」可能有點誤導，他跟哈利斯一樣都變了，但他是變得更糟。離開時，他是一個歡快隨和的男孩，會親手打造弓箭，還會爬到市政廳的榆樹上方喊著各種髒話。回來時，他的面容充滿陰影與銳角，他眉頭糾結，宛如折過的舊報紙，充滿歡樂的雙眼銳利了起來，彷彿是用螺絲緊緊鎖在他的大腦深處一樣。從他整體的邋遢狀況來看，他成了流浪漢，我們在鎮的外圍也見過這種營養不良的人，喝著雨桶裡的水，拿走沒人用的物品。

一些鎮民認為，戰爭的屠殺讓他心靈受創太深，已經無法重回一般的文明生活。其他人相信他的本性終於在歐洲展露，他只是成為符合本質的那種邪惡生物而已。儘管如此，當我們陪他前往那片慘遭殲滅的樹林時，景象還是令人不忍卒睹，他哥甚至把地賣給一個土地投機商。他走向一棵棵的樹樁，每棵都腐爛發黑，他踩在依舊跟雪花灑大地一樣的木屑之中。他在一棵樹樁上稍作休息，這裡距離他們的木屋很近，這一坐就是一個小時，他喃喃自語，目光迷茫，無法聚焦，時不時喝起擺在骯髒大衣裡的隨身酒壺，昆蟲飛上來，他就瘋狂揮開。說真的，他就是注定要殘破潦倒的一個人，彷彿是那種已經吃過太多苦的人，只能繼續受苦下去。

不過，我們還是盡力照顧他。我們請他來家裡住，就像他與哥哥一開始成為孤兒的時候一樣。不過，艾弗烈只會握起拳頭，對我們大吼大叫，要我們別煩他。既然戰爭唯一沒有帶走的就是他的好鬥，我們也就不強求他了。每天早上，我們會提著一桶食物來這片死絕的樹林，同時還會拿一品脫的便宜烈酒來補充艾弗烈的酒壺。我們會把物資放在他入睡的樹樁附近，這裡也是木屋在草地上留下直角痕跡的位置。這樣過了兩週，某天早上，艾弗烈朝鐵道走去，跳上一節貨車車廂，永遠地從我們面前消失了。

時間繼續前進，在我們的社交場合、牌局及茶餘飯後之際，我們經常聊起翠林男孩，以及他們後來的遭遇。我們想像艾弗烈因為對那可憐孩子所做的一切，一直生活在監牢之中，或是淪落到什麼流浪漢聚集的地方，身邊都是些罪犯，成為遊走在文明人周遭的邊緣人。然後，我們會想像起哈利斯在他那棟壯麗的溫哥華木頭大豪宅裡，我們曾在公益雜誌上見過，房子裡有保齡球球道、大舞廳，還有精心修剪的偌大花園。這樣的結果會讓我們搖搖頭，不甚唏噓。

雖然發生那件醜聞，以及與日本人做生意的丟臉行徑，但我們一直都會買翠林的木頭來蓋房子、修教堂。我們也會跟任何願意傾聽的人吹噓說這位商業鉅子出身何處。不過，說完這句話還沒換氣呢，我們也會嘆息起他的弟弟，是個犯下難以啟齒罪行的逃犯、重刑犯。

對，我們看著翠林家族出現，如果你想想，也許可以說是一種榮幸。最小氣的鎮民會說打從我們在燃燒的鐵軌車廂旁找到兩個蜷縮的赤腳男孩開始，他們就遭到詛咒了，但我們其他人其實很清楚真相為何。也許受到妥善教育的人會是艾弗烈，而他後來會失去他的視力，就是這麼簡單。也許哈利斯會為了弟弟犧牲，最後成為潦倒的流浪漢，就是這麼簡單。就兩個翠林男孩來說，我們知道事情不是這樣就是那樣發展。

1934

塵

那天早上，令人窒息的粉塵覆蓋在恬璞．范霍恩的農場上，這座農場座落於薩斯喀徹溫省的艾斯特凡往外八公里處。今年至此，這些風暴已經吹刷掉她穀倉、房舍、圖書館上的鉛塗料，只留下大片大片原始的松木白色區塊，就跟農夫的光屁股一樣白。風暴吹倒了她的圍欄，淹沒她的輔助道路，讓列車出軌，鑽進結構最密實的房舍隙縫與門岩之間，在地毯、床單、窗飾上留下薄薄的一層風沙。此刻的她在廚房喝咖啡，從門廊的門望出去，看到她的娟珊牛群漫無目的地行動，低頭吸著吹來的飛塵，希望能在底下找到一點綠色植被。上週恬璞才宰了她最好的奶牛取肉，因為牠的奶成了咖啡色的，她擔心到頭來，她得宰了其他所有的牛，免得牠們因為泥沙阻塞腸胃痛苦而死。

「我要跟牠們講多少遍，下面已經沒有青草了？」恬璞問起葛蒂，此時葛蒂正在替農場工人煮一大鍋燕麥粥，他們早上都吃這個，而且雖然她即將七十歲，她每天還是比恬璞早到廚房。

「牛很笨的。」葛蒂說。「不過，要是乾旱不緩解，妳最好還是開始養駱駝吧。」

早上十點左右，喧鬧的大風停息，沙塵也平息下來，展露出浩瀚的草原天際，天空差不多是薰衣草的紫藍色。恬璞穿上工作褲，走去戶外，看著灰褐色的光滑浮土所帶來的傷害。她用金屬杯裝著今天的第二杯咖啡前往小麥田，她用手蓋在杯緣，這樣沙土才不會吹進去，她發現她的種子作物都被埋掉了。

大旱三年，沙塵暴越來越凶猛，越來越頻繁。她聽說過附近的農人抱怨起貪婪的南方美國人用大型曳引機犁耕草原。對他們來說，那是來自外地的瘟疫——德州、奧克拉荷馬州、內布拉斯加州、堪薩斯州。不過，事實在於這也是他們的塵土無誤。如果恬璞找得到肯聽她講話的人，她會指出，他們為了收穫更多小麥，用同樣的狂熱態度剷除掉了他們自己的牧草原。恬璞小時候就知道遇到困境可以查書，在乾旱初期，她就研究起土壤化學與科學灌溉的方法。她學會植物輪作，讓土地休耕，恢復活力，她還在艾斯特凡的農業講堂上示警，要其他人也照做。不過，大勢已定，而且其他人也不會聽取「農地小姐」的建議。至少一開始，恬璞的農地土壤跟水蛭一樣黑，跟蛋糕一樣溼潤，只不過，現在說這些都不重要了，沙塵還是吹了過來。那些老傢伙懂什麼？綠植才是讓土地與天空保持在原位的關鍵。

恬璞用一根指頭抵著鼻孔，將黑色的絲狀物噴在鐵絲網與木柱搭成的圍欄上，這片圍欄分隔了她的土地與附近的鐵道。接著她彎腰，捧起一掌塵土，然後起身，緩緩張開手指，看著微風將沙土吹到一顆不剩，就跟她腦袋裡瓦解的預算數字一樣。就算下雨，土地也已經烤得焦脆，水只會直接流過去。種子作物沒了，明年還得買新的種子，又會進一步掏空她剩餘的資金。她不可能典當她圖書館裡的書籍（有些罕見珍本，的確值錢），或不再替她接濟的流浪漢供餐，所以她唯一的選項就是變賣幾匹馬，前提是如果她能找到誰還有錢買乾草及燕麥養馬啦。

她聽別人說過，農業是平靜的勞力活，但恬璞從一開始就在跟她的土地作戰。她犁田、分割、再次重擊土地。禮貌對話裡永遠不會出現的字眼，她就是跟土地學的。彷彿大自然母親的真正目標就是在短時間內，讓人回歸到塵土的狀態。

恬璞繞回位在舊教堂的圖書館，接著前往穀倉，她看到一位國鐵的鐵道警探正在與她的人交談。亞特．麥索利矮胖、下巴突出，雙眼外凸，長得跟條就要窒息的鱒魚差不多，金屬領帶夾固定著領帶，頭髮抹了髮油，褲子一路拉到結實肚皮上方，這肥肚讓人想到大船的船頭。他掌管整片大陸上的國鐵路線，聽說他寧可一把將你推進行駛的列車鐵輪之間，號稱意外，也不會替你登記說你非法入侵車廂。聽說麥索利一年會報告這種意外至少十二起。

「我該用馬表還是日曆替各位先生計時？」恬璞高喊，她拍拍手，趕走這些人，他們的確裝樣子閃開，但還是在附近遊蕩，想要搞清楚警探到底來幹嘛，跟他們有沒有關係。

「范霍恩小姐，週末的時候有幾個醉漢跳進艾斯特凡的蓄水池裡。」麥索利失望地說，他的臉跟塌陷的蛋糕一樣下垂。「我只是看看妳的男孩是不是還沒乾而已。」

「警探，我不明白艾斯特凡的蓄水池怎麼會是你在管的事。」恬璞一邊說，一邊走過來。

「小姐，蓄水池是國家鐵路的一部分，整片自治領鐵路周遭一點六公里處發生的一切都是我的事。」

「那也許你能解釋一下，為什麼每次有人在艾斯特凡酗酒鬧事，你都覺得跟我有關？」

「恬璞，少來了，大家都說是他們玷污了那裡。」

「玷污？用他們骯髒的靈魂玷污了那個地方？」她上氣不接下氣地說。「真是拜託喔，警探！」

他靠了過來。「小姐，還有人在裡頭便溺呢。」他調整起他的帽子。

「而你怎麼確定是我的人？」恬璞問，但她感覺到胃裡擔憂的翻攪。目前有三十個工人住在穀倉閣樓裡，吃她的食物，打牌、消磨時間。難怪他們會惹麻煩，天底下沒有比乾旱時期的小麥田農場讓人更心煩意亂的了。「可能是什麼年輕人。」恬璞畫蛇添足地說：「或是牛啊，拜託。」

「牛爬不上梯子。」麥索利說。「的確是妳的臨時工沒錯，今早水面上有一片油膜。」

雖然她的農場位在鎮上郊外，艾斯特凡的一般大眾卻不是很滿意恬璞替窮人提供食物，或是讓那些人進圖書館。**那些吸血蟲對老書能有什麼興趣**？她曾在鎮上會議時聽到有人大聲這麼說。

「哪個老太婆的耳環一早掉了，十點的時候，你就會相信是我的人偷的。」恬璞說。

「只是因為妳會吸引那種人。」他說：「他們許多人是職業罪犯、逃犯、想要不勞而獲的寄生蟲。恬璞小姐，艾斯特凡的善良百姓一開始很高興妳買下這裡，但沒人想到妳會把這裡改建成施捨廚房。」

「警探，這裡不是什麼施捨廚房，這是一座農場，而我跟其他農民一樣，想雇用誰做事是我的自由。而我想讓誰填飽肚子，那也是我的自由。」恬璞很謹慎，不讓自己扮演起這些男人的母親角色。這些人週間工作，週末隨他們高興揮霍，可以喝酒，可以賭博。通常葛蒂會在週一早上才分發工資，這樣他們才能在休假的誘惑發作前，先習慣幾天口袋有錢的感覺。只不過，上週五葛蒂去雷吉納探望姊姊，恬璞就提早發錢了。她現在明白這是鑄下大錯，特別是如果蓄水池事件屬實的話。她轉頭望向那些男人滿是風沙的臉，他們就在聽得到她與警探對話的距離內加減做點雜務。麥索利一走，她就會一一盤問起他們上週六晚上跑去哪兒，誰回來時內衣褲沒乾，就一年不准再來農場工作換宿。不過，這件事不能讓警探知道。給他一點甜頭，他那種人就會不斷壓榨、壓榨，直到她自己跳上火車逃命去也。

「警探，我會詳查這件事的。」她說。

「為此我非常感激。」他摘下帽子。「還有，恬璞，我很樂意無視這樁小事，只要妳替我留意一下。前一陣子有個流浪漢在安大略省跳下一輛貨車，他在果園裡打傷了地主，這位地主其實是一位參議員的哥哥。暴力行為是一回事，但其中不尋常的地方是這位流浪漢聲稱帶著一個嬰兒。如果這個孩子是名女嬰，某位位高權重之人很想確定女嬰的身分。」

「警探，我不收留孩童的。這你很清楚。所以，沒有，他沒有來這裡。再說，我們距離安大略也夠遠了。」

「這個嘛，據說他往西邊前進，正在尋找工作，就跟其他這些懶屁股一樣。而既然方圓千里內只有妳一個人在招募幫手，想說就跟妳提一下。如果男人跟女嬰出現在妳的餐桌上，妳就通知我一聲。要修復妳與國鐵公司、艾斯特凡善良百姓的良好關係可不容易，因為如果事情繼續惡化……」麥索利轉頭望向曾是她良田的風沙荒原。「……妳就需要有人過來，帶妳脫離險境。」

恬璞

「妳選擇了一個瀕死的世界出生。」艾弗烈對小翅果說，風沙飛塵的大帆揚過飽受磨難的草原硬質地層，向上摩擦他們的眼睛。不過，他們也要感謝拯救他們的沙塵，他們受困在特快車上整整三天，列車今早在薩斯喀徹溫附近終於停下，因為蒸汽車頭的鍋爐進氣閥被風沙卡住了。

艾弗烈的雙腿不斷顫抖，他又餓又累，沿著帕斯可附近的鏽紅色穀倉走了好幾公里路，這是他離開列車，在淺橋下遇到的一群流浪漢指的路。這些遊民看到孩子以及他們飢腸轆轆的樣子，便告訴他有位小麥田的女主人願意提供打工換吃宿的機會。

才過中午，他們就在距離道路的第三條鐵軌跳上往南的貨車。這是區間車，速度緩慢，駛在看起來像錘目紋紅銅斑迅速舞動的羽狀雲之下。艾弗烈扯起鐵軌旁的蒲公英葉嚼爛，然後用手指將糊狀物餵給小翅果吃，她是吃了，但不是很滿意。

艾弗烈將寶寶綁在身前，在艾斯特凡蓄水池附近跳車，繼續往南走。自從他跟小翅果在列車上講過他小時的故事後，她的牙牙學語就幾乎沒有停過，他只要一走路，她就會發出各種吹氣的聲音，彷彿是她在模仿蒸汽車頭一樣。

八月的陽光啃食著他的皮膚，汗流浹背，疲憊的黑斑悄悄爬上他的視野邊緣。走了個把小時，他們穿過一條灌溉的溝渠，此時起風了，飛塵沾上他嘴巴，黏在他眼球上。小翅果開始哭，扭動著頭，想要躲避。他很想告訴她狀況會變好，他們馬上可以替她找到好人家，或至少能夠找到一口水，但他實在講不出任何可靠的話語。然後，朦朧中，他看到木頭柱子旁邊有一個正在固定鐵絲網的人。

「還真夠遠的。」女人看到他時，喊了一聲。

艾弗烈停下腳步。小翅果不耐地踢著小腿，要他繼續前進。

女人將魚口鉗放進口袋裡，朝他的方向走來，在六公尺外停下。透過太陽烤乾的風沙飛塵，他大致看得出她肌肉結實的肩膀，她的身形在大風下吹得一覽無遺。她棕紅色的頭髮夾了起來，她用手帕圍著口鼻。

「十點鐘方向過來的？」她高喊，還一手蓋在額頭上。從她所站的方位以及她站在土地上的姿態看來，艾弗烈確定她就是這裡的主人。住得距離鐵路這麼近，大概都會特別關注汽笛聲吧。

「沒錯。」他說。

「之前是從東邊來的？」她扯下手帕，露出玫瑰花苞般的嘴唇，英挺的鼻子，雙眼跟剛倒出來的墨水一樣湛藍。

「我需要一頓飯跟工作機會。我聽說這裡有。」

「你身上那是什麼東西？」她問。

他低頭看著胸口的小翅果，她瞇著雙眼望進琥珀色的沙塵中，胖胖的小腿慵懶地踢著圈。他只能坦承：「女士，是個嬰孩。」

「該不會是女嬰吧？」她問。

「的確就是女嬰。」艾弗烈很詫異女人竟然能在這麼遠的距離外看得如此清楚。

她現在雙手扠腰，轉過頭去，望向一側，這個姿勢保持了好一會兒。在颼颼風聲下，艾弗烈聽到她咒罵了一句。她稍微比他高一點，她穿著男人的方頭工作靴、細平布襯衫跟帆布長褲。他放低目光，不確定是否因為又渴又累，所以看到她讓他有點頭暈目眩的微醺感。

「不幸的是我田裡的幫手已經比田地還要多了。」她說。「你應該看得出來，今年不是多豐收的一年。再說，我通常是不接受嬰孩的。」

「我明白了。」他累得無法爭辯，想到又要跋涉回鐵軌讓他差點當場倒地不起。「抱歉打擾了。」他轉身準備要走回飛塵之中。

「鐵軌在那裡。」她大喊，指著另一個方向。

「謝謝。」他再次掉頭。

「隨著天色漸晚，風沙會颳得更嚴重，風勢會越來越強。」他準備離開，她又開口：「你最好保持太陽在你的右手邊，腿腳俐落點，免得太陽變換位置了。」

「感謝提點。」他說。

他已經走遠一步，她繼續說道：「還有在孩子臉上蓋條手帕什麼的，免得她咳嗽。」

她對孩子福祉的興趣激發出了一點樂觀的感覺，因此艾弗烈決定冒險提出主張。「請原諒我開這個口。」他說：「但我看來妳的田地需要一些防風林，楓樹最適合，每棵間隔一點五公尺，也許種個一百棵。楓樹長得很快，要不了幾年就很管用了。如果妳感興趣，我很樂意替妳在周圍種一圈。我很了解樹木。」

她點點頭，望著他的雙眼。這段時間，她只是站在原地，吹來的沙塵就幾乎要埋掉她腳上的靴子了。

「我猜你們又渴又餓？」她說。

「我們錯過了幾頓飯。」他說。提到食物害他差點腿軟。

她又低聲碎唸起來，轉頭張望，彷彿是想確定沒有人注意到他們一樣。然後她又望向他，眉頭緊鎖，宛如深刻糾結的土壤，彷彿是一塊田。「待到把樹種好。」她揮手要他們跟上，卻還是走在前方六公尺的地方。「然後你們就走。」

跟著她前進了一陣子後，他看到一片田地出現，好像是在沙塵中突然冒出來的一樣。女人指著穀倉的閣樓，回頭喊著說：「那裡的男人半數不是病了，就是有肺結核。你跟你的寶寶還是來房子裡住空的房間吧。我不希望你的小傢伙感染上什麼疾病。」

她陪著他們進屋，門把上都綁著布巾，避免乾燥空氣引發靜電。寬敞的油氈地板廚房讓艾弗烈想起在軍隊的時候，什麼東西都超大的，巨大的柴爐上有六個加熱板，一整組的鍋子，好幾個琺瑯鍋跟烤盤，能夠準備大量的食物。

她介紹他認識這裡的廚師，這位上了年紀的女人名叫葛蒂，撅著嘴，看起來友善又幹練，她帶他們去空房。艾弗烈從胸口將小翅果抱出來，葛蒂則從地窖水槽打水上來，倒在臉盆裡。水乾淨又甜美，真令人意外，艾弗烈替小翅果洗澡前先讓她喝了一點，然後他卯起來喝到皮帶都變緊了。他讓小翅果坐進臉盆裡，她綠色的雙眼炯炯有神，睫毛上有水珠的結晶，此時葛蒂回來，開始將床單用大頭針固定在窗口上。

「沒必要弄那個。」艾弗烈說。「如果有必要，大白天她都睡得著。」

「恬璞小姐堅持要裝。」葛蒂咬著大頭針說。「是因為風沙。她入睡前，記得把床單噴溼。史東醫生說艾斯特凡的小朋友吸到太多沙塵，咳到肋骨都斷了。通常我們這裡不接受小嬰孩，但恬璞小姐特別開例。」

「我們不會待太久。」他說。

「你會種點樹，對嗎？」

「對。」他一邊說，一邊在小翅果身邊打起水花，水已經因為她身上的塵垢變成混濁的灰色了。

「然後你們就會離開。」她說，此時她固定好最後一條床單，這話聽起來像是陳述事實，不是在提問。

「就是這樣。」艾弗烈說。

「很好。」她說著就匆忙朝廚房走去。「你住在大宅裡，不要待在穀倉，其他男人會嫉妒你。而就我的經驗而言，嫉妒的男人是最愚蠢的男人。」

小翅果洗好澡，有人喊著要他們去寬大的門廊那邊，旁邊是一棵長得很散的柳樹，共用的大長桌旁已經坐了三十名左右的男人。艾弗烈掃視餐桌想尋找恬璞小姐女性的身影，卻沒看到人。葛蒂從屋裡出現，捧著一個大大的烤盤，裡頭都是烤起司三明治，還有一鍋奶油雞湯。鐘聲敲響，艾弗烈想要入座，他朝長凳上唯一的一個座位前進，一個大塊頭卻翹起沾滿泥巴的靴子，不讓他坐。

「不好意思。」艾弗烈說，但男人沒反應，開始跟同桌的人高談闊論。艾弗烈很餓，又不想惹麻煩，他沒追究這樣的冷落，就抱著小翅果坐在旁邊的蘋果籃上。他將濃湯吹涼，用湯匙餵孩子。才吃了幾口，她就吐在地上。

「我不想找麻煩。」艾弗烈對桌邊的葛蒂說。「但這裡有羊奶嗎？這孩子無法消化鮮奶油或起司。」

葛蒂放下湯匙，扁起了嘴，說：「我們最後一隻羊上個月死了，我來看看可以弄什麼給她。」

「我聽說過挑三揀四的乞丐。」剛佔了艾弗烈位置的大漢對著杯子碎唸起來。「但沒聽說過挑三揀四的乞丐嬰兒。」艾弗烈低著頭，其他聽到的人則輕聲笑了起來。

「這是我們最軟的食物了。」葛蒂回來時這麼說，她偷偷塞給艾弗烈一小碗軟軟的燕麥粥，非常低調，不希望讓其他人注意到他們的特殊待遇。

艾弗烈坐回籃子上，這次他背對大餐桌，看著小翅果歡快地用牙齦吃起米灰色的糨糊，彷彿是什麼會反芻的動物一樣。雖然看起來還算合她胃口，但他還是擔心她吃得沒有平常多。

薩斯喀徹溫省艾斯特凡的偉大圖書館

你可以說每一間圖書館都是從單單一本書開始的。不過，這個想法其實是恬璞．范霍恩從她父親那裡得到的。她的父親是一位喀爾文教派的牧師，因為政府承諾的一塊地，從荷蘭來到加拿大的草原，他也總會在門廊上多備一張桌子。每天晚上，農活結束後，恬璞與父親會擺好四份餐具，四張硬挺的餐巾、四把叉子、四把餐刀、四隻湯匙、四個盤子、四個水杯，然後是四份餐點，跟他們即將進屋吃的菜色一模一樣。父親會說：「住在鐵路旁邊，這樣才是得體的行為。滋養……上帝不會區分靈性、智識與肉體的滋養。我們也不會。」

恬璞奧地利籍的母親厭惡這種施捨的行為，說這叫「在糞便上噴香水」，然後在恬璞十歲那年夏天，跟一個流動尋水師跑了。那年聖誕節，她媽寫了一堆信回來，央求要回家，但父親統統燒了。

父親雖然嚴格，但滿腦子都是想法與發明，而且似乎總是在讀《聖經》以外的書。他內心比較像是農民，而不是教士，他對恬璞提到性事也是毫不避諱，在餐桌上就會談到公牛精液、山羊發情跟雞隻交配這些話題。在他們家不穿衣服不會怎麼樣，他跟她都一樣。她十六歲時，父親看著排著長隊要來提親的緊張年輕人，一個一個都是面無血色，跟豆菁一樣高高瘦瘦，長篇大論講起小麥的種類及如何準備妥善的野餐，怎麼看都像是要拍賣牲口的人，而不是要提供保護的人，太有趣了。

接著，恬璞十八歲，父親因為中風死在他們家的爪腳浴缸裡，一本機械工程手冊在水裡泡成了兩倍大小，在他身上漂浮，宛如平底船。之後，恬璞完成學校老師的訓練，接下來三年都待在單間教室的農村校舍裡。雖然她喜歡孩童的陪伴，她卻不喜歡教他們識字以外的教條，特別是低年級的孩子，基本上就是不斷下命令要他們坐下、起立、坐下、起立罷了。她替他們感到無盡的哀傷，每天穿著同一身破爛衣服來上學，咳嗽咳不停，吵架吵不停，膝蓋跌破皮，一離開學校就會跟他們的家長一樣，犁起他們家那塊貧脊的田，學業立刻拋諸腦後。

然而她還是堅持下去，二十一歲時，恬璞邂逅了尤根．柯勒，這位仁兄本身是小麥農，同時兼任發明家。他滿口設計與想法，這是她第一次遇到讓她想起父親的男人。短暫交往後，他們就結了婚，搬進恬璞繼承的房子裡。一開始夫妻相處得不錯，一年過去，尤根開始替他發明的水泵申請專利。多次遭拒後，他開始會貶低恬璞，起初只是壓低聲音講幾句，通常在睡前或是白天準備下田幹活之前。說到下田，他開始相信他不是天生要來做這種粗活的。他抱怨起她的「學校老師世界觀」，以及她對閱讀小說的喜好，說那「很蠢」。二十五歲時，恬璞失去了孩子及卵巢，子宮外孕讓她輸卵管破裂，差點要了她的命。她從雷吉納的醫院回來時，發現丈夫以發明家的身分前往美國淘金了，甚至都沒有跟她離婚。

她沒有因此絕望，婚姻的死亡教會了她將人生維繫在一個蠢男人身上有多愚昧。她辭去教職，賣了父親的房子，在南邊一百六十公里處買了一塊兩百英畝的地，就在艾斯特凡鐵軌岔道附近。房舍蓋得很牢固，有好幾間大房間，木頭骨幹也很堅實，不怕炸彈轟炸的爐具，外頭還有好幾座附屬建物，包括穀倉、廢棄許久的木條裝飾教堂，以及風車抽送的水井，至今還有水，附近多數的井都因乾旱枯竭了。

恬璞正式擁有這塊地的這天，她在門廊上架好她的餐桌，火雞、馬鈴薯、圓麵包，兩個堆得滿滿的盤子，還有餐具、用玻璃杯裝的檸檬水、她奶奶親手縫製的餐巾，統統擺得整整齊齊。隔天一早，她發現食物原封不動待在原位，前提是如果不看集結在火雞上的蒼蠅，及爬上馬鈴薯的鼠婦蟲子。她不受影響，明天繼續擺出烤牛肉與皇帝豆，然後熄燈坐在屋內，偶爾點起一根火柴來用餐、閱讀，這樣才不會開燈嚇著他們。浪費了好幾個禮拜的上好糧食之後，一天夜裡，差不多九點的時候，她聽到外頭傳來窸窸窣窣的聲音。接著是餐具碰撞聲，然後是幾句簡短的低語交談。早上的時候，她發現盤子堆得整整齊齊，每一個都舔得乾乾淨淨，跟骨頭一樣白。

隔天晚上，她準備了四人份，這次他們比較早到，四個蓬頭垢面的身影從面向鐵路的階梯上來。她想吆喝：「你們可以不用鬼鬼祟祟的！」但她曉得她一開口就會讓他們覺得無比羞愧。風聲傳了出去，她在逕流水溝那邊曾經聽過些許糾紛，但事件很快平息下來。那次之後，同一位客人不會連著來，她猜他們應該是建立了某種行為準則，類似日程表的東西，因此讚賞他們。這些男人用餐時會低聲交談，而且每次都會摘下帽子。偶爾會有女性出現，這件事讓恬璞困擾，因為就她所知，女人跟男人肚子餓的頻率相當。葛蒂是第一批到來的女性，她因為大流感失去丈夫與三個成年兒子後落魄潦倒，她在用餐後敲門幫忙洗碗，恬璞當場就雇用了她。

五年前，股市崩盤的時候，恬璞請了木匠來打造寬敞的圍欄門廊，一路延伸到柳樹那邊，然後擺上大餐桌。雖然乾旱持續了兩、三年，北部一號小麥的價格從每蒲式耳[1]一點四三元跌到六十分，她的井還是持續供水，農場也繼續獲利。恬璞開始接受客人在乾草棚過夜，以早上的農活作為吃飯的回報，她很滿意看到食物與勞動對人有益，葛蒂卻不怎麼喜歡這個主意。恬璞從小就很會修理東西，包括撞上玻璃的鳥，以及她父親馬力拖拉機下受傷的土撥鼠。她是製作夾板、敷傷口、塗膏藥、包繃帶的專家，父親也很鼓勵她。時至今日，在她狀況好的日子裡，她還是覺得這種無利可圖的事業是在紀念她的父親。

三年前，回憶起父親關於滋養的言論時，一個願景湧上心頭。那天晚上，她在她土地上的老舊教堂裡用木板拼湊成書架，但第一座書架擺上足夠的書則是整整一年後的事了。接著，她有了一個想法，那些來用餐投宿的人可以帶一本書來，任何書都好，因此一座世界上了不起的圖書館就座落在薩斯喀徹溫省艾斯特凡郊外的老教堂裡。這裡的書不是贈與或傳承來的，事實上，大多都沒有經過買賣，多數是偷來的、找到的、求來的、借來的，或從世界各地遙遠角落的底層人類帶來的。由流浪漢、搞破壞的、罪犯、假釋犯弄來的。乞丐、娼妓、殺夫凶手。盜賊、銀行劫匪、空頭支票詐欺犯，當然還有只是時運不濟的男男女女。她的藏書沒有編目，書本就堆在粗鑿的木板及層層疊疊的磚頭上，謹慎保持平衡，就跟他們原本的主人一樣，努力掙扎。想要帶走一本書，就得拿另一本書來換，就是這麼簡單，不用多問什麼。恬璞會收到裡頭塞著紙鈔、一縷頭髮、血跡、戲院門票、情書、潦草威脅言論的書，這些發現讓她激動，彷彿帶著考古活動上的愉悅感。有個男人曾經帶來兩冊有插圖的但丁《地獄》，每兩頁就夾著一種不同的野花。

就流通量而言，俄國文學非常熱門（其讀者精通墮落、背叛、瘋狂所用的方言），荷馬史詩也是，這位詩人吟唱著命運多揣的歸鄉之途。同樣炙手可熱的還有罐頭製作及食物保存的書籍，以及各種操作手冊。任何能夠以最少的資源產出更多成果來的主題都很受歡迎。

然而，恬璞對於圖書館的影響力卻沒有什麼幻想。她的書本不會讓任何人從泥沼中爬出來，也無法扭轉錯誤、解救墮落的靈魂，或滿足餓著的肚子。不過，書籍也許能夠讓幾縷陽光照進貧瘠絕望的生命之中，這樣就很了不起了。

話說回來，過去幾年間，她允許接待的嬰孩卻每次都會帶來麻煩。有人會來找嬰兒，這些人身後通常都會拖著一大串混亂。她在圍欄邊上的時候，已經決定要拒絕那個流浪漢跟他的嬰孩了，說不定是幫了他們一把呢，畢竟麥索利差不多每個月都會跑來她的農場看看她都接待哪些亡命之徒。不過，男人那句簡單的「我們錯過了幾頓飯」讓她再次思考。從她與窮人的過往相處經驗看來，她知道不抱怨的人才讓人擔心。你會發現那些低調的人就站在角落，眼神呆滯，飢腸轆

1 譯註：蒲式耳（bushel）為農產品重量單位，一蒲式耳小麥約為六十磅（差不多二十七點二二公斤）。

轆，卻因自尊而開不了口。

要是麥索利真的在這逮到他，看見他住在大宅裡，在最好的狀況下，麥索利頂多將她從艾斯特凡永遠趕出去。她實在不敢去想如果他狀況不好，自己會有什麼下場。所以她的計畫是收留他們直到防風林種好，一個禮拜，頂多兩週。她請葛蒂在他們窗上釘了床單，避開窺視的目光。再說，這個艾弗烈看起來不像會對女孩造成任何迫切的危險。如果他舉止異常，她會第一個跑去通知麥索利。倘若一切順利，他們兩人恢復精神後就會立刻離開。如果要說恬璞的父親教過她什麼，那就是誰都不該餓肚子，就連綁架犯也是。她的農場接待過更不堪的人，而更糟糕的人還在路上呢。

永久所有權

哈利斯．翠林一直不喜歡他的大豪宅，雖然這棟房子是以土地裡長出來最雄偉的樹木建成，用道格拉斯杉、巨杉、美西側柏劈砍出來的梁柱齒槽交叉鑲嵌拼成。這些樹在拿破崙嚥下最後一口氣時就已經跟一個人的身高不相上下。大宅走的是安妮女王風格，共有三十五個房間，包括四面矮牆、鑲木地板、兩處磁磚陽臺、一條私人保齡球道，以及各種以胡桃木、櫻桃木、橡木、楓木雕刻而成的雕花裝飾與簷口，全都出自技藝精湛的蘇格蘭木雕師傅，要維持房子的狀況很花錢，也遠超過他需要的空間，很容易迷失在其中。不過，這是哈利斯自從房子建成後第一次感激空間如此偌大，因為維持屋況需要一大批工作人員，誰也不會覺得自從亞洲之行回來後，他的視覺描繪師住在這裡有什麼奇怪的。

不過，哈利斯卻發現回來後，他往常的辦公室例行公事變得異常難耐。也許是因為他在旅途中太累了，或是在汽船上感染了什麼異國的寄生蟲，隨著早晨的時光一點一滴推移，他在位置上坐立難安，思緒彷彿走失的小狗，到處亂轉。曾幾何時，他的辦公桌在有如潮水的例行公事中扮演著堅固救生艇的角色，此刻卻在他面前毫無生氣，令人氣餒，宛如墓碑。

才到下午，哈利斯就跟不上繆納的供應鏈報告，及邦嘉能簡短回報起徹梅納斯的鋸木廠上演的爭端。邦嘉能只能花錢找當地的惡棍平息員工的抱怨，這是很冷血的做法。到了晚餐時間，他的辦公桌上堆滿沒回的信、沒看的地契，以及需要簽名的文件。

事實是他寧可躺在房裡的矮沙發上，聽著菲尼用他那大提琴般的嗓音朗誦起濟慈的詩，接著他們一起在露臺共進晚餐，聊著他們在報紙上看到的奇聞軼事。為了避嫌，哈利斯特別吩咐菲尼不能在工作之餘造訪他的房間，不能跟他們在船上的時候一樣自由，他也決定除非必要，不然得減少菲尼在翠林木業公司出現的時間。

為了紓緩單調乏味的工作，哈利斯安排造訪偏僻的鋸木廠，當然是帶著他的視覺描繪師一道去。通常這種行程都是邦嘉能陪同，但哈利斯精心冒了個險，他要求邦嘉能留在溫哥華親自盤點他們要出給日本大訂單的貨物，所幸邦嘉能語氣裡不帶任何狐疑就答應了。

哈利斯與菲尼搭雙桅帆船前往維多利亞這個城市，賓利汽車下了船，繼續往北前進。在不平的泥巴木頭集材道路上開了令人腿麻的幾公里路後，他們在太陽快下山前才抵達第一座鋸木廠。哈利斯很欣喜能在夏末回到狂熱又活躍的伐木前哨站，充滿木屑、樹汁，以及斧頭劈砍的聲音。嗚笛的聲音，扣在一起的鏈條拖著木材入水的喀啦聲，伐木工的釘鞋將地板踩出碎片，他的牙根感覺得到帶鋸機發出的聲響。他們在附近村莊露營過夜，沒有窺視的目光，菲尼來到哈利斯的帳篷，但他總是很謹慎，會搶在第一道曙光前離開。

不過，充滿田園精神的旅途還是畫上了句點，帶鋸機上三公尺高的圓鋸片飛了出來，將一個人從額頭到重要器官都切成了兩半。畫面之慘烈，菲尼不願著墨描述，但後來有位技工告訴哈利斯，在劈完那個人之後，血淋淋的鋸片跟報喪女妖一樣呼嘯著滾進了樹林，最後卡在一點六公尺處的一棵樹上。哈利斯手下的人經常死於非命，他會簽署通知，付給家屬一筆不大的慰問金，但通常死者都是孤家寡人。只是如此接近這種死亡讓他心情紛亂。有了菲尼在身邊，哈利斯這才注意到伐木有多野蠻，生命有多脆弱。經過在伐木滑坡附近舉行的簡陋葬禮後，哈利斯取消了最後的行程，他們原定要去獵捕罕見的林鳥，加入他的收藏，但他隔天就速速趕回了溫哥華。

他們回到翠林豪宅時，繆納與邦嘉能連忙要求召開緊急會議。

「先生，在您悠哉出訪時，我們盤點了庫存。」邦嘉能說：「日本要的貨物看起來不太妙。」

「噢，我們會找到樹的，哪次找不到？」哈利斯充滿自信地說。

「翠林先生，就怕您貴人多忘事，但合約上要求我們提供日本統帥機關兩萬一千餘公里的道格拉斯杉鐵道枕木，還要上好染酚油。」繆納用古板的聲音開口。「伴隨著我們多筆土地租約到期，就算我們清空過多的庫存，還是沒有足夠的樹可以砍。」

哈利斯這才明白這趟出國太輕率了，甚至可以說是莽撞。他不禁發現這兩位資深員工的語氣有所不同，帶有一絲鬼祟謹慎的感覺，彷彿他們是在「管理」他，而不是聽命於他。他再次想起那兩位死掉的工人。

哈利斯提醒自己：**我才是這裡負責開支票的人**。如果繆納跟邦嘉能膽敢挑釁他，他會將他們逐出這個省，更別說攆出他的公司了。話雖如此，他們卻比任何人更清楚他的生意，要是這筆與日本人的交易吹了，他可就完蛋了。還有，最重要的是他跟菲尼的協議。

因此哈利斯需要樹。他又不是沒有面臨這種困境過。加拿大東邊的木材早已耗盡，所以他一開始才往西岸發展，他唯一的希望是當地的木材。他問起麥克米蘭的某些地產能否符合他們的需求，繆納卻提醒他，他曾為了一紙油水豐厚的卑詩省中部鐵道淺橋合約跟麥克米蘭削價競爭，之後這間對手企業就決定再也不販賣或出租任何一公頃土地給哈利斯，集團其他成員也不會。

討論停滯後，菲尼從辦公室角落開口：「為什麼不跟洛克斐勒買亞伯尼港那塊地的永久所有權？」

「兄弟，翠林先生請你來當他的眼睛，不是嘴巴。」邦嘉能沒好氣地說。

「你們兩個，夠了。」哈利斯說，留意到自己太護著菲尼了。

哈利斯心想：**也許菲尼說得對**。傳統上來說，翠林木業公司不會尋求永久所有權。他反而比較喜歡向國家或私人地主承租砍伐權。這樣在他砍樹砍到滿意之後，地主就得面對醜陋的伐木殘屑與立木開支。然而因為方便的原始林面積正在縮減，這些企業緊抓住手中土地，選擇拒絕出租砍伐權。因為麥克米蘭集團的聯合抵制，哈利斯需要的大面積土地的確只能從外國所有人手中取得，小約翰．戴維森．洛克斐勒的亞伯尼港是最好的選項。哈利斯這才想到那塊土地包括他先前放火燒掉一半的隱蔽小島，他曾夢想哪天帶菲尼去島上，如果一切順利，他們也許能在島上蓋棟休憩的小木屋。

如果他完全買斷又怎麼樣呢？畢竟哈利斯一開始就是藉由皆伐克雷格太太的林地起家的，那塊他與艾弗烈繼承而來的土地，砍完之後，將土地以薄利出售。翠林木業公司剛起步時，哈利斯通常扮演著採購的角色，說服脾氣暴躁的地主出售祖墳土地。只不過，這種規模的買賣他不能透過電報購買，對洛克斐勒那種人不行。而且他也不可能前往紐約，他只是一個脆弱、失明的加拿大人，在世界上根本算不上什麼大人物。再說，哈利斯又不能獵雉雞，不能打橋牌，更無法聊紐約上流社會的八卦。他連見面的機會都不會有。

這天夜裡，哈利斯疲憊地對著菲尼的頸子低語：「如果沒有更多樹，我們就完蛋了。」這是這位視覺描繪師首度厚著臉皮打破他們的規定夜訪老闆的床鋪。

「我有個主意。」菲尼說：「但你肯定不會喜歡。」

「噢，拜託。」哈利斯吻起他的頸子。「說嘛。」

「再跟我說說，你喜不喜歡派對？」

樹苗

艾弗烈與寶寶抵達的隔天一早，恬璞請她的工人開著曳引機去費茲．謝林那邊載一百棵楓樹苗回來，他的養豬場接鄰最後一片尚未為了農田而夷為平地的林中空地。她寧願親自去選樹苗，但幾年前，謝林曾經向她求過婚，可先前根本沒有跟她交談過幾句，她拒絕後，每次只要她出現，這位先生的臉色就會漲得跟成熟的大黃一樣。

通常她的工人會樂得接下這種活，這樣才能暫時從一成不變的日子中解放出來，不過她問起的每個人都拖著腳步，說自己不能開曳引機。麥索利對嬰孩感興趣的消息肯定傳開了，恬璞知道這些男人不希望這裡引來警探的注意。葛蒂也提醒過她這些人很不滿有人得到特別待遇，好比說住在大宅裡，或是餐點需要額外準備。因此在新人離開前，其他人似乎已經達成共識，就是不讓他好過。

一直到恬璞威脅一個禮拜吃不到甜點後，最年輕的農場工人才答應去載樹苗，中午就回來。恬璞提議幹活時請葛蒂幫忙照顧孩子，但艾弗烈拒絕了。「小翅果可以看著我搬東西，她也許會學到什麼呢。」他說。

他們開恬璞的皮卡車，七棵用黃麻布袋包裹著的楓樹樹苗將車子底盤壓得極低，他們朝邊界線前進，風沙從南邊吹過來。他們車窗緊閉，朦朧中，每當艾弗烈提著嗓子指著可以種樹的地方時，他懷裡的孩子就會抬起頭來。當她要開始鬧脾氣時，他會將她小小的雙腳併攏在一起，就跟銅鈸一樣。

「幾年前我試過錦雞兒防風林。」恬璞開口，但她隨即發現她失敗的嘗試對他來說沒有差別。「浪費了一些好樹苗。我還是不懂為什麼長不好。」

「沒有哪種樹保證成功的。」他說：「妳可以用全世界的關愛種下一棵樹，但事情還是會出亂子，樹還是會死給妳看。就我看來，樹木決定了自己是否該努力活下去，反正妳也沒辦法說服它們。它們很講究的，這邊我們就盡量了。」

他們停好車，他走下卡車，將寶寶放在靠近前輪旁邊的迎風面上，還用他的襯衫墊著。恬璞則過去放下尾門。「這邊太陽角度適合。」他說，他們一起將第一株包著黃麻布袋的樹苗從車斗上搬出來，緊抱著下方沉重的泥膽。他掃視地貌，踢起幾處的泥巴，選了一個地點。「土壤適合，從這裡剛好可以阻斷風勢。」才挖了幾鏟，曬乾的硬磬就挖不動了，他們輪流用鎬鬆土。當他們終於挖出一個洞時，一陣幾乎快聽不見的哭聲讓艾弗烈拔腿跑回車邊。恬璞跟著過去，看著他從孩子臉上拍開一隻大蚱蜢。「你這小混蛋。」他一邊說，一邊踩死蟲子。「不是說妳，小翅果。」他連忙說，然後抱著孩子好一會兒，安撫她的啼哭。

洞挖到膝蓋的高度時，他們鏟進了一些血粉，將樹苗放進去，他將樹苗轉向面北，宣稱在樹木拔高前，他就能預測樹木生長的方位，恬璞對小麥束也有這項本領，但樹木是大草原居民不擅長的語言。等到要把土填回去的時候，他漲紅了臉。「把土蓋回去之前，我通常會解放一下自己。」他不好意思地說：「這樣可以騙騙它們。」

「怎麼騙？」恬璞問，還強忍住情緒面對他的一本正經。

「也許是迷信，但我聽說這樣可以說服樹木土壤比現況還要好，所以它們一開始就會努力生長。」他說。

「那別客氣。」她轉過身去，雙手抱胸。

他完事後，他們用泥土覆蓋泥膽，鏟子壓平土壤。那天下午，他們又種下六顆樹，每棵間隔一點五公尺。開車回去時他們一語不發，手臂痠到無法高舉過頭，孩子則跟貓咪一樣在艾弗烈懷裡熟睡。

「只剩九十三棵囉。」恬璞疲憊地說，此時他們已經回到穀倉。照這個速度作業，艾弗烈還要再待兩週，就算如此，她並不擔心，畢竟麥索利差不多一個月才來一次，此處只是在他搭乘鐵路橫跨大草原中途的短暫停留而已，那時艾弗烈跟孩子早就離開了。

他們取下工具後，恬璞說：「我在那座老教堂裡擺了幾本書。歡迎自行取閱，記得哪天拿本書來交換即可。」

「我羞於承認我不識字。」艾弗烈說：「但妳的行為很慷慨。一路上大家對這裡的評價都很高。」

回到大宅，恬璞撥開一路垂到地面的柳樹枝葉。「如果渴了，這裡有水。」她一邊說一邊帶他走進天篷之中。裡頭的土地冰涼又潮溼，高高的樹冠形成了綠意盎然的葉片空間。艾弗烈將熟睡的嬰孩放在襯衫上，他跟恬璞則背靠樹幹坐了下來。她從水桶裡用木勺打了兩個錫杯的水，柳樹搖曳生姿，光線灑落在他們之間。

「相較於妳那滿是沙塵的田地，我更喜歡這裡。」艾弗烈說。「我不習慣那麼開闊的視野，距離太遠會讓我暈眩。」

「先前的農場主是英國人。」恬璞說。「他在此安頓下來之後就沿著屋子種了柳樹跟奧勒岡白櫟，只不過樹都因為缺乏水分，長得矮矮小小的。不知為何只有這棵柳樹生長茂密，肯定是有地下水滋養它，跟我的水井是同樣水源，我猜啦。水源打哪兒來，流往何方，我一點頭緒也沒有。」

他們稍作休息，靜坐一會兒，聽著樹葉的嘆息。

「所以怎麼會有小孩名叫小翅果這種名字？」她問。在把女嬰臉上的蚱蜢拍掉時，他說了一次，現在的他一度露出震驚的神色，彷彿這輩子沒聽過誰喊過這個名字一樣。

「噢，那只是暱稱而已。」他不以為然地說：「就跟種莢一樣，楓樹會掉落的那種小小旋轉翅果，她讓我想起那種東西。她以後會有真正的名字，正式的名字。」

「那是什麼時候？」

他目光呆滯，似乎是在望向內心。「等到我送她去她該去的地方。」

「她是你的？」她盡量用輕鬆的語氣詢問。

「我是她叔叔。」他說。「我們要往西邊前進，她家人在那。」

「你知道，沒有人會嫌我多管閒事。」她說。「來這裡的人，我不會過問他們的過往，為難他們。我覺得如果一個人來到這裡，那肯定是因為他必須來。不過，有件事我必須說。不久前，有位鐵道警探來過，他叫做麥索利。他說他正在追捕一個打傷人的流浪漢，還綁架了一名嬰孩上火車。」

「我是她叔叔。」艾弗烈緊繃地覆誦起來，但他連耳根子都紅了。

她嘆了口氣。「艾弗烈，那孩子看起來跟你一點也不像。」

他從她的注視下轉開身子，又倒了一杯水，然後把水舉在面前，但沒喝，他只是希望開口時有東西能夠遮住他的嘴巴。「愛怎麼想隨便妳，我沒有綁架任何人。」

「你真的是很拙劣的騙子。」她拍拍他的頭，彷彿他只是個小男孩。「但綁架犯才不會跟你一樣替那孩子大費周章，所以我會假裝相信你。不過你最好別待太久。我們一旦把樹種好，你們恢復元氣，我就會給你工資，你可以繼續啟程。我這邊的工人全世界只怕麥索利一個人，但他們更重視這個地方，所以我猜他們應該不會把你們落腳於此的事情說出去，至少短時間內不會。」

「妳太慷慨了。」他又喝了一口水。「把樹種好，我們就走。我向妳保證。」

大不列顛的種子碾壓榨油史

隔天傍晚，種完樹後，艾弗烈、小翅果跟其他人一起在門廊吃過晚餐（他們終於讓他坐在桌邊，但還是很不接受他們的存在），他便坐在破敗圖書館裡的長椅上，包圍他的是爬滿牆壁、東歪西倒的書籍。他在燈光下逼迫雙眼閱讀起小翅果的日誌，希望只是坐在附近，周遭架上存在的文字就能夠感染他。雖然果醬污漬洗不掉，染黑頁面的煤渣灰也是，他還是希望有天能夠修復日誌破裂的封面，當成禮物，留給小翅果。只要她找到一個好人家，有人教她讀書認字，也許有一天她會想讀呢。在一個沒有血親的生活裡，這樣會帶來慰藉。要是艾弗烈小時候有這種東西，他生母親筆寫下的文字，無論她是誰，也許他的狀況都會比現在還要好。

他聽到開門聲，連忙從最近的架上抓起一本書，將日誌塞進該書留下的空位裡。他在面前攤開書本，臉貼上去，假裝讀得很認真。

「小傢伙呢？」恬璞在他身後問，一手搭在他肩上，跟降落的鳥兒一樣，每次她這麼做，他都會呼吸不順。

艾弗烈比了比桌下包著毯子的寶寶。

「我以為你不識字呢。」恬璞坐在對面的長椅上。

「不太流暢。我哥哥哈利斯負責認字、算數，我負責砍柴養活我們。」

「你就是要帶寶寶去找他？」

艾弗烈暗自咒罵自己一時說溜嘴。「對。」他回答。

所幸她沒有繼續追問這個話題，反而伸手檢視起他面前的書脊，說：「《大不列顛的種子碾壓榨油史》，我剛買下這個老地方的時候讀過這本書，無聊得跟聽十個小時的布道一樣。你對種子保存感興趣喔？」

「當然。」他急著想轉移話題。「這些書妳都看過啦？」

「噢，沒有。」她環顧四周。「這裡的書超過一個人一輩子看得完的數量，如果仔細想想，這樣滿悲傷的。」

「但妳讀過一些？」

「當然。」

「多少？」

「我想不少吧。」

「妳該覺得自豪。」他望向滿滿的書架。

「哎啊，我猜我是吧。」她說，但她自己都有點意外。

「我這種人通常會喜歡哪些書？」

「你這種人？」

「流浪漢、隱士、社會底層的人。」他說。

「社會底層的人喜歡《基督山恩仇記》。」她賊賊地說。「不曉得為什麼會這樣，我猜是因為報仇的主題。有時當一個人一無所有的時候，他們就只剩怨恨。還有狄更斯、杜斯妥也夫斯基的作品，廉價小說，偵探故事。不幸的是，他們對愛情故事沒什麼興趣。」

最後一個主題讓他漲紅了臉。「而妳這種人喜歡哪類型的書？」他勉強問起這個問題。

「誰？我們這些離不開農場的單身婦女喔？」她說：「我們喜歡能夠逃離現狀的故事，冒險啦，異國背景啦，埃及、暹羅。我讀過太多巴黎的書，我覺得我這輩子都不用親自去一趟了。」

「戰時我在法國北部，但我沒見過巴黎。」

「這裡很多人都打過仗。你在那裡做什麼？」

「我不是步兵的料，所以我主要做點木工。替收音機做架子啦，還有木檯，這樣士兵不用直接躺或坐在泥地上。除此之外，我負責抬擔架。我大概扛過一千個人，這些人大多卡在生與死之間。」

她扁了扁嘴，說：「那一定很痛苦，看到那些殘缺的肉體。」她話語的坦率解開了艾弗烈胸口的某些東西。他在戰場目睹的慘況與他後來的精神折磨，她居然能輕易連結在一起，那種精神折磨彷彿一把匕首插進他眼窩，尖刃斷在他的頭殼之中。戰爭快結束時，他的所見所聞讓他說不了話、睡不著覺，最後他進了特殊的醫院，裡頭全是有同樣症狀的軍人。在他退伍後，就是因為這樣沒辦法兌現承諾，回到他與哈利斯的樹林，也是因為這樣，後來酗酒、流浪了好多年。不過，艾弗烈此刻無法表達這些情緒，他只能再次將目光轉移到面前的書本上。

小翅果在桌下開始嗚咽，跟螃蟹一樣，小手開開合合，恬璞彎腰抱起她。艾弗烈喜歡她抱孩子的模樣，輕鬆踮腳讓孩子上下振動。

「你知道，我可以幫你。」恬璞說。「我是說，教你識字。也許別讀這本。」她指著《大不列顛的種子碾壓榨油史》。「我買這個地方前是學校老師，教人讀書寫字是我唯一不介意的工作。」

「噢，我沒望了啦。」他說。

「我教過很多比你笨的人。」她用傲慢的聲音講話，然後抱著小翅果到書架旁邊，就是他剛剛將日誌塞進去的位置。他的胃翻攪起來，所幸她選了不同的書。「來。」她坐在他身邊，他忽然不好意思地注意到自己這身破爛衣服已經幾個禮拜沒洗過了。

「試試這本。」她指著第一行，她的食指指甲下方有一圈洗不掉的新月泥巴痕跡。「這本叫《奧德賽》。」

他別無選擇，只能試試看，黑色的印刷字體是比日誌的凌亂手寫字好讀，但文字本身盤根錯節，扭來彎去，他不懂其中的意涵。字母從他眼前一轟而散，就跟燈光下的蟑螂一樣。他的舌頭結巴、打結了好一會兒，感覺太尷尬，他只好說自己累了，最後他們一起走回大宅，上床睡覺。

那天夜裡，艾弗烈躺在床上，他決定不要回圖書館取回日誌。如果這個鐵道警探出現，在沒有日誌將孩子與R．J．霍特連結在一起的狀況下，他可以宣稱小翅果是他的孩子。雖然艾弗烈不喜歡與那本日誌分開，但他認為那些流浪漢大概不至於不智到取下那本日誌，畢竟那本日誌薄薄的，書脊上也沒有寫字。

因為堅硬、乾涸的土壤，第二週種樹的進度比預期還要慢，一天平均只能種下六、七棵樹。每天夜裡恬璞會來圖書館找他，教他讀書寫字，但揮鎬一整天，他的手痛到連鉛筆都拿不住。他寫出扭曲的文字時，她就坐在他身邊，耐著性子聽他以爬行的速度念起《奧德賽》。幸運的是，識字並沒有他印象裡那麼困難，關鍵就是了解字母在玩的把戲即可，c可以扮演s的角色，e則可有可無。他逐漸進步，非常緩慢。有時，他讀的內容讓他很愉快。

兩週後，防風林種得差不多了，恬璞請他白天低調一點，以免麥索利跑來。太陽下山後，他們持續在圖書館見面，在長椅上越坐越近。他更願意聊起戰爭，她則說起她讀過的書，希望她的父親還在世，能夠幫忙分類她的圖書館藏書。他們將第一百棵樹種進泥土裡那晚，開車回家時他們一句話都不肯說，彷彿剛出席過葬禮。那天晚上，她邀請他上她的床。

溫哥華

在無邊無際的加拿大草原上，哈維・羅麥斯的頭等艙餐車駛進黑色灰沙積成的高牆之中，總共有好幾公里高。風沙籠罩起列車與餐車，車內一片黑暗。雖然正值午餐時分，但服務生得點蠟燭，乘客才能看清他們的食物，羅麥斯將手帕浸溼擦臉，他的湯上卻沾了一層糊糊的風沙。旁邊穿著講究的紳士放棄了湯碗，羅麥斯則將沙土攪進湯裡，舀起來喝。

幾天後，他抵達溫哥華，他從來沒有來過這個地方，鬱鬱蔥蔥的山脈與附近閃著光澤的海洋讓他讚嘆不已。他在多倫多飯店騙來的兩百塊已經花得差不多，他用餐、買了車票，還有足夠支撐整趟旅途的鴉片。他在火車站附近的銀行停留，想要從一般帳戶提錢，行員卻通知他帳戶已經空空如也。因為捉襟見肘，他只能住進遊民窟裡的破爛旅社，這裡通常是伐木工人落腳的地方，他發誓會限制鴉片的用量（他跟父親不同，他的自制力很強），還能英勇地走過這座城市裡為數眾多的鴉片館。為了不要讓他的背放慢他的速度，他一天只抽三次鴉片，用量都非常保守克制，絕不多吸。

他搭街車南向前往翠林木業公司，這裡就是哈利斯・翠林的豪宅。他在門口自稱為新布藍茲維省Ｒ・Ｊ・霍特的代理人，還請名為繆納的祕書幫忙約見他的老闆。

「恐怕翠林先生此刻正忙著籌備他的晚會。」繆納說：「這是指霍特先生賞光囉？許多業界大亨都會出席。我期待霍特先生還是會來？」

「他當然會。」羅麥斯說：「我也會在場，擔任他的助理。」他說，然後就帶著壓紋印刷的精美請柬離開豪宅。

回到他的破爛旅館，他檢視起衣櫥，他的衣物因為這趟旅程都不怎麼體面，西裝外套皺皺的，有菸痕，襯衫領子泛黃，帽子也壓歪了。他發電報給拉雯，通知她自己的所在位置，也向她保證，他與完成任務的距離史無前例得近。他也請她清算他們替哈維二世教育基金準備的舊帳戶，那是拉雯父親死前留給她的錢。半小時後，她回起電報：

你要求的錢匯了句點執達員昨天來家裡句點霍特趕我們走句點我們跟我媽住句點住手拜託回家句點拉雯

羅麥斯咬緊牙根，直到牙齒發出聲響。霍特威脅過，要是他不回去，就會有「額外懲罰」，但羅麥斯一直暗自覺得老闆不會真的採取什麼行動，畢竟他替老闆忠心收債收了這麼多年，加上羅麥斯曉得老闆有哪些齷齪破事，現在霍特先生彷彿為了他的姑娘而拋棄羅麥斯了，這意味著羅麥斯能做的就是搶先麥索利，先找回孩子跟日誌，用這兩個東西作為贖回自家房子的籌碼。

羅麥斯帶著拉雯匯來的錢，找到一個裁縫。在試穿正式禮服的時候，裁縫說服羅麥斯買比平常小兩個尺寸的西裝。也許是因為西岸的尺碼算得不一樣，也許是因為上路了幾個月，沒吃到拉雯的家常菜，害他瘦了不少。

週五傍晚，羅麥斯抵達溫哥華大飯店，一堆抗議的人集結在前門，喊著經濟崩盤，以及翠林木業公司這種木材公司慘無人道，但走下閃亮禮車的有錢人根本充耳不聞。羅麥斯出示邀請函，推開抗議人士，走進華美的宴會廳，女人乳溝上掛著閃亮的珠寶，高聳的天花板上披掛著紫紅色的絲緞。羅麥斯看到他確定是哈利斯．翠林的人後，便在一旁喝起通寧水，等待時機去餐桌旁攀談。助理離開了，哈利斯旁邊的座位空了出來。雖然這位業界鉅子看起來心情不是很好，他向同桌人講起羅麥斯無法理解的話題，他懷疑自己大概沒有更適合的機會了。

「翠林先生，抱歉打擾用餐。」羅麥斯彎腰在男人耳邊開口。「我是為了令弟而來。」

「你膽敢在我吃飯時突襲我。」哈利斯醉醺醺地說，他向後靠在椅背上，無神的目光投向羅麥斯的方向。「先生，我的弟弟已經死了。」

「我想這也許很意外，但我樂意告訴您這是誤會。」

「噢，真的嗎？那他在哪？」大老闆沒好氣地說，還左右搖頭，強調重點。「在這嗎？也許就坐在我對面？」

「不，先生。」羅麥斯想讓他冷靜下來。「我不確定他此時此刻人在哪裡，但我很清楚他的目的地——」

哈利斯．翠林打斷了他，暗示羅麥斯是某種詐騙，接著威脅要將他逐出派對，羅麥斯只好離開。在R．J．霍特手下做事近二十年，羅麥斯很清楚不該接近一個口沫橫飛、火氣起來的工業巨頭。現在他卻莽撞亮出一手爛牌裡的唯一王牌。

羅麥斯穿過人群時，看到霍特先生，盛裝打扮，勾搭起年紀比他小一半的女服務員。羅麥斯距離他越近，他五臟六腑裡的大漩渦就越是想往上捲，害他嘴裡冒出骯髒零錢的味道。羅麥斯想像起他的七個孩子窩在拉雯娘家的小公寓裡……此時他距離霍特的後背不過幾公分，他想起曾在尤芬米雅手腕及脖子上看過的瘀青，她不願多作解釋……想從後方攻擊這個人的慾望變得難以抗拒。不過，此人並非羅麥斯要收債的社會底層生物，他不可能攻擊霍特，讓老闆放棄回收他的房子。霍特跟在場的其他大老闆一樣，擁有商店、公寓、銀行、礦場、鋼鐵廠、工廠、森林與湖泊，擁有這一切讓他有權有勢。如果羅麥斯想要保護自己不受這種權勢的傷害，他就需要那本日誌。

羅麥斯逼著自己前往盥洗室，把自己鎖在隔間之中。為了消除嘴裡的異味，他用剛剛從桌邊摸來的湯匙點燃鴉片，深深吸起裊裊上升的菸氣。這樣抽鴉片的方式帶來的後果比透過香菸抽更難以預料，他一度昏迷在自我的大海之中，過了多久，他不清楚。

他逐漸從內心的海洋清醒過來時，注意到旁邊隔間傳來對話聲，兩名男性，發出留給婦女與孩童的溫柔語調。羅麥斯在收債生涯中，經常遇過這種人。他有次向一位父親討債，這位父親拋棄了五個牙牙學語的孩子及選美皇后太太，穿著妻子的內衣褲跟另一個男人狂歡。通常羅麥斯很快就能認得出這種人來——站姿特別輕盈，還會尋求其他人的矚目，以及他們的目光總是停留得太久。不過，任何一個笨蛋都聽得出來隔壁發出的輕聲嘆息代表何種意涵。

當他們完成污穢的行為後，他們離開隔間，在洗手檯邊清洗、稍作停留。這時羅麥斯掂起腳尖從隔間上方偷偷望出去，恰好看到兩人的樣貌，這點以後可以派上用場。

晚會

在溫哥華大飯店的省督套房裡，哈利斯．翠林穿著襯衫，戴好絲質禮帽，扣上珍珠母袖扣，鞋子上還罩著白色的鞋套。他坐在軟墊沙發椅上，喝著玻璃杯裡的清酒，留意到下方西喬治街上逐漸散去的喧鬧。外頭在抗議，先前的員工墮落成不知感恩的烏合之眾，對著老闆那些停靠在路邊帕卡德禮車上走下的賓客吼叫。不過警察迅速趕來清場，他聽到警棍揮舞的聲音，以及鎮壓時男人發出有如動物般的嘶吼。

「連恩，我看起來怎麼樣？」哈利斯聞到菲尼大海般的氣味出現，便搶先開口。

「宛如木屑貴族。」菲尼從他右邊幾公分處開口，然後牽著哈利斯朝電梯前進。他們靜靜下樓，門開了，進入喧鬧的宴會廳，樂隊音速般的熱情與賓客擁擠的溫暖吞沒了他整個人。哈利斯感覺得到舞者在地板上移動腳步發出的震動。通常他覺得爵士樂還能忍受，事實上，所有的音樂他都能容忍。音樂會闖進他的腦袋裡，將他的思緒引導到他認為雙目健全之人無法達到之境地。然而也許是因為菲尼在身邊的緣故吧，他居然在雜亂的蹦跳節奏、明亮的號角聲、讓人想睡的單簧管裡找到一絲興味，差點就忘了這一切花了他不少錢。

這場晚會是菲尼的主意。近來在舊金山有一場貿易博覽會，出席的商業巨頭都樂得前往落後的溫哥華來一場有人款待的狂歡。新落成的溫哥華大飯店在股市崩盤時破產，當時建築都尚未竣工，哈利斯可是特別付了一筆酬金才得以在此處設宴。不過，這種派對少了菲尼，狀況實在令人難以想像，沒有他可靠的視覺描繪師在身邊，哈利斯不可能獨自面對這種社交索求。

菲尼帶著他前往吧檯，他們坐在高腳椅上，聽著聲音粗啞的幾位男人一起大笑起來。菲尼將一杯新的清酒遞給他，哈利斯特別從大阪訂了一整箱，此刻已經喝了一半。他知道他不該繼續喝，因為他已經開始感覺到類似他「小騷動」的感覺，但他還是將酒拿到嘴邊。

「來吧，跟我說說我的派對。」哈利斯轉過身，背靠在吧檯上，酒精讓他的舌頭變得柔軟。

「緊身絲緞、掛滿鑽石的女人來來去去。」菲尼裝腔作勢地說：「她們牽著又老又醜的實業家，這些男人比奧林匹斯山上的神祇更有錢。你的賓客似乎是以他們個別摧毀大自然母親資源的方式自處。開金礦的在角落，煉油的站在門口，鐵道經理與煤礦富豪在吧檯密謀著什麼。我看到阿歌瑪鋼鐵的詹姆士．鄧恩，湖畔黃金的威廉．萊特漲紅著臉，穀倉塔之王C．D．豪爾正在吮吸前菜，彷彿那玩意兒會傷害他一樣。而色瞇瞇的霍特企業老闆R．J．霍特看起來連軟墊腳凳都不放過。」

「有見到洛克斐勒嗎？」

「還沒。聽說他是很傑出的划船手，至今還是很帥氣，前提是如果你喜歡有錢大亨的話。」菲尼說，還偷偷用手肘頂了哈利斯的肋骨一下。

「對話呢？」哈利斯問：「吵吵鬧鬧的，我聽不清楚。大家在聊什麼？」

「哎啊。」菲尼嘆了口氣。「主要在談羅斯福，還有逐漸敗壞的社會主義，以及日本拔刀相向。歐洲人心惶惶。氣球停在建築物上。豐滿的電影小明星。噢，聽說班奈特總理發表了激勵人心的演說，支持那些嚴苛的勞動營，認為那才是股市崩盤後的解藥。

「我才該上臺發言。」哈利斯沒好氣地說：「這一切空話還不是要我買單？」

股市崩盤後，受波動影響的一眾加拿大銀行拒絕貸款創業投資，特別是資助處於危險中的伐木工人，因此哈利斯被迫透過一間位在倫敦的公司提出購買洛克斐勒亞伯尼港土地的要求。現在他要做的就是說服這位美國人出售土地，他與菲尼計畫晚點再來談這樁生意。

晚餐鐘聲響起，賓客陸續就坐，然後是水晶玻璃杯的敲擊聲與喝湯的聲音。哈利斯帶著菲尼遠離位高權重之人的位置，主要是哈利斯不喜歡一邊用餐一邊談公事，因為他每次都會坐在某個自以為是的粗俗之人旁邊，沒聽過的人聲會從四面八方傳來。

「我去找難以捉摸的洛克斐勒。」吃完沙拉後，菲尼丟下這句話，在哈利斯能提出抗議前，他就跑了。

「先生的蛤蜊來了。」從他左邊冒出來的服務生開口，哈利斯開始在盤子上的奶油溜冰場追逐這些小小的乾癟塊狀物，其他地方傳來乾杯聲、笑聲，一層聲音的瘴氣加強了他的不安。他今晚完全沒有打算要獨處，一分鐘也沒有，現在菲尼不在了，他的領帶感覺好緊。哈利斯低著頭，避免讓同桌人以為他想聊天。

然後一個男人的低沉聲音從喧囂中冒了出來。「翠林先生，抱歉打擾用餐。」陌生人坐進菲尼剛剛的位置上。這個人進一步暗示了艾弗烈奇蹟似地活了下來，但哈利斯先前也遇過這種騙子。有次，有個女人聲稱自己是艾弗烈的女兒，跑來哈利斯的豪宅，要求「伯伯」替她買一臺新的洗衣機。

「讓我猜猜，你要的只是小小一筆錢，你就會把他送到我面前，是不是這樣呢？」哈利斯火氣都來了。「我可以向你保證，我不是什麼好騙的戰爭寡婦，隨隨便便會相信死而復生這種事。」他提起嗓門。「所以現在就給我滾，免得我叫助理把你攆出去，臉先著地！」

「翠林先生，是我不對。」低沉聲音的男人在面對這種威脅時臨危不亂，令人費解。「也許下次再談。」

當哈利斯確定男人已經離開後，他氣呼呼的，伸手想拿清酒平息憤怒，卻發現酒水已經換成細長玻璃杯裡的香檳，這倒無妨，他還是大口喝下。那個騙子說的如果是真的就好了！要是艾弗烈在戰爭結束後應對承諾，回來跟他一起工作，不要到處流浪就好了。他們能有多少成就啊？要是弟弟此刻在此，他們就能聯手解決這些吸血鬼與水蛭，因為他們就是一群吸血蟲，吸食他所建設的一切。

服務生默默替他斟酒，哈利斯忘記自己喝了幾杯。他臉發汗，腋下溼黏，臉頰麻木，他想用雙掌搓揉。他聽見稀稀落落的笑聲，菲尼不在，他實在不確定這些人是不是在笑他。而菲尼到底在哪？他離開多久了？他肯定是去找小約翰．戴維森．洛克斐勒攀談了，真是壯烈的犧牲！

樂隊暫停時，他右手邊女人的聲音變得清晰，她正天真地談起政府新成立的林務局。哈利斯在耶魯大學的時候聽說過「生態學」這個字眼，他喜歡其中的概念，為了科學與娛樂目的，保護了不起的樹林。不過，在不扼殺工業發展的狀況下，這種事情該如何實行？目前流行建立保護區、保留地、國家公園，就跟羅斯福在美國幹的一樣，彷彿不把整個世界玩成一個大沙坑，人類是不會善罷甘休的。哈利斯心想：不，還是現在先砍了吧？讓樹木有點用途，重新植樹早點開始比較好。

「對，對，樹木很美好。」哈利斯聽到自己咕噥著說。

「先生，不好意思？」女人說。「我聽不清楚，可以請你講大聲一點嗎？」

「妳認為樹木很神聖。」他說：「樹木會愛妳，樹木是為了要討妳歡心才存在，但真正了解樹木的人就會知道它們冷酷無情。它們早在我們存在前，就開始爭奪陽光與營養物質。如果它們優越於人類，它們肯定會樂得壓死或毒死我們每一個人。」

「我敢說這對世界來說是很無望的看法。」女人開口，他不確定這是不是先前那個女人。

「女士，我對世界沒有任何『看法』。」哈利斯說，這是先前菲尼用過的輕蔑話語，同時他拿起另一杯香檳，他現在已經習慣了這種味道，類似他小時候曾與艾弗烈在林地裡互相丟擲的野生酸蘋果。「再說，天底下比『沒有』更無望的是什麼？」

女人講起是誰邀請這種人來，此時，一隻手撫摸起他的翻領。

「一切都還好嗎？」菲尼問。

「你跑哪兒去了？」哈利斯的聲音破音，很不像他。「你知道我不喜歡一個人用餐。一個騙子跑來，我得趕他走。」

「可憐的小寶貝。」菲尼說：「但我找到咱們的洛克斐勒了，就在雪茄煙霧繚繞的露臺上。」

「怎麼這麼久？」

「我安排了你們之間稍晚的對談，就在餘興節目之後。」

「噢，我相信你會看得很高興的。」哈利斯說：「再給我弄點這種香檳來，好嗎？我開始覺得順口了。」

「我覺得這樣不妥。」菲尼將一個杯子塞進哈利斯手裡，裡頭只是氣泡水，哈利斯很失望。

「那陪我去洗手間。」哈利斯說，蛤蜊的餘味忽然讓他噁心起來。「這是命令。」哈利斯從座位起身，在身後拖著菲尼前進，一路上撞到許多客人。進了廁所隔間，噁心的感覺褪去，哈利斯發現酒精撫平了對於他們關係曝光所帶來的焦慮，他便摸索起視覺描繪師的嘴脣，一口吻了上去。菲尼嚐起來有小黃瓜、茶汁與雪松刮鬍膏的味道。

親密接觸結束後，他們在洗手檯清洗，哈利斯開口：「我晚點的狀態沒辦法與洛克斐勒見面。我現在就要向他開口。」

「哈利斯，你不能幹這種蠢事，不然你脫序的行為會毀了一切。」

「連恩，這不是請求。少了你，我自己也辦得到。」哈利斯說完就跌跌撞撞離開盥洗室，他伸出手，沿著飯店的絲絨牆壁，尋找方向與露臺。他聽到菲尼追上來的腳步上，還壓低聲音敦促他多考慮一下。到了飯廳，哈利斯命令一名服務生帶他去露臺。

當充斥著雪茄菸味的冰冷空氣碰觸到哈利斯的臉時，他殷勤地說：「洛克斐勒先生。」

「翠林先生！你在這啊。」溫暖宏亮的聲音回應起來，東岸口音讓哈利斯想起他在耶魯大學的日子。他們握手，洛克斐勒的手柔軟光滑，卻能以同樣的掌勁回應哈利斯的強力擠捏。

「我們剛剛才在聊你跟那些黃皮猴子的生意呢。」洛克斐勒說，他講起話來有點踩在喝醉的門口，但還在門裡。洛克斐勒講話時還拍了拍哈利斯的後背。

「我跟誰都能做生意。」哈利斯露出微笑。「不管他們的動物學分類為何。」

「說得好，說得好。」洛克斐勒又拍了拍他的脖子，彷彿他是一隻可靠的獵犬，哈利斯差點把對方的手拍開。「但，翠林先生，沒有不敬的意思，我們卻認為我們不該援助那些日本人。他們入侵了滿洲。國會大廈那邊有謠言說他們接下來就要攻擊美國了。」

「所以我猜你全面停止對日本出口石油了？」哈利斯說，還停頓了一下，讓這話的刺扎得更深一點，接著，他笑了笑，平息這刻薄的態度。「洛克斐勒先生，他們只是要蓋鐵路。我提供他們蓋鐵路的木材，他們要怎麼使用，不關我的事。我已經砍了半數的枕木，我要的只是再多一點土地，提供剩下的木材即可。」

「翠林先生，這我已經知道了。我也跟你的代理人講了，我只會同意承租砍伐權，僅此而已。只不過這次看來，你的同僚麥克米蘭先生也會一同競爭。當然啦，我很樂意接受你們雙方的競價。」

「那不成。」哈利斯說：「我要的是永久所有權。」

「翠林先生，就我看來，你這個迷人的國度就是一大片樹林，你為什麼不主動一點，去買別的土地呢？」

哈利斯從小時候在麥拉倫路路邊賣柴火跟人討價還價起，他就覺得自己在協商上如魚得水，於是他一口飲盡杯中物，將目光投向他猜測是洛克斐勒的所在位置。「先生，這麼多年來，租賃你的土地我已經花了不少錢，我很樂意繼續付款。不過，這次我必須買下你的亞伯尼港懸崖，包括附屬的那塊小島，永久所有權。」

「而我說過了，翠林先生，我沒有意願要出售那塊地。現在跟過去不同了，就我上次查看，小島這種東西已經沒辦法繼續生產出來了。」

「洛克斐勒先生，對你而言，那塊土地不過九牛一毛。你一秒鐘也不會懷念那個地方。」

「翠林先生，這個派對很有意思。」洛克斐勒說：「但我聽你的收買計畫已經聽太久了。先晚安了。」

哈利斯轉身，緊緊握住露臺扶手，周邊的男人都在笑他，跟他就讀耶魯大學時一樣。他們在公開場合握手，私底下卻一腳踹開他，不只是因為他失明，更是因為他只是個落後的加拿大人。對洛克斐勒這種人來說，這個國家不過只是世界上一處知名的自然資源倉庫，先從原住民手上偷來，然後一塊一塊賣給像洛克斐勒一樣的這些外國金主，這裡對他們來說就只是一個可以肆意掠奪的地方。哈利斯在醉醺醺的朦朧短暫時刻裡可憐起了那些樹，特別是因為信任這個世界，向上茂盛生長的樹。至少黃金跟石油還曉得要躲起來。

不過，不能繼續砍樹，翠林木業公司就會完蛋，而哈利斯與菲尼就會跟那兩個在伐木營裡互相擁抱的工人一樣，失去保護，失去保障。忽然間，一股衝勁冒了上來，他想起菲尼提過洛克斐勒在大學時是好勝的划船手。

「先生，你這輩子根本見不到那些樹。」哈利斯朝著雪茄菸味的方向大喊。「你這輩子永遠不會踏上那塊地。」

「翠林，你不只瞎了，耳朵也聾了，是不是？」洛克斐勒說：「還是你只是傻到以為你只要開場派對，一切就你說了算？」

哈利斯沒搭理這些羞辱，連忙縮短他們之間的距離，牢牢握住洛克斐勒絲質外套下的結實二頭肌。「噢，拜託，約翰！」哈利斯用緊繃但快活的語氣說：「你搭火車來的鐵軌木頭是我砍的，你住的大房子，你家保姆唸給你孩子聽的書本，你們國家打贏戰爭的槍柄，你這輩子坐過所有家具，就算這些東西統統出自我的木頭，我還是永遠比不上你，對吧？那你要不要跟這個無可救藥、明智未開的殘疾人士比比腕力？當著大家的面，證明你的確高人一等？要是我贏了，你就用合理的條件把亞伯尼港那塊地賣給我，還有附屬的那座島。要是你贏了，我就不跟那些討厭的日本人談生意，你的國家又能恢復安全。大玩家，你怎麼說？」

她的房間

兩隻藍眼睛，一個鼻子，一個嘴巴，一排貝齒，全都出現在他的臉上方，距離他不過幾公分。艾弗烈低聲地說：「已經好多年沒有人這麼近距離看我了。」

恬璞大笑，他短暫擔心起來，她會不會以為他是白癡啊？「哎啊，是該有人親近親近你了。」她也低語道，她放低身子靠上去，鼻息對著他的頸子吐去，彷彿有電一樣。「你一個人也太久了。」

艾弗烈在楓樹林安頓下來的頭幾年裡，他會夢見漂亮的女人，通常都是在春天的時候，她們的頭髮因為河水黏成一團，月光照亮著白金色皮膚。雖然這些幻象終究會消失，他卻已經知道與恬璞一起度過的這段時光會讓他無法回到過往那種休眠的狀態之中。不過，他還是擺脫不了這種疑慮：也許一切只是一個惡作劇，他跟哈利斯小時候會作弄彼此的那種殘酷玩笑。

「我運氣真好。」恬璞露出歪嘴的笑容。「你就是我期待已久的文盲隱士。」

「我猜那妳就是我夢裡離不開農場的單身婦女了。」他裝出一副嚴肅的模樣，將她壓在身下，他的雙臂擱在她身上。不過，她隨即擺脫他的手肘關節，他倒了下來，他們的頭碰撞在一起，然後又搏鬥了一會兒，將不亮的防風燈撞到地上。小翅果在喧鬧中甦醒起來，她在他們臨時作為搖籃的鍍鋅木箱裡發出悶哼，裡頭還有他們幾個小時前連忙脫去的衣物。

他們癱倒在一起時，他問：「妳都沒生過孩子？」然後驚覺他雖然想重燃剛剛打打鬧鬧的氣氛，但歡愉的感覺已經回不去了。

「沒生過。」她陰鬱地說。「我懷孕過一次，但過程不太順利，之後我就失去了那項能力。事情發生後，我丈夫就跑了，他總是叨念我們會生一堆早熟的孩子，所以我大概也料到了。不過我很慶幸他離開了。我不適合家庭生活。與其擔心幾個流鼻涕的傢伙，我更適合經營這裡。」

他們靜靜躺著幾分鐘，艾弗烈急著想為自己無禮的言論道歉，但好像一開口就像是在抱怨。

「艾弗烈，你跟那孩子到底是怎麼湊在一起的？」她用手指伸進他的髮絲之間。

他準備好要再次主張自己是小翅果的叔叔，她卻望著他，他感覺到一陣酥軟也豐富的情緒吞沒了他。「是我發現她的。」他開口：「有人把她掛在樹上等死。」一開始的拉扯過去後，他在樹林裡的生命故事就自動流瀉出來，就跟他在貨車上跟小翅果分享他的出身一樣流暢。他告訴恬璞他在流浪多年後找到了那片楓樹林，他因此戒酒，蓋了他的小屋子。

「我一開始覺得這個孩子很不祥。」他繼續說：「只不過我現在明白她沒有惡意，也不會傷害我。」

「在安大略，是你打傷那個議員的哥哥？」

他點點頭。「如果我不動手，小翅果會死掉。所以我才要出錢請人養育她，我不管到哪都會遇上麻煩，每次都這樣。我自己沒有良好的家庭，我又怎麼知道何種家庭對她最好？我能給她的就這麼多，她值得更好的起點。」

「而你要怎麼贊助她找到這個更好的起點？靠楓糖漿？在前所未見的蕭條年代？」

「我提過的那個哥哥。」他低聲地說。他知道他不該說，但他必須讓她知道他不是天馬行空的文盲傻子。「是哈利斯．翠林。」

這話讓他覺得難為情，他將臉埋進枕頭裡。

她斜眼看他。「那座穀倉是用翠林木材蓋的。」她狐疑地說：「你不是在耍我吧？」

他搖搖頭。

「你打算向他尋求幫助，怎麼不早點聯絡他？」

他說起自己與哥哥已經十八年沒見，雖然他們沒有血緣關係，但除此之外的確是兄弟。「照顧我們的那個女人不讓我們進屋，把我們像兩條狗一樣養在外頭。她內心很恨我們。」

「艾弗烈，話不能這麼說。我相信她有她的理由。你永遠不能確定一個人怎麼做出某些行為。」

「不過呢，她死後還是將那片林地一起留給我們。哈利斯想全部砍光，但我拒絕。戰爭結束後，他寫信問我想不想跟他一起建立木材公司，用他那一半的樹林開始，我答應了。不過我沒辦法直接回家，流浪了幾年。等到我最後終於回去時，他已經砍光所有的樹，還把土地賣了，我因此恨他恨了好多年。不過現在有了小翅果，我的計畫是要求我那一份的財產，用來替她找到一個好人家。」

「就我聽來是很合理的主張。」

「但我懷疑他不會欣然接受，他脾氣很大。不過，現在妳的防風林種好了，我跟小翅果應該一早就動身西行，我猜我們很快就會知道他反應如何。」

「我很想說我得多種點樹，或是，你得完成你在圖書館的學業，但昨天我聽郵差說麥索利在曼尼托巴，追捕某個從紐約來的美國殺妻犯。接下來他就會來艾斯特凡。今天是禮拜五，他最快也要會等到禮拜一才來。」恬璞握住他的雙手。「所以你們多留一天吧。」

艾弗烈答應後，小翅果醒了，哭哭啼啼個不停。他赤裸起身去床邊重新將她包裹好，此時，黃色的飛塵在床上留下的他身影的輪廓，恬璞彷彿跟他的鬼魂躺在一起，此情此景著實嚇著了他。

等到他回來時，恬璞已經睡了，隨即發出語無倫次的聲音，還有一連串悶哼。他希望自己能夠叫醒她，問她是在「哼」什麼，不知道跟她讀過的那些書或他無法容忍或理解的事情是否有關。他搖晃起小翅果，恬璞又掙扎起來，沒醒但踢著床單，他願意將這種夜晚的不安視為更嚴重的狀況，某種想做其他事情的慾望，甚至是想去別的地方。

破曉時分，艾弗烈看著恬璞起身，開始在鏡子前面夾頭髮。他欣賞無論她用髮夾將頭髮夾得多緊，總會有幾縷髮絲逃脫出來，還有她的肩胛骨眼看就要左右碰觸在一起了。這一切值得讚美的景象，她似乎完全沒有察覺到。

「妳昨晚夢見什麼？」艾弗烈問。

「噢，乾旱之後，每晚都是同樣的夢，隆隆大河，清澈溪流，跟油一樣靜止光滑的大湖。」

「我主要都夢到樹。」他說。「我認得的樹，我還不認識的樹。有時它們會幫助我，有時它們會倒在我身上，有時我在種樹，有時我在砍樹，不過，永遠都有樹。我想如果妳把我的腦袋剖開，裡面可能會有一團大大的泥膽，全都糾纏生長在一起。」

恬璞夾好頭髮，她穿上沾滿沙土的長褲與工作襯衫，艾弗烈則餵起小翊果她的羊奶早餐，這是葛蒂想辦法從隔壁農場弄來的。小翊果喝完後，他讓她靠在肩上拍嗝，她露出沒有牙齒的微笑。

「在葛蒂出來煮早餐前，你趕緊回你的房間。」恬璞對艾弗烈說，還對小翊果笑了笑。「我會請她去錢箱拿錢，在其他人醒來前先把工資給你。我們最不希望其他人又看你們得到額外的特殊待遇。」

電報

哈利斯老男孩句點在加拿大荒郊野外玩得很開心句點甚至很享受咱們替夜晚畫下句點的比賽句點你這瘋子加拿大人比看起來更強壯句點至於我們的賭注會以討論好的價錢成交句點聯絡我的祕書準備文件句點ＪＤ洛克斐勒

留下她

「恬璞？」
「是？」她的聲音聽起來有點心不在焉。
「妳覺得……」
長長的停頓。
「覺得什麼，艾弗烈？」
他咳了幾聲，難以啟齒。今天是星期六，他們在一起的最後一晚。他整個下午都低調地待在圖書館裡，檢視那本日誌，但他還是不能清晰讀懂其中的內容。他思忖起一個念頭。他聽到恬璞臥室外頭的風颳過柳樹的聲音，聽起來是在鼓勵他。
「妳覺得嬰孩可以愛人嗎？」他終於開口：「就算他們還不會說話表達？」
恬璞轉過身來，望著他，他們的腿交纏在一起。「艾弗烈，那個小女孩當然愛你。」
「噢，如果我明天離開她，一個禮拜過後她就不認識我了。」他說，燙燙的感覺從一路爬到他的頸子。「頂多兩個禮拜。」
「這我存疑，某部分的她肯定會記得你。」
「但一個孩子沒辦法表達，別人怎麼能確定呢？」
「因為這再明顯不過了，這樣就能確定。」
「在她出現之前，我不曉得該怎麼生活。啟程之前，我好像只是在消磨時間。」
「艾弗烈，她不只是憑空出現，是你救了她！不然你為什麼不把她留在樹林裡就好？」
「我差點就這麼做了。」他坦言，但這句話讓他覺得噁心。「之後還有別的時刻……我考慮做出更可怕的事情。」

「哎呦，那又怎樣？」她斜眼看他，露出別放在心上的神情。「我有各種想法，但那不重要，行動才要緊。而你犯了法，又失去原本的家，就只是為了把她送走？」

一陣靜默。

「你會留下她，對嗎？」

再度沉默。

「也許會吧。」艾弗烈用近乎聽不清楚的聲音講話。

「也許會怎樣？」

艾弗烈深呼吸，嚥了嚥口水。「留下她。」

「哎啊，很好。」

「但我們需要平靜一點的地方。」他說。「充滿樹木的地方，麻煩找不到我的地方，我在城裡總會遇上麻煩。有了葛蒂今天要給我的錢，還有我哥哥會給我的那一小筆錢，我們可以展開不錯的生活。如果我覺得妳願意離開這個地方，我也會邀請妳加入。」

「艾弗烈，機會不大。」她說。

「妳很清楚，妳的農場正在凋零。妳不該繼續替這個地方操心。我們可以找到某塊無主地，地主忘記他們擁有的地方。我會教妳該怎麼從樹木汲蜜，我們可以在河裡游泳，將小翅果當成自己的孩子養。妳可以建立小小的圖書館。如果想要，我們甚至可以結婚。」

恬璞發出長長的嘆息。「噢，艾弗烈，那聽起來很美好。只不過我試過了，婚姻生活是我再也不想踏入的墳墓。再說，這座農場還沒死透，沒有我，那些蠢蛋會毀了這個地方。房子還很堅固。」她說：「我想讓它繼續撐下去。」

「那我會再回來。」他說：「等到一切平息之後。」

「那麥索利呢？」

「他終究會失去興趣，經濟持續蕭條，他還有很多逃犯要獵捕。我們可以聲稱孩子是我們的親骨肉。」

她嚴肅了起來。「艾弗烈，我不想養小孩。」這語氣通常這是用來喝斥遊手好閒工人的。

「有些女人天生就是做媽的料，有些並不是。」

「妳根本不用替她做什麼。」他用近乎哀求的語氣講話。「我現在已經充分練習好該怎麼照顧她了，有天她就能爬上我們在土地邊上種的那些楓樹。」

「這裡不是養孩子的地方，就這樣。」恬璞沒好氣地說，艾弗烈閉上了嘴。

他們躺了一會兒，風沙颳在窗戶上。艾弗烈多次想開口，卻又講不出話。他用粗糙的手抹了抹臉。

「恬璞。」他說。

「嗯哼？」她帶著睡意說。

「如果妳不能跟我們走，我們又不能待在這裡，那看來我們之間沒有什麼未來了。」

「艾弗烈，如果你這麼想，那我猜應該是沒有。」

「那這樣吧？我會回來麻煩妳。我是說，等到我拉拔她長大，這一切結束之後。沒有特別期待什麼，只是回來看看妳。也許帶妳去鎮上看場電影。」

「艾弗烈，我覺得很棒。我想我還會在這裡，繼續在門廊擺出餐點，繼續將我的破房子從風沙中鏟出來。」然後她露出哀傷的神情。「只不過如果不是必要，大家都不會回到這種地方來。而我覺得你不是必須回來的人。」

「呃，我會回來的，我發誓。」

她用食指指腹輕敲了他的額頭兩下。「這種話聽起來很貼心，但你不會回來的。不過聽了真的讓人開心。」

從妳手中飛走

週日一早吃早餐時，他們沿著農用道路急速駛來，車後掀起陣陣旋風般的沙塵，細得跟糖粉一樣。恬璞在屋後用掃把的柄拍打晾曬的衣物，等等要收起來，此時，她看到三輛巡邏車，還有好幾輛私家車，車主是艾斯特凡的人，是來看戲不是來幫忙的。

他們停在穀倉外，麥索利警探急忙下車，命令手下圍住建築，鎖上門鎖。恬璞接近時，警探看起來相當狂躁，生硬的大風將他的領帶吹成橫的，他用鼠輩般的失眠雙眼看著她。「恬璞，我有可靠來源說這裡有個帶著嬰兒的流浪漢。」他用粗粗的手指比著她的臉。

「噢，見鬼了，警探，什麼來源？」她不滿地說。「看來到了採收季，艾斯特凡的謠言製造機全速運轉，收穫最好的就是謠言了。」她迅速探了一眼回大宅，確保沒人見著艾弗烈。

「我受夠妳這張嘴了。」麥索利沒好氣地說：「昨晚妳的幾個房客喝醉了，跑去蓄水池泡澡，但我這次有派人駐守。逮到他們時，他們為了自保，發誓這裡有個嬰兒，而且已經住了快三個禮拜。照顧她的人是個名叫艾弗烈的流浪漢。」

她努力壓抑住急促喘起的大氣。怎麼會這樣？她這次沒有提早在禮拜五付錢給工人啊？她覺得上週的薪資他們應該都花得差不多了。她怒氣沖沖瞪向乾草棚高高的推門，但她得晚點才能找他們算帳了。此刻，必須有人通知艾弗烈與小翅果。

「哎啊，你聽錯了啦。」她提高嗓門。她總會用憤怒掩飾謊言，這是父親教她的。「這附近唯一的嬰兒就站在我面前。希望你不要因為某些醉鬼以為自己看到嬰孩，就跑來騷擾我的工人，嚇壞我的牲口。這麼大費周章過後，如果我的母雞還下得出蛋來，那算我運氣好。」

麥索利用炙熱的突出雙眼緊盯著她，他還散發出溼熱、帶著蛋味的氣息。他嘴邊泛著口沫。

忽然間，他將流浪漢推進駛動列車鐵輪下的傳言似乎是真的。「恬璞，妳知道全是因為我，妳才能在這裡繼續運作嗎？我可憐妳，在這鬼地方沒有丈夫可以依靠，但恐怕今天我無法繼續擋在妳與態度較為批判的艾斯特凡公民之間。」

「我懂了。」她的目光變得柔和，稍微施展一點魅力，只是為了爭取時間。「那些笨蛋看到的嬰兒大概是我姊姊的孩子。她出門找工作，我替她看顧女兒。」

他的神情稍微鬆懈了一點。「假設如此，那我還是得見見她。」

「不行。」

「為什麼？」

「她去艾斯特凡看醫生了，她一直咳嗽，因為風沙。」

他們互視對方雙眼。

「但過幾天歡迎你來看她。」她用溫暖的語氣開口。「我相信那時她就康復了。我甚至可以請葛蒂替我們準備野餐籃。」

麥索利滿臉通紅。「恬璞小姐，我很樂意一道野餐。」他用狐疑的目光看她。然後他摘下帽子，油油的頭髮跟幾十隻黑色的觸手一樣胡亂拍打。他的目光掃向地平線，遠方有一片黑色的雲席捲而來。「但妳得機伶點，帶那孩子進屋，接下來將她鎖在妳的防風窖裡。據說在達科他地區形成的氣旋昨天已經進了國界，應該明天就會抵達。如果妳讓那個可憐的孩子從妳手中飛走，妳姊姊肯定一輩子不會原諒妳。」

「警探，我會注意的。」恬璞一邊說，一邊勾著他的手臂，將他帶往車子的方向。「立刻照辦。」

不過麥索利掙脫她的手，轉頭對他的手下說：「妳知道嗎？」他露出狡詐的笑容，將帽子戴回去。「我想我們最好替樂善好施的恬璞小姐一個忙，確保她姊姊的小女嬰沒有出現在不該出現的地方。先搜大宅，然後是穀倉，最後是那座該死的圖書館。」

進入山區

「我就知道這是個爛主意。」葛蒂在廚房窗邊說，她跟艾弗烈看著車隊停在穀倉外頭。艾弗烈從高腳椅上抱起小翅果，甚至來不及將燕麥粥從她臉上抹乾淨。他看著屋外的恬璞走上去面對矮壯的警察。「來。」葛蒂說：「恬璞小姐會對付麥索利警探，你們繞去後面，躲進圖書館下方的防風窖裡。」

艾弗烈剛綁好靴子的鞋帶，麥索利就甩掉恬璞的手，對手下喊起命令，這些人開始朝大宅前進。他沒辦法去客房收拾細軟或拿取他的工資，他只能從後門跑進屋後捲著風沙的田野。他一路朝著鐵軌的方向跑，直到再也看不見農舍。他將小翅果放在一處水溝裡，匍匐爬回在恬璞土地外圍的圖書館。那些人開始搜索穀倉了，艾弗烈連忙衝進圖書館，在不怎麼穩固的書架中找到那本日誌。他把日誌放在桌上，拿起鈍鈍的鉛筆。他翻開封面，看著第一頁，然後急忙寫下「——的才產」，他猜應該是這樣寫。他寫下名字，寫下姓氏，他疏於練習的手盡量寫得清楚一些。在安頓下來的這段日子裡，他想出了這個名字，這個他不確定該怎麼寫的名字，但他還是一筆一劃寫了下來。等到他們的狀況好轉，確定之後，他要替小翅果起這個名字。他想像這個名字能夠配得上她這個人，而她有一天會成為正直的人。

寫好後，他將日誌塞回架上，記好位置，等著回來的時候再拿。他一度思索要不要寫一封離別的字條給恬璞，但這樣就露餡了，於是他找到《奧德賽》，每晚種樹之後，他們一起閱讀的書，翻開第一頁，就擺在桌上，希望這樣就夠了。

艾弗烈回到排水溝時，踩上一條眼鏡蛇科、身上有環狀紋路的蛇，此時蛇距離寶寶所在的位置不過六十公分，他說：「好了，沒事了。」抱起她就開始狂奔，他的肺喘息不斷，朝著艾斯特凡的岔道前進，然後看到第一輛北上的列車，他就跳了上去，這是一輛約有二十個車廂的客車。工作人員來來去去，艾弗烈用靴子鞋帶將小翅果綁在胸口，然後爬上梯子，到車廂光滑的車頂上，他用皮帶繫在安全扶手上，免得他睡著或列車突然傾斜。

他們坐了一整天的車，抵達艾伯塔省，看著沒有樹的大草原逐漸走向高原的草地。鐵道右邊有甩著尾巴的野牛，彷彿百尊巨石出現在枯黃的草地上。遠處的抽油泵跟在水坑裡喝水的鳥兒一樣，不斷點著頭，更遠的後方，精煉廠的煙囪排出瀝青與硫的氣味。

雖然他們餓了，但他們搭乘的「露天專車」催眠了小翅果，她沒有多少怨言。飛隼互相纏鬥，在天上畫著圈，此時列車駛過深深峽谷上的鋼鐵淺橋，他們面前的列車扭成弧形，一節一節都是脊椎的節塊，更是一條飛馳在土地上的鋼鐵巨龍。

他們在卡加利市離開客車，因為就算是夏末，在車外爬上洛磯山脈，他們還是會凍壞。雖然艾弗烈流浪時，經常穿越山脈，他大多喝得醉醺醺的，但他依稀記得在結冰峭壁與花崗岩出露面間緩慢爬升，大角羊會沿著藍色的冰川前進。他找到幾個金屬罐，在雨桶裡裝了點水，然後在鐵軌附近挖出一堆蕪菁，統統塞進口袋裡，然後跳上長長貨車倒數第二節的工作人員車廂。車門上有掛鎖，所以他從頂端突出的車頂窗戶爬進去。進了車廂，他跟小翅果躲在小小的餐桌下方，這是車務人員用餐的地方。他讓她吃他咀嚼過的生蕪菁，此時列車行駛在掛滿白雲的山肩上，車輪在結霜的軌道上發出刺耳的聲響。夜幕降臨，星光灑落進工務列車的窗戶裡。小翅果牙齦犯癢的時候，他就讓她咬乾燥的雪松引火柴，最近這種狀況發生得越來越頻繁。

高山與天空的距離似乎拉近了，他曉得這只是腦袋在作祟。上車五個小時後，車窗轉黑，只剩灑上的雪花。氣溫驟降，列車的聲響在冷冽中變得更大聲。艾弗烈在小櫃子裡翻出一件大外套，他披在自己與孩子身上，他將毛織絨帽戴在小翅果頭上。他沒有使用角落的煤爐，不然肯定會引人注意。

他們在刺骨寒冷中前進了幾個小時，他渾身因為顫抖而痠痛。小翅果無精打采的，就算他不斷對她鼻子呼氣，她還是鼻子泛紅，他因此想起首次找到她時，她處在同樣僵直的狀態。她嘴唇泛紫時，他屈服了，點燃柴爐。火一點燃，他就放了三塊小小的煤塊進去，他抱著小翅果湊在竄起的火光前面。幾分鐘後，她恢復精神，同一時間，有人開始大力拍打車廂門。

野餐

每個天氣好的禮拜五，哈利斯都會在正午時分逃離辦公室，要求菲尼載他去蔬果雜貨店買水果，以及法國起司與麵包。接著，他們會驅車前往能夠俯瞰水灣的靜僻海邊，鋪開野餐巾，度過午後時分。這是不可或缺的消遣。哈利斯靠比腕力擊敗小約翰．戴維森．洛克斐勒後（砍了一輩子的柴，這時終於派上用場），他們制定了購買亞伯尼港土地的最終合約細節。在哈利斯的堅持下，這筆交易包含了先前發現山老鼠的那座無名小島，他曾放火的那座島，交易尚未走完流程之前，哈利斯就下令在島上搭建一棟木屋，這是給菲尼的驚喜。

急著滿足日本人的訂單，翠林木業公司的員工連三班砍樹。秋雨已經開始，哈利斯卻命令員工在狂風暴雨下工作，一週七天，一天也不能停下。他手下的兩名優秀樵夫因此殞命，一人遭閃電擊中，另一人被自己的裝備勒死。雖然有這些悲劇（或該說，正因為這些悲劇），幾千根印著翠林木業公司字母G、超過五公尺長的原材每天都用拖船拖往他在溫哥華的根據地，這些木頭用帶鋸機分割成枕木，塗抹雜酚油，妥善乾燥，然後等著跨越太平洋的旅途。

帝國鐵道採購組的一成押金與倫敦融資來的貸款早就用掉，為了支付勞工的額外工作量，哈利斯清算了保證金帳戶與大宗財產，拋售他的股票，包括家園石油、歐凱達石油，甚至還有在股市崩盤時狂瀉五百點、甫剛回升的奇異公司。不過洛克斐勒的木材品質很好，取得容易，有了目前源源不絕的產出，哈利斯可以準時出貨，滿足日本人的訂單。

菲尼用他音樂般美妙的嗓音在海灘上讀報給哈利斯聽。涼風從海上吹來，他們這才有理由一起披上毯子，足以發展出一些「不當接觸」（這種事還是小心為妙）。之後，他們在巨大的冷杉樹樁上擺出午餐，據說這棵樹是庫克船長砍的，他用樹幹取代船隻上斷掉的桅桿。他們用餐時，哈利斯用手指摩挲起樹幹的年輪，他們一邊吃，他一邊估算出這棵樹的年齡為七百四十八歲，其中包含了十次明顯的乾旱，因為呈現出密度極大的窄細樹輪，他欣喜發覺他讀取樹木的歷史就跟盲人解讀點字一樣。菲尼在他身邊，他經常會心軟，也許就因為這樣，他發現自己有點同情這棵樹，彷彿是看到一個人無故折壽。不過他隨即搖搖頭，不再多想這愚蠢的念頭。

吃過午餐後，他與菲尼在樹樁旁邊睡起午覺，直到一個低沉的嗓音喚醒了他：「翠林先生，在休憩時間打擾，我再度道歉。」

哈利斯感覺到身旁的菲尼緊繃起來，他則盤算起自己的手腳有沒有不妥地擱在對方身上。

「先生，你的確打擾了翠林先生。」菲尼用保護的語氣說話。「如果你想進行正式的預約，我建議你與翠林先生的祕書談談。」

「我今天下午造訪過辦公室。」男人客氣地說，現在哈利斯認得這個聲音了，就是在晚會上接近他的那個騙子。「而你的合夥人邦嘉能建議我來這裡找你。」

哈利斯心想：*所以他終究還是背叛我了*。他信任的每一個人最終都會背叛他，邦嘉能只是撐得比其他人更久一點而已。

「先生，只要一分鐘就好。」男人堅持。「翠林先生，我有你的退伍照片。」哈利斯感覺到一張厚厚的紙塞進他手裡。

「你得原諒我無法證實這是不是我的退伍照。」他冷冷地說，起身面對那個聲音。

大個子男人笑了起來。「那你就得靠我的描述了，但我必須說一聲，照片上的黑髮步兵看起來一點也不像你。」

「先生，如果你是來給我看誤植照片的，你是在浪費汽油。」

「翠林先生，你在戰時擔任何種職務？」

謠傳哈利斯是在海外服役時失明，他還沒有跟菲尼解釋過這件事，既然這位「強迫推銷」的先生看似無害，哈利斯還能在不尷尬的狀況下，與這個人獨處一會兒。

「菲尼先生，不然你去車上拿水吧。」哈利斯說。

「翠林先生，你確定嗎？」菲尼遲疑地說。

哈利斯點點頭，聽著菲尼沿著海灘走向停車場，鞋子在石子上踩出來的聲響。哈利斯問：「他走遠了嗎？」

「是的。」男人回答。

「事實上，我沒有參軍，先生怎麼稱呼……？」

「先生，敝姓羅麥斯，哈維．羅麥斯。」

「在那段瘋狂的年代裡，這是很常見的誤解。」哈利斯說：「我弟弟從軍時，我已經失去視力，他用我的名字入伍。」

「哎啊，先生，我很高興能夠通知你，我曾站在你弟弟面前，就是照片上的男人，差不多是四個月前的事，就在多倫多的一處出租隔間裡。」

「羅麥斯先生，也許如此。」哈利斯想要強裝出一副不痛不癢的樣子，但他的心臟卻猛烈撞擊胸骨。「但我跟他多年前就分道揚鑣了。你必須明白，我不是容易感傷的人，所以我對這種奇蹟似地死而復生不感興趣。羅麥斯先生，祝你今天愉快。」

「你知道。」羅麥斯繼續說，彷彿根本沒在聽哈利斯講話一樣。「在派對上我原本打算進一步與你交談，不幸的是你與你的助理前往洗手間搞了一場狂歡。」

炙熱漫長的靜默出現，期間哈利斯發現自己呼吸困難，彷彿整個肺裡都是木屑，完全沒有氣可以把木屑排出來。「我那天不太舒服。」他逼著自己呼吸，說：「我吃到不新鮮的貝類。」他摸索起樹樁，坐上去，盡量裝出一副不以為然的模樣。

「當然了，當然了。」羅麥斯說。「但晚會中盥洗室發生的一切我並不關切，我更在意你弟弟的所在位置，翠林先生，這點我可以向你保證。他最近是否有與你聯絡？」羅麥斯坐在他身旁的樹樁上，縮短距離後，這人身上散發著一股詭異的陌生氣味，而且雖然坐著，他的聲音卻似乎從更高的地方往下傳。

「不，他沒有跟我聯絡。」哈利斯說：「我不期待他會找我。」

「先生，事情是這樣的。」羅麥斯說：「我掌握了一些紀錄，證實你因為在一一六號步兵師表現卓越，還贏得勳章與退休俸。」

「羅麥斯先生，我什麼也沒有得到。他們把勳章與退休俸寄錯人了，東西我都替他保管起來了。」

「所以他可以出面拿回去？」

哈利斯心想：你這個白癡。「哎啊，對，我猜有這個可能。」

「先生，我之所以跑這一趟是因為我相信我們能夠協助彼此。我的老闆是新布藍茲維省的R・J・霍特，他對尋找你的弟弟很感興趣，因為你弟弟拿了他的東西。我們希望在你的協助下找到他。」

「我在聽。」

「我們懷疑你的弟弟往西邊前進，很可能是要來找你。所以我需要掌握他有沒有聯絡你，以及他的所在位置。若通知我一聲，就不會有人知道你在盥洗室的小癖好。」

「羅麥斯先生，無論他是死是活，我對他會不會想與我聯絡這件事保持著高度懷疑，但只要你信守承諾，不管我有沒有他的消息，我們都說定了。」

「那就這樣。」羅麥斯起身向哈利斯握手。「我下週再去你的辦公室。」

「羅麥斯先生，你來我辦公室的意義何在？」哈利斯問說：「我們已經理解彼此的意思。你將聯絡資訊提供給我，要是他找我，我會通知你。」

「噢，當然。」羅麥斯說：「但我下週還是會跑一趟，只是看看事情的進展。翠林先生，祝你下午愉快。」

男人離開後，哈利斯又在樹樁上坐了好一會兒，強烈的海風刺痛了他的雙眼。一直要到幾個小時之後，他才能順暢呼吸。

防風窖

麥索利警探與他的人馬搜索農莊、嚇得艾弗烈跟孩子逃離的隔天，恬璞大清早就起床。平常最愛閒聊的葛蒂卻靜悄悄的，她準備用摩卡壺煮咖啡時，態度嚴謹得跟在準備聖餐一樣。昨天葛蒂聲淚俱下地自白，她去錢箱取錢，裝進信封要給艾弗烈的時候，碰巧有人撞見。葛蒂當時沒有多想，但在麥索利離開後，她驚覺錢箱遭人撬開。那群人並沒有拿走超過他們薪資報酬以外的金額，他們這麼做只是因為他們不滿艾弗烈提早發餉。之後他們跑去艾斯特凡，暢飲廉價威士忌，跑去蓄水池游泳。不過傷害已經造成，雖然那的確是他們的錢，他們也的確有資格要求平等待遇，恬璞還是因為他們不聽話，終生驅逐他們。

麥索利搜索穀倉無果後，他勉強接受據聞出現在她農場上的女嬰就是她姊姊的女兒。不過，警探有件事倒是說對了，天氣真的驟變。早餐時分，在南方集結的厚厚風沙大浪下，太陽只照出些許的橘光。早上十點，蝴蝶、蚱蜢慌張不已，撲到大宅窗戶上自殺，彷彿是想撞碎玻璃進來避難一樣。到了中午，古怪的冷風強到讓恬璞的睫毛貼在眼球上。這風似乎是從四面八方各處吹來，不是陣風，而是穩定得跟從電扇吹出來的風一樣。下午，天色轉紫，等到她的工人坐進門廊準備吃晚餐時，凶險的沙塵將水桶、飼料包裝袋統統吹起，拍打大宅的側面，遠處是一座上下顛倒的黑色大山，黑得跟煤炭一樣，宛如朝著他們全速前進的特快列車。

氣溫驟降，詭異的綠光降臨，恬璞與她的工人拋下餐盤，跑去解開綁著牲口的繩索，免得勒死牠們。大功告成，恬璞跟還沒逃走的工人一起跑去圖書館下方的防風窖。她眼睜睜看著風車從水井上方的基座剝離，就在柳樹旁邊，彷彿有看不見的電線將其帶上天。他們緊緊關上地窖大門時，她忽然擔心起她這是把艾弗烈跟小翅果關在外頭，但她很清楚，他們已經逃至西邊了。如果她至少能夠稍微挽救幾本圖書館珍藏的圖書就好了，那幾本漂亮的但丁，每兩頁就夾著一束野花，或是艾弗烈冒險留給她的那本《奧德賽》，但實在沒時間了。

關在防風窖裡，恬璞感覺得到大氣在震動。她後來才知道，氣旋正式抵達艾斯特凡時，已經發展到很大了，拖著宛如犁的螺旋狀葉片，移動了八十公里的路徑，然後才漸漸消散。狼吞虎嚥的大風捲走擬八哥、雞隻、土撥鼠、牛隻、烏鴉、大野兔，無論野生還是家養，都不重要，大風將牠們全捲上天，然後在裡頭與其他物品不斷碰撞翻攪。電話線應聲而斷，汽車翻滾砸爛，列車從鐵軌上扯出，彷彿是沒有翅膀的飛機一樣，慵懶地打起轉來。穀倉成了空蕩蕩的木板與鐵釘，附近多數的樹木都被連根拔起，跟拔熟成的胡蘿蔔一樣輕鬆。

她先是聽到房子沒了，喀啦喀啦的是木材與玻璃被掀到方圓三十公里外的聲音。當漩渦中心接近教堂時，她感覺到氣壓驟降，聽到上方的玻璃往內爆裂，百萬碎片散落在圖書館積了沙塵的地板上。當怒吼的錐形體碰觸到圖書館時，她聽到釘子失守的巨大聲響，「咻」的一聲，整個屋頂被吸走。然後是恬璞．范霍恩這輩子絕對不會忘記的可怕聲響，那是一萬本書籍同時捲上天的聲音。

休憩之地

喚醒菲尼前，哈利斯先用絲質領帶溫柔遮住他的眼睛。接著是近乎半小時的笨手笨腳，協助他的視覺描繪師穿衣，之後，他們乘車前往哈利斯雙桅帆船停靠的港口，今天的工作人員都是他額外雇用的，就只有工作這一天，這些人與翠林木業公司完全沒有關係。

在哈利斯的命令下，船穿過海灣，經過布朗寧港，一路往北前進。海鷗叫起，鹹鹹的海水輕輕噴灑在他們臉上。「說說我在看什麼。」半路時，菲尼完美模仿起哈利斯。哈利斯則努力用愛爾蘭口音描述起他想像裡如詩如畫的海景。

過了好幾個小時，船錨放下，他們划艇前往隱僻海灣的小小防波堤，哈利斯曉得內灣是看不見這裡的。

他們走下小艇，哈利斯解開絲質眼罩，問：「你看到什麼？」

「一座充滿森林的島嶼，目光所及之處鬱鬱蔥蔥。道格拉斯杉針葉般的手指優雅指向雲端。」

「洛克斐勒把這裡賣給我們的時候，還沒費心命名。」哈利斯說，此時他們提著包包與補給用品離開小小防波堤，划艇則逐漸離去。「在英國人佔領前，當地赫爾席克原住民稱其為康尼克拉，聽說在他們的語言裡是『變形者』之意。我考慮用你的名字命名，但這樣會引發過分關注，所以我只能妥協第二個選擇，稱這裡為翠林島。」

「很有創意。」菲尼說，接著他們踏上一條沒比他們肩寬差多少的鹿徑。

菲尼領路約半小時後，他開口：「哎啊，瞧瞧這個。」

「跟我說說。」哈利斯回答。

「在冷杉、柏樹、雪松之間的林中空地地勢稍高。」菲尼描述起來，他們走了上去。「此處座落著一棟木屋，俯瞰大海，大致碾磨過的側邊還是粉紅色的，陽光還沒有將其曬白。」

「出自西岸最精妙的木匠之手。」哈利斯補充道：「用的是他們在這塊地上清出的木頭。」他原本的計畫是年底才會蓋好木屋，但經過羅麥斯在海灘上的埋伏後，他砸下重金加快建造進程。他要求的是中規中矩但典雅的結構，沒有什麼花俏顯眼的設計，可以說是跟他的豪宅天差地遠，這是一棟用來融入樹林，而不是壓過樹林的建築。

「這是我們的，我們可以做自己的地方。」哈利斯哄著連恩進屋。「二樓可以看見大海，但海邊完全看不到建築。所以誰也不會來打擾我們。」

在羅麥斯找上門後，哈利斯回到辦公室立刻炒了邦嘉能魷魚，完全不談資遣費的事，畢竟這位老員工的確是帶著惡意破壞他與菲尼的關係。哈利斯後來將羅麥斯找他的原委統統解釋給菲尼聽，包括據說艾弗烈還活著，哈利斯多疑的天性實在無法完全相信這點。他也向菲尼保證，就算他弟弟的確在世，過了這麼久，他也不太可能聯絡哈利斯，想要維持哈利斯與菲尼的關係，這等解釋似乎是合理的風險。

不過，過去這個月，羅麥斯每天一早就跑來翠林木業公司的辦公室，他沒有要求會面，也沒有威脅哈利斯，就只是坐在等候室看報紙，中途會去庭院抽他味道詭異的香菸，等候室裡明明就有一堆菸灰缸。不過呢，哈利斯只需再敷衍這人一會兒即可，等到枕木都砍好，雜酚油浸漬完畢，日本人的交易就完成了。

兩人首度踏進木屋之中，哈利斯再度請菲尼敘述起來。他很滿意菲尼似乎特別喜歡訂製的高牆書架，上頭已經擺滿文學作品，那晚用過菲尼烤的雪松香薰鮭魚後，他唸了好幾個小時的詩文給哈利斯聽，哈利斯有如吸吮奶水一樣，沉醉其中。

後來，上了床，被人發現的機率微乎其微，他們徹底獨處，哈利斯差點因為放下心中大石而落淚，他們躺著靜聽新劈木梁在柴爐溫度下進一步乾燥而發出的低低喀啦聲響。「多數人都相信樹木一旦砍下就是死了。」哈利斯說：「但並非如此。木屋是一件活物。能夠透過毛細作用轉移溼氣，能夠呼吸，能夠扭曲、擴張、收縮，就跟人體一樣。」

「哎啊，如果你這具人體能夠安靜，讓咱們睡一下就太棒了。」菲尼說，他把頭埋在枕頭裡。「因為我最喜歡的莫過於這個地方的寧靜。」

隔天一早，他們步行穿越先前燒毀之處，前往島上高聳樹木的所在地。菲尼駐足在最高壯的一棵道格拉斯杉前方，高度超過六十公尺，周圍是厚厚的樹皮，他們仰頭，靜靜牽著手多看了幾分鐘。

「太壯觀了。」稍後菲尼說：「我沒有別的字眼可以形容。」

「我一度想放火燒了這座森林。」哈利斯說。「是我愚蠢，但這裡活下來了。我很高興。」

「你效率如此不彰真是件好事。」菲尼挖苦道。

「是不是很奇怪，菲尼。」他們繼續仰頭，哈利斯努力想像起高聳樹枝的網格結構。「一個人不需要買下這片土地，就能夠永遠摧毀這個地方？最奇怪的是根本沒有任何力量能夠阻止你。」

菲尼嘲諷起來。「我來的地方，大家相信樹木是靈魂住的地方。」他說：「所以，哈利斯，我猜也許真的有什麼力量阻止了你，只是還沒甦醒而已。」

哈利斯轉身拉著菲尼的手肘。「等到枕木全面出貨，日本人付錢之後，我會賣掉公司。人一直在我手下死掉，我累了，我也沒興趣砍掉像這樣的大樹了。賣了公司後，我們可以一直待在這裡。這會是我們展開新生的地方，不會再遇上羅麥斯那種人。你覺得怎麼樣？」

「我就說說，我不喜歡你放棄你弟弟。」菲尼不情願地說，但哈利斯感覺得出來他喜歡一起同居於此的想法。「所以為什麼不現在就趕走羅麥斯？」

哈利斯搖搖頭。「要是他揭發我們，我們會因猥褻罪遭到逮捕，翠林木業公司的股票會連夜變廢紙，我就沒東西可以賣了，那時我們怎麼辦？砍木柴去賣？菲尼，你知道我們這種人少了財富的盔甲，還剩什麼嗎？」

「我不害怕破產。作為詩人，那是我天生的狀態。而在此生活，我們根本不需要多少財富。」

「不，我們必須先搞定這樁日本人的生意。如果有必要，我會自己帶著剩下的木頭過去。」

「行、行，但我得坦承，我的確喜歡這裡。」菲尼說：「再說，我總是夢想自己能跟某個無價之寶一樣藏在某個地方。」

「好，那就這麼說定了。」哈利斯說。

「木屋只有一件事讓我不是很滿意。」菲尼用不詳的語氣開口，此時他們已經開始往回走。哈利斯的胃變得好沉重，他什麼都考慮得很周到了，不是嗎？

「屋子只有一扇門。」他說。「無論我們在此有多安全，我這種稀世珍寶總是需要多一點的出入口。」

於是，那天下午菲尼拿起木匠留下的工具，在屋後鋸出小小的第二扇門，就在廚房旁邊。他不是做木工的料，哈利斯用手撫摸牆上劈出的歪歪扭扭、充滿碎片的開口時得出這個結論，但他沒有多說什麼。一直要到午夜時分，菲尼終於在沒有撞到側柱的狀況下，將門懸掛上去，哈利斯開了一瓶清酒慶祝。他們對飲時，一隻老鷹飛得距離木屋的窗戶很近，他們都能聽到牠劃破氣流的聲音。

弗維爾

艾弗烈雙手上銬，有人帶他從拘留的牢房走進衣櫃大小的法庭，上了年紀的法官主持大局。他翻起文件，抬起獵狗般鬆弛的老臉，似乎不把艾弗烈當人看，只是把他當成某個長相古怪的裝潢物品。一名騎警說起艾弗烈遭到逮捕的原因，他先是在高山上跳車，又闖進弗維爾一處有錢人家，從中洗劫，還燒了屋子裡大部分的家具。

「波瓦特先生，這樣的指控正確嗎？」法官問。

今早警察從屋裡將他與小翅果帶出來，沿著這座掏金鎮的山路一路往下，鎮位在兩條河流的交會位置，艾弗烈聲稱自己是到處打零工的農場工人，名為掃爾．波瓦特。這是掰出來的名字，艾弗烈曉得要編就編得怪一點，免得哪個流浪漢先前用過。

「先生，我們快凍僵了。」艾弗烈說：「那不是盜竊，我只是需要生火，讓我的孩子得到溫暖。」

「噢，燒毀上好家具就是盜竊。」法官得意洋洋地說。「先生，你難道不同意嗎？讓權利所有人無法正當使用自己的物品，難道不是犯法行為？」

雖然艾弗烈相信兩者有所不同，但他很清楚不該跟鄉下的治安法官證明什麼。「先生，我並不是這樣看的。」

「但你是不是有良好且可以理解的理由，來燒毀這些家具？你是不是沒有錢住在像樣的地方？」法官語氣裡似乎帶著真切的仁慈。

「先生，我想這麼說也沒錯。」

「請記錄下來，被告坦承遊蕩罪。」法官宣判。

「先等等。」艾弗烈說。「我不是流浪漢，我只是日子過得比較苦。」曾幾何時，他會把這種棋局般的攻防細節背得滾瓜爛熟，並編織出正確的字眼，但他現在只是覺得很累，他滿腦子都是小翅果，他們把她帶走了，去了他不知道的地方。

「少來。」法官說。「你這輩子沒有幹過一天老實的工作。罪名盜竊、非法入侵、遊蕩，統統成立。」他敲起小木槌。

「先生，我的女兒該怎麼辦？」

「你坐牢時有沒有家人能夠照顧她？」法官回答，他放下木槌，揉揉下垂的雙眼。

艾弗烈立刻想到哈利斯。在艾弗烈遭到逮捕的伐木營裡，周遭的斜坡都被砍伐殆盡，只留下黑色零星的樹樁，彷彿是競技場裡的座位一樣。艾弗烈看到幾塊噴著「翠林木業公司」字樣零散的原木，用來建造鋸木廠及讓他落網的屋子。經過絕望的一秒鐘後，他考慮要不要向法官解釋他哥是誰。顯然這不是他想像中多年未見兩兄弟重逢的景象（從監獄裡請求），而且，艾弗烈知道那樣會鑄下大錯。

「先生，我沒有家人。」他說。

「那她就會在政府的監護下，等著你刑滿出獄。你出來時才能做個好父親。」法官說話時帶著明顯的反感。他揮舞小木槌，法警將艾弗烈從座位拉起，經過潮溼的走廊，抵達小小的牢房，裡頭充滿囚徒的惡臭。焦油地板，鐵架小床，用來排泄的金屬水桶。他待了三天，用拇指與食指捏死不曉得多少臭蟲，他們發的硬麵餅得先泡水才能下嚥，他還要擔心他們會不會把他與他在安大略打傷的那個人聯想在一起。

少了小翅果，艾弗烈只是牆上的一抹幽影。少了她，一個小時都跟患病一樣，何況是好幾天？這是一場瘟疫。她在哪裡？他一天要問上一百遍。

當他覺得在其他獄友的醉醺醺胡言亂語間聽到她啼哭時就會大喊：「你們沒有讓她喝牛奶

吧？」

「閉嘴啦！」守衛咆哮，還用鐵製鞋尖的靴子踢他的鐵柵。

「她不能消化牛奶，她會不舒服。她得喝羊奶。」

要不了多久，他每次只要一提到孩子，守衛就會用長長的山核桃棍子伸進牢房裡打他，他因此閉嘴，但問題沒有停止，他只能不斷問自己：*她會怕嗎？我不在，她醒來時會不會找我？她是不是一直坐在自己的屎尿裡？哭著入睡？*艾弗烈在楓樹林裡這麼多年，他已經習慣孤獨了。他甚至至比較喜歡孤獨的狀態，就跟喝烈酒的口味是可以培養的一樣。不過，他現在已經無法忍受了。好幾天沒有她的音訊，艾弗烈絕望了，他哀求負責洗刷監獄石頭地板的衣衫襤褸男孩向法官傳個口信。

「你覺得他會理我？」滿臉雀斑的男孩望了守衛一眼，要是守衛看到他跟囚犯在密謀什麼，肯定也會逮捕他。

「叫他聯絡我哥哥。」艾弗烈說：「他是有名望的人，哈利斯．翠林。就是建設弗維爾的人。要是法官可以聯絡上他，他就能搞定這一切。」

只是提到如此了不起的名號，艾弗烈就看著男孩睜大雙眼。也許這是這輩子第一次，艾弗烈覺得翠林這個姓氏沒有扯他後腿。

天底下最危險的東西

「而他在那裡坐牢？」

「今早電報說的。」繆納說。

「我們信任這個法官嗎？」哈利斯在辦公室裡踱步，穿梭在吵雜的鳥籠之間。「他是我們的人？他跟我們沒有什麼恩怨吧？我實在想不起來那次的合約。你說在哪？弗維爾？」

繆納抽出檔案，大聲讀給哈利斯聽。那裡是靠近洛磯山脈的一處陡坡，五年前，他們向當地市府租用土地，砍樹工作維持了兩年，他們建立起簡單的住所供人居住，以及幾間體面的住宅，讓造訪的鋸木廠經理人與政府要員住，同時還修築了水井與道路。那次也是皆伐的工程，木頭直接拖進溪谷之中，最後用鐵路運回溫哥華。

「那次還賺了不少。」繆納說，但他們幹過太多這種砍完就跑的工程，哈利斯實在想不起來。

「而這個法官明確指出我的弟弟需要我的協助？」哈利斯問。在他與羅麥斯的協議中，他同意如果他的弟弟「試圖」聯絡他，他才會通知羅麥斯，而不只是曉得弟弟人在何處而已。

「對，法官表示這位囚犯特別尋求你的協助，但翠林先生，任何罪犯都可能提出這種要求。」繆納言簡意賅。

「就是他。」菲尼從辦公室後方開口：「我知道是他，不然他為什麼要指名找你？」

「謝謝，繆納。」哈利斯說：「這樣就夠了。」

哈利斯獨自在辦公桌前吃午餐，他回想起為了慶祝艾弗烈從歐洲回家，他所舉行的那場盛宴，他把一旁盤子上的食物堆得高高的，但最後弟弟沒有回家，他氣得把整盤食物摔進井裡。哈利斯已經原諒艾弗烈頂替他去參戰，他願意將其視為另一種手足相爭的行為。他展望他們能有更好的未來，他受過教育，還有企業的知識，加上艾弗烈的伐木經驗及天生對森林的理解，翠林木業公司要賺到第一個一百萬的時間會比哈利斯單打獨鬥縮短一半。結果呢？艾弗烈選擇躲起來，現在過了這麼久，他為什麼又跑來找哈利斯呢？

哈利斯推開餐盤，搖搖頭。他曾經非常樂意犧牲自己的性命拯救弟弟，但現在有了菲尼要考慮，還有羅麥斯這條蓄勢待發的毒蛇，他要保護的就不止艾弗烈了。女傭將托盤收走後，哈利斯拿起電話，請菲尼來他的辦公室。他說：「我要你去找羅麥斯先生，我相信他就在外頭花園抽菸。」

「你真的要把你唯一的兄弟交給那個食屍鬼？」菲尼問。

「連恩，這不是把他交出去，這只是讓他們雙方聯絡上的方法而已。R・J・霍特要他歸還什麼東西，羅麥斯先生向我保證只要艾弗烈乖乖配合，他就不會遭到起訴。」

「而你相信這個傢伙？」菲尼問。

「並不全然相信，但我沒辦法冒險逃避我們這一邊的責任，現在不行。而且，我可能也要提醒你，我跟艾弗烈並不是親兄弟。那只是出自同樣絕望的各方妥協出來的結果。」

「但還是成功了，你們的妥協。你們存活下來了。」菲尼說。

「連恩，羅麥斯先生要麼會讓我們非常輕鬆，或是非常難過，但可以確定的一點是，他肯定會在兩者中擇一行動。要是他得知艾弗烈聯絡我，而我沒有通知羅麥斯，那我們就糟了。我弟弟的結果近在眼前，我只是稍微加快速度而已。」

菲尼沒有講話，哈利斯很清楚這樣的沉默代表不認同。這時哈利斯忽然驚覺，這是他第一次後悔跟菲尼提起他的兄弟。他沒有隱瞞自己的過往，讓他的視覺描繪師得知他的太多私密想法，他允許菲尼走進高牆深處，而這些高牆長年以來保護著他，不受其他人的傷害。哈利斯決定了，他未來不會這麼開放。

「哈利斯，我明白你的處境。」菲尼打破沉默，溫暖的一隻手搭在哈利斯後背。「但這個羅麥斯讓我想起鋸子已經貫穿，卻遲遲不肯倒地的樹。雖然我比較像是個水手，而不是伐木工人，但我在你的營地也待了夠久，我在那裡學到的一件事，是已經砍到底，但還是不倒的樹其實是天底下最危險的東西。」

東西收一收

隔天一早，一個眼睛暴凸的人走進艾弗烈的牢房，站在他的小床旁邊。他身材結實矮胖，彷彿是訓練用後腳站立的貂熊。他自稱是麥索利，就是恬璞擔心的那位鐵道警探。

「翠林，你跑了真夠遠的。」他說：「但我知道你最終會因為某個罪名入獄。」

「先生，我不知道你把我誤認成什麼人了，但我不是流浪漢。」

「你說得沒錯。」他不懈地說：「你比流浪漢還不如。」

「我跟我的小女兒正要往西邊前進，沒有要打擾任何人。」

麥索利用寬寬的鼻子噴氣。「她現在是你的孩子了，是不是？」

兩個男人對視，艾弗烈說：「你聽得很清楚。」

「我不是什麼專家。」警探說：「但就我所知，一位男性是沒辦法自行生出那些小可愛傢伙的。她媽呢？」

「她母親過世了。」

「你看起來真的很傷心。」

「說說這干你何事？」

「現在聽好了，你這廢物。」警探齜牙咧嘴地說，他的每一顆牙都長得一模一樣，看起來很不舒服，彷彿是一個模子壓出來的。「那個孩子可以是你的，也可以是我的。法官說你沒有文件，對不對？」

「火災燒掉了。」艾弗烈冷冷地說。

「那你可以告訴我，她是在哪間醫院出生的，我們可以請對方開立新的證明。」

「我看起來像是請得起醫生的人嗎？她在我們的小破屋出生，就在柴爐旁邊，我也是。她媽那天晚上沒撐過去。」

警探在牢房裡憤怒踱步，準備從不同方向下手。「你記得你在安大略果園裡打傷的那個人吧？就在鐵軌附近？你當然記得。哎啊，他是某位參議員的哥哥。」

「我們沒有在安大略下車。」艾弗烈盡力保持沉著的態度。「我們搭的是特快列車，直接穿過去。」

「好笑，因為多倫多一處廉價住所的經理認得你，我們還在果園小溪裡發現孩子的尿布與連身衣，也許一切都不重要。不過當我帶你回東邊的時候，你打傷的那個人肯定會立刻指認出你來，無論你有沒有那口落腮鬍都一樣。」

艾弗烈沒有講話，他對那人做的行為是不得已的，他在心底咒罵這個世界居然要求他為了拯救一個人必須傷害另一個人。

「而當你因為你的行為坐牢之後，那個小女孩就會成為政府永久監護的對象，沒多久，她的生父R．J．霍特就會領養她。」

「我是她的父親。」艾弗烈雙手環胸。「這點你說什麼都無法改變。」

麥索利用帽子壓在寬厚的眉頭上。「翠林，這點咱們等著瞧。咱們明天就走。」

艾弗烈一直沒有入睡，他演練起說詞，練習起果園男人指認他時的詫異神情。不過要是事跡敗露，艾弗烈失去小翅果，又得繼續坐牢，他已經決定好要一頭撞在牢房石牆上，一了百了。因為自由生活了這麼久，再次入獄他絕對撐不下來。

麥索利隔天早上回來了，但這次他扁著嘴，好像被人訓斥過一樣。跟來的還有另一個男人，身材高大，但看起來病懨懨的，眼窩凹陷，眼周都是汗水。雖然羅麥斯看起來相當憔悴，他卻比艾弗烈首次在多倫多廉價住所見到他時，散發出更加陰險狡詐的氣質，他抱著裹著柔軟布毯的小翅果，其他的細節都不重要了。看到她，艾弗烈的全身都高歌了起來。

「警探，感謝你跑這一趟。」羅麥斯向麥索利握手，聲音沙啞無力。從警探明顯的失落狀態看來，艾弗烈曉得他們兩人的目標背道而馳，麥索利輸了，但艾弗烈不曉得他是怎麼位居下風的。

「東西收一收。」羅麥斯用哀悼般的語氣說話。

怪物、鬼魂、救星、劊子手，對艾弗烈來說，這個男人扮演什麼角色都不重要，因為他抱著小翅果，而鐵柵開了。

明智

在監獄附近的小小火車站裡，一截私人車廂在此等候。車廂有閃亮的木頭外殼，還有金色樹葉的精細裝飾，荒謬撞擊著周遭貧困的山區景色。為了不要讓艾弗烈逃跑，羅麥斯堅持要親自抱著孩子，但她不斷掙扎，她的存在也讓他不安，她纖細的輪廓看起來跟尤芬米雅太像了，讓他很不舒服。再說，羅麥斯這輩子已經抱過夠多孩子了，他寧可不要去想家裡的一窩孩子此刻無家可歸，只能擠在拉雯娘家的小公寓裡。不過呢，現在艾弗烈跟小孩都在他手上，羅麥斯家人的前景似乎改善了不少。

他們找到座位後，羅麥斯便將孩子塞給艾弗烈，他緊抱著她，在她耳邊低語。

「老R．J．的車廂挺不錯的。」艾弗烈說，此時寶寶睡著了，但列車還沒啟程。「要去哪裡？」

「這不是霍特先生的車廂。」羅麥斯說。

「那是誰的？你的？」

「這是你哥哥的私人車廂，從一整塊紅杉切割出來的。將一棵樹如同印第安獨木舟一樣挖空，令人佩服，是吧？」

艾弗烈不痛不癢地「哼」了一聲。「在多倫多的時候，你說你是霍特的人。」

「我是，但哈利斯．翠林跟我有共同的利益。你哥哥跟你不一樣，他很明智。」

「而他叫你來這裡找我？」

「在他得知你入獄之後，這是為了他自己好。」

「這算什麼兄弟啊？」

「艾弗烈，他很在乎你的狀況，我也是。記得是我告訴麥索利警探，孩子是你的骨肉，而且參議員的哥哥遭到毆打那天，我們正好一起在多倫多。」

艾弗烈搖搖頭。「我以為你老早就放棄了。」他說。

「看來我跟你一樣固執，但我們還得搞定一件事，才能各自回家。至少有家可歸的人可以回家。我說的是那本日誌。」

「我跟你根本沒有搞定任何事。」

羅麥斯大聲嘆息。「好啊，這種姿態就是要我別無選擇，只能通知麥索利我搞錯日期，那人受傷那天就沒人能擔保你了。」

艾弗烈望向窗口，彷彿是在盤算需要多大的力氣才能打破玻璃一樣。羅麥斯後悔將孩子交給他，但如果他起身，在小小的車廂裡，座位距離很近，羅麥斯還是能逮住他。

「你知道我想不通的是什麼嗎？」過了一會兒，羅麥斯開口：「為了擺脫她，你採取一切措施，然後又為了留下她，做了各種事情，也太不合理了。」

「人本身就是不合理的生物。」艾弗烈說：「你現在才知道嗎？」

「聽著，警察說在你身上沒有找到任何日誌。」羅麥斯從百樂門香菸的包裝盒裡敲出一根香菸，伸手越過車廂交給艾弗烈。「但如果你把東西交出來，還有孩子，我當然不會帶你回去見麥索利。也許還有懸賞呢？所以東西呢？」

「噢，對，我想起來了。」艾弗烈開朗地說，完全沒有在乎香菸。「我寄給《環球郵報》的編輯了。」

一陣怒火攻心，羅麥斯扔下香菸，衝過去，用他的大手掐著艾弗烈的氣管，用堅定也穩定的手勁緊掐充滿彈性的氣管，彷彿是在擠檸檬。艾弗烈哽咽起來，臼齒咬在一起，雙眼突出，跟彗星一樣燃燒。羅麥斯感覺得到艾弗烈脈搏的跳動，也曉得只要再大力一點，他就能整個圈住艾弗烈的頸子。「寄到多倫多給我哥了……」艾弗烈努力吐出這句話，聽起來像是生鏽金屬的氣若游絲哀號，羅麥斯稍微鬆手，這是對他吐真言的獎勵。「但如果你帶我去找他，我就把東西給你。」

羅麥斯又施了一次力，之後才放開艾弗烈的喉嚨。「哎啊，這是你一整天來第一句明智的人話。」他一邊整理皺皺的外套，一邊開口：「我猜你也回答了我們要去哪裡的問題。」艾弗烈咳個不停，對著懷裡還在熟睡的孩子一陣乾嘔。「我們就是要去見你的哥哥。」

自然經濟結構

聽著規律的下斧聲，艾弗烈在還沒看到他的臉時，老早就認出他來。在大宅後方分隔東西兩側的是一片修剪整齊的花園，這裡有森林女神與林中仙子的噴水裝置。艾弗烈讚嘆地看著健壯的男人抓起另一截冷杉，沒有過多摸索，然後將木頭放在劈砍的木樁上。接著，他算計著後退的步子，同時將大劈斧高舉過肩，接著朝著圓木砍下，直直劈過心木，兩塊一模一樣大小的木頭左右彈飛開來。哈利斯總是很會使斧，艾弗烈很高興財富並沒有影響他的才華，但他居然在玫瑰花園旁邊劈柴。

艾弗烈寧可不要在哈利斯手持危險物品時接近他，他可以一斧子將艾弗烈的腦袋劈成兩半，但羅麥斯帶著小翅果，待在豪宅二樓的臥房裡。雖然艾弗烈渴望能夠緊抱著她，將鼻子埋在她的頸子裡，但他還是盡力表現出一副不痛不癢的模樣，他知道如果羅麥斯曉得他放入多少情感，他的處境只會更加艱難。不過羅麥斯要求他明天以前把日誌弄來，如果他跟小翅果有希望逃離的話，他就需要他繼承到的那份遺產。艾弗烈將襯衫紮進他的髒長褲裡，用手指梳起頭髮，逐漸走近，就停在哈利斯斧頭稍微揮不到的範圍外。

「我以為有錢商業大亨應該會很肥呢。」艾弗烈從他身後開口。

哈利斯舉著斧頭停下動作，接著他將大劈斧擱在肩上。雖然他肌肉發達的身體還是健壯，但艾弗烈感覺得到他的平衡感有點問題，有點晃抖的樣子，彷彿這座花園是一座剛停靠下來的船。

「你知道，過了這麼久，沒有人告訴我他們把蠢蛋藏在這地方的何處。」哈利斯轉過身來，露出巨大無神的雙眼，臉的下半部，欣喜與暴怒交織在一起。

雖然哥哥看不見，艾弗烈忽然間希望他能穿上好一點的衣服，處在不是這麼自私的狀態裡。

「沒有人能夠替你劈柴嗎？」艾弗烈問，他用靴子的鞋尖點了點完美劈成四等份的木材，旁邊就是哈利斯劈好的大堆木頭。

「兄弟，光是這個省就有將近四萬名失業男人，他們搶著替我劈柴。那也不代表我不想自己動動手。」

雖然他比艾弗烈高上三公分，臉上依然掛著精明、算計的神情，但他的聲音裡多了一絲新的高貴氣質，有點像英國人。艾弗烈猜那是受過良好教育的關係，他很驕傲哈利斯過得比他好上太多。過去這些歲月裡，艾弗烈曾經幾度非常想念他，到了他要窒息的境界。雖然他幻想過他們的重逢千百次，但通常都是在上演拳武行及互咬的狀態下。他從來沒有想過會是這樣，彷彿一下回到過往的玩笑之中，也回到昔日相處的方式裡。

哈利斯轉頭面對木柴，投下大劈斧，又砍了另一截木頭。「我會說你都沒變。」他說：「但你大概變了，畢竟你那樣對待你自己。你的聲音放慢了，有點生鏽，甚至有點土味。」

「所以你才放你的大獵狗來找我？你想聽我的聲音，但忙著裝樵夫，沒辦法自己來接我？」

「兄弟，我們開門見山吧，在你請求『我的』協助後，我請羅麥斯先生去找你。」他嚴厲地說：「在跟他談過之後，顯然只有他能夠把你弄出來。如果你夠理智，但我了解你，我知道你跟理智根本搆不上邊。」

艾弗烈不喜歡哥哥這種家長的語氣，自以為權威，總是替他們兩人開口，總是決定要砍哪些樹，總是第一個要求木屋熄燈。「哈利斯，你最了解我了。」他說：「理智跟我完全無緣。」

哈利斯堆好他劈好的柴薪，掛好大劈斧，問艾弗烈餓不餓。艾弗烈點點頭，隨即發現這樣不妥，便直接說出來。他們經過一扇高高的花園門，進入寬敞的室內，上面是一座水晶吊燈，上頭有一千片水晶。艾弗烈沒見過這等奢華的景象，好幾面牆都是書架，前方還有雕花玻璃，地板是綠色大理石，跟絲綢一樣平滑有光澤。空間點綴打理過，扶手是用最細膩的紅杉木劈成。艾弗烈更佩服哈利斯能夠精確記住每一件家具的位置，完全不需要拐杖或引導。

「你搞了一棟不錯的房子。」艾弗烈說：「你的豪宅比咱們蓋的老木屋筆直多了。」

「我知道如果我蓋得很保守。」哈利斯說：「他們會嫌我小氣。如果我大肆鋪張，他們則會說我炫耀。所以我選擇了後者。」

在老舊木頭與皮革的氣味下，他們坐在翼背椅上，旁邊金屬格網後方就是壁爐，橘色的微弱火光從餘燼中散發出來。向西的窗戶能夠俯瞰土地上私人的橡樹與山毛櫸，看來是翠林木業公司唯一沒有砍掉的樹。艾弗烈心想：當然啦，哈利斯最後才會朝自家旁邊的樹下手。

僕人送上茶及好幾層的蛋糕與珍饈。

「所以，兄弟，你過得如何？」艾弗烈雖然微笑問起，但這個問題卻無法蘊含其中荒謬的重擔，想到你最熟悉的人會用「很好」這種字眼來總結這缺席的十八年。「總體來說很不錯。」哈利斯稍微咬緊下巴，艾弗烈還是跟以前一樣，喜歡用輕鬆的口吻講嚴肅的事情。「你呢？」

「雖然我努力過，但我還是沒有辦法好好生活。」艾弗烈說：「我終於回到我們昔日的木屋，但我坦誠，比承諾說好的晚了一點。不過房子沒了，樹林也是，你曉得它們去哪兒了嗎？」

「噢，你還是回家了！你人真好！我以為你選擇了陰溝裡的生活，不要跟你的殘廢哥哥一起工作呢，我真傻。」哈利斯緊繃地說，然後喝了一口僕人放在他手邊的茶。

「我因此咒罵你好幾年。」艾弗烈為了小翅果的未來，努力保持冷靜的態度。

「而你不繼續了？」

「不，我放下那一切了。我現在有別的事情要擔心。」

「哎啊，你的確應該擔心，那個羅麥斯傢伙重挫了你。」

「只要我想逃，我隨時能夠逃出他的手掌心，只是這個孩子需要穩定良好的環境長大，不要跟我們一樣。所以我來是想要回克雷格太太留給我的那一份。」

哈利斯從座位起身，緩緩端著相互碰撞的杯碟在房裡踱步。「你知道，休戰協議之後。」他開口：「我假裝是你，聯絡了國防部。他們說我的確在哈利法斯下了船，但之後就沒有人有我的消息。這麼多年過去，我經常想像你在外流浪，之後我就放棄希望了，我想像你的屍骨倒在某個沒人看到的地方。」

「哈利斯，我有一些障礙，戰爭對我造成創傷。我腦子一團亂。我現在明白了。我花了很多年才找到地方安頓下來，甚至那時我就知道我還是遠離人群比較好。」

「對，羅麥斯跟我說過你的小小楓糖生意，可惜了，你居然沒有先把那塊地買下來，說來奇怪，對不對？我們最後居然都要仰賴樹木，只是各自以不同的方式。不過，艾弗烈，你當然可以擁有克雷格林地的一半收益，這沒問題，我會立刻準備支票，還會加上他們這幾年寄給我的退休俸，兩者加在一起金額也不小。」

對於哥哥毫無摩擦的慷慨，艾弗烈相當震驚。他以為會充滿火花，像以前一樣吵嘴，劍拔弩張，誰也不讓誰。「那好吧，我想就這樣說定了。」艾弗烈拍了拍大腿，從椅子上起身。「在你意識到之前，我們就先——」

此時哈利斯轉身，舉起手臂，將杯碟摔向六公尺外的玻璃書櫃，一大片玻璃碎在地上。

「『在自然經濟結構中，幾乎佔據同樣空間的類似型態之間，競爭最為激烈』。」哈利斯冷靜地說，彷彿一切都沒有發生一樣，他荒蕪的雙眼瘋狂猶疑個不停。「這是達爾文說的。」

「沒見過這號人物。」艾弗烈握起拳頭，認為哥哥是把書本學習到的知識作為武器。他感覺到昔日憤怒的岩漿充斥著他的胸口，也就是他自制已久的格鬥精神。

「我不期待你見過。」哈利斯說：「耶魯裡有一本點字版的《物種起源》，很罕見的書。當我讀到這一段的時候，我覺得這句話將我們的關係總結得很好。」

「我只是想幫你。」艾弗烈說。

「視網膜色素病變。」哈利斯說：「兄弟，是這個名字，聽起來很恐怖，是吧？是一種退化的疾病。而雖然醫生說得出名字，但沒有辦法治療。」

「我們不需要名字就知道事情不對勁。」

「哎啊，我沒開口要你幫忙。」哈利斯的太陽穴抽動得很明顯，每次他覺得自己受傷時都會這樣。

「我沒有說你開了口，但你還是需要我的協助。」

「你出門前往法國時，我一個人，羞愧不已。在我們的小木屋裡到處摸索，黑暗逐漸逼近。我成了他們憐憫的對象。」

「你的確值得憐憫，哈利斯，你在壕溝裡會相當無助。威廉二世會親自走過來槍殺你。」

「兄弟，看看你身旁！」哈利斯提高嗓門。「看看我所成就的一切，再說說我有多無助。我還需要你的憐憫嗎？」

「哈利斯，其他人替你砍樹蓋房子，對我來說根本不算什麼。」艾弗烈現在也吼了起來，他的肺感覺很舒坦。「我跟我的女孩逃到你建設又遺棄在山裡的小鎮，叫弗維爾？那裡看起來不像什麼成就，更像惡魔的度假勝地！」

「先生，一切都還好嗎？」一個愛爾蘭人走了進來，銳利的目光緊盯著艾弗烈。「我聽到碰撞聲。」

「噢，我很好，很好！」哈利斯高喊。「只是在跟我的弟弟敘敘舊！」愛爾蘭人的出現安撫了哈利斯，他臉上掛著擠出的假笑，回到原本的座位上。「請問我在戰場上有過哪些英勇之舉？看來挺多的嘛！他們寄了一堆動章來。」

「你一點也不英勇。」艾弗烈說。「規模最小的戰鬥也能讓你嚇得要死。你主要負責抬擔架跟用木頭製作物品。你回來之後，只要一看別人的臉，就會看到底下遭到壓碎的頭骨。好幾年裡，你一次無法睡上幾個小時，就算酗酒也睡不著。那片楓樹林是唯一讓你沒有用待擊的左輪手槍抵著耳朵，扣下板機的東西。」

「然而現在你有了這個孩子。」哈利斯說：「事情變得不一樣了……」

「對。」艾弗烈說：「一個人沒有餓過肚子，就不會知道餓肚子的滋味。」

「羅麥斯先生聲稱孩子是R．J．霍特的骨肉，我想應該是跟他情婦生的，所以過了這麼久還沒有驚動執法當局。他們沒有使用『綁架』這個字眼，但影射得很明顯。」

「才不是這樣，我在樹林裡發現她被人丟在那裡等死，就跟我們一樣。」艾弗烈補了一句：「但至少我們還有彼此。」他繼續說：「這個孩子只有我，所以，哈利斯，你把支票開給我，我就可以——」

「艾弗烈，事情沒有那麼簡單。」哈利斯說：「因為如果我讓你跑了，羅麥斯先生會讓我很難辦。」

「所以你才派他來找我，是不是？」艾弗烈說：「不是因為我開口要你的幫助，而是他也找上了你的麻煩。」

「我可以打斷這溫馨的團圓場面，稍微發表淺見嗎？」愛爾蘭人開口了，他顯然是類似助理的人，但艾弗烈很訝異下屬居然能用這麼挖苦的口氣跟老闆講話。

「菲尼先生，我們晚點再談。」哈利斯說。

「根據羅麥斯先生對R．J．霍特日益減少的忠誠態度，以及他自身遭到壓迫的狀態看來，要是你提供一點錢，換取那個孩子呢？」菲尼問艾弗烈，完全不理哈利斯。「就我看來，他似乎已經飽受折磨，肯定會接受。」

「你覺得我的退休俸加上遺產夠嗎？」艾弗烈問。

「你們都忘了他在找的那本日誌。」哈利斯不耐煩地說：「相較於孩子，他似乎更想找回日誌。」

「這就成問題了。」艾弗烈說。「我把日誌留在安全的地方，但我跟他說我把東西寄過來了。不過，就算我帶在身上，我也不會交給他。我相信那是出自孩子她媽之手，孩子的過往就只存在那本日誌裡了。」

「你讀過這本日誌嗎？」愛爾蘭人追問。

「就我看得懂的地方看了。」艾弗烈說：「但東西在我身上好一陣子了。」

「而這個羅麥斯看過嗎？」

「我說不準，我認為沒有，因為那似乎是母親的私密日記，跟孩子裹在一起。」

「那我們為什麼不假造一本出來就好？」愛爾蘭人說。「你可以跟我描述東西的外觀。」

「菲尼先生算是某種程度的作家。」哈利斯插嘴：「但他不會牽扯進這整件事裡，好了，艾弗烈，我真的覺得——」

「你得告訴我是哪種日誌。」愛爾蘭人打斷哈利斯。「你還記得嗎？」

「當然，我可以大致形容出來。」艾弗烈回答。「不過字跡很漂亮，每一頁都有寫。而羅麥斯明天就要，你覺得你可以在一個晚上就寫完一整本日誌嗎？」

愛爾蘭人聳聳肩。「不會是我最偉大的文學作品。」他說：「但我看看我能寫出什麼來。」

氣旋造成最嚴重的破壞，進而離去後，防風地窖的門因為倒在上頭的粗石而無法開啟。恬璞、葛蒂還有其他十幾位農場工人花了整整一個下午的時間，才從圖書館厚厚的地板下方挖出通道來，靠的就是一把鈍鈍的小斧跟圓頭鎚。當他們從地窖爬進昏暗朦朧的天光時，整座草原彷彿蓋上一條咖啡色的老被毯。就恬璞目光所及，風沙飄來，堆積成一處圓丘，吞噬了所有的聲音，就跟雪一樣。她差點尖叫，只是想測試聽不聽得見自己的聲音。

他們巡視起恬璞的穀倉與大宅時，葛蒂說：「噢，親愛的，我很遺憾。」包括她的圍牆跟柵欄，統統成了碎片，散落在遭到肆虐的土地上，彷彿是孩童遺棄的玩具。遍地都是風打落的鳥類屍骸與農具。她不認得的一棵樹插在她卡車的擋風玻璃上，樹根朝上，微風輕拂，看起來像邪門的灌木。圖書館遭到重創，現在看起來像是風沙海洋下的光禿木頭平底船。唯一直立的地標是大宅旁邊的那棵柳樹。雖然很大的一根樹枝斷了，大部分的樹葉也沒了，主幹倒是沒有遭到什麼傷害。

他們從斷垣殘壁間收拾僅剩的細軟，踏上前往艾斯特凡的遙遠風沙旅途時，葛蒂說：「這個世界是不是不要我們了？」他們出發後，隨即經過恬璞與艾弗烈一起種下的楓樹樹苗防風林。樹苗還太嫩，大風捲不走，看來它們會活下來，真是欣慰，但艾弗烈很可能不會回來親眼目睹。

接下來幾週裡，恬璞跟葛蒂在長老教會的地下室過夜。恬璞白天去保險公司的辦公室討價還價，這場戰爭她注定要輸，最資深的理算師出面，得出結論：「范霍恩小姐，我們承保理賠的是一間農舍，不是中途之家。」

恬璞沒有錢重建，也沒有地方可以去，她陷入絕望，一度考慮出售土地，接下艾斯特凡學校老師的空缺。不過，當她的農場遭到摧毀、她一貧如洗的消息沿著鐵路傳到各個流浪漢聚集地時，整片北美大陸上衣衫襤褸的男男女女統統摸黑啟程。囚犯、罪犯、失業人士，他們每晚從鐵軌的方向過來，每個人都在長老教會後門階梯上擺著一個鞋盒。每天早上，恬璞會將鞋盒扛去地下室，發現裡頭塞滿偷來的手錶、銀製餐具、老舊的黃金首飾、染血的紙鈔或只是一把髒兮兮的五分錢鎳幣。而鞋盒上總會有潦草的字跡，留下同樣的文字：

給在門廊上擺餐桌的女士

尤芬米雅・巴斯特的私密想法與作為

羅麥斯在手裡把玩起日誌，彷彿星辰都回歸到原本正確的軌道路徑上，他彷彿吸到了人類力所能及，能夠從罌粟中淬煉出來最精純的鴉片，彷彿他長年飽受閃電般痛楚的脊椎痊癒，彷彿經濟蕭條結束，他的家人回到他們小小的平房，自他小時候環繞著他的哀傷霧氣就這樣消散。

當艾弗烈將大筆鈔票與尤芬米雅的日誌交給他，打算交換孩子時，羅麥斯心想：**讓翠林兄弟留下這該死的小鬼吧。**哈利斯有辦法養這孩子，而艾弗烈顯然比霍特先生更在乎這個孩子。霍特先生要孩子的目的不外乎把孩子當成陳列他影響力的獎盃罷了，所以當羅麥斯回到聖約翰時，他會言簡意賅，告訴霍特先生，綁架孩子的不是艾弗烈・翠林，是另一個流浪漢，但孩子病死了。羅麥斯想像自己這麼說：**但，先生，我透過各種手段，還是想辦法找回了尤芬米雅的日誌，就在這裡……**

當然啦，霍特先生會再次哀悼自己失去孩子，但這話是他說的：**如果你被迫在孩子與那本日誌之間做選擇，如果真的走到這一步，選日誌。**而把日記交給霍特先生，則是逐漸修復他與這位前老闆之間關係的起點，如果羅麥斯還想安穩在東岸海邊混下去的話，他最好還是跟霍特先生恢復良好關係。

翠林兄弟的錢讓他從銀行贖回房子實在綽綽有餘，再也不用付房貸，再也不用收債。他再也不用浪費精力揪著賴債不還的人，或是對霍特先生那一堆女孩好聲好氣，他決定要接受訓練，從事比較有用的工作，有生產力的工作，也許是營造商或生意人。

羅麥斯與翠林兄弟談完這筆穩賺不賠的生意之後，他離開了貧民窟，尋找一間可以看到窗外積雪山頭與溫哥華璀璨港口的豪華套房，他坐在房間裡，翻起日誌的內頁，裡頭滿滿都是尤芬米雅娟秀的字跡。他翻到最後幾頁，肯定就是她最後的內容，在他最後一次與她見面時寫下，那天他前往大宅查看她的狀況，沒過幾個小時後，她就抱著孩子逃進樹林之中。不過，他詫異地發現裡頭不外乎是一些關於天氣的詩意觀察，橡樹的樹葉讓她非常驚喜。他鬆了口氣，那個布蘭克騙他，整本日誌裡沒有提及羅麥斯或霍特先生的名字。事實上，要不是他得意於找回了這本日誌，以完美姿態解決了自己的財務困境，羅麥斯其實有點失望尤芬米雅居然完全沒有寫到他。

他的套房溼度變高，羅麥斯打算生火。而既然他的火柴已經點燃，他允許自己來一點慶祝的鴉片，最後的鴉片，他決定他要戒掉這玩意兒了。現在不用把自己的身軀塞進擁擠的火車臥鋪或整天趕路，他實在沒必要繼續抽鴉片緩解疼痛。濃郁飽滿的菸氣讓他進入飄飄然的麻醉境地，他穿越過一連串狂喜的狀態，彷彿是不一樣的房間，每一間都充滿了新的一種愉悅。

等到他清醒過來時，火燒得差不多了，屋內有點熱。他穿上新的精紡羊毛西裝、翼紋鞋，戴上平頂卷邊紳士帽，這些行頭是他為了回家而買的。口袋裡揣著翠林兄弟的現金，他悠哉逛起大街，打算吃頓飯，也許來份威靈頓牛排補充元氣，他看到一間不錯的餐廳。不過，在入座前，他先繞去火車站，買了一張前往聖約翰的頭等車票，明天一早出發。接著，他發電報給拉雯，通知她工作任務已經圓滿達成，他三天後就會到家，這趟收穫滿滿，能夠永遠改善他們的生活。他在署名時有點哽咽，他用的是「獻上至死不渝的愛，HBL」。

事成之後，他準備回到先前看上的餐廳。為了節省時間，他抄捷徑，穿過在中國城外圍的窄巷，結果這條巷子帶他經過一間鴉片館。這間鴉片館藏身在名為「全新華」的破舊旅館之中，車票緊緊貼著他的胸口，他的外套口袋裡滿滿都是現金，凱旋回到聖約翰的旅程確定了，於是，他允許自己往裡頭探一探。

接下來是艾弗烈災難不斷的人生裡，過得比較溫馨的幾個月。雖然說起來沒什麼，但這段日子在後來長達幾十年的牢獄生涯裡，讓他能夠經常重溫這年冬天，他與小翅果一起在哥哥樹林小島度過的璀璨歲月。而他也能從這些回憶中搾取足夠的歡笑，面對一棵樹也沒有的監禁，不至於陷入絕望。

羅麥斯帶走艾弗烈得到的遺產與假日誌，同意平息這樁孩子的風波。哈利斯在羅麥斯離開後，說：「你又窮困潦倒了，大冬天的，你也不能從事你的汲蜜事業。」因此提議讓艾弗烈在他的私人小島上養育小翅果，不會惹上任何麻煩。哈利斯還說：「我還不會經常去那裡，所以歡迎你一直待到春天。」

「要是羅麥斯不信我們的小把戲，決定回來調查，他也很難發現你藏在那裡。」愛爾蘭人補充道。

艾弗烈其實已經厭倦逃亡的生活了，他也知道小翅果需要在一處安定下來，特別是因為她現在已經不是小寶寶了。隔天愛爾蘭人送他們上島，艾弗烈很高興看到木屋跟哈利斯的豪宅一點也不像，雖然蓋得很堅固，有很緊密的梁柱精細木工，但屋子沒有多少裝飾。從海邊看不到，但從木屋可以看到壯麗的海灣，艾弗烈猜這是哈利斯用來跟愛爾蘭人逃避世俗目光之所在，這也解釋了他們交談為何總是如此直接。這一切都不關艾弗烈的事。他在戰場上見過，男人與男人變成愛侶，他完全不以為意。

每週二，愛爾蘭人會搖著靈活的木殼輕艇帶著一週補給過來，在成為艾弗烈他哥的視覺描繪師之前，這位先生是翠林木業公司的引水人，負責拖運帆杠。艾弗烈將小翅果放在他打造的原木搖籃裡，這樣她才不會爬上柴爐，燙傷自己。接著艾弗烈步行前往小小的防波堤拿菲尼擺在保冷箱裡的物資，裡頭有提燈的燃油、鐵盒裝的火柴、咖啡、起司、蘋果、玉米與桃子罐頭、好幾顆甘藍菜與馬鈴薯、火腿片、奶油、楓糖漿、麵粉、在小翅果長牙期間用的貝利大娘安撫糖漿，以及一大瓶羊奶。艾弗烈從來沒有在一個地方看過這麼豐盛的食材，他還稍微結算了一下，等到他離開時，他希望有朝一日能夠給哥哥錢。

冬雨降臨小島，溼溼的蕨葉與鐵杉柔軟的針葉輕撫木屋的外牆，艾弗烈與小翅果一起睡在二樓長長窗戶的床鋪上。小翅果長壯了，現在睡覺時會跟騾子一樣踢他，不過，艾弗烈起床時還是會得到充分的休息。以往的他沒有這種感覺。在島上，鐵道警探不會揍他，乞丐不會翻他東西、偷他靴子，騎警不會找他、抄他茅屋，火砲碎片不會呼嘯噴濺到他的床上，氯氣也不會從門縫下滲進來。

他每天早上聽著小翅果的牙牙學語醒來，他會抱著她下樓做早餐，不外乎是加了羊奶的麥片粥，或是泡在楓糖漿裡的燕麥餅，市售楓糖漿跟他自己汲取的蜜液品質也差太多，根本不能相提並論。他會用皮帶將小翅果固定在椅子上，他自己則坐在搪瓷咖啡壺前面，看著她的湯匙錯過自己的小嘴，他發現自己看著看著就會露出微笑。

二月的時候，她已經可以扶著茶几自己站起來了。艾弗烈將貴重物品擺在高處，這樣她才不會翻倒東西，在她到處走爬，磨破包屁衣後，他還替她縫上帆布護膝。她怕汽油洗衣機的隆隆巨響，他就趁變天時用雨水洗衣服，他把乾淨的衣服摺疊放進衣櫃時，看到她的尿布與包屁衣乾淨整齊，他就會感覺到莫名的平靜。

某天晚餐時，他們聽到一群殺人鯨經過的聲音，連忙收拾餐具，步行到海岸線去。他們站在面向海邊看起來像皮膚的草莓樹下。黑色的鰭經過時，總共有十二隻左右，牠們的幼崽緊緊跟在後頭，艾弗烈都能聞到他們海浪泡沫噴出來的刺鼻氣味。他緊緊抱著小翅果，她則把身子拉得長長，想要去灰色的水中，加入殺人鯨的行列。

木屋後面有一個小小的棚屋，裡面堆滿上過油的工具，還有好幾塊蓋房子剩下的杉木木條。他蓋出一間不錯的柴棚，柱子就固定在他從海邊拖上來的平面石塊上。他工作時，小翅果就在旁邊的搖籃裡。橫割鋸發出刺耳聲響時，她會摀住耳朵。一天的木工結束，晚餐前，他會帶著她於濛濛細雨裡在島上散步，也就是這時，艾弗烈才發現雖然島上有參天的原始林，但有一半的土地不久以前才燒毀過，有幾處燃燒過後冒出來的野草，在焦黑樹樁與樹枝間還有薊類植物。

隨著春天到來，白天拉長，他們會沿著小島的砂岩海灣行走，看著海潮打在防波堤附近的岩石上。大藍鷺會謹慎站在淺水區，銳利的喙不斷戳向水中。艾弗烈會在漂流木及海草之間敲牡蠣當晚餐。小翅果會將閃著光澤的牡蠣殼塞進嘴裡，用她新長出來的牙齒啃，也是另一種硬殼。

艾弗烈經常想與哥哥溝通，但因為他還是無法流暢書寫，他只好請愛爾蘭人教他使用短波無線電，這臺機器就安裝在木屋二樓的另一間臥房裡，是哈利斯用來跟進溫哥華生意用的。每晚八點整，小翅果上床了，艾弗烈就會湊在無線電的麥克風旁邊，按下黑色按鈕，開始說起一整天的生活：灰色的大海，高到不可思議的樹，小翅果害怕自己在鏡子裡的倒影，殺人鯨刺鼻的噴息。一開始，哈利斯不做回應，艾弗烈就坐在那裡聽著靜電的沙沙聲，想像那是哥哥的呼吸。

然後，在他描述起他至今在島上看到的最大一棵樹，那是一棵無比粗壯的道格拉斯杉，又高又粗，密度難以估計，此時，哈利斯打斷了他，背誦起一首詩。接著是生硬但友善的對話，小翅果聽到聲音醒來，朝發出聲響的無線電機器爬過來，她睜大了雙眼，因為房內忽然多了一個陌生人。當兄弟倆下線時，她爬到無線電的核桃木箱後面，想要尋找聲音的來源，卻發現那裡沒人，她發出歡快的笑聲。

羅麥斯在掛著簾子的床位上待了好幾個禮拜，大房間牆邊有很多床位，中央則是冒著火舌的大柴爐。

每隔一個小時，戴著厚厚眼鏡的高瘦男孩會拿著一根竹製菸槍給羅麥斯，男孩會用氣味熏人的藥膏塗抹羅麥斯的背，羅麥斯則蜷起來，跟小嬰兒一樣。男孩送餐點時，羅麥斯會打發他走開，他只喝利口酒，只吃荔枝、薑糖，喝泡了罌粟籽果莢的茶水。羅麥斯的娛樂是看著鬼魂在牆面上飛掠，他相信自己在世界上所需要的一切，這個戴著厚厚眼鏡的神奇男孩都能一一滿足。他知道羅麥斯的菸槍要怎麼放，曉得羅麥斯茶裡不能加牛奶，羅麥斯從收牛奶錢時期開始，就沒辦法消化牛奶。最重要的是，這個男孩曉得下一次菸葫蘆要塞多滿，也知道下一根火柴何時要燃起。他是祭司，他是兄弟，他是人父。如果在羅麥斯漫長又痛苦、單調的人生裡有什麼慰藉的話，那就是來到這裡，接受這位男孩的照顧。

當羅麥斯發出比乾嘔更嚴重的咳嗽時，男孩給了他一份禮物，還說：「本店招待。」那是一個小小的滴管，用藍色封蠟連接著注射器。羅麥斯看著男孩就著煤油燈，在錫匙上加熱鴉片酊粉末，以火焰輕撫匙中物。男孩插好針頭，羅麥斯看著自己的血液在玻璃針筒下綻放，宛如蘭花。男孩首度按壓滴管，羅麥斯因此遠離了這個骯髒無趣的浴室，進入了乾淨、令人振作的永恆之海中。在這令人屏息的單一瞬間，哈維．羅麥斯曉得他這輩子都無法回去抽鴉片了。

男孩將羅麥斯的幾疊鈔票放在飯店保險箱裡，他的鴉片酊粉末鎖在他床位旁邊，免得其他床位不人不鬼的傢伙湊過來用。男孩替羅麥斯換床單，在他身下放好便盆，這樣他就不用費心前往廁所。男孩甚至好心到聯絡羅麥斯先前的飯店，請他們將他的私人物品打包好，其中就包含了日誌及硬書殼。東西就放在那間飯店，只要羅麥斯要，他隨時能夠去拿，他向自己保證，他隨時會過去。雖然前往聖約翰的車票早就過期，他還是很有錢，只要他恢復元氣，他就能再買一張。對於要回家這件事，他一次也沒有動搖過。他經常想像，一到家，他的七個孩子會急忙跑出來迎接，吵著要他的關注。也許暫時消失能夠換得他們長期對他的感激，雖然承認這件事很痛苦，但父親的消失教會了他，他必須在世界上尋求自己的一席之地，而不是等著道路在他面前鋪好。

為了侮辱他的父親，羅麥斯這輩子都將別人的需求擺在自己的需求之前。他靠替乳業公司收帳支持母親，然後靠討債養活拉雯與他的孩子，他驚覺他對自己的標準太高了。扮演了一輩子穩定可靠的角色後，在全新華度過慵懶的幾個禮拜不過是他應得的休養生息時光罷了。

他經常思索，他的父親到底是到了哪一刻覺得他不想回家了？羅麥斯因此恨他多年，這股憎恨變得堅硬如石，成了他的身體結構，彷彿是支撐高聳建築的鋼筋。不過，在他尋找嬰孩與日誌的漫長歲月裡，羅麥斯好像比較能夠理解父親為什麼決定拋家棄子了。也許他是從孩童的角度來看，這是父親所做的決定，但事實是，我們每個人都活在世界無形的操控，經濟崩盤、列車相撞、地震、野火、龍捲風、颶風、疾病與乾旱，齒輪轉動，槓桿升起，男孩擠壓滴管的橡膠球，發出輕輕的「咻咻」聲，一切就永遠不一樣了。

陷阱

雖然艾弗烈在翠林島過得很愉快，但他每天都會想起恬璞。她印花洋裝上永遠不扣的第一顆扣子，她在農場行動時無精打采卻意圖明顯的步伐，她挖洞種樹的高效率，她喝咖啡的模樣，彷彿這種飲料不只能解救她的性命，還能拯救她的靈魂一樣。他們做愛時，她會將頭髮勾在耳後，彷彿只是要聽清楚他的喘息。而最不公平的莫過於這個世界上有這麼多張床，他與恬璞卻沒辦法在任何一張床上同眠共枕。他經常發現自己對小翅果描述起恬璞時，會用她們完全不認識的語氣講話，彷彿艾弗烈在圖書館結巴念起《奧德賽》時，抱著小翅果的不是恬璞一樣。

春天即將來臨，艾弗烈決定他不要繼續汲蜜，他寧可永遠住在島上。在他們前晚的無線電通訊裡，他將這個念頭告訴哈利斯，而哥哥同意將目前木屋旁邊的一塊地直接送給他。艾弗烈決定在夏天的時候打造自己的木屋，工法差不多，等到蓋好後，他會請愛爾蘭人替他寫一封信給恬璞，邀請她一起過來生活。她肯定會拒絕，一定會的，屆時他跟小翅果就會重返她的農場，恬璞還是會再次拒絕他，那艾弗烈就會前往圖書館取回那本日誌，回到島上。

艾弗烈可以用他找到的工具做木工賺點小錢，製作簡單的家具去溫哥華販售。等到小翅果接近學齡，他就會有錢請家教過來教育她。翠林島是養育她的絕佳之地，除了他以外，哈利斯跟愛爾蘭人也能陪伴女孩的成長。再說，隨著小翅果逐漸長大，負擔只會越來越輕鬆。事實上，這天下午，她已經能在不扶著椅子尋求平衡的狀態下自己站立了，甚至還能踉蹌彎腿走個幾步，她的雙腿劈得好開，屁股都要貼地了。

為了慶祝她會走路，他做了燕麥餅當晚餐，但歡快的氣氛隨即遭到打破，他前往柴屋取柴火時，發現一頭未成年公鹿還冒著熱氣的屍骸，氣管遭到咬穿，舌頭沒了，內臟有穿刺傷，發出惡臭，血才正要在傷口周圍乾涸而已。艾弗烈只有留下裡脊，剩下全燒掉了。隔天他用裡脊加野蔥與蕁麻一起做成小翅果的晚餐。他替她把肉嚼爛，她吃得大快朵頤，粉紅色的肉汁流了她一臉。

艾弗烈發現周遭沒有老鷹或熊能夠進行如此精準的殺戮，他將這件事告訴哥哥。哈利斯說，據說美洲獅會乘著流落的原木漂流到這種小島上，牠們會迅速殲滅島上的鹿群，最後把自己餓死。艾弗烈打算在春天時買點羊，這樣小翅果就有羊奶可喝，羊群也會陪伴她成長，但美洲獅會將牠們一一消滅。而有了這種如影隨形的恐懼存在，艾弗烈不能讓小翅果一個人待在院子裡，甚至在屋內也不能開著門窗。

他因此想起曾在木屋的椽上看過裝電池的絆足陷阱。超大的，差不多是灰熊的尺寸，夾起來的鋸齒之寬，足以咬住成年男人的靴子。他把陷阱取下，放在小屋周遭，第二晚，他就抓到一隻貂，但陷阱力道太大，將貂差點一分為二。雖然他不想傷害或殺害跟美洲獅一樣壯美的動物，但只有在陷阱布下，他請愛爾蘭人帶來的布朗寧步槍掛在他床邊、小翅果搆不到的壁架上時，他才能再度放心入睡。

短波無線電

「這麼多年來，你怎麼不用縮寫？」弟弟的聲音傳過來，聽起來很遙遠，音量很小，還帶有無線電的沙沙聲。「你們這些肥貓不就喜歡用字母縮寫嗎？你覺得『H・P・翠林』或是『H・T・翠林』怎麼樣？後面這個聽起來很不錯。」

哈利斯大笑起來。「弟弟，也許管用。我這種地位的人需要各種看起來很重要的助力，但我想現在搞縮寫已經太晚了。」

「那也許我得替我的這個女孩想一個，稍微助她一臂之力。經過這麼多事，她值得世人的尊重。」

「你決定好要叫她什麼正式一點的名字沒？你不能一直叫她小翅果下去。」

「我想到了一個，但還沒決定好。決定之後，你會是第一個知道的人。」

自從他們每晚開始聊天後，這件事就成了哈利斯的日常例行公事。第一批枕木終於抵達日本，他已經收到款項，翠林木業公司再次獲利。經過在辦公桌旁的漫長工作，忙著在倫敦的融資公司那邊恢復信用，或是確保貨物能夠準時到達，之後，他開始期待聽到弟弟的聲音，就跟他期待聽到菲尼的聲音一樣。

一開始很費力，但語言最終自然流瀉出來，兄弟倆跟找到新玩具的孩子一樣，輪流開口。哈利斯通常會讚嘆起艾弗烈的聲音聽起來還是如此熟悉，有時聽起來像是從他腦中浮現，而不是透過無線電喇叭發出來的。他們大多會聊起身邊的事情，偶爾回憶起他們在樹林裡的生活，以及那些了不起的樹，還有他們打得最激烈的架、吃過最豐盛的大餐。

「記得我們會爬上市中心的榆樹，到處罵髒話嗎？」艾弗烈說。

「還是你不小心用弓箭殺了那隻梗犬。」哈利斯加油添醋道：「我們只能將狗剝皮毀屍滅跡，結果還是被發現？」

他們的對話最終都會回到迷人的克雷格太太身上，以及她房子起火那晚的景象，兩兄弟會陷入沉默，接著是漫長空虛的靜電空白。

在兩兄弟這輩子最後一次交談，遇到這種靜默後，艾弗烈說：「答應我，如果我出了什麼事，你要好好照顧小翅果。我不能讓她跟我們一樣，單獨待在樹林深處。」

哈利斯逐漸明白，他的弟弟在戰後不加入他的行列，不是因為他不想照顧殘廢的人，而是因為他自己也飽受折磨。菲尼跟哈利斯提過「戰爭創傷」，沙場上的軍人心靈會受創，而哈利斯憐憫起艾弗烈，竟然因為自己的眼疾而付出代價。

「她永遠不會像我們一樣孤單。」哈利斯說：「我向你保證。」

一開始是菲尼建議讓艾弗烈跟女嬰躲在他們的靜僻小島，但經過幾輪說服後，哈利斯也接受了這個想法，他甚至同意給艾弗烈島上的一塊地。只要與日本人的生意結束了，哈利斯就會清算他的公司，他很期待兩兄弟能夠成為鄰居，一起生活在島上。

只不過，雖然重拾兄弟情誼，一股深層、令人毛骨悚然的質疑還是揪著哈利斯不放，他覺得事情最後一定不會順利發展，絕對不會。那股讓兩輛列車對撞、害他失明、攪亂他弟弟的心智、還讓小翅果留在樹林裡等死的恐怖力量，與他們之間的糾纏似乎還遠遠沒有結束。

行李箱

週日一早，全新華遭到騎警掃蕩，這是館內憔悴顧客最昏昏欲睡的時刻。有人粗暴地將針頭從羅麥斯手臂上摘掉，還將他從床位上拉起來，要他起身，他這是不曉得多久之後第一次站直身軀，太過激動的警察隨即賞了他一耳光，這個人更習慣面對醉醺醺的伐木工人，或眼神混沌的淘金熱傷員，而不是乖順的藥物癮君子。一口血噴在羅麥斯的絲質睡衣上，他嘴裡下排兩顆先前鬆動的牙，現在跟一對不詳的骰子一樣在他嘴裡自由翻滾。警方沒收了床位周邊的所有物品設備，包括羅麥斯的注射用具及金屬罐裝的鴉片酊粉末，接著將他與其他骨瘦如柴的男人拖進下著毛毛細雨的巷子裡。

他們抵達警局時，羅麥斯透過缺齒奮力解釋起自己的身分，還說他來溫哥華有重要任務，他是為了替新布藍茲維省的R．J．霍特先生收帳。他告訴他們他之所以光顧那種場所是為了要找到逃亡的人，他要求警方立刻把錢還給他，警員只是當著他的面大笑起來。

他們步行送他前往火車站，要讓他搭第一輛火車回聖約翰時，羅麥斯注意到他們經過了他先前下榻的飯店，他連忙整個人摔倒在溼答答的人行道上。要是他必須身無分文、窮困潦倒回家，還得跪在霍特先生面前，懇求回到過往的生活，日誌就是唯一一件物品，能夠說服這位大老闆，這趟問題百出的遠征之旅完全是為了他啊。

警員開始揍羅麥斯，要他起身，他卻哭著哀求起來，說什麼沒有他的藥物，他沒辦法活著撐過這跨越大陸的旅程，而藥物就放在飯店裡。經過短暫的交談後，警方不情願地拖他進去。他鬆了口氣，行李櫃檯拿出了他的行李箱，羅麥斯摸索一番，發現日誌跟硬書殼都塞在側插袋裡。為了要騰出空間放他的物品，他將日誌放進書殼之中，但當兩者合而一體時，日誌居然在大大的書殼裡發出晃動聲，他估計日誌比書殼短了二點五公分，這只是小小的短少，卻足以讓哈維．羅麥斯大大憤怒。他咒罵起艾弗烈．翠林的靈魂，還用單薄的身子衝撞周遭的騎警，警察當然猛力制止他。他的嘴巴再次遇襲，緞帶般的鮮血灑在飯店的大理石地板上。羅麥斯又吼又叫，想要逃跑，最後他們一警棍甩向他的喉嚨，五個大男人將他壓在地上。

那個不識字的笨蛋跟那個眼睛看不見的狡猾小仙女，他們肯定一直以來就密謀著要留下真正的日誌，這樣他們哪天才能用來威脅霍特先生。不然他們幹嘛冒險假造？

羅麥斯現在不能這樣兩手空空回聖約翰，這時一個詞從他破裂的嘴脣冒出，契合程度宛如鑰匙插進鎖孔。

「肉票。」他從缺齒的縫隙裡說。

「你說什麼？」警佐沒好氣地問。

其他人稍微放鬆壓制，羅麥斯從鮮血淋漓的牙齦間吸了一口冷空氣，這樣才能稍微麻痺一下痛楚。「R．J．霍特的女嬰被人綁架，成了肉票。」

隨著他二度說出這神奇的字眼，警察拉起他的衣領，讓他從地上起身，然後問起各種問題。哈維．羅麥斯解釋他雖然不曉得這個冷血的逃犯艾弗烈．翠林將霍特先生的小女孩帶去哪裡，他卻曉得誰會知情。

林木線

艾弗烈一開始懷疑事情不對勁是在剛剛晚上的時候，哈利斯的聲音沒有跟平常一樣，九點鐘透過沙沙的短波無線電準時出現。一開始，他告訴自己，哥哥也許睡了，或是在忙他一直很擔心的日本木材貨運。不過，此時接近午夜了，他坐在床上，睡意全無，聽著一艘汽船鍋爐的淺淺運作聲透過霧氣傳來，彷彿是鯨魚的心跳，他曉得事情肯定不對勁。

漁船跟木頭拖船有時會經過翠林島，但從來不會如此接近。所幸汽船上的人肯定無法定位菲尼留給他們補給的防波堤位置，所以艾弗烈覺得他們會停錨在海灣，划艇前往木屋以東的卵石海灘。不一會兒，他看到多名持槍男子在鬼魅的滿月亮光下躡手躡腳穿過灌木叢，速度之慢，暗示了預期中（或意圖帶來）的麻煩。

八名加拿大皇家騎警身穿緋紅上衣，帶著寬沿帽，藍色馬褲上有黃色的線條，他們佔據了林木線的位置，旁邊還有兩個身穿便服的人。他們圍成半圓，掃過艾弗烈初來乍到時打造出來的木棚。他們扶著大腿蹲低身子，卡賓槍對著木屋的大門，然後靜候。

艾弗烈輕輕拉開臥房窗戶，用他原本想讀給小翅果聽的一本薄書撐開邊緣，然後將布朗寧步槍槍口從縫隙伸出去。他觀察對方半小時，看到了麥索利矮胖的身影接近另一個站在樹後的人，艾弗烈敢用性命發誓這人就是羅麥斯，但他看起來比先前更憔悴虛弱。艾弗烈看著愛爾蘭人徹夜不眠，忙著寫出有說服力的日誌，還磨壞了兩枝筆的筆尖，但看來羅麥斯最後依然發覺了他們的騙局。或著，也許光是得到那本書對他還說還不夠，說不定永遠也不夠。

不過，隨著他在窗邊坐越久，他就越是注意到這些騎警不過只是幾個男孩罷了，耳朵突出，手腕細弱，每隔幾秒就緊張地扭轉脖子查看身旁情況，這樣的景象讓艾弗烈想起他在歐洲戰場濠溝上射殺的年輕面容。他明白無論這些男孩的意圖為何，對他們開槍不只會危害到小翅果，彷彿也是朝著他在多倫多孤兒院裡那些被跳蚤咬的孩童開槍沒兩樣，於是他將布朗寧步槍從窗縫移開，重新掛回牆上，過去查看床上的小翅果。她睡覺時雙腿翹得高高的，舌頭還舔著什麼美夢裡的好吃東西。

他留下孩子，輕手輕腳下樓，避開窗邊，他穿上靴子、保暖外套，還從廚房拿了一瓶羊奶，他在裡頭加了不少貝利大娘的安撫糖漿。他回到樓上時，他前往擺放短波無線電裝置的第二間臥室。他輕輕按下麥克風的黑色按鈕，他對著充滿孔眼的金屬話筒低聲說出小翅果的真名，先前他在恬璞的圖書館用鉛筆在日誌上寫過這個名字，他原本想在自己的木屋蓋好，取回她生母的日誌，他們開始新生活後，才給她這個新名字。只不過，現在看來事情不會朝他期待的方向發展了，她現在就需要她的真名。這個名字靈感來自他與恬璞第一次一起休息喝水的那棵奇怪大柳樹，不管旱災鬧了多久，這棵樹就是不會死。就算哈利斯沒有待在收音機靜電裡聽艾弗烈講述這個名字，她還是褪下了她的小名，她再也不是小翅果了。

他的聲音

警員離開辦公室一個小時後，哈利斯依舊坐在他的辦公桌前，他用顫抖的手搖晃起水晶玻璃杯裡的清酒。他聽到義大利平底鞋踩在地板上的輕輕腳步聲，這雙鞋是他送菲尼的生日禮物，菲尼總是曉得要發出些許聲響，這樣才不會嚇著他。

「我猜是羅麥斯帶他們來的？」菲尼問。

哈利斯低下頭，緩緩點頭。

「我想他發覺我們造假了？」

又點點頭。

「也真夠久了，我都懷疑他是不是比我們一開始以為得還要蠢，但警方愛怎麼搜就怎麼搜，找不到他們的。」哈利斯聽到菲尼坐進皮椅的聲音。

「羅麥斯告訴警方，我的弟弟綁架了R．J．霍特的嬰孩，他挾持孩子要贖金。」哈利斯說。

「你告訴他們真相後，他們怎麼說？」

哈利斯嘆了口氣。「我證實我的弟弟的確帶著一個孩子，而孩子不是他的。其他都是臆測。」

「孩子不是他的又怎樣？孩子當時留在那邊等死。」

一陣靜默。

「哈利斯。」

他緩緩喝了一口酒。

「你透露的不只這些。」

哈利斯放下酒杯。「連恩，羅麥斯一開始跑來時，他把我帶到一邊，當場威脅要舉發我們。」

菲尼不屑地說：「哎啊，我們對他也有所了解！我一眼就能認出毒蟲來！那個食屍鬼的眼珠子沒比書上的句點大到哪裡去，走路也是無精打采的。我們會找警察搜索他，搞死他這個混蛋。」

哈利斯露出無力的微笑。「不管他是不是毒蟲，他還是能毀了我們。」

菲尼緩緩吸氣。「所以你說了什麼？」

哈利斯壓抑住想要將酒杯摔到牆上的衝動。

「哈利斯？」

「他們會先用猥褻罪起訴我們，然後會控制公司。我們永遠見不了面。連恩，財富是我們唯一的保護傘。少了我簽字給他們錢，他們會將我們生吞活剝。」

「你跟他們說了什麼？」

「法律上來說，我弟弟的確偷走了那個孩子。」哈利斯說。「他腦袋不清楚，以為他能留下這個孩子。也許再坐牢一陣子對他比較好。」

「你這個可憐又可悲的人。」菲尼說，哈利斯從模糊的聲音聽得出來他是掩面講話。「而你們在那臺無線電裡的對話又怎麼說？」

就在哈利斯告訴羅麥斯翠林島的木屋在什麼位置，大隊人馬出發去逮捕艾弗烈後，弟弟每晚都會出現的招呼從無線電裡傳來。彷彿是要處罰自己，他把機器開著，但無法回應，反而坐在那裡聽著艾弗烈不斷說起：「哈利斯，回答。回答，哈利斯。」

「連恩，他已經做出他的選擇了。」哈利斯說：「我跟他不可能一直拯救彼此。」

「而你讓他住在島上的承諾呢？」

哈利斯一開始同意這個想法的時候，艾弗烈在無線電裡歡呼得超大聲，聽起來就像炸彈爆炸一樣。

「計畫會變。」哈利斯喝了一口清酒。「艾弗烈比誰都清楚這點。」

「但現在還有時間挽回一切。」菲尼大喊。「我們必須立刻去找他。羅麥斯沒有離開那麼久。要是我們搭快艇，我們還能搶先他們。」

哈利斯心想：一名詩人怎麼可能明白，要在如此險惡的世界裡存活下來，你必須跟樵夫的斧子一樣，精準殘暴，目標明確，冷血無情。就跟他與菲尼第一次見面時說的一樣，哈利斯的確是徹頭徹尾的伐木人。而伐木之人該做什麼就會做什麼，就算意味著必須砍掉患病的部位才能拯救一棵樹，就算意味著為了擁有一個絕世珍寶，必須放棄另一個無價之寶，也在所不惜。

哈利斯起身，希望展現出激情、關愛的神情，配得上他剛剛所做的巨大犧牲，結果他開口時，卻感覺到自己的臉扭曲起來，他說：「連恩，為了保護你，我可以將地球上的每一棵樹都絞為碎木，人也一樣。」

他聽到菲尼拍了一下手。「好，你不去，我自己去。」

「菲尼先生，身為你的老闆，我不准你使用我的快艇。」

菲尼吐出長長的氣，最後，他開口：「翠林先生，那我相信我也不能繼續為你提供描述的工作了。」

在哈利斯最脆弱的自我裡，他總是害怕聽到這些背叛的話語，因為好東西是禁不起時間考驗的，對他來說如此，對艾弗烈也是，他實在無法相信自己的耳朵。不只是語言，讓他最受傷的是通常講話相當溫暖的連恩，居然用起這種正式突兀的語氣講話。

「你說過你永遠不會背叛我。」他悄聲地說。

「我沒有。」菲尼說：「是你搶先一步。」

「行，你被開除了。」哈利斯用同樣專業的冰冷語氣講話，打算惹對方生氣。「恐怕你也失去了精準描述世事的能力。」

哈利斯等著，期待菲尼用最傷人的話語反駁。精明又覆水難收的話語。他允許自己多等一會兒，要想出適合的回應需要時間。此時的哈利斯願意接受任何侮辱，只要能夠重燃對話，拉近他們和解的距離就好。不過，他只聽到鳥兒在籠子裡窸窸窣窣的聲音。

整整一分鐘過去，他凶狠地說：「哎啊，那你還有什麼好說的？」然後是「連恩？」

哈利斯在辦公桌附近摸索，翻倒了存貨報告，還將玻璃杯裡的清酒打翻在地上。

「你還在嗎？」

他沒聽到菲尼從皮椅上起身，也沒聽到他的腳步聲，更沒有聽到大門五金零件的聲音。他走到椅子旁，感受菲尼在皮椅背上留下的溫度。

「噢，連恩，別搞把戲了。你知道我不喜歡驚喜。」

哈利斯努力用感官感覺整間辦公室，感受到其中的紋理與空洞、平面與曲面。他聽到許多聲音，角落沒關的短波無線電沙沙聲，鳥兒展翅的聲音，但他的視覺描繪師不在其間。

此時此刻，他急需聽到他的聲音。自從他第一次在這間辦公室聽到菲尼用他與眾不同的嗓音讀起丁尼生的作品時，他的聲音就永遠改變了哈利斯這個人，重新將他拼湊起來，成了新的細胞，也有一股全新的驅動力，將他們串連在一起。不過，他也許這輩子再也聽不到那個聲音了。想到這裡，哈利斯的胃裡開了一道峽谷，他哭喊一聲，翻倒菲尼剛剛坐過的椅子，過程中，他整個人往後摔去。他踢著掙扎糾纏他雙腿的電線，連著的檯燈翻倒在地上。燈泡碎裂時，哈利斯·翠林發誓，他聽到光線在他皮膚上熄滅的聲音。

步槍

羅麥斯無法回想渡海渡了多久。在海峽高漲的黑水裡漫無止盡地翻攪，小船只要忽然側翻，他就會跟著搖擺、想吐。

「羅麥斯先生，日誌『跟』孩子。」霍特先生是這麼說的，他們早先在溫哥華警局裡通過電話。「一起帶回來，我就向你保證，一切既往不咎。」霍特先生又聯絡上麥索利警探，堅持他跟羅麥斯一起行動，於是他們說好了，要是突襲成功，羅麥斯會帶著孩子跟日誌回去見霍特先生，麥索利則成了抓獲危險綁架犯、逃犯艾弗烈．翠林的大英雄。

艾弗烈過去這幾個月藏匿的偏僻小島不在地區警察的管轄裡，所以麥索利找了幾名剛加入加拿大皇家騎警的年輕人一同過來。兩名騎警從小在這惡水中抓捕蝦蟹長大，對於海峽水流瞭若指掌，就算天黑也一樣。航海經驗先放一邊，這兩個男孩看起來就像高中剛畢業。對羅麥斯來說，西岸的每個人都似乎太年輕了，只是一群小寶寶在還沒妥善分配的土地上扭打成一團罷了。

他們抵達沒有碼頭的小島時，他們只能在海灣外頭放錨，划小艇過來。白浪打在黑夜之中，他們著陸，往西悄悄穿過厚厚的沙龍白珠與懸鉤子黑莓灌木，島上參天邪惡的大樹幾乎遮蓋了所有的月光，枝葉裡還傳來不詳的風聲合唱。羅麥斯這輩子沒有見過這麼高大的樹木，他一度覺得自己是走在古老城市的廢墟之中，充滿高塔與紀念碑，雕像與大教堂。他打起冷顫，連忙將目光移到腳步上。

沒多久，木屋出現在月光之中，麥索利指揮人馬守住周圍。其中一位當地男孩的父親是替哈利斯．翠林蓋木屋的首席木匠，所以他們曉得屋子只有一個前門，直接面對大海。

「要是他慌了，傷害孩子怎麼辦？」麥索利問羅麥斯，此時他們蹲在巨大的樹幹之後。

「只要他知道他受困，他應該就會自首了。女孩不會受到任何傷害。」羅麥斯說。

「那我們為什麼不直接動手就好？」麥索利說。

「他是軍人，腦子不正常。要是我們嚇到他，他的反應可能會很激烈。最好還是等著夜晚過去，白天跟他講道理。這是一座島，他們無處可逃。」

隨著人馬散開，各自站上崗位，羅麥斯則靠在木柴堆上，雙手緊緊握著沉重的步槍。距離他最後一次注射鴉片酊已經過了六個小時，他開始打冷顫，血管發癢，好像有人拿毒櫟從內部摩擦過一樣。所幸羅麥斯在睡衣口袋裡留下一小管鴉片酊粉末，如果狀況惡化，他打算直接用鼻子吸。

當然啦，隨著夜晚一分一秒煎熬前進，他開始大量出汗，眼球上也蓋著厚厚的膜。他沒多久就感覺到通了電的刀子一把刺進他的後背中央，暗影裡傳來幽魂的輕聲細語。

「什麼？」一個在他附近駐守的當地男孩問起。

「什麼是什麼？」羅麥斯問。

「你剛剛在講話。」男孩回答。

「不，我才沒有。」

「明明就有。」男孩說：「你提到一個女人跟她的寶寶。」

「閉嘴。」羅麥斯將帽子壓低在溼溼的額頭上。急切想要逃離細語並平息身體加劇的痛楚，羅麥斯用小指插進鴉片酊粉末裡，吸了一點紅褐色的粉末。冷顫從他鼻竇進入，停留在他的腦幹，他的內在變得清明也舒適起來。先前在高聳樹冠之上根本看不清楚、模糊、微不足道的星斗，此刻變得跟餘火一樣明亮。後來他偷偷對著灌木嘔吐，這是淨化的行為，太舒暢了。

差不多在凌晨四點時，一位當地男孩戳了戳羅麥斯，請他幫忙看顧崗位，他要去小解。羅麥斯點頭，看著男孩在木棚後方解開褲帶。忽然間，那個方向傳來金屬喀啦聲，男孩尖叫起來，彷佛中彈一樣。在騷動下，距離羅麥斯三公里外的年輕騎警喘起大氣，慌忙揮起步槍，眼神跟暴風一樣錯亂。受傷的男孩開始痛苦哭喊求救時，羅麥斯看到那位騎警舉起步槍，槍在他手上彷彿重到抬不起來一樣。接著他將黑色的槍口瞄準木屋大致的方向，他閉上雙眼，開始射擊。

子彈

它們似乎從屋裡每件物品內部爆裂開來，它們從窗口彈射進來，打破了艾弗烈為柳兒擺在床頭櫃上的羊奶瓶子。它們爬過房子的雪松木板牆，打爛牆上的煤油燈。它們咬碎柳兒的搖籃，肢解了愛爾蘭人替她帶來的木屑填充兔子玩偶，玩偶的屍首四散飛濺，宛如五彩碎紙。

「這裡有嬰兒！」艾弗烈對著噴飛的灰泥碎塊與木頭碎片大喊，從床上抄起柳兒，趴在地上，用自己的身軀蓋住她小小的軀體。屋裡還是充滿槍口的火光，槍火的怒吼與破碎的器皿，子彈洞孔的擊打聲統統淹沒了他的話語。

外頭有個男人吆喝要他們停火。

沒有停下。

這是十二場雷暴雨一起降臨的聲音。枕頭的羽毛散落，圖畫從釘子上飛起，忽然間，他回到了戰場，德軍大砲將他轟得震耳欲聾，動彈不得。一顆子彈從他後方的鑲板打進來，發出「咻——啪」的聲音，他赫然懷疑起他是不是扯破了襯衫，因為他的後背感覺有點涼。不過寒意加劇，沒多久就變成滾燙的感覺。他咳起嗽來，兩聲乾嘔，然後是溼溼的喘咳，為了讓肺放鬆，他像猩猩一樣，用拳頭鎚打胸口。他重新吸到空氣之後，他拉起在他身上嚇到渾身顫抖的柳兒朝臥房大門前進。當接觸到門把時，他明白能對孩童所處木屋如此自由開火的人肯定不會讓他們活著離開。

她的聲音

在年輕騎警開了第一槍後，其他人也跟進，全都陷入扣板機的集體狂熱之中。他們朝著木框木屋的大致方向打光了大口徑連發步槍裡的子彈，有人閉著眼睛靜靜開槍，有人跟六月畢業的男學生一樣歡呼起來。羅麥斯呼喊著要他們住手，他們聽不到。他看著彈幕射擊下，屋子碎片到處噴飛。在混亂之中，他看到一個場景，子彈打在他位於聖約翰的老家，他的七個孩子縮在床底下，穿著睡衣，渾身顫抖，呼喊著父親。

射擊似乎維持了很久，早在彈藥打光、槍口火光消失、一切恢復黑暗後，羅麥斯的鼓膜還是感覺得到槍聲的回音。在柯代火藥的惡臭中，藍色的煙霧沉降在他們腳邊，火燙的金屬彈殼散落一地，尖銳的窗戶玻璃碎片懸掛著，在窗框內鬆脫碎開。

一個個氣喘吁吁的男孩恢復過來，陷入壓抑的沉默之中。剛剛一直對他們尖叫，要他們停火的麥索利雖然還是很生氣，但他控制住了脾氣，晚點再因缺乏紀律與愚蠢痛批他們。他率先命令他們去木棚後頭查看那個去小解的男孩。大夥兒找到了他，他嚇到昏了過去，褲子還卡在腳踝，小腿卻因為鋸齒狀的捕獸夾彎成了詭異的角度，他的臉跟從腿上刺出來的骨頭一樣慘白。

騎警忙著讓他掙脫捕獸夾，羅麥斯則在沒人注意的狀況下走進滿是彈孔的木屋大門，將其推開。他最不需要的莫過於在他還沒找到日誌前，讓麥索利搶先讀到。他進屋，自己吸了不少鴉片酊粉末穩定情緒，同時向上帝禱告，如果樓上有人受傷，千萬不要是那個孩子，讓艾弗烈．翠林受傷吧，連他哥哥都不在乎的人，在碰巧遇上掛在樹林裡的襁褓前，他根本無足輕重。

室內梯底部牆上有一灘鮮血。羅麥斯懷疑那是不是尤芬米雅的血，不過他告訴自己，尤芬米雅不在這裡。只是他腦袋裡飄浮著那麼多鴉片酊粉末，誰能說她真的不在呢？他開始走上二樓，他感覺到自己的體重彷彿翻倍，他好像是無意識將另一個一樣的自己背在肩上一樣。忽然間，他回到發現尤芬米雅的那座楓樹林，周遭樹木的樹皮上是幾千張扭曲的面容。他認識的人，他不認識的人。他父母的臉，他孩子的臉，他在替牛奶公司收債時，遇上的窮困家庭成員的臉。他追債的人，他揍過的人。體弱多病的人，殘破潦倒的人，死掉的人。他們統統面目扭曲，痛苦猙獰。

女人絕望的聲音問起：你有替我帶外套跟鞋子來嗎？

「明天。」羅麥斯輕聲回答，不確定他到底有沒有說出聲來。「我明天就帶來。」

這一切，我辦不到。

「哪一切？」

這一切。

「尤芬米雅，這不是妳想收手就能收手的事。」羅麥斯到了二樓，發現面前的房門緊閉。

但我放不下她，難道這樣不夠嗎？她哀求道。

「別傻了。」羅麥斯用肩膀抵著門，準備好要破門而入。「天底下沒有什麼東西是放不下的。」

艾弗烈在戰時目睹過一中彈還拔腿就跑的士兵，能跑多快是多快，彷彿是要在賽跑裡贏過死亡一樣。他也見過靜靜坐下的人，彷彿是要準備泡茶。艾弗烈．翠林的反應則介於兩者之間。

停火後，他打開臥室房門，跌跌撞撞抱著揪著他胸口的柳兒下樓，他抵達階梯平臺，起身在牆上吐了一口血。他深呼吸，猛力撞開蓋得歪歪扭扭的後門，他用雙臂盡量掩護住孩子，準備好要面對敵人一湧而上，或死在他知道等著他出現的槍火之中。

不過後門連一個靈魂都沒有。

當然啦，如果樹木靈魂不算的話。

他將寶寶緊緊抵在襯衫沒有因為鮮血而黏在身上的那一側胸口，他無意間朝周遭的樹林跑去。他踉蹌西行，沿著被火燒過區域與原始林交會的礦層前進，想要減少腳印的出現，他踩在一塊塊凸起的樹根上，沒有樹根的地方，他就踏在具有彈性的苔蘚上。

現在停火了，柳兒的感官恢復了，她開始嗚咽，於是他從禦寒外套的口袋裡掏出一瓶羊奶，他先前在裡頭摻了貝利大娘的安撫糖漿。她婪飲起來，連氣都沒有換。藥效起作用時，柳兒在他懷裡粗魯地打起呼來。

雖然有月光，但樹冠遮擋住了月亮，在銀白色的光線中，他的血有如黑色的石油，閃著光澤。艾弗烈吸氣時，只有半個胸膛漲起，他的步伐還往右拉扯，他只希望自己不是在兜圈子。子彈穿過了他的後背，貫穿了他左側的肋骨，但因為子彈先打過木屋的雪松側面，所以力道不足以從他體內飛出，現在子彈跟掉進吉他裡的撥片一樣，在他肺裡滾動。雖然傷勢不會立刻要了他的命，流血的狀況卻很嚴重，他感覺得到好幾道熱熱的液體沿著他的雙腿流下，積在靴子裡。每一步走起來都伴隨著溼溼的腳步聲響。

他經過一座老舊的伐木營，考慮要不要躲在朽爛的工人宿舍裡稍作休息，也許在該處等死。不過，騎警可能會在幾個小時後才找到他，雖然艾弗烈不覺得冷，他卻看得到柳兒的白色鼻息，曉得他死後，她一個人也撐不了太久。他繼續拖著腳步前進，避開想當然爾會走的鹿徑小道，挺進刺他眼睛、扯他衣服的灌木之中。他只有停下喘口氣，將靴子裡的血倒掉。他的血聞起來有泥土味、金屬味，彷彿是他跟哈利斯小時候用來磨斧頭的石頭。不過，他還是覺得他必須繼續前進，他已經抱著她走了這麼遠，再多走幾步又如何呢？

隨著他的驚嚇褪去，痛楚的大門似乎敞開，他只能半闔著眼睛前進，透過睫毛往外看，彷彿是在穿越一場夢一樣。沒多久，寶寶變得跟石頭一樣堅硬，他的雙腿跟木板一樣沉重，他幾乎快抬不動了。

他的思緒打轉亂流。他視野周遭有各種形狀。他一度回到比利時，拖著染血的擔架，帶著某些注定殞落的殘破靈魂穿過泥巴。接著，他跟布蘭克奔跑跳上火車，後面是好幾名奧克蘭的粗脖子壯漢。隨後，他變回孩子，怕到不敢說話，跟著身邊的哥哥一起奔跑，口袋裡塞滿偷來的胡蘿蔔與洋蔥，鎮上的人用門廊上的小石子不斷丟他們。

沒多久，艾弗烈聞到大海與海藻沙灘的味道，在多個慵懶的午後，他會帶著柳兒散步經過，這股氣味讓他活了起來。他繼續拖著腳步往前，灌木消失，露出的是海岸上的石鱉與斜坡砂岩，他在接近防波堤的地方稍作休息。他坐在落木上，凝視柳兒熟睡的面容，他忽然想到，自從他第一晚聽到她的啼哭聲後，她就徹底讓他變了一個人。不是什麼好人，不是什麼值得尊重或奉承的人，而是一個把別人的生命，看得比自己性命更重要的人。而這樣的轉變修復了他內在一個持續發炎、滲血的傷口。

不過，他還要經歷過最後一個轉變。

在他確定騎警還沒發現防波堤後，他拖著腳步走到水邊的大雪松，看到掛在樹上的保冷箱。愛爾蘭人每週都會將物資放在這個箱子裡，如果他會回來，他也是明天才會乘著快艇過來，因為顯然是哈利斯透露了他們在島上的位置，羅麥斯威脅要揭發他與愛爾蘭人的關係，哈利斯因此別無選擇。不過，雖然遭到哥哥背叛，艾弗烈還是相信他，相信他到頭來還是會做正確的事情。

他原本計畫改天帶柳兒回到聖約翰郊區R·J·霍特的那片老楓樹林，也就是一切的起點。他原本計畫帶她看看掛著她的那棵樹。此刻的他靠在她耳邊，低聲地說：*我敢打賭我還找得到，我敢打賭釘子還在樹上*。不過，事實上，他很清楚這種機會根本不存在，他跟柳兒很可能這輩子再也無法相見。這個想法摧毀了他內在的某個東西，他曉得再也無法修復的東西。

他拖著腳步前往物資箱，此時地平線透出粉紅色的光芒，他脫下羊毛禦寒大外套，盡量將血扭乾，然後拿來包裹柳兒。他失血、漂浮的思緒回到了恬璞的圖書館，粗糙書架上擺著百科全書，還有各種從世界各地弄來的珍奇書本。他在恬璞農場的日子裡，她曾跟他說過一本名叫《時光機器》的書。這個故事主要圍繞著一個機械箱子，能夠送人離開自己的年代，進入另一個時代，艾弗烈因此想到一個人進入一個地方，然後從另一個時間點出來。貨車車廂是這樣，樹林也是這樣，一棵樹、圖書館、戰場皆是如此。監獄牢房當然也是，只不過要在艾弗烈後來於牢房裡待上很久很久以後，他才會想通這點。接著，他的喉嚨糾結得跟拳頭一樣，他說，*這個物資箱也是*。他用嘴唇輕撫柳兒甜美的小腦袋瓜子，打開箱子的艙蓋。

去樹那邊

成功在翠林島上捕獲逃犯艾弗烈・翠林後，哈維・羅麥斯回到了全新華飯店，在業主慷慨解囊，捐了大筆款項給市政府官員後，這裡又重新營業。戴著厚厚眼鏡的男孩卻不見了，有人說他遭到遣返，有人說他死在強盜事件之中，另一個人接替了他的位置，跟他同樣細心專業。和上一個男孩一樣，羅麥斯也逐漸欽佩愛慕起這個男孩。

到頭來，讓羅麥斯爬回鴉片館的不是藥物本身的吸引力，他在這裡會放棄所有回到聖約翰西區家人與磚造平房的希望。讓他重拾鴉片的是艾弗烈・翠林對那孩子做的事。事態之嚴重，遠超過羅麥斯收債幾十年間所目睹的惡行。

隔天早上，騎警看見艾弗烈發瘋似地跌跌撞撞穿過樹林，渾身是血，肺部還有子彈的穿刺傷。艾弗烈用羅麥斯想都沒想過的冰冷語氣說：「她哭個不停，所以我扭斷了她的脖子，把她跟日誌一起埋在你們永遠也找不到的地方。」這樣的行為羅麥斯一直無法完全理解，幾個禮拜後，麥索利帶著大批獵犬將翠林島參天的樹林與木屋裡外好好搜索一番後，還是未果，沒有日誌，沒有孩童的屍體。

羅麥斯先前對於人性的美善也不抱太大信心，但艾弗烈冷血殺害孩童這點讓他確信這個人就是一個卑鄙、旁人無法理解的生物。這種生物就是邪惡、無腦的廢物。而就羅麥斯所知，治療人性這種疾病的唯一解藥只能透過靜脈注射取得。

就在全新華的子宮裡，以及此處歇業後，他進出的各種鴉片館（同時加上他沒錢時盜竊而偶爾蹲苦窯的日子），這些歲月統統累積在他身上。他會得知，在孩子死後，R・J・霍特沐浴在悲劇提供的名聲之中，他接受了多家自己的報社專訪，將他打造成加拿大的林白[2]，因此轉換成蒸蒸日上的生意。羅麥斯透過一位從聖約翰來的流浪漢口中得知，羅麥斯消失兩年後，拉雯請益過了教區牧師，宣告他們的婚姻無效，之後她又再婚了。最終他的孩子會徹底忘了這個父親的存在，除了大兒子哈維二世，他寄了無數信件到溫哥華的流浪漢收容所，始終相信他善良又高貴的父親慘遭惡人殺害。

不過，在羅麥斯貧窮又污穢的日子裡，他一直將日誌的硬書殼留在身邊，直到他死的那天。那是二十年之後的事了，在一間貧民窟的旅社裡，一劑意料之外的超強海洛因讓他心跳停止。他前半生唯一留下的物品就是那個硬書殼。雖然能夠裝進書盒的那本日誌已經埋沒，哈維．羅麥斯的行為卻不會。雖然鴉片酊以及後來的海洛因逐漸抹去他的心智與肉體，但這麼多年來，真相始終會造訪他，這是他一直不願承認的故事。通常在煙霧繚繞的狀態裡，他會想像起他的七個孩子，七個遭到父親遺棄的孩子，就跟他的父親遺棄他一樣。他們會穿著破破爛爛的衣服，牙齒潰壞，這群調皮的孩子會聚集在他身邊，也許是他的床墊、監獄小床，或他那晚打地鋪睡的地上。他們沒有鞋穿，哭哭啼啼，肚子好餓。他會一一點起他們。

之後他會再數一遍。

不是七個。

是八個孩子。

然後他會尋找起年紀最小的孩子，她有一雙跟尤芬米雅一樣的綠寶石眼睛，也就是艾弗烈．翠林埋在小島某處的那個女嬰。這個女孩，尤芬米雅將她掛在樹上，因為她再也抱不動她。羅麥斯會一再重返她逃離霍特大宅的那個夜晚。她說她改變心意了，決定要留下孩子，不交給霍特先生了，她堅持要告訴霍特先生，這孩子是羅麥斯的骨肉，但明明他們只有發生過一次關係，那次他恰好造訪她的公寓。羅麥斯不能冒險破壞自己的家庭，或失去霍特先生信任，他陰森地湊了上去，威脅要帶走孩子，再也不讓她們母女倆見面。她對他露出遭到遺棄的目光，這樣的眼神永遠糾纏著他。

那只是要嚇唬嚇唬她而已，只是要保護他的工作、他的房子、他的家人，但同時也是要保護尤芬米雅，讓她不要蹉跎自己的生命，像他跟拉雯年紀輕輕就生了孩子一樣。尤芬米雅聰慧有抱負，他想像她用霍特先生的錢搬去紐約市，就跟她計畫的一樣，永遠拋下昔日的生活。他沒想過這樣的行為會逼著她在沒外套、沒穿鞋的狀況下徹夜跑進樹林，也沒想過她的孩子會被偽裝成人的惡魔抱走。

每次這種想像要結束時，羅麥斯都會乞求原諒，因為他的不忠，因為他拋家棄子，因為尤芬米雅與她的孩子死得太早。不過，他不會得到原諒，他的痛苦永遠不會結束。

教士與政治人物大多主張苦日子能夠凝聚人心，諸如經濟崩盤這種災禍能夠帶出人類最好、最尊貴的一面。不過，在哈維．班奈特．羅麥斯漫長、痛苦且貪婪的人生裡，他只見過相反的狀況。在他的經驗裡，日子越難過，人們對彼此的態度就越壞。而人類能力所及能夠做出的最可怕行為，通常都是家人專屬的。

2 譯註：美國飛行英雄查爾斯．林白的長子於二十個月大時遭人綁架撕票，此案轟動一時。

氣旋過去之後，恬璞在艾斯特凡長老教會地下室住了好幾個月。幾百個鞋盒寄到教會門口，來自各地社會底層的人，裡頭有髒髒的紙鈔、硬幣、珠寶、純銀餐具，這些物品恬璞統統收下，攢夠了重建農舍的資金。

一九三五年夏天，在氣旋將她的土地夷為平地後，她首度回到該處。在她前半生的廢墟裡，埋在斷垣殘壁與吹到幾公尺外小麥田的是幾千本攤開的書本，受困且在風沙中腐爛。接下來幾年裡，附近的農夫會在樹上、乾草堆、穀倉屋簷、井底找到她的書，田埂間也會一直挖到她的書。

在接下來的這一年裡，恬璞會跟一票男男女女合作，這些人曾在運氣不佳時借住過她的農舍，在他們的協助下，她會打造出新的房子與穀倉，用借來的馬，立起高聳的木頭骨架。這票人不接受任何金錢報酬，只要顧飯即可，恬璞跟葛蒂在他們率先重建的門廊下擺出宴席，就在大柳樹旁，此時柳樹被氣旋捲走的樹冠已經長回來了。

在工作結束，她的農場重建好之後許久，她有次碰巧在艾斯特凡的火車站巧遇麥索利警探。這是氣旋過去之後，他們首度見面，他摘下帽子，用雙手拿著，表示他對她的困擾及失去的一切感到遺憾。氣旋對恬璞擁有的一切特別無情，艾斯特凡較為批判的公民會說這荒唐的破壞是報應，畢竟她收留了那麼多有罪又有問題的人。所幸麥索利完全沒有提到這些話。

就在他們要分別時，他問起：「我相信妳姊姊的孩子已經痊癒了？」

恬璞會在警探的臉上尋找任何質疑，但她找不到。「她後來好了。」她會這麼說，同時壓抑住一股湧上的炙熱哀傷，這種感覺跟風沙一樣，隨時會颳上她的心頭。「孩子現在跟我姊姊一起住在東岸，我姊在那找到不錯的工作。謝謝你關心，再見了，警探。」

「噢，恬璞小姐，我再也不是警探了。」他得意地說，還用拇指扯了扯他的吊帶。「在西岸那件事之後，我在加拿大鐵道公司升職了呢。」

她會用最好聽的話語祝賀，分手時，無需解釋「西岸那件事」是哪件事。這個時候，艾斯特凡的每個人都屏息關注引人注目的頭條新聞，內容關於新布藍茲維省的富有實業家R・J・霍特的小嬰孩，被人從育嬰房裡偷走的故事。他們會讀到血腥細節，這位流浪漢綁架犯勒索的金額太誇張，連百萬富翁都無力支付，之後他發起瘋來，在卑詩省外海的某座偏僻小島殺害嬰孩，嫌犯在朝英勇的亞特・麥索利警探與他大無畏的加拿大皇家騎警開槍後，才坦承犯案。

如果你允許這種消息進門，這種細節會讓人腦袋錯亂。那艾弗烈告訴她的說詞呢？在樹林裡找到女嬰掛在那裡？可能是他編的嗎？這麼溫柔的男人卻犯下如此可怕的行為，怎麼可能？恬璞在不同報導中反覆驗證，就是艾弗烈難以辯駁的自白澆熄也封存了她對他僅剩的同情。她曾以為他不可能是來農場尋求庇護的最不堪之人，現在她只能坦承自己錯了。

這幾年來，摧毀她農場的氣旋經常出現在她的白日夢裡。一開始，她會看見敗壞的光芒降臨她的土地，接著她會看到碳黑色的漏斗切進她的農場，吞沒她的圖書館，將裡頭的東西統統卷上天。那時她會想像氣旋將一整批新書在瞬間就往上捲，一頁一頁的狄更斯、奧斯汀、但丁、艾略特、托爾斯泰，全都攪和在一起，形成一本全世界都沒有見過的偉大書籍。

每次當她重講這個氣旋的故事時，她不是在牲口拍賣會上，就是跟流動工人在門廊新搭好的餐桌用餐，她都不知道該怎麼形容吞噬她圖書館的聲音。她會說一個人很難精確捕捉到一萬本書飛上天，散落在幾百公尺外的聲音。一直要到多年以後，大蕭條過去，窮人不再搭著火車到處跑，葛蒂也在九十歲生日這天死於流感後，一直要到艾弗烈肩膀的光滑小丘、黑色頭髮，以及他古怪的真懇舉止在恬璞記憶裡模糊之後，一直要到她終於鐵了心，終於能夠跨越田地，前往他們一起種下楓樹防風林的地方，樹已經長得很高大了。一直要到他在她生命裡留下的空白徹底修復完畢之際，那時她才有最適合的答案：那些書聽起來宛如展翅的飛鳥。

1974

黑色轎車

在儀式開始前，保母將孩子抱走了，柳兒有幾個小時可以小睡，不過她卻坐在她兒時臥房的窗邊，看著黑色轎車停在大宅蜿蜒的車道上。這些人大多是木材從業人員，從北美各處散發毒氣的鋸木廠、癌症般的皆伐林地前來，從了不起的企業大亨到鋸木廠經理，到最底層的工人、樵夫、貨運工、攀樹人、綑紮工。就連這幾年間翠林木業公司的鋸子、機械造成身體殘缺的悲慘靈魂也到了現場，他們拄著拐杖、穿著塑膠義肢，戴著發出嘶嘶氣流聲的氧氣面罩，這些人統統前來致敬。從白蠟色賓利汽車走下來面對冷冽十二月細雨的是約翰．P．威爾豪瑟，柳兒認得這個男人，他出現在她發送的激進環保主義者小冊子上，他是已故林業國王費德烈克．威爾豪瑟（Frederick Weyerhaeuser）的兒子。早先她看到麥克米倫．布洛德爾林業公司的H．R．麥克米蘭，他是她父親的死對頭，九個月前，柳兒才用三袋白糖，毀了他好幾臺單價百萬的伐木歸堆機。哈利斯絕對不會允許這個人出現在他家附近，更別說進入他的大豪宅了。柳兒實在不確定這些人來是為了尊重她的父親、讚嘆他的豪宅、暗自雀躍他的死亡、慶祝他替他們賺的錢或他付給他們的吝嗇薪資，或只是要向哈利斯．翠林七十五年瘋癲、破壞生態的偉大賦格曲致敬。

葬禮甚至還沒開始，她就感受到只有新生兒母親能夠感受的疲憊。她躺下，閉上雙眼，但她渴望的睡意沒有出現。她很意外，她一開始去接叔叔出獄時的「震顫」居然堅持了下來，而在她這把年紀終止這樣的奇蹟似乎會招惹不好的業力，於是她留下了這個孩子。她兒子上個月才出生，但感覺已經過了好久好久。她在「地球，現在！」的集體住所留了訊息給智者，她兒子可能的父親，但不期待馬上收到他的回音。柳兒還沒替孩子命名。若有人問起，她就會說她還沒拿定主意，事實是，她實在想不出任何適合的名字來替她的地球小孩命名，她這不該存在的孩子，人類嘴巴能夠發出的聲音實在難以描繪他閃爍的雙眼，跟貓一樣的古怪叫聲，以及他比例失衡的肥腿，他看起來像是穿著鯨脂做的小褲子。

她懷孕全程都在翠林島躲加拿大皇家騎警，但她現在明白她對到處跟蹤她的黑色轎車實在太疑神疑鬼了。條子還有別的事好做，不會追著一個名不見經傳的生態破壞分子跑。她之後也明白對麥克米倫．布洛德爾這種公司來說，區區三臺伐木歸堆機根本算不了什麼，再說，加拿大的溫哥華嬉皮區有幾千輛露營車，許多駕駛人都是長得跟她差不多的女人。

即將臨盆時，她找了一位產婆來幫忙，一切相當順利。在一開始愉快的日子裡，她很詫異兒子居然這麼需要她，他會緊抓、吸吮，還會發出不理智的尖叫，直到臉都漲成紫色的。沒有人告訴她，她會渴望立刻離開他，或是身為人母到底有多費力。因為她過往的多次流產，她一直沒有跟父親提過自己懷孕，她打算等她睡眠恢復正常之後，再帶著孫子去肖內西的豪宅，給老爸驚喜。結果，三天前，她從木屋的短波無線電收到泰倫斯．繆納的緊急呼叫，他是父親的會計，也是大宅總管，他要求她立刻回來找他。她抵達時，繆納在大宅門口通知她，她的父親每年都會去加州北部的紅杉林賞鳥（應該說聽鳥），接著是跟往常一樣，在樹林中健行，這次，他顯然命令嚮導離開，聲稱他找了另一位嚮導來接他。不過，沒有人出現。之後，她父親似乎迷失在巨杉樹林深處。一個禮拜之後，幾個健行的遊客才在園區較為隱蔽之處找到他的屍體。驗屍顯示他的大腦之中有一個巨大、無法手術切除的癌症腫瘤，而他這麼堅忍的人，什麼也沒提過。繆納說完之後，柳兒坐在父親橡膠鞋套的架子旁，陷入之後就沒有離開過她的漂浮麻木感之中，她抱著不經世事的孩子，輕聲啜泣起來，不想吵醒他。

繆納安排了葬禮，請了保母，保母輕巧地將孩子從她身邊帶走，這是他出生後第一次。雖然身為馬克思主義者，柳兒還是必須坦承，有錢的確有優勢，因為能夠擁有一點獨處的時間，實在讓她鬆了好大一口氣。

現在她用一口菸斗點燃一小撮印度大麻，從俯瞰車道的雕花窗戶吞雲吐霧起來。她偶爾會在讀過喚醒她環保意識的《遭到掠奪的地球》之後回到這座大宅，她會看到這間房子真正的意涵——邪惡的神殿，記錄下她這條血脈在地球上強加的駭人惡行，包括屠殺幾萬棵古老又手無寸鐵的生物，只是為了要搞什麼俗氣的裝飾。此刻她躺在床鋪上，沼生櫟的樹枝還撫擦著岩板屋頂，衣櫃前面的地板還會發出咯吱聲，她寫了無數封信給叔叔、墨水弄髒的書桌還擺在門邊，柳兒覺得她好像回到過去一樣。

紀念酒會在中午開始，她拖著身軀到積灰的鏡子前，檢視自己的服裝，她覺得只能用不得體來形容，蠟染印花裙、染上樹汁的褪色襯衫，一個月去洗衣店烘一次的衣服讓樹汁想洗也洗不掉了。「衣著不能說明哀傷的程度。」她告訴自己：「只有哀傷可以。」而她很哀傷，對不對？她當然哀傷。只不過哈利斯是謎一樣的父親，永遠在忙，永遠碰觸不到，永遠無法了解他。她還小的時候，房子裡充滿空蕩的靜默與祕密，有沒人彈的鋼琴，還有沒人讀的書。青銅胸像，英國艦隊的油畫、義大利的風景畫。一籠一籠珍稀鳥類，黑色的桃花心木櫃子擦得閃亮，古董伐木器具到處掛，彷彿是打過了不起戰爭的武器一樣。而她的父親每天有固定的行程與例行公事，同一時間吃同樣的餐點，夜裡還會在書房裡同一個唱機裡播放同樣的唱片。只要她稍微打斷這些例行公事，他就會責備她，好比說她喜歡走路笨重的腳步聲啦，或是她的腸胃習慣性地在飯桌上發出古怪的聲響。

不過，她盡量過得愉快一點。她記得在豪宅的私人保齡球道上滑冰，直到哈利斯咆哮著說她玷污了上好的木頭（她倒是明確指出，*他又看不到痕跡留在哪裡*）。她曾經戲弄家僕，將類似銀製的裝飾品掛在花園精心修剪的樹木上。還有就是她黏在臥室牆上的告示寫著「非請勿入，內有魔法森林」，為了強調，她還將幾百個樹枝直接釘在牆上，在哈利斯命令園丁把樹枝拆掉之後，牆面灰泥上還留下了幾百個洞孔。

就算服裝過得去，她至少還是要清潔一下身軀，因此她在洗手檯洗刷腋下跟脖子。毛巾再也無法恢復到純白的樣子，她因此內疚地將其扔進垃圾桶裡。她梳頭，中分，將頭髮紮成辮子，然後沿著巨大的桃花心木階梯下樓，她小時候經常在這裡蹦蹦跳跳，她用手摩挲迴旋的紅杉扶手，這是用同一棵樹打造的。

下了樓，偌大空間裡都是客人，九公尺高的橡木天花板洞穴裡有許多圓桌，都鋪上了高級的白色桌布。哈利斯並不想要正式的葬禮，但他也沒有明確表示不要，所以在柳兒的首肯下，繆納安排了外燴，請了弦樂四重奏，但哈利斯討厭音樂，認為音樂不過是對單一完美人聲的誤用曲解罷了。

堆在銀盤上的是遠從將近五千公里外新布藍茲維省空運而來的清蒸龍蝦，堆得高高的是烤肉，這些食物九成會浪費掉。落地窗旁是一棵用奶油雕刻出來的一百八十公分高道格拉斯杉，抹了髮油的酒保靜候在加拿大最好的威士忌與清酒之後，準備配合賓客的需求準備酒水。許多外地客人會在大宅過夜，她聽說剩下的客人還會霸佔溫哥華大飯店一整層樓。算上記者與湊熱鬧的人，總共有將近四百人在場，她雖然很高興看到老宅充滿她兒時沒有過的人氣，但她還是衝動得想把他們統統趕出去。

身著正式禮服的服務生塞了一杯酒到她手中，她實在不想承認她隨隨便便就能扮演起大亨女兒的角色。不過，在翠林島上父親的純樸木屋待了蓬頭垢面的幾個月，只能用手壓泵浦的水井洗兒子尿布上有如焦油的胎糞，能夠有人端食物到她面前、替她洗衣服、整理床鋪讓她入睡、安撫她的孩子，感覺還是宛如解放一般。

她站在大卵石爐床旁邊，抽著薄荷涼菸，啜飲清酒，她父親只喝得下這種酒。她暗自希望自己能夠默默閃人。她掃視空間，尋找叔叔艾弗烈，繆納透過他的假釋官聯絡對方，但他還沒有回覆。雖然自從她九個月前送叔叔去溫哥華機場後，就沒有叔叔的音訊，她還是重讀起他們先前交換的信件，她覺得自己對叔叔的評價下得太快了。當然啦，他坐牢那麼久，忽然受到她的關注，肯定會有些搞不清楚狀況的地方嘛。幾十年就這樣過去，彷彿只是走進隔壁房間一樣。那時她也不好過，雌激素失控，大麻抽太多，藥丸嗑太凶，就是這些原因，讓她似乎覺得到處都有神祕黑色轎車在跟蹤她。不過，現在哈利斯走了，她忽然急著想再次見到叔叔。誰在乎他編出來的故事啊？什麼她小時候跟他一起共度的時光，他給她起的古怪小名（是小翅果嗎？）。他也許有點瘋，但他沒有惡意，而她總會好奇叔叔跟那個在薩斯喀徹溫的女人重逢後怎麼樣了，他有沒有找到違反假釋條例也要冒險找到的那本書？

「翠林小姐！」一個矮胖的男人高喊，他的重心壓在手工雕花的拐杖上，大步穿過賓客朝她走來。柳兒聽到他接近時，膝蓋發出的聲響。「在下莫特．邦嘉能。我與令尊一起建立翠林木業公司，一開始就加入了。」他說，彷彿這解釋了什麼一樣，接著就是近一步談起她父親作為老闆的功勳。

嬰兒是很脆弱的東西，但也能成為某種盔甲，忽然間，她希望寶寶還在懷裡，作為卡在她與這個打量她衣著男人之間的緩衝，這個人估量起父親的成就及女兒的失敗之間的巨大鴻溝。

「多年前我們因為某些不合就分道揚鑣。」邦嘉能喋喋不休起來。「但我是來向他致敬的。哈利斯是很了不起的樵夫，所以當我聽說……那種事情發生的時候，我很意外，雖然他有殘疾，但哈利斯．翠林對樹林瞭若指掌。」

「他迷路了。」她堅定地說，不願點燃任何父親可能是自殺的謠言野火。「任誰都會遇上這種事。」

「我聽說他們在他腦部發現一顆腫瘤，有人說跟壘球一樣大。他肯定知情，他有跟妳提過嗎？」

柳兒回想起她上次與父親在史丹利公園見面的場景，他說服她去接艾弗烈出獄。她想起他不穩的步伐、一頭白髮，當時她以為那是因為他剛退休。他沒有展露情緒，但他主動擁抱女兒，她現在明白那時父親已經曉得自己的身體開始退化了。**那他為什麼不他媽的告訴我就好？**她差點對著邦嘉能大吼，結果，她只說：「對，用他自己的方式告訴我。」

「至少他還有機會見到孫子。」男人繼續說下去。「我有十四個孫子，曉得邦嘉能家族血脈會繼續下去，實在令人雀躍。」

「對啊。」柳兒說，但哈利斯當然沒有見過他的孫子，想到這裡她差點難過起來。她在翠林島上生活時，他用短波無線電聯繫過她兩次。「我不喜歡用這玩意兒交談。」哈利斯當時是這麼說的。「但我高興妳覺得那裡很舒適。妳有需要什麼東西嗎？」不過，他一次也沒有提到自己的健康狀況，或暗示要來島上一趟。要是她知道他病了，她肯定會幫他。她肯定會告訴他自己懷孕了。他們也許能夠說出更多該說的話。結果，他選擇隱瞞。結果，他選擇獨自忍受。結果，他一個人孤零零地在樹林裡死去。而她痛恨這一切聽起來這麼合理。

「哎啊，妳的孩子會繼承一大筆財產囉。」邦嘉能舉杯，露出醜惡的笑容。「妳也是。」

柳兒搖搖頭，喝起自己的酒，沒有與他舉杯。「我的父親多年前就把我從遺囑裡除名了，邦嘉能先生。如果你不介意，我寧可不要談那件事。我今天有點脆弱。」

他沒繼續那個話題，她鬆了口氣，兩人接受了開胃菜與鮭魚餅後就陷入沉默，她的父親不喜歡這種精緻的小東西。當廚師太大費周章的時候，他會說：「攪成一碗給我就好了，我在乎食物看起來什麼樣子嗎？」

紀念儀式即將展開，柳兒抱起嬰兒，在員工廁所哄孩子，他有一口日暈般的牙齒，跟橄欖球線鋒一樣打起呼來。然後，她跟寶寶前往大宅後方空地聚集的人群之中，大家站在玫瑰花園裡的雕像之間，擋土牆上爬滿藤蔓。旁邊是海達族人神聖的圖騰柱，她爸從砍伐的原住民土地上偷來的，作為他掠奪而來寶物間最引人注目的存在。她小時候經常跑來屋後這片綠地，今天，彷彿有人入侵了她的童年。

一個又一個的男人走上木雕講臺發言，卑詩省省長、林業部長，還有邦嘉能滔滔不絕說起哈利斯用迴紋針修好木鋸機的事蹟。繆納讚揚起哈利斯對一整片樹林木材產量的估量能力，他說這是「看不見的景象」，因此惹來一陣笑聲。當然她父親叛國，在二戰前夕將大量木材賣給日本的事完全沒人提。要是柳兒能夠再喝一杯清酒，也許她就能鼓起勇氣，走上講臺，指出這段話「忽視」的內容。

雖然工人已經多年沒有收到翠林木業公司的支票，出席的人卻露出失落、心煩意亂的神情，就跟挨打的狗一樣，現在主人不在了，誰還會餵他們、打他們呢？工人都沒有上臺發言，管理階層的人還是喋喋不休講個不停。他們描述起哈利斯了不起的人格特質——他簡明扼要的真誠與永無止盡的實業家精神。他們背後是一個畫架，上頭是放大的照片，畫面上她的父親還是個年輕人，站在填滿畫框的一山砍下的原木旁邊，肯定有一千根吧？每一根的直徑都是他腦袋的兩倍大。柳兒差點大喊：**看吶，樹木的征服者！所到之處徒留一片屠殺場景，視覺與心靈同樣盲目！**她還是不懂，他怎麼能遇見如此優雅、美麗的生物，還覺得（有這個權利）能夠摧毀它們，她對著兒子鳥蛤般的小耳朵說：「多勇敢吶，你的外公花錢雇人砍掉這些手無寸鐵的巨人，給人家的薪資還小氣到不行。」

雖然那句老話說，蘋果不會落在離樹太遠的地方，這是有其父必有其子的意思，但就柳兒的經驗裡，相反的狀況倒是挺多的。蘋果本身就只是種籽逃離的載具罷了，看看它們搭便車的方式就知道了，透過動物的肚子啦，乘風遠行啦，一切都是為了盡可能遠離親緣，所以牙醫的女兒開糖果店，會計師的兒子有賭癮，沙發馬鈴薯的孩子參加馬拉松，這有什麼好奇怪的嗎？她始終相信，多數人的生命就是為了奮力反駁前人的人生。

酒會終於逐漸走入尾聲，柳兒注意到一個站在前方的男人，他透露著一股難以接近的氣質，彷彿其他人都不明說卻迴避他一樣。雖然天氣寒涼，他卻穿著看起來像是歐洲剪裁的上好亞麻西裝，不是樵夫喜歡穿的那種咖啡色聚酯纖維西裝。他散發著灰暗的陰鬱氣質，雙眼空洞，彷彿是貓頭鷹可以避難之處。當客人開始魚貫回到室內，準備大啖龍蝦時，打扮優雅的男人走上講臺，他沒有自我介紹，直接朗讀起他從外套口袋裡抽出來的小書。他音樂般的愛爾蘭口音有如手術刀，一把劃進閒談之中，賓客轉頭望向他。她明白他讀的是一首詩，古老、優美，在講樹與時間。奇怪的是他的聲音聽起來很耳熟，太熟悉了，但她完全認不得他的面容。隨著他增加動力，他的朗讀增加了熱情與精確感，此時，莫特．邦嘉能拄著拐杖到前方，厚實的大手搭在男人肩上。男人沒有停下，邦嘉能就靠上前，在男人耳邊低語起來。男人閉上空洞的雙眼，慢條斯理吁起長氣。接著他將書本放回外套口袋，從講臺離去，消失在人群之中。

瞧瞧這是誰啊？

這天下午，禮車的車隊前來將哀悼者送去山景墓園。柳兒抱著熟睡的孩子坐在皮椅上，她望著窗外，渴望來根薄荷涼菸。她在震驚的狀態裡，看著電線桿的電纜交織又分開，在他們街道上方的世界彼此追逐。

細雨停了，大家集結在墳墓旁，天空轉為灰灰的藍色，此時太陽才正緩緩朝海水落去。哈利斯·翠林要埋葬在如此寧靜、充滿樹木的地方，這點讓柳兒感覺到深刻的敬意，同時又覺得諷刺可笑。他的桃花心木棺材架在兩座樸素的鋸木架上。放下棺木前，馬車車輪大小的圓形鋸片與一株剛砍下來的道格拉斯杉大樹枝擱在棺材板上。看著他的棺木、鋸片與樹枝一起沉入地下，宛如要種樹前，將泥膽放進去一樣，真正的哀傷此時才真正首度刺痛了柳兒，她喉頭升起一團對父親炙熱的渴望，她努力吞嚥下去。不是渴望他起死回生，這對誰都沒好處，包括對他自己，而是木已成舟的懊悔，無法趁他在世時理解彼此。要是他向她求助，也許他們就能達到某種和解，因為如果要說哈利斯這個人的特質啊，那就是他總是很擅長談判協商。

樵夫輪流將黑色的泥土鏟向她父親的棺材，柳兒有點期待土地會把他吐出來。她一邊看著他們動作，一邊想，如果說美國是以奴隸與創新的暴行建國，那她自己的國家就是靠殘酷冷血掠奪原住民與自然世界立國。**我們狠狠砍下地球上最獨一無二的資源，誰有錢我們就賣誰，然後明天起床再來一遍**——這段話可以當作翠林木業公司的格言，也很適合她的國家。

埋葬結束後，她腦袋打結，又是哀傷，又是不解，所幸泰倫斯·繆納過來安慰她。閘門一開，各種安撫的手從四面八方伸過來。他們似乎都想要碰觸她，肩膀、手肘、後背。他們想要品嚐她的哀傷，同情她的寶寶，問她「捱得過去嗎」，彷彿喪親之人是一座偷工減料的建築，正要面對即將而來的風暴一樣。她已經急著想離開他們，她想拔腿就跑，穿過墓園，朝禮車走去，然後她會開著她的露營車前往靜僻的森林，這些人誰也找不到他們。直到一個身影在人群最尾端拖著腳步朝她走來。

「抱歉我遲到了。」他說，這次他的背挺得比較直，也可以與她對望了。「會計的信花了點時間才寄到農場，但我一聽說就趕來了。」

他的鬍子都要碰到胸口了，有黑有白的，跟他的頭髮一樣，但底下那張滿是皺紋的臉，她還認得。他身旁有一位女士，留著一頭及肩的銀白色頭髮，經過風吹日曬的皮膚看起來待在室外的時間比較多。

「容我介紹恬璞．范霍恩。」艾弗烈說：「我的私人司機。」

恬璞用手腕背面輕捶艾弗烈的肩膀，搖起頭來。她對柳兒伸手，說：「很遺憾妳失去了父親。」同時輕握起柳兒的手指。然後恬璞將注意力轉移到柳兒懷裡熟睡的嬰孩。「這孩子真可愛，男孩？」

「對。」柳兒說，然後迅速望了艾弗烈一眼，他至今還沒注意到她兒子，大概是因為那一輩的男人都不太在乎嬰兒吧？

他們交換起幾句天氣變好、儀式很棒的客套話後，恬璞說：「我去旁邊轉轉，你們好好敘舊。」

他們看著恬璞沿著墓園小徑前進，偶爾停下來欣賞稍微腐爛的花朵、研究墓碑文字。柳兒開口：「她肯定就是你急忙要去見的人。」

「我們還在釐清關係。」艾弗烈說。「但我將我的緩刑報到地點轉移到薩斯喀徹溫了。她讓我住在她家，我幫忙做點農活，至少目前是這樣。」他露出緊張的笑容，繼續說：「不幸的是我先前希望取回的那本書，我提過的那本書？似乎被氣旋吹走了。」

「艾弗烈，沒關係的。我還有很多書可以讀。不過呢，我很高興知道你在失去那麼多歲月後，找到新的生命。你的飛機旅程怎麼樣？」

「不太喜歡。」他說。「但我撐過去了，還比火車快，這樣很棒。我運氣很好，恬璞願意一路開車載我來這裡。」他摘下帽子，用雙手握著，說：「柳兒，我很遺憾你失去了家人。」

「你也失去了家人。」她碰觸他的肩膀。「雖然哈利斯嘴上不說，但他也會很高興你來了。現在我得坦白一件事，你坐牢的時候，他付給我四封信一塊錢，要我寫信給你。我一直以為他只在乎自己，才不寫信給你。不過，我最近在想讓我們認識對他來說一定非常重要。」

「幾個月前，他打電話來農場。」艾弗烈的手指不安分地把玩起帽子。「他沒說他活不久，但我想他那時已經知道了。我們沒有聊什麼，就談起小時候的一些事，我們一起砍的樹林，我們蓋的老木屋。不過，我很感恩，我知道這一切對他來說都很煎熬。」艾弗烈將目光投向滿是樹木的墓園。「我們掛電話之前，我告訴他，我原諒他了。他沒有回話，但我知道他聽見了。他先前幹過一些自私的事，這點無庸置疑，但他贖罪的方法就是好好照顧妳，柳兒。我非常遺憾他就這樣走了。」

是他講話的態度，直率表達他的哀傷，不帶目的，沒有要求她展現出某種哀痛，這種態度讓她跌進他懷裡，孩子壓在他的鬍鬚與髒髒的休閒西裝外套上。這位沒有名字的寶寶差點窒息，發出憤怒的哭喊聲，柳兒連忙退開。

「瞧瞧這是誰啊？」艾弗烈說。

柳兒用袖子抹抹眼睛。「他今天滿一個月。」她從背帶上解開兒子。「他還沒有名字。」

「妳可以請教恬璞，她讀了一堆書，很會取名字。」他說：「妳知道，如果妳想來，她家很歡迎你們。歡迎你們隨時光臨，我們會很高興你們來。」

「你人真好。」柳兒說，然後抱住孩子的腋下，地心引力將他蠕動的軀體拖得好長，好像貓咪。「你想抱他嗎？」

「噢，不，我就不用了。」艾弗烈的手掌在廉價工作褲上抹了抹。「我想他在妳那邊比較好。」

也許是因為她的父親沒有機會擁抱她的孩子。或著，是因為她想贖罪，畢竟當他不小心在車上叫她小翅果的時候，她凶了他幾句。或著，是因為她想證明她的叔叔值得這個世界的原諒。忽然間，有股難以言說的重要性，她需要艾弗烈抱抱她的兒子。

「拜託。」柳兒說。「我揹著他一整天了，我真的很想抽根菸。」

「我相信我們會找到誰——」

「我抱不住他了……」她用玩笑威脅，還假裝要鬆開他沾滿口水的包屁衣。

艾弗烈睜大雙眼，伸手過來，一把抱住寶寶的腋下，然後尷尬地把小小的身軀擱在自己胸膛。柳兒點燃薄荷涼菸，看著兒子在她叔叔懷裡蠕動。在他森林般的鬍子下，寶寶看起來像一個小到不行的有機體，真的好小。而當孩子開始掙扎悶哼時，艾弗烈開始點著腳，搖晃起身子來。

「已經好久了。」他說。

經過幾秒鐘怒瞪艾弗烈雜亂的眉毛與長了鬍子的粗糙大臉，寶寶終於安靜下來，雖然好像有點勉強。

「別擔心。」柳兒說：「你會學會與奶娃相處技巧的。」

朗讀者

身為盲人的女兒，在成長階段，妳就成為偷偷來以及相反狀況的專家。早在小時候，柳兒不只精通該如何跟小偷一樣低調潛伏，同時還要用聲音讓人放心，她必須製造出理想的音量，這樣才不會嚇到父親，或讓他尷尬，覺得自己遭到輕視。也許這解釋了為什麼，雖然卜午親眼目睹父親棺木下葬，她在前往他的書房時，還是跟以往一樣，吹起口哨，在走廊地板上拖著腳步走路。

她進這裡都沒好事。她的父親會把自己封鎖在書房厚實的橡木大門裡，一關就是好幾天，甚至好幾個禮拜。裡頭跟她印象裡一模一樣，辦公桌上固定的老派墨水池，碳黑色的電話機，沒有照片或畫作，只有他的標本鳥兒、唱機，以及排在牆邊的經典文學書籍。她用手指摩挲起他桌面的皮革寫字墊，感受他在上面簽過幾萬份文字的凹痕。光是揮一揮筆，百萬棵樹就此遭殃。

她可以想像父親歪斜向後靠在椅背上，閉上雙眼，他的詩歌朗誦唱片就在壁爐架的唱機播放著。如果他懷疑辦公室內有物品遭人移動，他會勃然大怒，先對管家發脾氣，然後凶柳兒。有次，他命令柳兒來他的辦公室，責備她將他珍貴的一片詩歌唱片踩成兩半。她記得自己偷溜到他身後，而老爸朝著空蕩的椅子罵了五分鐘，那場景多好笑啊，他看起來有多可悲？但她後來覺得自己太過分了。

現在柳兒向後靠在父親的椅子上，測試椅子的彈簧，感受一切，彷彿這張椅子能夠告訴她父親的祕密一樣，她閉上了雙眼。雖然英勇的保母在晚餐過後將孩子抱走，讓柳兒能夠在夜晚的下一場紀念儀式前小睡一下，她卻發現，少了他輕輕的呼吸聲，或扯在嘴邊的口水，她其實睡不著。不過，這張椅子是一座聖殿，冰冷的皮革緩解了她閣樓房間裡的高溫，她陷入瞌睡。

稍晚，一個男人的聲音傳來：「翠林小姐？」

柳兒連忙起身，看到先前打扮體面的愛爾蘭人站在桌子另一邊。「抱歉，我肯定睡著了。」她睡眼惺忪地自白，但對方一定已經注意到這件事了。

「我本不想打擾妳。」他說，他的聲音還是聽起來非常熟悉。「但車子在等我了，有個東西要給妳。」他穿了一件羊毛長大衣，鱷魚皮公事包就擱在門口。他從口袋裡掏出一本小書，他將書放在她面前的辦公桌上。

「這是你在紀念會上讀的那本書？」她一邊說，一邊拿起。

他點點頭。「華茲渥斯的詩集，令尊最喜歡的詩人。他總會帶一本在身上。」雖然他語氣輕快愉悅，但他散發出一種沉重的感覺，彷彿是拖著一個大錨走過來，站在她面前一樣。

「你朗讀得很好。」她說：「我很遺憾你沒有繼續。」

「噢，那不重要了。」愛爾蘭人說：「我通常不喜歡這種場合，但我想這些老混蛋可以在生命裡來點詩歌。我很高興妳喜歡。」他迅速搓揉雙手，好像是想取暖。「好了，我該走了。」他轉身朝大門走去。

「你跟他很熟嗎？我父親？」

「我替他工作過一陣子。」他推開門，沒有轉身。「請容我告辭，我必須——」

「他辭退你？」

「不，並沒有。」他斬釘截鐵地說，聲音揚起，但隨即控制住。他轉過身來面對她。「我辭職，然後回到都柏林。我喜歡加拿大，特別是這裡的各種自然美景，但到頭來，離家這麼遠讓我有點疲憊。」

「那你替他負責什麼樣的工作？我以前沒聽說過你的存在。」

他彎腰提起鱷魚皮公事包。「我一度協助他協商生意，我主要的工作是他的視覺描繪師與朗讀人。我會讀生意簡報、信件、報紙之類的東西給他聽。」

這時柳兒腦袋裡的門閂才喀啦解開。「我現在知道你的聲音為什麼這麼耳熟了。」她指著父親唱機架子下方珍藏的唱片，她只要敢碰那些唱片，接著就是兩個小時聽大道理的懲罰。「那是你的唱片。」

男人嘆了口氣，彷彿她明白這件事對他來說很失望一樣。「你父親聽得很高興，我在都柏林有個製作音樂的朋友。」他無奈地說：「所以每年我的朋友都會協助我錄一張詩歌專輯給你父親作為生日禮物，就是他喜歡的那些粗淺的詩。」他露出憂傷的神情。「令尊對我非常好。」

「哎啊，那一定很棒。」她打趣地說：「因為相較於我的聲音，他更喜歡聽你的聲音。」

「妳知道，他並不好過。」男人繼續說，而隨著他講下去，他的眼裡似乎充斥起傷痛。「這個世界就是要我們互相殘殺，兄弟彼此傷害，母親傷害兒子，父親針對女兒，朋友反目成仇。不過，這個世界對妳的父親特別差。」

「也許他活該？你有想過嗎？也許一切是他自找的。」

男人搖搖頭。「他知道他不可能成為妳最理想的監護人。他不是這塊料，但他盡力了。」

「嗯哼，對啊，跟他砍下的那些樹說吧。」

男人在木頭地板上扔下公事包，發出重響。「噢，妳可不可以不要在那邊抱怨那些該死的樹了！」他沒好氣地說，他原本的壓抑現在全扔去一邊。「全世界不是只有妳失去了什麼，親愛的。我一度很接近某個很美好的東西，然後我再也得不到了。我懷疑妳年紀有沒有大到明白那代表什麼。」

「我也失去了很多。」她感覺到自己的臉變燙了。「相信我。」

他用嚴厲的目光望著她好一會兒，期間她擔心他會跨過辦公桌上來掐死她。「用老人的哀傷來束縛年輕人是一種罪過。」他說，她感覺到祕密過往的奇異感受，他這句話彷彿同時在講好幾件事。她一度變回了小女孩，在這座偌大的豪宅裡閒逛，拾起父親故事的碎片，她彷彿拿到了尚未開封卻已經少了好幾塊的拼圖。

「但，柳兒，妳要知道是因為許多人的犧牲，此刻妳才能出現在這間書房裡。」他惱怒地譏諷起來。「而妳最好他媽的記住這點。」

「先生，我喜歡你的詩。」她天不怕地不怕地說：「我也喜歡你這本詩集。不過，我會記得哈利斯本來的樣子，而不是某位前員工口裡自我犧牲的大聖人模樣，還是多謝了。」

他們越過她父親的辦公桌，面對彼此，陷入靜默僵局長達整整一分鐘，黑色的樹影讓窗口變暗，標本鳥兒用玻璃眼珠看著他們。

雖然她以為愛爾蘭人會再次責備她，但他恢復了意想不到的平靜。「在我走之前，柳兒，我想跟妳分享一個小故事。我講話時，希望妳不要打斷。是這樣的，妳跟我曾經一同乘船過，就我們倆。妳那時還很小，妳當然不記得了。不過那時因為沒地方放妳，所以妳在保冷箱裡跟我一起乘船，那是用來運載食物的箱子，那個年代沒有坐墊什麼的。我沒有選擇的餘地，只能帶著妳一起，我那時還算不錯的水手，妳似乎也挺怡然自得。那趟旅程之後，我送妳來妳父親的大宅，將妳交給他的管家。我想哈利斯那晚見到妳，他應該滿意外的。他還沒有準備好帶著妳一起在這裡生活，不過他還是做了正確的事情，接納了妳。所以，柳兒，在妳嚴厲批判他之前，請記得他給妳的不只是一趟搭船的旅程。他給妳的是每天看顧妳長大，雖然他已然迷失，還是盡力執行的責任。所以，請妳明白這點，妳的父親已經給妳他所有的愛，只是他本來就沒剩多少愛了。」

遺產

葬禮過後，柳兒又在肖內西的豪宅待了一週，協助繆納結束各種事宜，害怕回到人山人海的「地球，現在！」集體住所，她現在只有那裡可以去了，大宅可能會出售，翠林島也許會拍賣給另一間競爭的木材公司，她再也無法回到小島上了。

哈利斯明確說過將她從遺囑除名後，多年來，她完全沒有想過繼承的事。通常都是她錢花完了，在「地球，現在！」集體住所翻垃圾吃、肚子不舒服，或是她寧可砍掉幾棵原始林紅杉，只為了在乾淨潔白的四星酒店放浪度過幾天時，繼承遺產這檔事才會短暫入侵她的思緒，但她覺得父親完全不可能改變心意。所以，當父親指定的翠林財產執行人繆納請她隔天早上前往溫哥華市區，與父親的律師見面時，柳兒相當不解。

她安撫著兒子坐進哈利斯的禮車，她看著他糾結的臉，尋找翠林家族的血脈，也許是艾弗烈的一頭亂髮，或哈利斯俊俏的頰骨，但她卻找不到。他還是有新生兒那種看起來都一個模樣的凝膠狀特質，他可以是任何人的孩子。她搭乘電梯直上高聳鏡面大樓的四十層樓時，她告訴自己，那又怎樣？反正所謂的「家族血脈」不過只是資本主義、殖民主義用來洗腦的玩意兒，為了是將權力鞏固在某些少數人手裡罷了。一個孩子的曾曾祖父母就有十六個不同的人，他們每個人都有各自家庭的氣息與故事，而我們卻愚蠢地聚焦在唯一流傳下來的姓氏上頭，其他十五個姓氏不也同樣重要嗎？而她的兒子又算什麼？只是一包血肉細胞組織，讓他活過來的神聖力量難道跟驅使樹木向太陽發展的力量不同嗎？不，她的兒子不只是她的，他繼承了諸多血脈。或者，更精確地說，他繼承了唯一一條偉大的血脈，也就是來自於地球與宇宙，所有允許人們存活下來的神奇綠色植物。

「雖然令尊遭遇挫折。」負責開始會議的首席律師說：「他過世時，財務狀況還是維持得很好。我的職責就是通知妳，他指派妳為他財產的主要受益人。大筆財產包括肖內西的豪宅，可觀的藝術收藏，他的印第安文物、剩下的鋸木廠、紙漿與造紙工廠、木材工廠、他的雙桅帆船，同時還有他所有的土地、債券，以及相關的股利。」

雖然她聽到了這些話語，也跟上了表面的意涵，但彷彿有股震耳欲聾的巨大廣播頻率存在，只有她聽得到。她抱著孩子，目光移向窗邊，大海上方的天空有白雲，史丹利公園裡的大樹隨著看不見的微風搖擺起來。

坐在繆納旁邊，聲音粗啞的第二位律師問：「翠林小姐？」

她勉強開口：「這包括……小島嗎？」

第二位律師翻起檔案夾，掃視其中的文件。「沒錯，整體包括了翠林島。」

她知道她該看著他們，但她實在辦不到。她將襁褓裡的寶寶湊到鼻子上，吸吮他的氣味。她跟兒子在島上會有辦法活下去，自由自在，不會干擾到上頭的樹木，他們這輩子再也不用為錢煩惱。她會在海邊採集，他則跟猴子一樣爬到樹上，或用風落木搭堡壘。她甚至會邀請幾位理念相似的「地球，現在！」集體住所朋友過來加入他們。他們可以建立自給自足的社區，遠離世界上扼殺靈魂的不人道事件，遠離尼克森與季辛吉這種人，遠離世界上的癌症、機械化的腦死墨守成規之人。

首席律師大聲清嗓。「妳的叔叔艾弗烈．翠林是第二位受益人，分到的財產比較少。我想這並不意外，畢竟他們很疏離。」他再次清嗓。「不過的確有件異常之處，我希望妳留意一下。看來令尊替另一個人留下了不少的份額，當然少過妳與妳叔叔，不過也是很可觀的財產。這個人叫連恩．菲尼。」

聽到這個名字，她彷彿大夢初醒。「這個男人，他是愛爾蘭人嗎？」

首席律師望向另一位律師，對方點點頭。「我們有一個都柏林的地址，所以大概是吧。不過這個增補很不尋常，是在令尊晚年加上去的，也許他是在疾病的折磨下導致。所以我們建議妳提出訴訟爭議。」

忽然間，她的童年與父親的生活忽然聚焦起來了。沉默不語，憂鬱冥思，加諸在自己身上的孤獨，反社會的假象，一成不變的例行公事。他為什麼從來不跟她說？他覺得她充滿敵意也輕浮，不能將真相託付給她嗎？她可以幫他啊，至少減輕他的重擔。她也許會以他的名義聯絡連恩．菲尼。忽然間，一個景象浮現在她的腦海裡，哈利斯坐在書房，這麼多年來，每天晚上花這麼多時間聽菲尼的聲音，不是為了逃避他的女兒，而是為了接近唯一一個拒絕他的人。

她記得有次哈利斯搭著司機開的賓利汽車，去溫哥華拘留所接她，她因為非法佔領採礦公司辦公室而遭到拘留，這間公司在重要的集水區排放重金屬物質。搭車回家時，他意外地告訴她，他也很想看到原始林與集水區保存下來。「但我們很少得到想要的東西。」他說。「因為沒有足夠的空間容納一切。」那時，她相信他是在說他的失明，或是詢價，或是為了工業及繁榮之名，必須進行的環境破壞。現在她明白他不是那個意思。

「我父親願意給他什麼，請統統給這個人。」柳兒說。

兩位律師在座位上調整坐姿，面面相覷，不願意繼續施壓，這是在質疑她的理智。

「當然。」首席律師如是說，還在黃色條紋本上寫下註記。「那好，除非有任何未知的債權人、遠親或子嗣，不然這樣的程序就已成定局，我們短時間內會與妳聯絡。」

柳兒坐著即將屬於她的禮車回家時，她終於想好了兒子的名字——連恩．新曙光。新的姓氏可以讓他不要背上翠林遺產的重擔，提供他全新的開始，她從來沒有擁有過的新開始。而且這個名字也是她為父親紀念菲尼先生的方式，雖然他可能永遠不知道有這回事，但還是很值得。

接下來的下午，她收拾行囊，打包上露營車，然後母子倆會長期定居在翠林島上。她打包了菲尼先生錄給她父親的詩歌唱片，還有他給她的華茲渥斯詩集，加上幾本她覺得連恩長大之後會想讀的書。兒子在島上生活，長大之後會多麼捍衛森林、多麼嚮往大自然，想到這裡她就覺得頭暈目眩。不過，在她將箱子堆疊進車裡時，她思索起來，我們為什麼期待孩子明天來終止濫伐、種族滅絕、拯救地球，我們明明今天就能控管地球毀滅啊？柳兒有段很喜歡的話，是這樣說的：種一棵樹最好的時機是二十年前，其次是現在。

拯救生態系也是一樣。

她可以用父親的錢成立一個生態基金會，但她不是辦公室職員的料，而且如果父親悲慘的一生給了她什麼教訓，那就是一個人必須依循內心深處的原則生活，不然就得經歷某種程度的靈魂消亡。如果哈利斯能夠活出真正的自我，他會是什麼模樣？他會不會成為他們罕見造訪翠林島時那個更輕鬆、更容易滿足的人？他會不會跟她歡快地在大廳裡跳華爾滋，就跟她有次在電視上看到的一樣，失明的父親撞到了檯燈、撞到了家具，還會歡笑不已？

因此，如果她也依循內心深處的自我而活，她會活成什麼模樣？就是在這一刻，她決定了另一條路，的確是更辛苦的道路，但也是一條有連結、原則、真切的路，這條路會讓她與連恩遠離資本主義的陷阱，以及輕鬆、預期內的人生，這條路會讓他們接近土地，靠近森林、河流，親近其中充滿野性也無可計量的寶藏。

為了走上這條路，她必須犧牲她最愛的東西。她不只要捐出悲慘寂寞父親自毀而積攢的財富，她也得將翠林島捐給森林保護團體，因為要是留著，她也太虛偽了，她憑什麼擁有私人島嶼？她憑什麼擁有這種沒有限度的舒適、安寧、充沛的資源，而其他人受苦挨餓？

這是唯一的道路。

如果她先前致力於環境保護，那她從今天開始會加倍努力。冬天的時候也不會湊在「地球，現在！」的集體住所了，柳兒跟連恩會整年住在露營車上。他們沒有根，相依為命，無拘無束。

她會繼續實施獨行俠的工作，不激進也不暴力，就是在油槽裡多倒幾包糖而已。她會抗議，她會擋路，她會封鎖。她會教育連恩要堅強，要跟大自然共生，學習如何成為一個戰士，捍衛地球。他們會一起盡可能減少消耗的資源，以一己之力努力修復哈利斯對地球森林造成的破壞。有一天，她的兒子會因此感謝她。

為什麼人類的肉體工程只能活到堆積一輩子的錯誤，但無法長壽到修復這些錯誤呢？她將露營車最後一次從父親大宅的柵門駛出去，連恩被固定在旁邊的副駕駛座。此時，她心想，要是我們能跟樹木一樣，要是我們也有幾百年的生命，也許我們就有足夠的時間，足以彌補我們所造成的傷害。

2008

脊柱

他心想，有著微微彎起的主幹骨骼，加上四肢、神經系統般的支流，而且柔軟靈活，纖細優雅又完美，深埋在我們後背，支撐我們挺立的不是一棵樹，還會是什麼？

如果這個想法是真的，那連恩．翠林終於坦承，從八公尺又二十四點五四七五公分高的地方墜落到拋光過的混凝土地板上，很可能斬斷了他的樹，尾椎上方的樹幹斷了，而他這輩子可能都站不起來了。

沒有什麼是真的

他醒了過來。

他再度醒來，沒注意到自己暈了過去。

他在廂型車駕駛座上努力坐直身子。天色尚暗，但早晨的輻射光線已經在屋後的海平面下醞釀升起。他的痛楚消失了，就連夾住他下背部的老虎鉗也鬆開了。連恩檢查起油量，只剩八分之一的油。在引擎發動的狀態下暈過去，真是太愚蠢了，但他還是有足夠的汽油出去求救。他本能地想要用右腳踩煞車踏板，但雖然痛楚消失，他的下半身卻好像迷惘得更嚴重了，彷彿迷失在空無之中。他覺得挫敗，便用棒球棒伸到無用的雙腿之下，按在煞車踏板上，然後操作變速排檔到駕駛檔，此時他發現連大腿後肌的刺痛感都完全消失了。

如果他只是傷到骨盆、摔斷尾椎，他的腿現在應該要恢復知覺了吧？他應該可以稍微移動雙腿了？連恩將車子恢復到停車的狀態，放開棒球棒，將鑰匙從鎖孔拔出來，扔在副駕駛座上。他心想，不，他這是在自欺欺人。他的腿沒有恢復是因為它們再也不是他的腿了，再也不是了。

再說，他打算開車去哪裡？私立醫院？自從他搬去布魯克林之後，他在美國就是非法工作。他的顧客樂得付現，雖然他一度擁有承包商保險，但那很貴，一旦理賠精算人發現他是在沒有簽證的狀況下工作，他們絕對不會理賠，所以失效之後，他也沒有續保。

掃描、復健、尿管、輪椅、電梯、坡道，更別說他們會給的止痛藥物，他可以跟吃糖一樣吃個不停，他會再度上癮，這次沒理由戒。他得自己負擔所有的醫療費用，這種傷勢會讓他傾家蕩產，而在這種債務的坑洞裡，他能過上什麼樣的生活？無法好好揮舞榔頭，將圓鋸機推向木材？無法開著廂型車前往下一份工作，或安裝天花板、完成檯面？相較於死亡，他還有更害怕的狀態，特別是遭到遺棄、無依無靠，必須仰賴其他人。不過，讓他最懼怕的莫過於沒有用了。

連恩用手伸向後座，摸到保冷箱，他抓了好幾瓶紅牛能量飲料，塞在工作褲的口袋裡。接著，他開了車門，用安全帶作為下降的繩索，讓自己降落到結霜車道上，他以為他再也不用爬上這條車道。

他抵達屋子時，天光已經破曉，他在落葉覆蓋層上吃力爬行了許久，現在覆蓋層成了結霜的土堆。橘色的光束從周遭的樹木上照過來。他跌跌撞撞爬進入口，還在身後關上大門。他將凍傷的臉貼在相對溫暖的磁磚地板上。這次他將屋子極簡主義的風格看得更清楚了。一絲不苟的拋光混凝土，白色牆面，沒有書本或雜物。這裡沒有物品，也沒有歷史，連恩心想：**住在這裡的人害怕過往，彼此彼此。**

他還記得在屋主曼哈頓中城的辦公室跟他討論裝潢計畫的場景。這位先生是洛克斐勒家族的後代，卻替霍氏企業工作。他們見面時，對方穿了一條木匠牛仔褲跟工作襯衫，要找連恩幫忙翻新，他似乎有點不好意思，他請連恩喝百威啤酒，他們一邊喝，一邊提到霍氏企業當時剛買了翠林島。男人問起：「有血緣關係嗎？」連恩只是搖搖頭。

所幸柳兒沒有活到此刻，見證她鍾愛的小島賣給了一家企業。他的母親有次說，在連恩剛出生時，他們曾在島上住過一段時間。不過，在兒子有印象之前，老媽就把小島捐掉了，所以愛怎樣就怎樣吧，反正到頭來，所有的東西都是這些大企業的。

連恩開始爬向下沉客廳的寬大階梯。爬了六階，他逼迫自己翻過身，在中間的平臺上仰躺，讓雙手休息一下。他的目光飄移到在高處支撐整個拱頂天花板的杉木橫梁。他從這個位置都看得出來梁並不是筆直的，至少不是完全筆直。在他木作的歲月裡，他曉得就算是做工最好，最貴的房子，也會有缺陷與不足，這一座屋子也是。

這就是讓木匠難受的真相：沒有什麼是真的。

所謂的「真」，他指的是水平、垂直、完美。你走進的房間至少會有〇點一五八七五公分的誤差，比較有可能是〇點三一七五公分的誤差，保證會有。我們以為自己生活在正方的盒子裡，直到我們仔細看，我們才會發現形狀跑掉了，是個巨大的畸形意外。

木匠因此成了與錯誤共存的大祭司。雖然說一位木匠做事不謹慎是最嚴重的侮辱，真正的完美卻是再惱火也追逐不到的，所以沒有人提這件事。因為就算你切割一塊木頭下來，讓其平放，在你完工後，它還是會繼續存活，吸收溼氣、翹曲扭轉、弓起，不小心就變形了。我們的人生也並無二致。

他閉上雙眼，感覺到壓抑許久的悲鳴終於哭喊出口。一路走來，他留下了太多錯誤，這點毋庸質疑。那天晚上，他在廂型車後拖著他打造給明娜的史特拉迪瓦里中提琴，他漏水天窗摧毀、進水的一個個家庭，他所揮霍的光陰，彷彿是靠疼始康定飄飄然到上了天的衛星一樣，以及他所遺忘的故事，他不願去想的一切。不過，雖然此時的他已經無法替所有的過錯贖罪，但他還是能夠稍微彌補一下。而他也還有故事要說，他心想：*讓回憶湧現吧，現在又有什麼關係？*

牽著媽媽的手，連恩走下他們停靠露營車的停車場，步行至溫哥華市區，此時下著迷霧般的細雨。這是年幼的他第一次看柳兒穿得如此平常，黑色的裙子搭配綠色的素色襯衫，一股奇異的自傲感浮上心頭，在他身邊的母親頭髮裡沒有卡著細枝，看起來也不像生活在露營車上。他們抵達省立法院後，她卯起來在外頭抽了三根薄荷涼菸，他們才走進去。

柳兒出席她的聽證會，連恩則在外頭走廊等待，他瞪大眼睛看著對面坐著的警察，身上居然有皮套配槍。兩個月前，連恩坐在露營車上，柳兒在克雷歐闊特海灣（Clayoquot Sound）破壞了三臺麥克米倫．布洛德爾的伐木機器。就在他們逃離伐木區時，一群騎著全地形越野車的騎警追了上來，逼停露營車，在座墊底下發現柳兒藏的好幾袋白糖。

聽證會結束後，他們從法院大樓的金屬探測門出去時，她說：「親愛的，我得去別的地方一陣子，就三個月。」接著，她把車開到電話亭，在那裡待了一個小時，到處打給朋友跟認識的人，挫敗怒吼，偶爾還用力將話筒掛回去。回到露營車上時，她告訴連恩，今年夏天他得去薩斯喀徹溫省的艾斯特凡，跟叔祖母、叔祖父一起住在他們的農場裡。

「我又沒見過他們。」他抗議道，老媽當然沒當一回事。雖然她總是說恬璞跟艾弗烈的好話，在她忙碌的搞破壞時程裡，她一直沒有時間開車過去看他們，不過讓連恩不安的並不是不認識他們，而是他可以用兩隻手就數完在室內過夜的次數，他是對住在尋常人家的期待而焦慮。

「你覺得我想要這樣嗎？」在他抱怨一整天後，她媽終於發火：「也許你想去住寄養家庭？」

連恩閉上了嘴，雙手環胸，給她看他最不滿的神情，也不願意幫忙打包。

隔天一早，她駕車從溫哥華東行，開進山脈之中。整趟旅途裡，她都情緒激動，動不動就對連恩發脾氣，還喝著保溫杯裡的白酒，薄荷涼菸抽個不停。她在斜斜的陡坡上操著露營車疲憊的排檔，車上的物品都往連恩坐的後座滑落。在車上的整整兩天他都不怎麼說話，為的是近一步懲罰她昨天居然威脅要送他去寄養家庭。

「可以答應我一件事嗎？」柳兒在隔天晚餐時間快到農場時忽然停車。「也許沒什麼，我確定我錯了，但如果艾弗烈接近你……好比說……不知道耶，如果他碰你，或讓你覺得不舒服，你就直接去跟恬璞說，好嗎？」

「隨便啦。」連恩說，他終於打破沉默，這充滿力量的新回嘴方式是他在柳兒停車加油時，於便利商店聽到幾個青少年在講的。

他們將車停在農舍前，恬璞跟艾弗烈兩人在巨大的扶手門廊木桌上閱讀。乍看之下，就算沒有老媽神神祕祕的警告，連恩也覺得叔祖父有點怪，他脖子的肌肉一縷一縷的，彷彿樹根，講話聽起來像是裝了碎石的金屬水桶在地上拖行的聲音。他走起路來有點詭異的不平衡，身上散發著木屑味，到哪都會留下一道道的木屑。不過，他的伴侶恬璞倒是很好相處，聞起來像清潔劑，還有輕鬆熱絡的態度，當連恩問起「你怎麼不結婚」時，他媽又罵起他來。如果這兩個人是樹，恬璞就是高聳銀白的白樺樹，艾弗烈則是歪扭的老橡樹。

在農舍度過的第一晚，恬璞從布滿他們客廳牆面的書架上，抽出一本書讀給連恩聽，同時艾弗烈一語不發張羅晚餐，柳兒則將連恩的物品擺進他的新房間。用餐後，連恩吃了三塊大黃派，然後同樣靜靜地跟艾弗烈下起西洋跳棋，柳兒跟恬璞到了深夜還坐在門廊上，喝著小酒，壓低聲音交談。

隔天一早，恬璞溫柔喚醒連恩，告訴他既然他會在農場住下來，他就得學會如何用溼飼料餵豬，還要餵雞跟山羊。

「好啦。」他搓揉雙眼，擔心如果自己不配合，她就會把他扔去最近的孤兒院。

「這裡原本是很有規模的農場，無處可去、飢腸轆轆的人可以來這裡工作。」她交給他一把乾草叉。「但自從我們用你外公的遺產繳清貸款後，我跟艾弗烈就覺得我們的精力可以用在別的地方。」恬璞繼續說，她現在是艾斯特凡公立圖書館的書籍採購志工，艾弗烈則製作家具販售，賺到的錢他們都會捐給慈善機構。「天底下還是有飢渴的人。」恬璞說：「只是他們現在飢渴的物品不一樣了。有時我覺得我完全不懂他們要的是什麼。」

連恩沒有想像中那麼討厭農活。忙完之後，艾弗烈做好了午餐等他，用真正全麥麵包夾著的雞蛋沙拉三明治，湯裡還有真正的雞肉。連恩已經在心底默默假裝恬璞是他真正的母親，而她的農場是他真正的家。

下午的時候，柳兒問起連恩：「記得我跟你說艾弗烈的事嗎？」此時他正在幫她打包，她要啟程回溫哥華了。「當我沒說過。我跟恬璞釐清狀況了，只是一場誤會。你沒什麼好擔心的，好嗎？」

「反正我一開始也不相信妳。」他說。

他媽開車離開時，連恩沒哭，也許是因為在農場待了一整天，他已經有點內疚地希望媽媽永遠不要回來，希望她忘了他，拋下他，就跟她對待其他人一樣。

六月炙熱，滿是飛塵，早上的活幹完之後，接下來的時間，連恩就能探索農舍跟穀倉。他替山羊與雞取搞笑的名字，在小麥田裡追著牠們到處跑。他將大口唾液吐在黑暗的水井裡，然後爬到門廊旁邊大垂柳的上方，那裡感覺像是一個可以進去的綠色巨大房間，艾弗烈替他掛了一個鞦韆，但連恩已經要十二歲了，不玩盪鞦韆了。每晚，連恩聽著收音機，叔祖父煮晚餐，恬璞擺盤餐具。她會依照艾弗烈當天做的事情，稱他為「幫手」、「駐宅木匠」或「樹藝師房客」。有時艾弗烈也會為了扯平，說農場是「上帝遺棄的無樹風沙之地」，連恩會覺得他很過分，但艾弗烈講這話時眼裡會閃著狡黠的光芒，所以連恩不太確定他是不是認真的。

連恩喜歡農場一成不變的生活，每天早上同一時間在同一個地方起床，在同一張桌子上吃一樣的食物，面前是同一批人，談著同樣的話題。他唯一不喜歡的儀式是每天晚上，準備就寢前，艾弗烈都會問恬璞：「妳覺得我可以在這裡再待一會兒嗎？」她會說：「就待到我們把樹種好。」彷彿艾弗烈只是路過的流浪漢一樣。連恩曉得這只是他們之間的小玩笑，但他還是不喜歡。農場成了他在生命裡唯一永恆不變的事物，想到艾弗烈離開或這裡支離破碎，就威脅到他珍視的一切。

七月時，連恩跟附近一個名為奧林的男孩結識，兩人年紀差不多，他就住在廢棄鐵道的道路旁。連恩邀請他來爬大柳樹、朝著水井吐口水時，奧林說他爸媽不允許。

「為什麼？」連恩回想起他媽有次說過，有些孩子不敢做某些事是因為他們有奇怪的宗教信仰，不是尊重大自然，而是信了某個名叫上帝的神奇存在。

奧林張望了一下，靠了上來，斜著眼說：「大家都知道你叔叔坐過牢，艾斯特凡這裡沒有人會雇用他。」然後他壓低聲音，用沙啞的低語講話，臉上還出現了驚嘆也驚恐的神情：「大家說他殺了一個嬰兒。」

夜裡上了床，連恩思索起這件事。雖然叔祖父很冷淡，但他看起來不像能夠傷害嬰孩的人，他甚至連傷害成人都辦不到吧？艾弗烈成天待在穀倉後頭的木頭工作室裡，打造書桌、床鋪、搖籃、桌子、椅子，還有用上好楓木製成的精細西洋棋子。恬璞在每個月的第一個星期一會開著皮卡車將這些東西統統載去鎮上賣，因為艾弗烈沒有駕照。柳兒離開前也說過她誤會他了。連恩心想：不過，要是沒有那回事，怎麼可能整個鎮都相信呢？

隔天，連恩開始監視艾弗烈，看著他在車床上替木頭翻面，尋找這位老人家暴力與瘋狂的蛛絲馬跡。雖然艾弗烈不會因為犯錯而氣餒，他卻不會有任何迅速的動作，他只會一直低聲碎碎咒罵起來。他的咒罵聽起來有一種古怪的溫柔，彷彿這樣就能夠哄著木頭乖乖配合一樣。

對連恩來說，木頭工作室有樹林般的寧靜，是低調的國度，講究精確、原則與各種可能性。他的叔祖父沒有摧毀任何樹木，他是在轉化它們，變成能夠經得起時間考驗的物品。有次連恩冒險讓艾弗烈知道他在，他就坐在桌鋸旁邊的刨屑裡，像隻男孩尺寸的沙鼠，看著叔祖父工作。此時他終於鼓起勇氣，糾纏起艾弗烈教他如何使用這些看起來很嚇人的工具。

艾弗烈搖搖頭。「你媽不准。」

「她又不在這。」

「她不會讓你裁切木頭。至少跟你有關的事，她的話還是要聽。」

「她就是個婊子。」連恩說，話語自己冒了出來，他彷彿是把某人的金錶扔進水井裡一樣。他在地上坐穩了，等著體驗叔祖父致命的怒火，事實上，他渴望這種感覺。

不過艾弗烈目光變得溫柔。他轉頭面對車床，重新調整夾住鑿子的導件。「你知道，養育一個孩子不容易。你媽在做的是她認為對的事情。而養孩子的方式不只一種。你有一天會明白的。」

忽然間，連恩臉頰溼了，他在耳朵裡聽到自己的心跳聲。「我再也不想住在露營車上了。」他說：「我想過正常的生活，我想住在正常的地方，吃正常的食物。」

艾弗烈轉頭看著他，一手壓在連恩頭上，說：「孩子，天底下沒有什麼正常的生活，那是傷我們最深的謊言。」

週一到了，艾弗烈跟恬璞出門去艾斯特凡，買牲口飼料、書籍，販售艾弗烈的家具，還要去看一個月一次的電影，此時，連恩悄悄溜進木頭工作室。他打開桌鋸的開關，看著裸露的鋸刃隆隆運作起來，然後加速成一團模糊，彷彿是飛機的螺旋槳。他用力嚥了嚥口水，將一塊有結瘤的木板放在桌上，開始將其推向鋸子。他還沒切到兩公分，木板才接觸到鋸刃就發出巨大聲響，板子從桌面彈飛開來，打中他的下巴，力道跟被棒球棒砸到一樣。

艾弗烈跟恬璞那晚回家後，絕口不問連恩臉上的腫脹黃色瘀青，他的下巴要一個禮拜後才能恢復正常咬合，晚餐過後，他們坐在門廊看著廣大的草原地平線，以及在天上移動的蒸汽與星光。恬璞朗讀起《奧德賽》，他們有各自的飲料，艾弗烈喝氣泡水，恬璞喝白酒加雪碧，連恩則喝他們從城裡帶回來的麥根沙士。

雖然恬璞動不動就朗讀起她的那些書，她卻很少跟連恩提起她自己的故事。永遠不說的是摧毀她農舍的氣旋，他曉得那是在柳兒出生時的事。或是艾弗烈到底為什麼坐牢（連恩在他的木頭工作室裡找到柳兒小時候寫給他的信），或是跟連恩的外公哈利斯．翠林有關的一切，他殞落的林業帝國，以及他留給他們的遺產。在這年夏天裡，每當連恩問起這些遭到刪減的故事時，恬璞慣性的反應都是從架上抽出另一本書，說：「讀這本怎麼樣？」也許連恩一開始是從恬璞身上學到刻意遺忘這種必要的能力。

九月初，他媽回來了，她講話速度超快，整個人散發出監禁三個月遭到壓抑的能量，完全沒有注意到連恩。

「想我嗎？」她心不在焉地揉亂他的頭髮，此時他們坐著享用艾弗烈為了慶祝她回來，在門廊上擺出來的大餐。

「並沒有。」連恩咕噥著說，小聲到她都沒聽見。

「敬連恩。」料理統統上桌後，恬璞高舉酒杯。「在過去三個月裡，他替兩位老傢伙增添了不少活力。這座農場從來沒有遇過這麼優秀的工人。」連恩舉杯，覺得胸口得意飽滿。而他一度能夠忘卻這個無情也不可能改變的事實，這個事實宛如死刑犯即將伏法一樣肯定，那就是他明天就要離開農場了。

隔天一早，柳兒正在打包他們要載回卑詩省的物品時，連恩偷偷溜進木頭工作室，拿了一把艾弗烈的圓頭鎚。他走去車道，在露營車車身上敲凹了一處，然後在恬璞飽受風霜的皮卡車車頭敲了更大一塊。艾弗烈穿著長內褲從屋內詫異走出來時，連恩確信在他的所作所為之後，他們肯定不會接納他了。事實上，他寧可他們不要他。他已經知道離開這裡會永遠摧毀他內心的某個東西，他沒辦法反覆過上這種生活。或著，也許奧林的謠言是真的，他頭髮花白的叔叔會當場殺死連恩，這樣就輕鬆多了。

艾弗烈面如槁灰，臉部鬆弛，他拖著腳步到連恩身旁，孩子怕到動彈不得，結果老人只是將長了繭的大大雙手搭在連恩肩上。

他的叔祖父搖搖頭。「孩子，我不在乎車子怎麼樣。」他說。然後他將目光移到寬廣到不行的草原天空，微微的藍天，只有些許白雲。他抽了幾次鼻子，清了清嗓，彷彿是想解放糾結的話語。「恬璞今天早上沒有醒來。」

連恩感覺到圓頭鎚從他指間滑落。他讓艾弗烈的大手重重壓在他肩上，然後對著捲來的風沙，逐漸跪倒在恬璞卡車輪胎旁邊，他腦袋一片空白，耳鳴大作。最後，艾弗烈轉身，他乾癟的臉是一張石頭打造的面具，他拖著腳步前往工作室，在身後門上了門。

稍晚，柳兒紅著眼睛、用手腕壓著嘴脣走出屋子。她想接近連恩，他卻跳開，跑進穀倉，激動地開始餵豬溼食，還餵起雞跟山羊。

後來他媽走進時，他還在忙。「是腎臟衰竭。」她從敞開的圍欄開口。「連恩，她已經生病好一陣子了。我們第一晚抵達時，她就跟我說了，但所幸你們能夠一起度過這個夏天。」

「妳早該告訴我。」他大力甩上柵門，開始將稻草叉進槽裡。

「聽著。」她的語器尖銳了起來。「這是她的選擇，不是我的。她不希望你擔心。你沒有權利知道所有的資訊，事情就是這樣。所以你現在不要給我來叛逆青少年的狗屁態度，因為我希望你站在我這邊。因為我現在我出來了，不管你喜不喜歡，你跟我又要相依為命了。」她停頓了一下，讓他消化，彷彿以為他還不清楚這點一樣。「我們會在這裡待到葬禮結束。」她說：「然後我們就走。如果我們不趁秋天摘點雞油菌，整個冬天就只能翻垃圾了。」

午餐過後，幾位附近的農夫前來，將恬璞的屍體移到防風窖裡去，這樣才能在炙熱的九月裡保持低溫。艾弗烈整天都待在工作室。到了晚上，連恩聽到他進了廚房，低聲打電話給某個在艾斯特凡男人，這個人幾個小時後就扛了一箱裸麥威士忌過來。

連恩在農場這麼久，從來沒有見過叔祖父喝醉過，但在恬璞死後，艾弗烈成天喝得醉醺醺。酒精沒有讓艾弗烈跟柳兒一樣，喜怒無常、發瘋古怪，反而是近一步封住他的嘴，加強了他的消沉。喝醉時，他好像連站也站不直。他駝背，跛得更嚴重了。他一醒來就酗酒，喝到尿褲子、暈倒在工作室地板的鋪蓋上。

連恩經常躲在門廊後面偷聽柳兒跟艾弗烈的動靜，大人會一起喝著裸麥威士忌，抽起她的大麻，直到深夜。不過他們鮮少交談，就算開口，說的也是沒有下雨、即將下雨、附近寥寥幾棵樹的狀況，從來沒有提到恬璞或重要的話題，他後來逐漸明白，也許他們家族最鮮明的特質莫過於此。

一個禮拜過後，某天一早，艾弗烈叫醒連恩：「孩子，起來。我得做個東西，但我自己搞不定。」

他哄著連恩進棚屋，他們拿了斧頭跟雙人框鋸，他們把工具扔上恬璞車頭凹陷的卡車。老人笨拙地開起車來，擦撞到圍欄柱子，車頭增加了新的傷痕。車子擱淺在排水溝附近，那裡有長長一排成熟的楓樹，這是種在土地邊緣，用來遮擋保護小麥田用的。

「這是我跟恬璞一起種的。」他說，他將鋸子從卡車上扔到第一棵樹下。「她不讓我汲這些樹的蜜，擔心會傷害它們。她不是傷感的人，但對這些樹用情最深。」

接下來幾個小時裡，他們揮斧砍下三棵最粗壯的楓樹。他們用框鋸將樹幹分割成長長的木頭，裝上車。艾弗烈整個下午都忙著用鏈鋸將長長的木頭切割成原木木板。這也是他第一次無視柳兒的要求，教連恩如何正確使用工作室裡的工具。一整天，艾弗烈跟連恩忙著鋸木頭、將木板磨平，直到他們有了最乾淨、最精緻、最直的楓木板，連恩這輩子沒有看過這種東西。

一直到叔祖父開始最後的裝飾，也就是在蓋子上手雕樹葉花圈及裝飾的花朵後，連恩才曉得他們是在打造什麼。

乾淨

木頭是捕捉住的時間，一張地圖，一則充滿細胞的回憶，一張唱片。這就是為什麼連恩相信他這種木匠永遠不會找不到工作，因為人人都想親近木頭，木頭出現在我們家裡，我們的地板、天花板、牆面，我們可靠的拐杖，最細膩的樂器，我們傳家的桌子，老搖椅，還有最引人矚目的莫過於送我們入土為安的那具木艙。

當木匠說某塊木頭「乾淨」時，他們指的是上頭沒有樹瘤、凹陷及瑕疵的木頭。而在連恩．翠林多年把玩木頭，將其切成正確尺寸，充滿愛意拼湊起來，然後拋光到讓靈魂覺得溫暖的歲月裡，他經常想到人們喜愛乾淨的木頭是因為他們需要看到時間堆疊在一起。一年一年擠壓在一起，全都井然有序，乾乾淨淨。沒有障礙，沒有瑕疵，也是我們生命永遠達不到的境地。

著陸點

他用幾乎沒有什麼肉的手指一路爬回下陷的客廳，抵達他跟阿瓦雷茲一起搭的鷹架底部，鷹架似乎是上輩子搭的。從天光看來，已經早上十點左右了，阿瓦雷茲如果今天會回來工作，他應該早到了。不過連恩覺得他不會來，那種可能性的火花早就熄滅了。

如果在這一團亂的場面裡要講完全部的故事，他希望連恩．翠林能夠死在工作裡，而不是跟什麼流浪漢一樣，凍死在廂型車車上。不過，他得先把東西收拾好，然後他才能好好等死。雖然他的私生活是接連不斷的混亂，但他的工作場域卻絕對不會陷入那種境地，現在也不會。他拖著身子前往他昨天拆掉才能爬上車的工作皮帶旁，他將從小隔層裡掉出來的角釘統統塞回去，然後重新繫在腰上，接著，他朝空壓機爬去，關掉，機器的氣壓槽發出了無力的嘶嘶聲。他將豎鋸放回盒子裡，開始搜集恬璞農場回收木的邊角碎料，也就是阿瓦雷茲浪費的木材。連恩將木片擺好，同時想到能夠回收的木頭實在太少了，真不公平，有多少木頭流在田野間腐爛。他想盡力用手跟罩布將木屑掃起來，之後，他用罩布將木屑整齊包裹起來，彷彿一份禮物。他沒辦法拆下鷹架或撿起他的斜鋸機，所以他就讓東西繼續擺在混凝土地板上，也就是他著地的位置，他的鈦鎚在落地時還砸掉了一小塊地板。

他喘起大氣，檢視從地板到天花板的大窗戶，看起來像畫作裡灰海豹顏色的大西洋，彷彿是裝潢的一部分，屋主的私人海洋。他在想死亡還要多久才會帶走他，以及那會是什麼樣的感受，而他到底會不會有什麼感受，以及「感受」這種字眼到底適不適用。柳兒一直相信每個人到了生命最後，人們的靈魂會飄散，會成為偉大綠色存在的一部分。人類會透過某種葉綠素能量場存活，跟樹一起，跟土壤一起，跟雨水一起。

只不過，事實上，她的死亡來得又急又殘暴。

他回想起那天，他從布魯克林飛往溫哥華，他先前替卑詩省大學森林系打造了一個昂貴的裝置，這次校方請他進行潤飾。既然他在附近，稍後他就約了柳兒在史丹利公園的柵門見面。他已經好久沒來這裡了，她一從露營車走下，他就擔心起她對環境的狂熱終於逼著她走進不吃不喝的境界，這樣才不會傷害植物的生命。她曾經厚實的秀髮現在乾扁稀疏，曾經強健的軀體如今憔悴枯瘦。

「柳兒，妳氣色沒有以前好。」連恩說：「要我開車嗎？」

「沒事。」她說，她的頭彷彿是皮膚幾乎蓋不住的銳利雕塑。「我閉著眼睛都能開這老怪獸。」

柳兒開車，連恩還是把這輛車當成兒時的家，充滿親密感。她開往公園深處，顯然是她偷偷在這裡駐紮許久的地點。灰色的天有徐徐微風，掩蓋她營地的小樹在小圈子裡搖曳起來。為了讓她吃點東西，連恩堅持要煮她最喜歡的鷹嘴豆加芝麻醬，她拿去外頭跟樹一起吃，她說車上一直有股霉味，密閉空間也讓她難以下嚥。連恩說起她的食物補給所剩不多時，她說：「我今年沒辦法採收雞油菌，沒體力摘了。所以口袋比平常緊一點。」

一直到深夜，她才告訴他治療的狀況，她每天開車去做化療，然後回到這位於市區的公園野營，這樣去醫院比較近。雖然覺得可憐，連恩還是有股止不住的怒火升起。

「妳什麼時候才要告訴我？」他低下頭，雙手埋在頭髮之間。

「我想快了。」她虛弱地說：「我不想打擾你。你這麼忙。我知道你在外頭過得很好。」

他媽總是盡量不在生態系裡留下太多痕跡，他最討厭這點，因為他也是這生態系裡的一分子。雖然她吵著要他回紐約，他卻取消了大學的木工案子，買了一個睡袋，搬進她的露營車裡。

當他在下午療程過後去接她時，她的鼻息裡總是瀰漫著強烈的有毒氣味，彷彿她整個早上是在吸亮光漆一樣，他只會在戶外的木工作品上噴這種濃郁惡臭的東西。

他陪著媽媽三個禮拜，跟過往一樣野營，回到昔日的和諧狀態。他在她媽還是會員的食物合作社採買，替她泡茶，記錄她服用的藥物，協助她在睫毛脫落時，取走掉在眼睛上的細毛。他每晚看著她在她心愛的車頂帳篷裡憔悴，聽著她呻吟、咳嗽。她變得太虛弱，他必須幫忙拆掉打火機的兒童安全裝置，她才能自己點薄荷涼菸跟大麻。

她虛弱到無法說話時，他就播放起他戒毒時聽的那些唱片，男人帶著滑順愛爾蘭口音讀詩的唱片。連恩還是不懂這個人朗讀的過時語言，但只要唱片在唱機上，他媽就沒咳得那麼頻繁，也沒那麼不舒服，所以他一直用低音量播放，只不過在放到第十次時，男人小小的聲音還是像粗糙的砂紙一樣，摩擦起他的神經。

補給品清單

四點五公斤的有機糙米一包
四點五公斤的有機鷹嘴豆一包
四點五公斤的有機大豆一包
兩百毫升滅菌靈懸液用粉劑
地塞松四毫克
便通樂八點六毫克
多庫酯鈉一百毫克
美多普胺十毫克
卡迪爾錠一百八十毫克
得舒緩一百五十毫克
硫酸嗎啡錠五毫克

他們做的一切

在快走到盡頭的時候，連恩跟柳兒罔顧腫瘤專家的警告，在露營車上喝夏多內喝到醉。他們在鋼筋玻璃閃亮城市中央的一處古老森林裡。為了記住這個場合，連恩從駕駛座坐墊的縫隙裡挖出她祕密珍藏的香奈兒五號香水，噴灑在車裡。

「別太多。」柳兒說，然後閉上雙眼，將柑橘的香氣深深吸入遭到腫瘤擠壓的肺裡。香水似乎讓她抖擻了起來，他們坐著喝酒，聊到深夜，聊他在布魯克林的工作（他沒提他替霍氏企業、殼牌、惠好公司打造的會議桌），以及雖然她身體不好，但還是想辦法完成的環保任務。

她累了，他協助她輕到不能再輕的軀體躺上車頂的帳篷。「我猜你不會想接手一輛露營車？」她帶著淺淺的微笑說。

連恩搖搖頭。「事實上，我討厭死這玩意兒了。」

她發出輕輕的笑聲，但他看得出來這話刺傷了她。「我知道你覺得我這輩子都很自私。」她說，此時連恩替她裹好三條被子。「但我在你剛出生就做出了選擇，選擇走上困難的道路。我想給你不一樣的童年，真實的童年，不要像我一樣，在謊言中成長。」

「我的童年過得很棒，柳兒，的確很不一樣。」他關掉手電筒。「任務圓滿達成。」

她閉上雙眼，痛苦地深吸口氣。「我是想要教會你一些事情。」

「什麼事？」

「用崇敬的目光尊重自然。」

柳兒，到底什麼是自然？他很想問。我用回收木打造的桌子自然嗎？那我呢？我算不算自然

呢？妳怎麼從來沒有用崇敬的目光尊重過我？為什麼妳只在乎樹木這種自然？

他反而親吻她的額頭，說：「我盡量以崇敬的目光尊重一切，柳兒。這是妳教我的。」

「你知道。」她說：「有時我會在圖書館的電腦上看你做的那些東西。」

連恩不敢相信自己聽到的話語。「記得我第一次拿到木工資格時，妳說我是『合格的森林殺手』嗎？」

「我不喜歡你浪費無害的樹木。」她搖搖頭。「但我可以理解你用回收木做的東西。連恩，你的作品真的神乎其技，所以，對，你的確會用崇敬的目光尊重一切，我因此覺得很驕傲。」

他在她臥鋪下方的車內靜坐了幾個小時，喝完酒，聽著她咳嗽，那是低低的研磨聲，像是雷雨，讓她氣喘吁吁。他後悔在她喝酒後，不能給她一顆嗎啡藥丸，最近似乎只有嗎啡可以讓她不要咳到驚醒。不過，他還是盡量不碰嗎啡，特別是他自己也喝醉的時候。

他喝得越醉，似乎越明白母親這輩子是在逃離殘破的人生，這是前人遺傳給她的特質，她也將些許的殘破留給了他，就像從火堆裡夾起來的煤炭，繼續用來替下一顆煤炭生火一樣。如果他有孩子，這樣的特質也會繼續流傳下去。

後來，她的呼吸變得淺喘痛苦時，她說：「可以答應我一件事嗎？答應我，如果可以，你會去看艾弗烈。我擔心他一個人在那邊。」

連恩做出承諾，徹夜未眠，她則在半夢半醒的狀態裡咳嗽、不連貫地嚷嚷起來，從充斥她大腦的癌症藥物、酒精、大麻的化學沼澤裡，發送出不連貫的訊號。對連恩來說，聽起來都像胡言亂語，只是更多她的新世紀哲學跟陰謀論，直到忽然間，天快亮了，他開始打瞌睡，她綠色的雙眼忽然出現在車頂帳篷的開口，就在他上方。「連恩，其他人可以拯救你。」她用驚人的清明態度開口。「你永遠要記得這點。他們一直都這樣。只不過，通常是以我們無法理解的方式進行，但那也不能改變他們所做的一切。」

隔天早上，連恩從合作社跟藥房帶著補給回來時，他發現母親的屍體在帳篷裡拉得長長的，她銀白的長髮用雪松細枝纏在腦後。一陣讓樹木顫動的微風吹進帳篷的紗網裡。這是一陣靜謐的綠色愛撫，從她鍾愛的一座座樹間吹來她身邊。

連恩坐在母親的露營車駕駛座許久，看著樹木，好奇它們是不是多少知道它們失去了什麼。

你還在啊

在下沉的客廳裡，幾個小時過去。另一個夜晚到來，將陰影灑進混凝土地板上。然後是新的一天。連恩看著蛋黃般的太陽滲入，流失，彷彿有人扯掉塞子一樣。

他渴到不行，就打開最後一瓶從車上帶下來的紅牛。化學滋味撫慰人心，彷彿是所有柳兒不准他小時候碰的那些人工產品，統統蒸餾在一起的純粹。糖分跟咖啡因的撞擊讓他足以恢復神智，曉得最後一瓶紅牛喝了，他大概不用等太久了。

他回想起艾弗烈，在恬璞死後，這位老人的人生也成了一場等待的遊戲。他還是喝酒，但沒有她剛過世的那幾個禮拜那麼誇張。連恩遵守他與柳兒的承諾，那幾年間時不時去探望他。因為紐約州北部有很多殘破的房舍符合他的需求，他其實不用大老遠跑到薩斯喀徹溫拆回收木，但這是個好藉口。他給叔祖父一小筆錢，拆掉圍籬的木板，雖然艾弗烈沒說過，但他似乎很感謝這樣的陪伴。

連恩最後一次去，早上十一點，他停好車，發現叔祖父在門廊上，除了寒酷的草原冬天外，他一年四季都泡在這，鼻子上有一副變焦鏡片，大腿上是一本書，裸麥威士忌的酒瓶在身邊，彷彿一條忠誠的狗。

「你還在啊。」連恩朝屋子走來時說。

艾弗烈用模糊得跟牛奶一樣的雙眼張望，彷彿只是要確定一下，他說：「看來的確如此。」

「我以為你討厭這個地方。」連恩摘下鴨舌帽，坐進艾弗烈的長椅上。

「噢，我是討厭。」艾弗烈說，他還散發著亞麻籽油與鋒利鑿子的味道。「只不過我太老，去不了別的地方了。」

「這個嘛，我一直很喜歡這裡。對小時候的我來說，這裡是很適合來的地方。」

「我打算把這裡留給你媽。」艾弗烈說，連恩強忍住咳嗽。在目睹恬璞的死亡對艾弗烈造成何種打擊後，連恩實在忍不下心告訴他柳兒也走了。「所以我猜最後還是會留給你。地大概值不了多少錢。別告訴恬璞，但這塊地從一開始就種不出什麼東西來。來一杯嗎？」

連恩不想喝，因為喝烈酒會讓他渴望疼始康定，但他還是說：「好啊。」

艾弗烈拿出另一個杯子，倒了兩指高的裸麥威士忌，還從白鐵合金壺裡摻水進去。「井還有水呢。」他說：「真是一個小奇蹟。」

「我很喜歡這裡的水。」連恩小啜一口。「味道永遠不變。你最近有去工作室嗎？」

艾弗烈雙手握拳高舉。「我再也不做精細木工或棋子了。我現在做又大又醜的野餐桌，就是常規尺寸的木片拼一拼，塗成紅色就好。我做給公園跟艾斯特凡的公立學校。我猜他們大概已經有很多野餐桌了，可能會在市議會後面放火燒掉。不過，他們還是很好，統統收下，我因此有點事做。」

「也許我可以去紐約幫你忙？」他繼續說：「你確定那些人肯替經歷風吹雨打的老木板花大錢？你沒有騙人家吧？還有，你覺得那裡有野餐桌的市場嗎？」

連恩大笑起來，搖搖頭。「大家都喜歡老木頭，我猜是因為老木頭撫慰人心。不過，我也喜歡我的工作，日子很充實。」

「活著就是有幹不完的活兒。」艾弗烈點點頭。「祕訣在於找你不討厭的事做。」

連恩又喝了一口酒，感覺到廉價的裸麥威士忌在他嘴裡燃燒。

「那你媽呢？」艾弗烈說：「我有陣子沒她消息了。」

連恩按照柳兒的意思將她火化，將骨灰撒在卑詩省中部她最喜歡的一座「妖精農場」裡。

「她很好啊。」連恩點點頭。「又在某座森林裡拯救世界了吧，別問我是哪一座。」

「你永遠搞不清楚是哪一座，對吧？」艾弗烈搖搖頭，喝起他的酒。

酒杯空後，連恩花了幾個小時將外圍的圍籬木板拆下，裝上車。那天下午，他協助艾弗烈從頭到尾做出一張野餐桌，然後煮晚餐給他吃，隔天剛破曉他就啟程離開。

三個月後，一位艾斯特凡的律師打電話給連恩，告訴他艾弗烈死於心臟衰竭，將農場留給了柳兒。律師說：「所以現在就留給你了。」一週後，連恩回到那塊土地，他在艾弗烈的工作室桌上發現一具精美的楓木棺材，裝飾之完美，做工之精細，就跟多年前打造給恬璞的一樣。連恩將艾弗烈下葬在接近土地邊界的楓樹防風林裡，恬璞也埋在這，但沒有做任何記號。

叔祖父是如何用他那雙扭曲、顫抖的手打造出如此美麗的木頭作品，連恩還是不明白。不過，此刻想到棺材的手藝讓他想起了他打造給明娜又摧毀的中提琴。他畢生最美的作品。

事實上，他有兩件。

兩件最美的作品。

連恩這輩子製作了兩件最美的作品。

有了這份探進他忽略已久事物的許可，他允許自己繼續在思緒中挺進。因為一直要到如此接近生命的盡頭，連恩．翠林才終於準備好要填補每一個空白，解開每一處死結，讓一切真實也「乾淨」，就算只有一下下也好。

潔辛妲・翠林

她出生那天，他在工作，手機調成靜音，臉上戴著特製面罩，耳朵也罩著保護聽力的裝置。他正忙著打磨一塊特別昂貴的道格拉斯杉，他會把這塊木頭裝在某個布魯克林瑜珈館或某間曼哈頓大企業，氣動磨砂機的運作聲響幾乎抹去了他腦海中類似的內疚嗡嗡聲。

一週後，連恩還是沒有回覆明娜最初的訊息，她說她生了一個孩子，之後是另一封，她替她選了「潔辛妲」這個名字，因為她小時候有個很好的同學就叫這個名字。讓連恩意外的是她居然讓孩子姓「翠林」。明娜說他們家族有許多堂兄弟讓巴塔查里亞這個姓氏繼續傳承下去，她覺得連恩的姓氏無法繼續存在實在太悲劇、太不公平。連恩心想，就算是在演奏，明娜也不喜歡畫下句點。

雖然他努力以不間斷的高強度工作、嚴格的規範與刻意忘卻來抹除女兒的存在，明娜還是會經常發潔辛妲小時候的照片來。小小的黑髮女孩，抓著自己的小腳，或是到處抹顏料，或忙著追逐鴿子，這些照片連恩都是斜睇著眼睛看的，就跟看日蝕的時候一樣。他一直把這些照片存在手機裡，但他從來沒有列印出來。如今手機摔碎了，那些照片也不復存在。

她現在肯定已經三歲了。

這意味著她已經過了一千天沒有父親的生活。一千個日子，他大可滿手木頭碎片回家，但不能太多碎片，這樣他無法抱起女兒，無法舉高高，讓她觸摸到天花板。一千個早晨，他沒有辦法目睹女兒厚厚的睫毛像野花一樣綻放，一千個夜晚，他無法讀床邊故事給她聽，看著她的雙眼再次閉上。

連恩想起中島喬治曾經寫道，傳統的日本家庭會在女兒誕生後種下泡桐樹。這種樹長得很快，等到女兒成年，準備離家時，樹也可以砍掉收獲木材了。這種紋理清晰的漂亮木板會做成桐木櫃，成年的女兒會將和服裝在裡頭。為此，泡桐又稱為「女皇樹」，此刻連恩坦承，他這輩子犯下最可恥的錯誤就是沒有替女兒種下一棵泡桐樹。

他從工作褲裡抽出一根七公分長的木頭用螺絲，開始在身旁的混凝土地板上刻劃起來。他上一次不是在拼字協助且手機按一按的狀況下寫字是什麼時候的事了？他很仔細寫對字，且確定順序無誤。

為了減少錯誤，他言簡意賅：

我所有的一切都給潔辛妲、翠林。愛妳的，父親

他慢慢來，一遍又一遍用螺絲在地上刻得深一點，確保字跡清晰可讀。他希望「一切」能夠代表多一點，但他的一切只有微薄的現金積蓄、薩斯喀徹溫一處廢棄農地、一疊詩歌唱片、他的工具、他工作用的箱型車，全部湊一湊差不多有五萬塊吧。

在明娜最新的一則訊息裡，她提到潔辛妲非常聰慧，已經會認字母跟動物了，而她最喜歡的莫過於樹木，所以也許這筆錢可以用在她的教育上，雖然沒有女皇樹，但也不錯了。

他的第一個念頭是：我還沒有準備好要死。他低聲說出這句話，然後吶喊出來，語言在沒有地毯隔音及太多裝潢的偌大空間裡迴盪。聲音讓他覺得自己微不足道，沒比他手裡握著的螺絲重要或大上多少。之後，他腦海裡的大門一扇扇關起。他永遠不會知道，他媽跟恬璞在門廊上低語說的是什麼故事。他永遠不會再嚐到疼始康定苦苦的味道，或看著車床上的新鮮噴飛木屑，或聞到烘焙大黃派的香味。他再也不會跟母親一起開著她的露營車行動，或跟她一起漫步在高聳大樹之間。他再也聽不到明娜穿著睡衣在廚房拉大提琴的聲音。他永遠也感覺不到女兒溫暖地貼在他的胸膛。那則故事永遠無法完整訴說。

連恩明白，時間不是一根箭，不是一條路，時間沒有特定的方向，只是累積，身體的累積，

世界的累積，就跟樹木一樣。一層又一層，光明接續黑暗，每一層都仰賴著上一層，每一年都少不了上一年的存在。每一次成就與每一次災禍永遠記錄在結構上。他現在能夠坦白，他的生命永遠不會「乾淨」，永遠不會沒有缺點，永遠無法回收，因為已經長出來的東西，沒辦法不長出來，木已成舟，也覆水難收，不過，大家還是信任他所打造的作品，這樣已經很了不起了，雖然不夠，但他也只能帶著這種心情離開。

在隨之而來的昏暗與譫妄時分裡，他以模糊的想像場景安慰自己，有人坐在他打造的櫃檯邊喝咖啡，聊起、抱怨起他們所愛的人。他們靠在他的吧檯上，一杯接一杯，喝起啤酒，急切朝他人耳邊吐露心事。在一張他的桌子旁，坐著一位黑髮小女孩，她有濃密的睫毛，她的母親看著她吃起胡蘿蔔蛋糕，女孩沾染上泥巴的鞋子在身下晃啊晃的，而她開口聊起的卻是樹木。

2038

柳兒・羽林的才產

在起霧的週一早晨，小潔的朝聖者包含了以杜拜為根據地的太陽能板大亨、從僅剩拉斯維加斯地區來的名人主廚、兩名來自中國的青少女，瘦小得跟兩束稻草沒兩樣，以及多倫多楓葉曲棍球隊的全體成員。小潔的導覽已經走到一半，他們卻還沒問出任何問題，他們比以往的遊客更愛盯著手機看，小潔不怪他們，因為就連她也覺得自己的演講太無趣、一點也不啟發人心，也許是因為她昨晚又熬夜了。不過要是她不快點扭轉劣勢，朝聖者馬上就會給她惡評，要是她的平均評價低於三片葉子，大衛朵夫就別無選擇，只能辭退她。

「各位目前站在地球上生物量密度最高的土地上。」小潔重拾熱情，急切地想贏回觀眾。「每一棵樹都是細胞的完美交響樂，讓生物圈增色的壯麗也優雅的生物，值得用所有的神話、童話故事、神聖建築來歌頌它們，更別說拙劣的詩歌了。」她說，看到突如其然的玩笑話讓朝聖者的目光短暫從手機上移開，幾個人甚至露出微笑。她繼續說：「隨著時間過去，道格拉斯杉的側根會交織在一起，這是這些樹木與鄰居共享資源與化學武器的方法。在森林裡，沒有任何一棵樹是孤單的，事實上，森林更像一個大家族。」

最後這段關於家族的闡述似乎打動了他們（特別是曲棍球隊隊員）。小潔急著想繼續推進動力，帶領人群前往附近的水岸邊，刻意避開原始林結束之地，那裡接壤的是小島被火燒過的一半區域。她仔細解釋起水對生命的重要，因此引發了幾個小潔能夠輕鬆回答的疑問。當名人主廚說他血糖太低，再不進食就會暈倒的時候，小潔帶著朝聖者前往野餐區，他們的午餐已經上桌等著他們過來。大家大啖起手工瓷碗裡的豬肉燉豆子，小潔則狼吞虎嚥下一根燕麥棒。在眾人稍作休息時，她從口袋裡抽出那本紙本書，書本封面紫色斑點的熟悉裂痕立刻讓她平靜了下來，裝幀的地方似乎還是有細微的粉塵剝落，明明東西已經在她這擺了好幾個星期了。

雖然日誌扭曲的文字一開始小潔看不太懂，在嘗試兩週後，她終於讀完一遍。之後，她逐漸習慣扭來扭去的手寫字與過時的標點符號用法，第二次跟第三次只花了幾天時間就讀完。現在是她第十遍閱讀，她可以讀得很順利，彷彿是她寫的一樣。

日誌開頭雖然題詞寫到她的奶奶柳兒．翠林（還寫錯字），但這本日誌並不是出自奶奶之手，而是經濟大蕭條時期一位不知名的孕婦寫的。女人一直用「R．J．」描述給她地方住的有錢人，這個人同意在孩子出生後，領養孩子。雖然她大多寫些簡單的東西，在下雪的楓樹林散步啦，廚師替她準備的精緻餐點啦，交織在這些對於不同事物動人觀察之間的主要是她的恐懼。她擔心經濟永遠不會從崩盤後恢復，人類太短視近利，也自私，實在不值得活下來；她擔心黑色風暴會席捲她所在的區域，傷害她剛出生的孩子；她擔心R．J．，也擔心自己不取悅他，他就會毀了她；她害怕毫無意義、低薪資的清潔工作揮霍了她的智識才華。不過，雖然有這麼多恐懼，小潔卻發現她字裡行間還是透露著希望的低語。她似乎在說：**鼓起勇氣，世界不是沒有處在末日的邊緣過，永遠都會有沙塵暴等著吞噬我們。人類永遠掙扎受苦，妳的貧困並不丟臉，不能代表妳生而為人的失敗。生命的本質就很珍貴。妳的奮鬥努力不會白費。**

小潔跟日誌的作者一樣，明白何謂努力，何謂害怕，她怕她吹氣球般的學生貸款、直線墜落的森林嚮導評價，還有，她的生理期晚來了，她最近經常腹痛，她明明已經小心避開乳製品了，特別是晚餐圓頂帳篷聲名狼藉的奶油馬鈴薯濃湯。昨天，她問起另一位年輕的女性森林嚮導，她對大教堂配發的子宮避孕環有何了解，只知道這東西在第四年之後就會停止釋放賀爾蒙，小潔裝的就是這種古董，所以她大概必須坦承她跟柯賓．格朗共度的那夜似乎無意間造成了嚴重的後果，在她現有的各種煩惱上又添上意外懷孕。只不過她不能冒險請霍氏企業的醫生檢查，因為確定懷孕意味著她必須暫時離開小島，至少等到她將孩子生下之後才能回來。屆時她又得花錢請人照顧孩子，她才能回來工作，償還債務的計畫又會耽擱上好幾年。而且這些的前提是他們願意保留她的職位，而不是隨便找候補名單裡下一位躍躍欲試的森林嚮導人選遞補。

她最後的希望就是期待塞拉斯是對的，她的確是翠林島合法的繼承人。不過，不管他的計謀能否成功，至少她都有機會讀過這本日誌，以及由塞拉斯研究員準備的家族歷史索引卡片。她把這兩件物品擺在父親令人費解的傳家寶箱子之中，裡頭還有沒有標示的詩歌唱片、他的木作工具以及手套。在塞拉斯造訪前，研究一個人的家族歷史對小潔來說彷彿是自大狂的消遣，用來建立或支持他們自以為感知到的成就。她成長階段已經習慣不去諮詢家族的智慧，沒有故事好說，沒有共享的回憶，沒有遺產可以傳承，她這輩子都處在漂泊的狀態，跟一顆種籽一樣飄蕩。不過，現在她開始明白，有根的感覺非常美好。

「那邊那些樹呢？」有位曲棍球隊隊員說，此時小潔正領著他們用完餐後經過原始林。「看起來超大的。」

「噢。」小潔輕快地說：「那些樹跟早先看的一樣壯麗。」

在她首度於兩棵冷杉上看到咖啡色的針葉後，這幾個月來，她在下班後經常想去研究，但每次都被遊騎兵巡邏隊成員送回宿舍。一直到兩週前，她終於想辦法接觸到遭到感染的樹，她設定好雨量計，從周遭的樹附近採集了土壤樣本。而既然數據顯示雨量充足，周遭土壤充滿營養，唯一可能造成這種結果的原因就是生物性的了。不過，她沒有在組織上找到細菌病原體或真菌。她還是會在導覽時避開那些樹，免得觀察入微的朝聖者注意到轉褐的針葉，引發恐慌。

「不好意思，我們就是要來看那些又大又漂亮的樹，不是嗎？」一位中國女孩用太客氣的語調講話，還指著上帝中指。「那些是最大的樹？」

「我們要看。」跟她一起的同伴嚴肅地點點頭。

「好啊。」小潔說：「沒問題。」

小潔伴隨人群沿著樹皮覆蓋的小徑走去，她低著頭，看著自己的大腿在大教堂發的短褲上下起伏。她帶他們止步，她開始她的罐頭發言，還逼著自己不要往上看。「莎士比亞坐定位，沾溼鵝毛筆，開始動筆寫《哈姆雷特》時，這位此刻七十公尺的巨人已經有四十五公尺高了。」她盡量打起精神講話，另外的心思則檢視起生病的樹。轉為棕色的針葉沒有改變，但溼軟樹皮的範圍變大了，還影響到周遭五棵樹。似乎連上帝中指都無法倖免於難。她注意到這棵巨樹的樹皮有些已經脫落，露出充滿營養的形成層，那裡的組織光滑，顏色很黑，彷彿是狗狗的牙齦。再往上一點，北美黑啄木鳥已經在變軟的樹皮上敲了好幾個洞，那裡有很多甲蟲與螞蟻。小潔驚恐地了解到，樹木遭到掠奪了，彷彿歷史千年的博物館，重要文物都不翼而飛。

所幸朝聖者都沒注意到，在演講結束後，小潔連忙請他們回到小徑，她自己則採了點受到病害的上帝中指樣本。一分鐘後，她帶著噁心、沉重的感覺回到朝聖者的隊伍，他們則朝著別墅前進，每次呼吸時，她都感覺得到旋轉的立體球型焦慮阻擾著她的氣息，她盡力平息這種感覺。

她停下腳步，朝著後頸拍拍水，用雙手搓揉汗溼的臉，看著在樹上打架的兩隻渡鴉。她想起柯努說過的故事：在大凋落時期，靠近明尼蘇達州北部的地方，有天晚上好晚了，人們忽然聽到幾百個鈍物打上屋頂板的聲音。他們跑去屋外，看到各種尺寸的鳥兒從天而降，彷彿冰雹。後來他們才了解，這些鳥一連飛了好幾個月，想要找到可以築巢的樹木，找不到牠們就一直飛到體力不支為止。

不遑多讓

小潔在顯微鏡下觀察最新的樣本，她花了一個小時才看到重點。就算這樣，她也不確定自己看到了什麼，只是朦朧的細絲交織在上帝中指的木質部細胞裡，取代了通常形成結構的木質素。仔細檢視，還要等到她小心地替組織染色，她才認出這些細絲是新品種真菌的子實體，能在細胞壁之間存活。無論那是什麼，這種真菌都非常具有侵略性，要是樹木無法製造出足夠的單寧對抗，而真菌想辦法從邊材鑽進心木，那上帝中指就沒機會了。

小潔向後靠在椅子上，絕望流遍全身，她發出痛苦的嘆息。她害怕許久的事終於發生，島上的微氣候一直保護著大教堂的樹木不受大凋落影響，現在終於起了波動，樹木感覺到壓力，再也沒辦法抵禦這些入侵者。如果這種病害依循大凋落的其他真菌凋萎模型前進，整座島上的老樹，某些已經存活了幾千個春秋，統統都會死掉。

如果什麼時候該來杯波本威士忌，那肯定是現在了，結果小潔只是泡了一杯薄荷茶，將頭埋在佔據大部分員工宿舍地板空間雙人沙發的被毯裡。許久之後，有人敲起房門。她開門時，柯努站在門口，握起一瓶薄荷杜松子酒。

「潔辛妲，妳最近真忙。」他說，她請他進屋。「我想念我們夜晚的對話。妳知道，整座島上只有妳一個人精神正常。」

「抱歉，我不喝酒了。我最近也不太想社交。」她抱了他一下。「但我猜你會想來一杯。」

她替柯努倒了一杯杜松子酒，她自己則喝微溫的薄荷茶，然後，她指著顯微鏡。「那是我今天下午在上帝中指採集到的樣本。」

柯努用手指理了理鬍鬚，彎腰，瞇著一眼，用另一隻眼望向接目鏡。他看的時候，小潔說起了她首度注意到轉褐的針葉，且在導覽中看到溼軟的樹皮，她很抱歉她一直瞞著他。「但現在我需要你的協助。」她用無助緊繃的聲音講話。

柯努又看了一分鐘，面露難色，然後挺直身子，喝完杯中物。「我們得採取行動。」他的眼神相當篤定，炯炯有神。「今晚就得做點什麼，免得來不及，也許已經太遲了。」

「我們會跟大衛朵夫講。」她建議道，企圖用理論說服他平常的衝動。「管理階層會展開正式調查，他們會關閉大教堂，讓我們繼續檢測。」

「小潔，這些大企業的毒蛇只在乎保全自己的利益。」柯努不屑地說。「連聖誕樹在大衛朵夫手中都活不過二十六號，更別說管理這個世界上僅剩的最重要生物了。不，這些可憐的病樹必須立刻砍掉、燒掉，立刻行動。只有這樣才能阻止真菌蔓延，而我們得自己來。」

「現在？」小潔說：「柯努，遊騎兵巡邏隊會聽到我們的電鋸聲。」

「我們一起就辦得到。」柯努雙手搭著她的肩膀。

她覺得自己低下了頭，用顫抖的聲音說：「我不能失去這份工作。我深陷債務泥沼，而且我覺得我可能懷孕了，所以我們能不能暫緩行動，直到我們有更深入的理解再說？我們會繼續進行實驗，也許我們可以準備抗真菌劑。」她沒說她很怕被趕去本土大陸，就算柯努在她身邊也一樣。柯努早在大教堂成立時就來到此處，他完全不曉得風沙、風暴性大火、道德敗壞跟孩童的肋嘔症有多嚴重。

他遲疑了一下，腦袋似乎在運作，然後他伸手碰觸她的臉，嚴肅地點點頭。「小潔，妳現在有太多事要煩惱了。我可以理解。我們會繼續進行實驗，事成之後，我們會決定該採取何種恰當行為。」

說好後，兩人坐在沙發上閒聊了一會兒。不過，對話總是尷尬停滯，柯努的心不在這裡。奇怪的是他離開前又抱了小潔一下，他從來不會這樣。

隔天午餐時，她從管家那裡得知，柯努昨晚一離開她的宿舍後，就偷溜進維修棚，他強行進入，因此啟動了警報。他從裡頭拿出一把伐木用的長長電鋸，大步走進幽暗的樹林之中，像是要斬滅巨龍的騎士。不過在他甚至還沒有接近原始林之前，一群遊騎兵巡邏隊就衝了過去。他們拖著他經過朝聖者別墅，柯努開始長篇大論控訴起來，批評起大教堂荒謬與變態的本質，還說自己是「樹木展售員」，一舉一動都被兩名朝聖者用手機拍下，貼上網路了。

大衛朵夫的正義來得又快又狠。碼頭工人說柯努得知自己被驅逐出島時，一邊哭一邊扯自己的頭髮。遊騎兵巡邏隊將他跟所有的回收垃圾、廚餘扔上進一艘前往本島大陸的補給接駁船。他們甚至不讓他帶走他的紙本書，包括他鍾愛的林奈、繆爾首刷本，小潔在他們將他的書籍充公前連忙從架上救下這兩本書，之後他的其他物品直接付之一炬。

現在是週一一早，她醒了，躺在床上，聽著天亮前紅交嘴雀與暗眼燈草鵐偶爾出現的啁啾，她想用意志力阻止鬧鐘繼續前進的數字。她不確定自己撐不撐得過另一天令人麻痺的森林導覽工作，特別是她現在可能懷孕了，大教堂的樹可能都要死了，而她唯一的朋友不在了。

鬧鐘響時，小潔起身，昏沉地摸索起她掛制服的衣櫃。她在門內發現一張用筆記本內頁寫的字條。這肯定是柯努那天留的，她途中前往廁所，查看生理期到底來了沒，上頭寫著：

它們站立，它們伸手，它們攀爬，它們飢渴，它們落葉，它們倒下。小潔，妳看到了嗎？我們用我們的動詞讓它們變成人，但我們其實辦不到，因為它們比我們好太多了。它們是我們的國王與皇后（畢竟我們賦予它們樹「冠」，是吧？）而它們是我們這個世界上最接近神祇之物。

而妳，潔辛妲、翠林，也不遑多讓。柯努

血緣關係

四天後，小潔聽維修人員說，「她的律師」朋友回到大教堂了。塞拉斯邀請她那晚來十二號別墅喝一杯，也就是她與柯賓．格朗共度春宵的那一間。小潔披上朝聖者的偽裝，在樹木的掩護下，偷溜進別墅。

塞拉斯在門口向她燦笑打招呼，他的正裝襯衫沒紮進去。「我上次忘了說，這是妳曾祖父哈利斯．翠林蓋的。」他帶著她進屋。「這裡是翠林島上首座永久的建築，據說是打造來當自己與情人的度假屋，他的情人是他的員工，名叫菲尼，但這一切在我的研究中都無法證實。之後霍氏企業將木屋重新翻修，聽說重建工作包括從無價的木頭橫梁上拔出好幾顆大口徑的子彈。」

雖然「哈利斯．翠林」這個名字聽起來還是很陌生，小潔卻允許自己感覺到一絲自豪，她再次檢視起木屋的做工，細緻的蜂蜜色冷杉梁柱，擺紙本書的書架，還有與森林合而為一的感覺。

「抱歉我這次沒有預約私人行程。」塞拉斯說：「但我想我們最好在沒有自然美景分心的狀況下談這件事。」

他在廚房中島倒了兩杯有如黑莓汁的酒，拿到茶几這邊來。她感覺杯子與自己的嘴唇之間似乎存在某種磁鐵的吸引力，但她還是沒碰。她反而坐在沙發上，從口袋中抽出日誌，放在茶几上。

「所以妳還是看了？」塞拉斯問。

「看了。」她稀鬆平常地點點頭，不肯透露出這本書對她來說代表多少意義，其中的深意已經生根。「但我懷疑你有沒有看過，因為這顯然不是出自我奶奶之手。」

塞拉斯露出尷尬的笑容，她想起他很不喜歡聽人家說他錯了。「我沒講過這種話！」他不太有自信地開起玩笑。「不過，妳現在已經熟悉日誌裡的內容了，我就告訴妳，這東西是怎麼流落到我手上的。我們事務所專門處理無遺囑死者的訴訟，卡在信託帳戶裡多年未解的不動產、沒人領的遺產，因此，我們經常向私人收藏家收購罕見紙本書，日誌啦，帳本啦，日記之類的東西。這本書在六〇年代就來到我們事務所，早在我出生之前，來自一位北達科塔州的罕見書籍收藏家，他則是從一位農人那裡買到的，農人說他在自己的小麥田找到的。事實上，這本書被人發現的時候就書面朝下攤開在地上，彷彿哪個工人看到一半就扔在那兒一樣。一開始買到這本日誌的收藏家以為這是一本小說，《瓶中美人》的前輩之作。在我們事務所買下後，日誌一直放在我們的藏書裡，長達好幾十年。雖然兩千年時數位化了，但封面內頁上寫錯的奶奶名字並沒有啟動我們的搜尋運算法機制，這個名字的重要性高於『翠林』或『霍特』。一直到去年，我帶的一位實習生，他在清點事務所的財產時，發現這個東西與妳的奶奶有關。雖然提名是在整本日誌寫完後才加上去的，進一步分析告訴我們，這本日誌是在新布藍茲維省的聖約翰寫的，我們因此懷疑起裡頭提到的R．J．應該就是霍氏企業的創始人R．J．霍特。不過，在沒有任何活人能夠連結確切證據的狀況下，調查也就陷入泥沼。」

「只不過，之後這本日誌就與『這個』結合了。」他一邊說，一邊拿起看起來能夠抵擋子彈的碳纖維公事包。他抽出一個窄窄的布面裝訂盒子，一側是開口，他把東西緊放在日誌旁邊。

「然後事情變得很有趣。」

他翻到側脊讓小潔看上頭的字：

尤芬米雅．巴斯特的私密想法與作為

小潔終於了解女人的姓名，激動的感覺油然而生。

「這個硬書殼就是我上次提到的失落拼圖碎片。」他繼續說：「我們成功從一位業餘收藏家哈維．羅麥斯三世手裡借來，多年來，他想追蹤他的祖父老哈維．羅麥斯的下落，老哈維曾是R．J．霍特的司機，之後他差不多在一九三五年莫名失蹤。哈維三世畢生目標就是找到他的爺爺，後來讓他成了蒐集溫哥華貧民窟旅社文物的專家，兩千年早期的套房浪潮下，那個地區翻新、中產化了。」

「現在他是日誌的所有人嗎？」小潔問，她已經想急著將日誌安然抓回手裡。「這個哈維・羅麥斯三世？」

「他是硬書殼的所有人，但這本日誌還是我們事務所的財產。不過我們跟羅麥斯先生達成共識，為了以防萬一，我們會給他相應的賠償，畢竟這是很重要的拼圖。」

「你所謂的『以防萬一』就我看來，希望也太渺茫了，就算有書殼也一樣。」小潔狐疑地說。

「哎啊，真正有趣的來了。正式紀錄說明在一九三五年的春天，也差不多是在這個時候，老哈維・羅麥斯失蹤，R・J・霍特的女嬰被妳曾祖父的弟弟艾弗烈・翠林從豪宅綁架，艾弗烈是知名的流浪漢與罪犯，據說他是一戰的退伍老兵，但完全沒有他服役的資料。在他勒索贖金無果後，執法人員逼進，這些法院都有資料，艾弗烈就帶著孩子躲在他哥的私人島嶼上，就在這棟木屋裡。他與騎警交火槍戰，所以房子裡才會有子彈，他遭到抓獲，後來坦承將孩子棄屍在樹林之中，他因此坐牢三十八年。」

「真迷人。」小潔說：「難怪大教堂死也不把小島的歷史印在手冊裡，但你說『正式紀錄』，非正式的又怎麼說？」

「在我們仔細檢視下，整個故事漏洞百出。R・J・霍特是知名慈善家，我們找不到任何確切證據，證實他與他的髮妻生過孩子。近一步挖掘後，我的同事發現一位名為尤芬米雅・巴斯特的女性曾在霍特的銀行擔任清潔工。我們相信兩人有染，巴斯特小姐才因此有了身孕，他們協商由霍特領養孩子。不過孩子在醫院沒有出生紀錄，沒多久，巴斯特小姐的屍首出現在霍特土地的樹林裡，死因列為自殺，只不過沒有展開正式的調查，我們猜測也許是因為霍特的影響力很大。」

淚水讓小潔雙眼朦朧。不知為何，聽到尤芬米雅也許走上自殺一途，這個消息像斧頭一樣劈向她。她在最後一篇日記裡寫得那麼有希望，那麼有生命力，期待著未來。

塞拉斯無視整個故事對小潔情緒的影響，繼續說下去。「巧的是，她過世這年，妳的曾祖父哈利斯．翠林也跟他偏僻伐木營裡的一位不知名洗衣婦生下妳的奶奶柳兒．翠林。根據可靠傳聞，哈利斯是同性戀，我們團隊也調閱出柳兒的出生證明，發現有造假的痕跡，包括跟卑詩省當年其他出生證明的紙質、字體都不一樣。我們因此懷疑，這個孩子根本不是哈利斯．翠林的孩子，而是艾弗烈綁架、號稱棄屍在樹林裡的霍特嬰孩。我們相信哈利斯．翠林後來偷偷領養這個孩子，假裝是他與分娩時死去的洗衣婦生的孩子。」

「那為什麼艾弗烈．翠林要說自己殺了孩子，為自己沒犯的錯，坐牢將近四十年？」

「唯一的解釋是據說艾弗烈不識字，還有嚴重的戰爭創傷，他有錢的哥哥冷血無情，想要一個孩子傳承遺產，因此哄騙腦袋簡單的弟弟替他弄個孩子回來。」

「如你所言，我尊貴的翠林家族先人是流浪漢、森林殺手、生態恐怖分子、奴隸販子、綁架犯，但不是殺嬰凶手。太棒了，塞拉斯，如你所言，我現在『有故事好說』，感覺真的超級棒。」

「小潔，這一切比妳想像得還要重要。如果這個理論成真，妳的奶奶柳兒．翠林真的是R．J．霍特的親生女兒，無論是否為私生女，這都意味著我們有理由證明妳與霍特家族的血緣關係。妳看看，R．J．霍特的妻子、手足都比他早死，他沒有任何親屬。他過世時進行的族譜研究沒有找到任何在世的繼承人，之後就由新布藍茲維省的信託控制著他無人繼承的財產。」

「所以呢？」她逐漸不耐。

「所以我們要做的就是提出妳對死者血緣關係的法律異議。」他說：「當然，我們必須向法官確認這層關聯，但日誌跟書殼結合，就能當作證據，我們的案子贏面很大。一旦妳成為財產的繼承人，還有一堆相關的分紅與信託，這些資產都在政府帳戶下孳息多年，這些都會屬於妳。小潔，妳的債務會成為過去式，妳就自由了。」

忽然間，曾祖父的木屋感覺壓抑狹窄，她的雙眼深處開始隱隱作痛。「我甚至還在習慣有家人的感覺。」她從沙發上起身。「現在你卻用這些資訊來疲勞轟炸。塞拉斯，有點太超過了。我需要走一走，釐清頭緒。」

「如果成功。」他起身站在她身邊，握住她的手。「加上難以想像的財富，妳也能得到控制霍氏企業的多數股權，公司已經群龍無首多年。當然，董事會肯定會抗爭，但他們也會同意強而有力的領導人物能夠加強公司長期的穩定性。再說，妳的學歷非常加分，光是妳的姓氏就能替霍氏企業的環境娛樂資產增加真實性。妳能做的不只是還清負債，小潔，妳會成為翠林島的主人，妳可以愛怎樣就怎樣，也許還能拯救這座島。」

「拯救什麼？」她狐疑地問。她懷疑柯努最後一次胡言亂語時，用真菌驚動了管理高層，或著他們可能相信了他的說法。柯努遭到驅逐後這幾天，小潔每天下午會偷偷將她製作的抗真菌劑塗在染病的樹上，但目前沒有什麼改善。

「不要進一步的開發啊。」塞拉斯說：「遭到朝聖者、大凋落、我這種人的破壞。妳可以讓資源分配得更公平，建立合格的實驗室，妳可以重拾研究。小潔，我知道這一切對妳來說有多重要。妳就想想，如果這一切都是妳的，那會是多麼重要的事。」

「但如果計畫失敗，我們無法得到申討財產呢？我懷疑在我實施這種策略之後，霍氏企業還會不會讓我待在島上。他們會驅逐我。」

「小潔，這種事我幹了一輩子。」塞拉斯用雙手牽起她的手，用哀求的大眼睛望著她。「而我跟妳一樣，對於自己在做的事情都很在行。」

「我會考慮。」她放下他的手，朝門口走去。

「還有什麼好考慮的？」他跟著她過去。「妳知道霍氏企業掌控這個世界多少東西嗎？上次的估值是兩兆，包括觀光業、保全業、消防事業、太陽能、採礦、淡水、資源、研發，甚至還有氣喘藥物。妳再也不用扮演高貴無私的科學家了，有這種財產真的不用。」

再也不用背負讓人喘不過氣來的債務，對付真菌的可能解藥，讓肚子疑似懷上的孩子擁有前景的未來，還有實驗室。「我說我會考慮一下，同一時間，我要帶走這個。」小潔跑回去抓起茶几上還在書殼裡的日誌。

「我不確定事務所喜歡這樣。」塞拉斯簡潔地說。

「這個嘛，我需要再看一下，才能做出最後的決定。」

他露出痛苦的扭曲神情，忽然間，她明白這本書到底有多珍貴。然後他舉起雙手，以示投降。「行，拿走。」他勉強擠出笑臉。「我比任何人都知道不該逼妳。上次我逼妳，妳就跑去烏特勒支，還封鎖我的號碼。」

「我還有一個問題。」她在別墅門口開口。「你為什麼要做這些事？研究？投資時間進去？為了錢？」

「對，呃，一部分是為了錢啦。我坦承我們事務所會賺錢，但妳會得到跟海洋一樣的財富。而妳也能理解，讓霍氏企業這種公司開心，對我們事務所長期來說也是好事一件。」

「我還以為你是來幫我的。」

「小潔，我就是在幫妳。生活的環境每況愈下，就連加拿大也不是昔日的綠洲了。要是連這座大教堂都淪陷，妳被迫得跟其他人一起去龍蛇混雜的地方，日曬嚴重，沒有樹，在風沙下咳個不停。我不想看到那種事發生。我們已經無力改變世界，但如果我們聰明，也許能夠保存世界的精華。而說到保育，還有誰比妳更適合？所以，想想再跟我說吧，我在這裡預定了一個禮拜，我的大門永遠敞開。」

樹木娛樂事業

隔天晚餐吃到一半，大衛朵夫就找小潔去他的辦公室，他用嚴厲憤怒的語氣責備起過去一個月，朝聖者在網路上對她的大量抱怨。「據說妳在導覽期間，刻意略過某些原始樹林區域，還會對大教堂的自然景色講些混亂、缺乏熱情的話。」

「還有。」他搖搖頭繼續說，閉上他黯淡的雙眼。「昨晚保全人員看到妳在下班後離開別墅，還是第十二號別墅。」

小潔想要大吼著說：我的曾祖父哈利斯·翠林蓋了那間木屋，所以我想去就去。結果，她反而說：「抱歉，長官。我是跟霍氏企業的代表見面，我忘了要先——」

「小潔，我知道是公司的律師找你過去，所以我不會因此懲罰妳。不過，從今以後，如果他想見妳，他就得跟其他人一樣預約私人行程，懂了嗎？」

她點點頭，準備起身。

「但還沒完。」他露出嚴肅的神情，示意要她繼續坐著。「妳的網路好評現在已經正式掉到三片葉子之下，所以我需要妳提出我為什麼不辭退妳的好理由。」

小潔感覺到自己緊閉雙眼。「長官，我最近有家庭問題。」

大衛朵夫下垂的臉意外流露同情的神色。「小潔，除了擁有信託基金的年輕森林嚮導外，大教堂裡的員工都會請我們將一大筆薪資轉給他們住在世界各地的家人，只有妳跟柯努沒這麼做。我很抱歉，但事實是妳在外頭沒有任何親人。聽著，我知道妳跟德國人很好，說真的我也不想趕他走，但是他搞的把戲，他自找的。不過，他的離去跟妳是否提供品質低落的行程沒有關係，所以我要更好的解釋，不然妳就得考慮加入他的行列了。」

她一度幻想起自己坐在大衛朵夫桌子後方的網背辦公椅上。首先，她會關閉大教堂，請朝聖者回家，讓健行步道恢復生機，這樣森林才能復甦。然後，她會帶著孩子住進十二號別墅。身為翠林島的管家，她會重拾承諾，研究且保護樹木。再也不用強制跟朝聖者拍照，再也不用回答他們瘋狂的問題。再也不用對霍氏企業給她的工作機會與狹小員工宿舍感恩戴德。她會再次成為自己的主宰，跟朝聖者一樣，擁有真實、可以達成的希望與夢想。而且，最重要的是她會在這間辦公室裡建立實驗室，將柯努請回來，同時召集全世界最頂尖的樹木學家團隊，一同研究出能夠抵禦大凋落的解藥，不只拯救島上的樹，還要拯救其他地方的樹。

「還記得我跟你說，我在幾棵道格拉斯杉上看到針葉轉褐，很不尋常嗎？」她的幻想讓她有了勇氣。「你讓我登記借用研究設備那次？沒錯，那是真菌，我沒見過的真菌。現在有更多樹木感染了，總共有五棵，包括島上最大的樹。那就是我在導覽時避開的區域，擔心朝聖者會注意到。」

大衛朵夫與她對視，臉都刷白了。他說：「而這可能跟大凋落有關？」

「根據目前的流行病學病徵看來，我相信有關。」

他皺起眉頭，用手按摩起厚厚的臉頰肉。「妳建議我們該怎麼做？」

「我已經試過抗真菌劑，但完全沒用。我們唯一的選項是砍掉患病的樹，燒掉。立刻行動。這就是柯努想做的，而他是對的。只有這樣我們才能阻止真菌擴散，或至少減緩真菌擴散到整座島的速度。」

大衛朵夫大笑起來，然後他就坐在那裡看著她，眨了幾下眼睛，看起來相當驚恐。「小潔，翠林樹木大教堂是樹木『娛樂』事業。你能想像公司會怎麼說嗎？電鋸在早餐時間隆隆作響？大教堂工作人員樂意砍下且燃燒古老的樹木，只因為某些針葉變成咖啡色、樹皮脫落？同時朝聖者還用手機在一旁拍攝？那會引發公關災難。我們必須清空度假村，我們說的是失去幾百萬的營收。公司會釘死我們。」

「要是我們不這麼做，也許五年內就什麼也不剩了。」她說。

她的主管靜坐了好一會兒，盯著桌上的筆。「妳知道。」他用分享祕密的語氣開口，聽起來沙啞，充滿情感。「我有兩個年幼的女兒，九歲跟五歲，在老家奧克拉荷馬州。那裡的風沙會從窗沿跟門下吹進屋，無論我太太做什麼都沒有用。我的兩個女兒嚴重氣喘，每天都要打類固醇，光是藥物就得花上我半數的薪水。雖然我來加拿大多年，但我負擔不起讓她們一道來的簽證費用。別誤會了，小潔，如果我們跟總公司提這個真菌，我們會一起丟掉工作，那時我不知道我的女兒該怎麼辦。所以我們要做的就是別把這件事說出去，我們會度過這個難關。跟妳說的一樣，這玩意兒散播的速度很慢，五年已經是很長的時間了。誰知道那時大教堂是否依然存在？妳得同意保守祕密，不然我現在就驅逐妳，懂了嗎？」

「長官，完全明白。」她說，然後大衛朵夫要她出去。

小潔在昏暗的樹林裡朝宿舍前進，她的思緒盤旋在她唯一的選項上，那就是在塞拉斯的協助下，成為翠林島的所有人。不過，她一直想起尤芬米雅提過多次的這位神祕訪客，一位她稱為「ＨＢＬ」的笨重大個男人。她喜歡他，這個男人在她懷孕時經常造訪，帶書本及她想吃的特殊醃菜來，也只有這個人鼓勵她成為作家。

所以，小潔心想，在這個ＨＢＬ也可能是她的曾祖父的狀況下，塞拉斯怎麼能確定她跟Ｒ．Ｊ．霍特有血緣關係？她又翻起日誌，發現塞拉斯是以律師的角度檢視尤芬米雅的日誌，只忙著尋找見縫插針的機會，以及能夠下手的文字，眼裡只有利益的他完全沒有察覺到她字裡行間的複雜情節與湧動暗流？不過，小潔現在別無選擇，只能配合演出，不管她信不信自己跟Ｒ．Ｊ．霍特有無血緣關係，那都不重要了。

就在她下定決心後，想到要擺脫父親的姓氏卻讓她意外覺得心裡隱隱作痛。這兩個字讓她不自在了一輩子，跟先前姓這個姓氏的人沒有任何連結，大教堂的同事將這個姓氏視為家道中落的象徵。不過，她會咬著牙，拋下這個姓氏，改姓霍特，得到這座島嶼上頭的樹。只是在她腦海深處，她曉得誰都不可能成為這些樹木真正的主人。

清理灌木

天底下最寧靜的莫過於古樹了。

它講求敬意，就跟走鋼索的人會讓下方的觀眾安靜，就跟不信上帝的人冒險闖進教堂也能得到安撫一樣。此時站在上帝中指底部的小潔．翠林將好速耐的電動鏈鋸從橘色的塑膠盒裡取出，彷彿在作夢，她想像起母親拿中提琴的模樣，父親取出高級木作工具的模樣。她在做研究的日子裡經常用鏈鋸，在瑞典北部取得核心樣本啦，在安大略省本部砍掉被火燒過的黑雲杉啦，但她從來沒有砍過如此巨大的樹木，特別是她自己一個人行動。

這天早上，小潔前往維修棚，發現大衛朵夫還沒封鎖她借用工具的權限。她簽了名，找到鏈鋸以及其他砍樹設備後，她在「使用目的」的標籤欄位上寫下：「清理灌木」。

上帝中指高達七十公尺，底部將近四公尺寬，她曾祖父哈利斯．翠林需要一小支軍隊才能砍下這樹。如果他們用手砍，他們得先在樹幹上插入踏板，然後用銳利的雙刃伐木斧砍上好幾天。不過，今天有現代科技的奇蹟，小潔跟鏈鋸頂多只要三十分鐘就能搞定。這算不算進步？她說不準。

今天是星期天，她休息的日子，也是唯一一天朝聖者不會踏進原始林的日子。星期天也是大教堂場地維護人員啟動幾十臺吹葉機，將一個禮拜在園區掉得滿滿的杉樹針葉吹掉的日子，有那麼多引擎一起隆隆啟動，希望遊騎兵巡邏隊不會聽到小潔在樹林裡忙什麼。不過，她動作還是得快點。

昨晚，她的生理期遲到，但總算來了，她有點鬆口氣，卻又沮喪這個殘破的世界不會有新的翠林家族成員出現，於是聖三位一體還是小潔、樹木，以及她的債務，永遠如此。也許債務是她最接近家人的東西，只有這個存在會關心她的行蹤狀況，始終伴隨著她。不過，如果對未來能夠抱持希望，她就不能跟大衛朵夫建議的一樣：躲起來，得到保障與工作，她也不能耗上幾年，等待塞拉斯的詭計在法院展開。柯努說得沒錯，必須採取行動。就算這麼做只是在大凋落奪走大教堂所有的樹木前，稍微爭取多一點時間也好。

小潔再次拋下了一切，選擇了樹。

上帝中指寬廣的根基支持著其城堡扶壁般的巨大樹幹，因此如果小潔想要成功砍樹的話，她需要從上面樹幹比較窄細的位置著手。她戴上父親沒用過的工作手套，剛好很適合這種任務，她拿出榔頭，在距離地面一百二十公分處敲進鐵製尖釘，在樹幹上製造出她能踩的立足之處。每敲進一處，幾百隻甲蟲跟巨山蟻就從啄木鳥在樹上打的孔洞中鑽出。雖然上帝中指努力闔上傷口，在遭到入侵之處長出樹皮組織，但真菌擴散速度很快，已經侵蝕了形成層，一口咬進層疊心木的深處。現在累積幾個世紀的纖維素、木質素都會從內部遭到吞噬，雖然這棵樹還能再挺立一陣子，但也活不久了。

她踩在兩個尖釘上，啟動鏈鋸，拉動兩下，機器才啟動，跟美洲豹一樣怒吼起來，讓她手臂跟著震動麻痺，連臼齒都顫動不已。她啟動機器，將長長的鋸子貼上樹木。她讓模糊的鏈鋸切進長著青苔的樹皮前，差點道起歉來。她內心的科學家知道，她一旦劃了進去，這棵注定死亡的樹就會開始將自身豐富的化學物質透過土壤轉移給附近的鄰居。其中都是珍貴的殺蟲及抗真菌化合物，還有氮跟磷，透過森林共享的真菌網路捐贈出去，有點像是留下了傳家之寶，也是「遺產」這個詞最大愛、最純粹的善終之舉。

她喃喃自語：*這棵樹比我思考的語言還要古老*，然後她看著鋸子劈進樹皮之間差不多三十公分厚的地方。她切出約莫是野餐桌尺寸的木頭，露出因為真菌感染，潮溼轉黑的木頭，裡頭滿滿都是蟲。她迴轉鏈鋸，將鋸子對準樹幹，一路鋸到能夠探進最深的地方。機器吶喊時，暴風雪般的木屑噴到她臉上。她用盡全身力氣才讓沉重的機器不要從她手中彈開。又鋸了兩下，她關掉鋸子，用她的大錘敲掉樹幹上的木頭，形狀有點像小小的獨木舟。她向後靠，欣賞起她的成果，發現樹木彷彿露出了大大的笑容。「你很愛開玩笑，對吧？」她讚嘆起暴露出來的心木，上頭有幾百圈複雜的年輪。

不過，如果她對著笑顏繼續切割，樹木會屈服，鉗住鏈鋸，鋸子可能會回彈，順便劈了她。所以她小心翼翼踩著環繞樹幹的尖釘到背面去，她要進行砍樹的最後步驟了，只留下這個切口與前面笑臉之間薄薄一層木頭。她在新的開口上敲進塑膠伐木楔，敲了好幾塊進去，每一塊都比上一塊還要大，她抬頭看著大樹的針葉樹冠顫動起來，距離林地二十層樓高，在她上方搖搖欲墜的是高達四百噸重的木頭，全都從一顆近乎沒有重量的種籽長成。

「好了，親愛的。」她說：「你病了，是時候該躺下了。」

她將最後一塊，也是最大的伐木楔敲進開口，立刻出現的是喀啦斷裂聲，整棵樹顫抖起來，彷彿是剛從池塘裡爬出來的小狗。樹以痛苦的緩慢速度朝著前方的微笑開口倒下，她聽到長長的木頭纖維扯動，然後整個樹幹發出一連串尖銳刺耳的聲音，彷彿吉他弦的斷裂。她跳到地面，退後，大樹開始迅速壓過周遭的樹木枝葉。倒地時，力道有如彗星撞擊，靴下地面隆隆作響，她差點站不穩。頭上的氣流呼嘯而過，將她的頭髮噴到眼睛上。在樹終於倒下後，針葉與樹枝在林間整整飄落了一分鐘。

一連串的東西落下後，接著是她從未體驗過的寂靜。宛如倒下的樹吞噬了所有的聲音，她感覺好像有什麼重要的事情發生，而一整個時代結束了。這種感覺過去後，她爬上新砍出來的樹樁，喘著大氣。她還有四棵樹要砍，但她的雙手已經瘦到舉不起來了。樹樁非常巨大，她可以躺在中央，跟海星一樣伸展四肢，還碰不到最外層的年輪。

她稍作休息，喝起水來，然後爬到樹樁邊緣，脫掉手套，輕撫這棵樹一千兩百圈的年輪，年輪上溼溼的，是跟焦油一樣濃稠的樹汁。她看著這年的生長狀況，形成層，然後開始往內數到她首度來到大教堂那一年，這時距離邊緣還不到二點五公分呢。接著，她找到大凋落開始的那一年，然後是她讀完博士那一年。隨後，她在另一個二點五公分外找到母親過世那年、父親過世那年。她找到自己出生那年。根據塞拉斯研究員的資料，她找到了她奶奶柳兒跟艾弗烈．翠林一起過世的那一年。最後是哈利斯．翠林死亡的時候。她跨過了一九三〇年代的乾旱，很明顯，因為有五圈比周遭還要深色的年輪，直到她找到大火吞噬翠林島的焦黑線條，那也是柳兒出生的時候，同年尤芬米雅．巴斯特寫下最後一篇日誌。小潔在此打住，她甚至才從邊緣往內找了二十公分而已，距離中心差不多還有一百八十公分呢。

就算一棵樹在其最活躍的時刻，約莫也只有百分之十，也就是最外層年輪的邊材稱得上是「活著」。心木裡的年輪基本上都死了，只是一年一年強化木質素累積起來的纖維素罷了，期間的乾旱、風暴、疾病、壓力，樹木所活著撐過的一切，統統保留在它的軀體上。每棵樹都背負著它的歷史，以及先祖的遺骸。而因為遇上了那本日誌，小潔有了新的認知，她的生命也是由在她之前包裹的生命與看不見的層次堆疊起來，透過一連串的罪行與奇蹟、意外與選擇、犧牲與錯誤，一切的一切都落在她這具肉體上，支持她走到這一天。

她一直默默相信人生在世的所作所為都會記錄在某個地方，能否讀取並不重要。只要知道紀錄留下來就已足夠，也許，她在這棵樹椿上找到了她要的紀錄。

準備要砍掉下一棵患病的樹時，她注意到樹樁北邊有一棵道格拉斯杉的樹苗，很可能是她剛剛砍掉的巨人子嗣。小潔捧起小樹苗與泥土，將其種在最有機會的位置，也就是在近乎千年之後，林地中央終於有塊首度照到陽光的空地，多虧上帝中指離開了原本的天蓬，現在這裡有了開口。小潔一度靜靜站在原地，想像這棵小樹苗會長得多麼巨大，差不多也就是五百年左右的事。

「祝你好運。」她說。

小潔穿著滿是木屑的森林嚮導制服抵達十二號別墅。她敲門沒人應，發現門沒鎖。她進屋聽到塞拉斯在淋浴間哼歌，便在沙發上等他。休息時，她發現自己依舊顫抖，鏈鋸的震動不知怎麼地卡在她的關節與神經之中。她砍下了剩下四棵樹，將它們留在原地，因為大教堂工作人員發現之後，肯定會將它們肢解，拿去燒掉，主要是不要讓朝聖者看到這種場景，會造成創傷。不過，大火還是會殲滅真菌，至少，希望如此。不過，她離開時聽到樹林裡的吆喝聲，這意味著遊騎兵巡邏隊肯定聽到了鏈鋸聲，或感覺到樹倒時的震動。他們無疑會搜索起大教堂造成混亂的原因，他們看到她留下的樹樁與鏈鋸，只要一查租借紀錄就會知道凶手是她。她實在沒有多少時間。

小潔走向廚房中島，給自己倒了好大一杯波本威士忌。在幾個禮拜滴酒不沾的懷孕假警報後，酒精輕易滑進她的喉嚨。她看到塞拉斯的手機放在檯面，差點拿起來。她想打電話給柯努，告訴他，她完成了他想幹的事，現在島上的樹至少有一點機會了，但她實在不曉得他人在哪。

塞拉斯終於披著大教堂品牌的浴袍從浴室走出來時，她醉醺醺地說：「塞拉斯，說實話，他們會搞基因鑑定，對不對？」

他一度瞪大雙眼，驚嚇過後，才說：「我們提出檔案後，妳可能要出席親屬關係聽證會，只是形式，但法官可能會要求基因鑑定。不過呢，老R．J．沒有先見之明，沒有事先留下任何基因樣本，所以沒有東西可以跟妳比對。我可以向你保證，我們法律團隊絕對不會允許妳接受任何過度且入侵的基因樣本鑑定。」

「塞拉斯，我不是霍特家族的人。」她又喝了好大一口酒。「實際看過那本日誌的人都能告訴你這點。」

「我其實不在乎妳是霍特家人，還是翠林後代，或首相的表妹。我們要面對的不是刑事犯罪法庭。我們要做的只是證明妳『可能』是R．J．霍特的後代即可。只要有足夠的模糊性就夠了，我期待我們神奇的日誌可以製造出這種模糊性。這個年頭，只要一本真正的紙本書幾乎就能說服別人相信一切。」

「如果R．J．風流成性。」她繼續說：「你們怎麼沒有找到其他的『意外』？他跟他老婆怎麼沒有孩子？他們肯定試過。他那種人會想要繼承人，再說，有他以外的人造訪尤芬米雅。」

「我以為科學家要屏除偏見。」他將波本威士忌的酒瓶放到她拿不到的地方。「對，尤芬米雅提到別的訪客，包括這個HBL。我們不要雞蛋裡挑骨頭，急著下任何結論。然後妳為什麼滿身都是木屑？」

「我砍掉了幾棵生病的樹。」她說，然後一口喝完杯中物，伸手將酒瓶抓來，又倒了一杯。

「不得不砍。」

他皺起眉頭，但露出不受影響的神情。「我相信妳有理由砍樹，妳是專家。好了，我不是來給妳施壓的。如果妳還沒準備好進行這一切，只要把日誌還我，等妳想要開始的時候，打通電話跟我說一聲就行。妳把東西帶來了，對吧？」塞拉斯給她一個淺淺僵硬的驚恐微笑，彷彿是有人替他拍了一張他不想拍的照片。他伸出柔軟的手，要取回日誌，彷彿是她欠他的一樣，彷彿相較於小潔，那本東西對他與他事務所更加重要一樣。

威士忌讓小潔醉醺醺的，事情一件一件發展得太快。大衛朵夫知道小潔來過十二號別墅找塞拉斯，遊騎兵巡邏隊隨時會闖進。不過，至少她有辦法不讓塞拉斯這種禿鷲染指尤芬米雅的日誌。她望著他的雙眼，投下另一枚震撼彈，冷冷地說：「我今早把日誌燒了。」

他嘴後的肌肉連續抽動起來，兩片紅暈出現在他的脖子上。「妳什麼？」

「那是我的，我可以燒。」

「包括——」他走向沙發，開始繞著踱步。「——書殼？」

她點點頭，然後露出緊張的笑聲，就一聲，她驚覺這笑聽起來有點瘋。就一位擅長適應環境、態度沉著、信念能夠隨著瞬息萬變世界改變的人而言，塞拉斯慌了。

「好，妳燒了，妳把它燒了？」他用雙手搓揉臉頰，然後大吼：「好比說全部燒了？」

「燒成灰燼了。」她說。

「好。」他一邊說，一邊踱步，雙手還忙著解開又重綁浴袍的帶子。「沒關係，他媽的當然有關係！」他再次咆哮起來。「但事情還是發生了。我們有掃描的檔案，公證人都公證過了，但，小潔，這對我們的案子還是有嚴重的影響。畢竟前景並不看好。而就私人層面來說，我很受傷，因為我們有過一段情，我是鋌而走險將日誌託付給妳。我不曉得我跟事務所回報時，他們會有什麼反應。如果要進一步訴訟，我大概沒有辦法繼續護著妳，說實話，我也不確定我想繼續護著妳。」

「塞拉斯，上頭的字明確寫著『柳兒．羽林的才產』，你掃描的檔案裡也是這麼說的。這意味著，法律上來說，東西是我的。如果你們事務所有意見，大可告我，老娘錢最多了。」她嘲諷地說，放下空酒杯。

聽到這裡，塞拉斯似乎把持住了情緒，開始用虛偽的家長同情口問講話，她一直很討厭這種語氣。「小潔，妳今天過得很辛苦，喝了太多。這一切可以明天再搞定。」他走去廚房，從中島檯面上拿起手機。「來，我請他們準備別墅的客房。」他點起螢幕，她偷偷溜到她身後，看到他是打算按下呼叫遊騎兵巡邏隊的緊急按鈕。

她從他手中拍掉手機，手機掉在磁磚地板上。她用靴子鞋跟重重踩在螢幕上，接著朝大門走去。這是小潔．翠林最後一次，為了樹而拋下塞拉斯。

大教堂的財產

隔天早上黎明時分，他們在一處倒地滋養其他樹木的哺養木後頭找到了她，旁邊就是員工宿舍附近被火燒過、因而沒有那麼壯碩的樹林。她臉上黏滿掉落的雪松針葉，頰骨壓碎的針葉還散發著葡萄柚般的氣味。

遊騎兵巡邏隊將她從地上拉起，領著她穿過大教堂，經過長滿青苔的樹幹，跨越出土彷彿鰻魚的黑色厚厚樹根，她缺水的頭殼隨著每一次拉扯晃動隱隱作痛。五名巡邏隊成員身上都配有小小尺寸、短槍管的機關槍，因為尺寸迷你，看起來更可怕。他們在她的員工宿舍小屋外頭放哨，她則進去脫下森林嚮導的制服，最後一次掛進衣櫃裡，接著從衣櫃深處翻出一個垃圾袋，裡頭是她首次抵達翠林島時穿著破爛長褲與襯衫，當時的她滿臉風霜，飢腸轆轆，窮困潦倒。她換好衣服，開始將柯努的繆爾與林奈的首刷本，放進她父親的箱子裡，同時裡頭還有他留給她的木作工具與詩歌唱片。

不過，當她要拿起箱子時，帶頭的巡邏隊隊長走了進來，說：「這是翠林的財產。」他講起話來有她不認得的口音。「不能帶走。」

「不，不，連恩．翠林……」小潔用手指筆畫起上面的文字，盡量壓抑住激動的語氣。「這是我父親的名字，跟大教堂完全無關。」

他用槍口指著「翠林」二字，說：「大教堂的財產，妳只能帶走妳自己的東西。」

這時小潔才明白，跟許多巡邏隊成員一樣，他們人多是來自世界各地風沙漫天地區的人，靈魂遭到戰爭蹂躪，這位先生很可能不識字，只認得在大教堂裡看過很多遍的這兩個字。

小潔曉得不要羞辱對方或搞得太難看比較好，畢竟她幹了那種事，因此她咬咬牙，向箱子吻別。柯努可以找到更多書，而她父親的工具跟那些奇怪的唱片本來對她來說就不怎麼重要。她拉起頭髮，穿上綠葉肌膚外套。

「那也是大教堂的財產。」隊長如是說，現在用槍指著她的外套。

「在公開水域上，風會吹裂我的皮膚。」她哀求起來。「拜託了，先生，我只有這件外套。」

隊長望向站在外頭的隊員，其他人都沒有仔細聽裡頭的對話。他抿緊嘴唇，似乎產生一絲憐憫，然後點點頭，說：「好，走。」

他們在外頭押著她經過一排排員工宿舍木屋，經過晚餐的圓頂帳篷，還要小心避開別墅區。沒多久，他們抵達小徑路口，一小群朝聖者已經集結於此，看著手機，等著早上的導覽開始。

就在他們抵達碼頭時，小潔看到面海的按摩浴缸水面有一層黃色的東西漂浮在上頭。她一開始以為那是藻，很容易在大教堂長出來的東西，是搭乘噴射機而來的旅客，他們的泳衣在別的海域沾染上的藻類。不過，小潔也注意到空氣裡有一層黃黃的色調。她被壓著坐上補給船，船隨即從碼頭邊駛離，一直到要出了海灣，她才看到厚厚、黃綠色調的朦朧，從大教堂最高的樹木噴灑出來，彷彿是從樹冠流洩下來的巨大黃色帷幕。她驚覺這是樹木同時釋放起花粉來，她從來沒有見過這麼劇烈的場景，還早了六個月。多數樹木只有在環境惡劣時才會如此奮力繁殖，通常都是在病害壓力太大、遭到野火燃燒或遇上旱災時才會如此。它們之所以拚命繁殖是因為它們相信威脅過去後，環境會更好，還是覺得一切都要毀滅，怎麼都沒差，科學家至今還說不準。不過，小潔認不住欽佩起它們樂觀的態度。

她抓起一把掉落在外套上的細細粉末，用雙手搓揉起來。在交換過風吹動的花粉後，樹會結毬花，這些毬花最後會打開，用莢果單邊的推進器飛行、掉落在林地上，恰恰是在不該落地的時間點。就算在最適合的狀態下，道格拉斯杉的種子也只有鮮少比例能夠長成大樹。而在錯誤的季節，種子只會掉落在泥濘之間，無法生長，會在發芽之前就爛掉。小潔雖然這幾個月過得一團糟，但她的沉著到此時才真正崩潰，想著這些樹奮力一搏，釋放出百萬個推進器到風中，完全是出於絕望。她淚流滿面，縮在甲板上，不讓接駁船上的工作人員看到她哭。

翠林家族

在看不到翠林島，船上也聽不到度假村次音速的淡化海水機器運作聲一個小時之後，小潔終於停止啜泣。她畢生奉獻在研究世上最了不起的樹木上：尤加利樹、白楊樹、夏櫟、猴麵包樹、黎巴嫩雪松、日本的屋久杉、加州北部的巨杉、亞馬遜雨林的桃花心木，但她最鍾愛的還是太平洋西北部地區的道格拉斯杉。自從她抵達翠林樹木大教堂那天起，她就深信少了這座森林，或至少至今還支持著森林的島嶼，她會活不下去。不過，她當然能活，只要有必要，人什麼狀況都適應得了。雖然她被攆出她的伊甸園，她卻是帶著故事離開的。只是一部分的故事，沒錯，但就她所知，天底下的故事都是片面的。

小潔在接駁船載運的箱子間找到一處無人角落，她躲進回收瓶罐與堆得老高的廚餘之後。她用指尖摳起綠葉肌膚外套的內裡，她從空隙裡抽出破舊的紙本書，還安然放在書殼裡。她拿出日誌，在令人心曠神怡的海上空氣中翻起頁面，被煤炭燻黑的頁面，聽見尤芬米雅的聲音，感覺到一百年前，她的筆在紙張上留下的印痕，彷彿凸起方向相反的點字書。翻頁（leafing），為什麼會用這種跟樹葉有關的字眼？柯努寫道：*我們用我們的動詞讓它們變成人。*

小潔跟平常一樣，直接翻到日誌的最後一篇，這是尤芬米雅首度直接寫給她新生兒的內容，說明了她想留下孩子的決定，雖然遇上經濟大蕭條，雖然她窮困潦倒，雖然她先前同意放棄這個女娃。即便此刻的小潔已經知道尤芬米雅稍後就會自盡，但這篇文字還是讓小潔得到微薄的力量，讓她能夠面對回到本土大陸的新生活。

幾個小時後，接駁船快到溫哥華，小潔從日誌上抬頭，望向這座城市。她記得首度從德里抵達此處時的欣喜，這裡匯集了山脈、樹木、海洋，她興奮得幾天都睡不著覺。不過，這些雄偉的樹木現在都沒了，取而代之的是氣候調節的鋼筋玻璃高塔。就連史丹利公園裡古老的雪松及冷杉都屈服了，只剩下寥寥幾棵，彷彿是聚集在海岸線上高檔住宅旁的綠哨兵。

接駁船駛向一處看起來快倒的員工碼頭，這裡還停靠了公司其他的船。空氣中充滿沙塵，聞起來刺鼻，彷彿有毒，小潔已經懷念起島上充滿針葉、撫慰人心的氣味了。船長走過來，表示因為人手短缺，他們可以出點小錢請她幫忙把東西運下船。她失業了，學生貸款很快就還不上了，口袋裡能多留點錢總是比較好。

小潔跟其他船員開始將回收物品的桶子沿著下船坡道，搬去平檯上。她第二趟回來，要將發著惡臭的廚餘拿走時，船長要她等一等，他連忙倒了一瓶漂白水下去。

這趟回來時，小潔問起旁邊的船員：「為什麼要加漂白水？」

男人對著一大群乞丐面露難色，他們全都是孩童，聚在坡道下方，說：「為了不要讓他們去拿。」

半小時後，東西搬完了，小潔收到了微薄的工資。她順手從回收桶裡抽走兩個空酒瓶，也許其中一個是她跟柯賓喝的，或是她看塞拉斯喝的那瓶，這些回收垃圾會等著運到鐵絲網圍欄之後，乞丐接觸不到的地方。小潔走向那群小孩，將酒瓶塞進其中一個孩子掛在身上的破爛塑膠袋裡。

「小姐，謝謝妳。」孩童用粗啞、風沙洗刷過的聲音道謝，然後從袋子裡拿出酒瓶，仔細評估起它們的價值。孩子臉上綁著破爛布巾，小潔實在無法辨認孩子的性別與種族。也許是印尼人，也許是巴基斯坦人，孩子露出的額頭跟她一樣是淺淺的咖啡色。

「這玩意兒你可以換多少錢？」小潔問。

「沒多少錢。」孩子緊抓著瓶子抱在胸口，用防禦的口氣講話，彷彿是擔心小潔考慮過後，會把瓶子搶回來一樣。

「別擔心，它是你的。」小潔說，然後望向旁邊那桶倒了漂白水的廚餘，有個衣衫襤褸的男孩開始用衣架挖裡頭的東西。「也許你能買點東西吃？」

「我們很走運。」孩子得意地說：「漂白水沒有一路流下去。而翠林人丟出了很多好東西，小姐，他們很慷慨。」

「你說得沒錯，他們丟出了很多東西。」小潔說，一度回想起塞拉斯說，那些悲慘的人會屠殺你的家人，搶奪你的財產，連事先開口請你施捨都不會。「但我不會說他們慷慨。」

「妳很慷慨，而妳也是翠林人。」孩子指著小潔身上大教堂商標的綠葉肌膚外套。

小潔用手指碰觸絲網印刷的標誌，笑了笑。「再也不是了。不過，你說的對，我曾經是翠林的一分子。」她說。「但你在這有家人嗎？或是在別的地方？」

「小姐，沒有。」孩童放低目光，然後用開朗的神情指著其他乞丐。「但我有他們。」

忽然間，小潔想像自己抱起這個孩子，帶他遠離這個骯髒的碼頭，這忽然湧上心頭的衝動也嚇著了她自己。因為哪個孩子會希望被小潔拯救？而她怎麼能奢望好好照顧另一個人？她破產了，沒有家人支持的紐帶，更沒有伴侶。她還酗酒。等到她聲請破產後，她的生活會往下抵達全新層次的貧困。

孩子跟小潔一起的生活會痛苦、窮困，飢餓、風沙、不適，也許還會得到肋嘔症。說真的，她會是一個很糟糕的監護人，大概會讓這孩子的狀況比現在更糟。

不過呢，如果她帶著孩子，也許他們能夠找到柯努。就他可能知道哪裡還有樹林，地球上哪裡還有保留下來的宏偉大樹聖殿，顯然是由某個自以為上帝的科技權貴贊助的，但樹還是樹啊。小潔在那裡可以看著這名孩童對著白楊、尤加利樹、橡樹、智利南洋杉及巨杉讚嘆。隨著時間過去，他們會盡力拼湊出孩子的生命故事碎片，包括這孩子怎麼會一個人最後跑來這座碼頭，吃著被漂白水泡過的食物、撿垃圾。之後，小潔會將翠林家族的故事說給他聽，至少是她知道的部分。她會說起他那木材大亨的曾祖父，他那綁架犯弟弟。她的奶奶，因為原則放棄大筆財產。她的父親，替島上的超級有錢人打造漂亮的木頭作品。等到孩子夠大了，小潔甚至會讓他讀尤芬米雅的日誌，那本書彷彿是他們家族的相簿，那些文字將整個家族維繫在一起。

有朝一日，狀況好轉，他們攢了點錢，小潔就會帶著孩子回到這座碼頭，讓他看他們首度相遇的地方。他們會在這裡花錢搭船前往翠林島，前提是如果海平面還沒淹沒那裡，那他們會住進哈利斯蓋的木屋裡。就算大凋落害死了島上所有的道格拉斯杉，小潔還是會跟孩子訴說它們的故事。

如果歷史本身是一本書，這個時代肯定就是最後一章了，對嗎？或著，也許每個時代的人都這麼想？認為生命無法繼續，此時即為末世。在經濟大蕭條最嚴重的時候，尤芬米雅寫到一個無以為繼的社會，不過，生命還是繼續，繼續，繼續前進，一年堆積著一年，一層堆疊著一層，光明與黑暗，邊材與心木。

「你願意讓我買點東西給你吃嗎？」小潔問。

「好的，小姐。」孩子狐疑地說。「但，我很快就要回來，下一班接駁船要來了。」

小潔同意，牽起孩子被煤灰染黑的手，她手上還有黃黃綠綠的道格拉斯杉花粉，他們從碼頭朝著城市前進。他們靜靜前行時，小潔心想：*家族其實不是一棵樹吧*？是不是比較像一座森林呢？一群個體，透過交織的根系注入他們的資源，為彼此遮風擋雨躲乾旱，就跟翠林島島上幾百年來的樹一樣。就算尤芬米雅．巴斯特不是小潔的曾祖母，就算哈利斯．翠林不是她的曾祖父，就算她這輩子不曾見過她的父親連恩或奶奶柳兒，他們卻都是翠林家族的一分子。而他們都與她同在，深存於她的細胞結構之中，就算不是她族譜家族樹的一部分，那也是她家族森林的一部分。天底下只有樹木學家明白，最重要的莫過於森林了。

家族怎麼可能不是虛構作品呢？一群特定的人，因為特定原因講述的故事？而家族跟所有的故事一樣，不是產生，而是創造出來的，僅僅以愛與謊言拼湊出來的東西。透過這樣混亂的手法，無論結果好壞，這個可憐窮困的孩子也可以是翠林家族的一分子。

尤芬米雅．巴斯特的私密想法與作為

今天散步時，我在樹林裡看到一個男人。

醫生建議我不要下床，但我覺得自己夠強壯了，加上我讓妳睡在搖籃裡，自己冒險走進大宅附近的楓樹林裡。樹木結霜，春寒料峭，因為R．J．不願意帶外套及鞋子來，我只能借穿管家的。這是我身為人母第一次出門，而腳下的土壤感覺也有所不同，多了一點奇妙的感覺，但少了一點仁慈。不過樹林似乎在歡迎我，我馬上就興高采烈起來。

如果樹林裡的男人沒有將釘子敲進楓樹上，那我可能永遠不會注意到他。他有一口大鬍子，看起來很窮困，本身也像一棵樹。不過，從他仔細將桶子掛在釘子上，以及溫柔的步伐裡，我看得出他的善良。他看起來不像是喜歡交談的人，所以我不打擾他。

要是R．J．知道有人住在他的土地上，他肯定會氣死，所以我什麼也沒說。他明天會來，這是他首度與妳見面。我得記得在他抵達前將這本日誌藏起來。對他來說，這本書存在就是一種冒犯。他不信任書本，更不信任私人手帳。

雖然這麼說我覺得很不好意思，但我想成為像吳爾芙那樣的作家。那種狂喜會是什麼樣的滋味？讓文字輾壓過妳？讓文字有如水銀般在血管中奔馳，流得比血液還快？HBL跟RJ不同，他喜歡我寫作。他經常告訴我，無論我想做什麼，我都辦得到，只希望他是對的。我請他過來的時候，替我帶鞋子跟外套，他說他會。他是一枚飽受折磨的靈魂，但他也是個好人。他跟我在許多沒有表現出來的方面都很像。一個重擔多過選擇的人，太多的愛無處託付。

長久以來，我覺得我的人生宛如一顆世界土壤不接納的種籽。要怪就怪股市崩盤，至少一部分吧。一切都瓦解且分崩離析。銀行裡的人都這麼說。不曉得股市為什麼會崩盤，反正事情就是發生了，就是窒息了，就是變壞了。雖然大家準備工作，但根本沒有工作機會，就連這裡也是，這麼接近海洋的地方，天空卻經常密布著沙塵。我擔心綠色生長的植物永遠拋棄了我們，我們只配得上沙塵了。

我這輩子，除了工作還是工作，但我還是一事無成。就算是小時候，希望對我來說都是很短缺的東西。

不過，不知怎麼著，妳讓我負擔得起希望。也許是因為有妳的世界，本質上就豐富了起來。不過，要面對荒蕪未來的人是妳，不是我。這個不會比過往更好的未來，所以我猜我也要跟妳道聲歉。

不過，窗外還是有棵開花的櫻花樹，我會跟它講講話。妳出生時，醫生臉上帶著擔憂的神情，我大量失血，感覺到自己正一步一步邁向死亡，那時我數著櫻花。如今每當輕風吹起，我都會在顫動的花朵間，看到妳。

在我離開樹林裡的男人後，我做了一個決定：我要留下妳。

我以為我辦不到，但狀況不一樣了。

我不在乎我是否口袋空空，我不在乎前景有多糟。我不在乎妳的生父是誰，我甚至不在乎我是不是你的親生母親。我不是因為妳是我的孩子，所以才要妳。我要妳是因為我屬於妳。

ＲＪ會氣死，我肯定會失去公寓跟工作，可能會更糟，但ＨＢＬ會幫我。我下定決心後也可以很固執，妳可以去問妳的外公外婆，如果讀到這裡，他們還健在的話。

妳睡著了，妳讓我元氣大傷，這點可以預期。只不過，元氣這種東西，不用在必要的地方，還有什麼意義呢？我用我之前在二手慈善商店買的錦緞將妳包裹起來。雖然我不喜歡針線活，但今晚我還是為了妳折騰了個把小時，親自替妳縫了這條毯子。妳至少該擁有一些不是ＲＪ買的東西。

此刻我必須停筆了。我還是因為剛分娩，加上出門散步，有點頭暈、痠痛，坐不住。我發誓我明天會再次提筆，記錄完這些想法，如果它們能夠寫完的話。我唯一的希望就是這本日誌能夠解釋一些事情。而妳，等到妳夠大了，能夠讀這本書，也許捕捉到我真切、引導的意圖，明白我的原則目標配得上妳。只要我一準備好，我們就會一起離開這裡。如果他們想要阻止，我們就逃進樹林裡。從這裡到鎮上要走很久，但我很強壯，是妳賜予我勇氣，而且森林永遠是最適合逃往的所在。

致謝

首先感謝比爾・克雷格（Bill Clegg），他對本書的信念是讓本書建構出來的骨幹。

深深感謝賀加斯出版社（Hogarth）的艾莉西斯・瓦杉（Alexis Washam）及吉莉安・巴克利（Jillian Buckley），感謝他們的洞見與付出。特別感謝麥克雷蘭與史都華（McClelland & Stewart）的安妮塔・鍾（Anita Chong），長年來對我的支持，協助我透過一圈又一圈的年輪、一根又一根的樹枝、一片又一片的樹葉說好這個故事。

感謝傑哈・布蘭德（Jared Bland）、喬・李（Joe Lee）、茹塔・里爾蒙納（Ruta Liormonas）、梅蘭妮・里特（Melanie Little）、珍妮佛・葛瑞芬斯（Jennifer Griffiths）、尚恩・奧克利（Shaun Oakey）、法蘭西斯・傑法德（Francis Geffard）、賽門・圖普（Simon Toop）、大衛・坎布（David Kambhu）、瑪莉詠・杜瓦（Marion Duvert）、亨利・拉賓諾維茲（Henry Rabinowitz）、葛里芬・厄文（Griffin Irvine）、莉莉・山伯格（Lilly Sandberg）、茉莉・史萊（Molly Slight）、亨利・羅森布魯（Henry Rosenbloom）、瑪芮卡・瑋柏—普爾曼（Marika Webb-Pullman）、亞歷山大・麥克里歐（Alexander MacLeod）、班吉・瓦格納（Benji Wagner）、艾力克斯・克雷格（Alex Craig）、亞尼・貝爾（Arnie Bell）、賈姬・包爾（Jackie Bowers）娜歐米・布朗（Naomi Brown），以及克蕾兒與瑪莎・克里斯蒂（Claire and Martha Christie）。

本書靈感來自其他眾多書籍，在此列出幾本：約翰・符傲思的《樹》；《加拿大的不幸之人：一九三〇至三五，寫給班奈特的信》班奈特（The Wretched of Canada: Letters to R.B. Bennett,

1930–1935），由琳達．葛瑞森與麥克．布里斯（Linda M. Grayson and Michael Bliss）編纂整理；皮耶．博頓（Pierre Berton）的《大蕭條》（The Great Depression）；提摩西．伊根（Timothy Egan）的《艱難中的艱難時刻》（The Worst Hard Time）；史都茲．藤克爾（Studs Terkel）的《艱苦時代》（Hard Times）；傑克．布萊克（Jack Black）的《你贏不了》（You Can't Win）；吉姆．圖力（Jim Tully）的《生活的乞丐》（Beggars of Life）；威廉．福爾曼（William T. Vollmann）的《行向無窮處》（Riding Toward Everywhere）；肯．特拉斯卡（Ken Drushka）的《麥克米蘭傳》（H.R.: A Biography of H.R. MacMillan）；詹姆士．艾吉（James Agee）與沃克．伊凡斯（Walker Evans）的《讓我們現在讚美名人》（Let Us Now Praise Famous Men）；休．佳能（Hugh Garner）的《甘藍菜鎮》（Cabbagetown）；湯瑪士．德昆西（Thomas De Quincey）的《一位英國鴉片吸食者的告白》（Confessions of an English Opium-Eater）；彼得．渥雷本（Peter Wohlleben）的《樹的祕密生命》（The Hidden Life of Trees）；大衛．鈴木（David Suzuki）、偉恩．葛拉帝（Wayne Grady）的《樹，擁抱了全世界》（Tree: A Life Story）；默溫（W.S. Merwin）的《砍不倒一棵樹》（Unchopping a Tree）；提摩西．芬德利（Timothy Findley）的《戰爭》（The Wars）；威廉．凱辛（William Kaysing）的《新美國生活指南》（How to Live in the New America）；馬汀．艾德戴爾．葛蘭傑（Martin Allerdale Grainger）的《西方的伐木工》（Woodsmen of the West）；蕾貝佳．魏斯特（Rebecca West）的《士兵歸來》（The Return of the Soldier）；唐納．費雪（Donald Fraser）的《費雪二等兵日記》（The Journal of Private Fraser），由雷金納．洛伊（Reginald H. Roy）編纂整理；以及中島喬治的《樹之魂》。

這本大部頭小說大多是在加利安諾島（Galiano Island）的一處小木屋完成，我要感謝島上社區居民對我的支持，我也要向加拿大國家藝術委員會的贊助表示無盡的感謝。

感謝我的父母，他們太早離開這個世界，我最近才開始理解他們無人歌頌的犧牲。也要感謝傑森・克里斯蒂（Jason Christie），最棒的手足，也是我最旗鼓相當的乒乓球對手。

最後，感謝湖泊與八月（Lake and August），他們的存在讓我獲得新生。還有希塔・包爾（Cedar Bowers），我對她的感謝需要一整座森林造的紙才寫得完。

【ECHO】MO0083

翠林島

作　　者❖麥可．克里斯蒂Michael Christie
譯　　者❖楊沐希
封面設計❖莊謹銘
內頁排版❖HAMI
總 編 輯❖郭寶秀
編　　輯❖江品萱
行　　銷❖力宏勳

事業群總經理❖謝至平
發 行 人❖何飛鵬
出　　版❖馬可孛羅文化
台北市南港區昆陽街16號4樓
電話：(886)2-25000888
發　　行❖英屬蓋曼群島商家庭傳媒股份有限公司城邦分公司
台北市南港區昆陽街16號8樓
客服服務專線：(886)2-25007718；25007719
24小時傳眞專線：(886)2-25001990；25001991
服務時間：週一至週五9:00～12:00；13:00～17:00
劃撥帳號：19863813　戶名：書虫股份有限公司
讀者服務信箱：service@readingclub.com.tw
香港發行所城邦（香港）出版集團有限公司
香港九龍九龍城土瓜灣道86號順聯工業大廈6樓A室
電話：(852)25086231　傳眞：(852)25789337
E-mail：hkcite@biznetvigator.com
馬新發行所城邦（馬新）出版集團【Cite (M) Sdn. Bhd.(458372U)】
41, Jalan Radin Anum, Bandar Baru Seri Petaling,
57000 Kuala Lumpur, Malaysia
電話：(603)90563833　傳眞：(603)90576622
E-mail：services@cite.my
輸出印刷❖前進彩藝股份有限公司
初版一刷❖2024年06月
定　　價❖580元
定　　價❖406元（電子書）

國家圖書館出版品預行編目(CIP)資料

翠林島 / 麥可.克里斯蒂（Michael Christie）著；楊沐希譯. -- 初版. -- 臺北市：馬可孛羅文化出版：英屬蓋曼群島商家庭傳媒股份有限公司城邦分公司發行, 2024.06
面；　公分. --（Echo；MO0083）
譯自：Greenwood
ISBN 978-626-7356-76-0（平裝）

885.357　　113006237

ISBN：978-626-7356-76-0（平裝）
EISBN：978-626-7356-77-7 (EPUB)

城邦讀書花園
www.cite.com.tw